パリ
Paris,
ヴェトナム
Vietnam,
漂流の
éros à la dérive
エロス

猪俣良樹

めこん

目次

SAIGON ET HANOI

PARIS

SAIGON ENCORE

SAIGON ET HANOI

その前夜…キェウと私

KIEU ET MOI

キェウが駆けてくる、両手を広げて。体に纏った薄紫の布が、素肌を擦るように後ろへ流れる。髪が靡《なび》き、花飾りが今にも抜け落ちそう。構わずキェウは駆ける。胸が大きく弾んでいる。息が苦しそうだ。それでも駆けてくる、私の胸に飛び込むその瞬間だけを思って。

そもそも私がトゥイ・キェウ（翠翹）という女性に興味を惹かれるようになったのは、一九九四年の夏、ある雑誌記事に出会ったのがきっかけだった。当時、日本占領下のインドネシアの演劇を調べていた私は、早稲田の演劇博物館に通いつめ、戦時中の映画・演劇雑誌を渉猟していた。山のような資料を読み飛ばしているうち、ふと、「佛印の劇・映画」という記事に目が留まる。仏文学者小松清が仏領インドシナの娯楽について現地から報告したこの記事は、雑誌『東寶』の昭和十六年十月号に載っていた。

同氏によると、ヴェトナムの舞台では、こと時代劇に関する限り、見せ場が来ると、必ず長編叙情詩『金雲翹』（キム・ヴァン・キェウ）の女主人公キェウの唄が唄われるのが決まりだという。だから仏印の女優・歌手で「この何千唱句からなる長詩をそらんじてゐないものはない」、というのは、「それほど、翹の歌は一人々々の安南人の心をかたちづくり、その糧となり血となってゐる」からだと説明されている。さらに映画状況については…

彼ら（註＝ヴェトナム人）の心の底には……「金雲翹」の翹の心が根づよく生きてゐるのである。…だから、アンナン人で映画をみるものにとっては、翹への追慕が主で、映画への興味は第二であると言へる。彼らは歐米の映画をみながら、いつも翹とめぐりあふことをさがし求めてゐる。ガルボやディトリッヒは、たしかに彼らの感動の世界では、翹の姿をとってゐることと思はれる。

キェウ（翹）の魅力はグレタ・ガルボやマルレーネ・ディートリッヒも敵わなかった!? それほどまでに当時のヴェトナム人の心を強く捉えていたキェウというのは、いったいどんな人物なのか。国民的文学作品『金雲翹』の存在すら知らなかった私には、その不思議な思いだけが強く心に残った。『日本占領下・インドネシア旅芸人の記録』（めこん刊）を書き上げたとき、ふいにその印象を思い出した私は、急いでヴェトナム通の友人から小松清および竹内與之助両氏の訳による二冊の『金雲翹』を借り、目を通してみた。なるほど、たぐい稀なる美女にして才女、トゥイ・キェウ（翠翹）の十五年にわたる数奇な人生が波瀾万丈の物語として展開してゆく。

もとの話は十六、七世紀に中国で書かれた短編らしいが、解説によればヴェトナムのグエン・ズー（阮攸）という詩人が大幅に手を入れて命を吹き込み、十八世紀末か十九世紀初めに発表。強風に吹き撓《たわ》められるままの柳の枝のような嫋々《じょうじょう》たる主人公の姿、人を恋うることだけに自らの命をかけたキェウの人生は、たちまちヴェトナム全土を通じて、読者の圧倒的な共感を得たという。

『金雲翹』の粗筋をごく簡単に記すと…


❖美女キェウと美男キムとの出会い。二人は互いに一目惚れに陥り、結婚を誓う。

❖キェウは家族の危機を救うため、キムをあきらめて遊廓に身を売り、辛酸を嘗《な》める。

❖そこで出会った商人に身請けされ、相思相愛の幸せな日々を送る。

❖商人の妻の凄惨ないじめに逃げ出したが、だまされて再び遊廓に売られる。

❖客の武将と恋に落ち、人将軍に出世した武将のもとで思いのままの栄華暮らし。

❖騙し討ちにあって武将は戦死。敵方との結婚を強いられたキェウは入水する。

❖尼僧に救われ、妹と結婚していた初恋のキムと十五年ぶりに再会、心のみ結ばれた親友として余生を送る。


いうまでもなく、この主人公の生き方は、自我の命ずるまま能動的に生きる西洋型のヒロインとは大いに違う。さりとて、義理や人情、家の掟などに縛られた日本型とも違う。もう少ししなやかで、運命に変形させられながら、何時の間にか自分の型に持っていく強さ、自在さがある。これが東洋のエロスというものなのかどうか、この手の事情にうとい私には分からないが、キェウの生き方には、なぜか強烈なエロティシズムの匂いを感じた。「エロティシズム？」私の素直な感想に、白髪頭の友人は考古学上の用語でも聞いたような表情で反応した。「おまえ、いい年して、まだそんなこと考えてるのか」。それに続く友人の話は、そんな不毛な感想を持つぐらいなら、芝居好きなんだから、直接ヴェトナムへ『金雲翹』を観に行ったらいいじゃないの、だった。彼によると、いまでもヴェトナムでは、『金雲翹』に代表されるような芝居が盛んに上演されて人気があるという。この手の大衆芝居を総称してカイルォンと呼ぶそうだ。カイルォン？　この名前には微かな記憶があった。再び資料の山を引っ掻き回し、漸く次の文章を見つけだした。

現在の安南劇は新派と舊派と截然と分れてゐて、舊劇を見てゐると、……あたかも支那の場末の小屋で、京劇を見てゐるような錯覚に陥るのである。……然るに、フランスの統治は、この安南劇に一つの革命を與へ、一九二〇年頃より、新派即ちカイロン“Cai-luong”なるものが發生した。この「カイロン」といふ言葉を、漢字にあてはめると、……「改良」と書く。（森久「佛印の撮影所」、『映画旬報』一九四二年）

カイルォン（改良）！　圧倒的な中国文化の影響の下で、近代への道を懸命に模索していたヴェトナム演劇が、自らに与えた名称が改良だった。「革命」ではなく「改良」。中国とフランスという二つの力の狭間にあった二十世紀初頭のヴェトナムを物語るにふさわしい呼び名だ。おまけにこれらの芝居は、インドネシアのサンディワラと同種のものだという。サンディワラといえば、日本軍が進駐していたインドネシアで第二次大戦中に大流行した大衆芝居の名前だ。当初マレイ・オペラとも呼ばれたのは、場面が山場にくると突然主役が唄いだすところかららしい。らしいというのは、見たことがないからだ。動植物と同様、文化もまた環境の変化による絶滅の危機を免れることはできない。かつてインドネシアの娯楽の花形だったサンディワラは、初め映画、ついでＴＶに駆逐され、いまは一部の地方でわずかに余命を保っているにすぎない。この幻のサンディワラと同種の芝居が、ヴェトナムではまだ活発に棲息しているとは！　ただ、見るならいまのうちだね、かの地も猛烈に経済成長しているから、カイルォンの絶滅も時間の問題だろう、というのが友人の判断だった。

いい加減こちらの気持ちが動かされたところへ、在日ヴェトナム人のTさんが決定的な情報をくれた。一九七五年の革命前、舞台でキェウを唄い演じたら右に出るものがないという絶世の美女がいた。一時消息を絶っていたが、最近再び姿を現し、キェウの実人生を生きたと話題になっているという。ただ、名前を忘れたけど、とTさんは頭を掻いた。

これで決心が固まった。キェウ、いやキェウを演じたその歌姫に会いに行く。たとえ会えなくても、その舞台姿に接することぐらいは出来るだろう。「女は肉体で書く」という説がある。「彼女はふるえる身体を空中に放り投げ、自分を解き放ち、飛翔する。彼女は自分自身のすべてを自分の声に投入する。……実際、彼女は自分が考えていることを肉体のなかに具象化し、肉体で意味づける」（トリン・T・ミンハ『月が赤く満ちる時』小林富久子訳）

もし、彼女が舞台から発散する匂いを、私の根っこの部分で共有しているはずのアジアの豊かさと貧しさの中で、自らの身体に取りこむことが出来れば、つまりキェウという存在を自分のエロスで感じとることが出来れば、ポスト玉手箱の浦島太郎さながらの身、痛風・糖尿・前立腺肥大に悩んでいるこの老残老躯の心を少しは癒してくれるかもしれない。

人生の最終段階にさしかかって、ふしぎな喪失感が私を包みこんでいた。理由は分からない。これまで、やりたいように生きてきた。今もやりたいように生きている。このことに不満のありようもない。それでいて、何かとてつもなく大きなものが失われ、身の回りに巨大な空洞が口を空けて待っているような気がする。不快というのとは違う。むしろ快感といってもいい。体がミジンコのように透明になり、肉体が重量感を失って、そのままするっと浮き上がり、自分をつつむ大気の中へ吸い込まれてゆく、そんな感覚がしばしば私を捉えた。それが終着点へ収斂してゆく感覚であるなら、不快ではないが、不安はある。もう一度肉体の重量感を取り戻したい。決して旅好きとはいえない私だが、もし旅がそうした喪失感を少しでも鎮めてくれるのなら、貴重なゲイトボールの時間を犠牲にしても、失われつつあるエロスを求めて、私はヴェトナムへ旅立つことにしよう。「おお、死よ、年老いし船長よ、時は来た！　錨を揚げよ！」

「金もなく、名もなく、印度支那三界に果敢ない恋を追ふ一日本人の、最後の心癒せです」（岸田国士『牛山ホテル』一九二八年）

第一夜…謎のアオザイ美女

LA BELLE
MYSTERIEUSE
EN AODAI

午後三時十五分、気温摂氏三十度。初冬の日本から来た旅人としては、機内でスエターと股引きを脱いだが、余り効果はない。乾季だと聞いていたが、ヴェトナム航空機のタラップを降り、中継バスを経て、殺風景なタンソンニャット国際空港の入管口へ辿り着くまでに、もう熱帯が汗となって身体に張りついていた。はしゃいでいる日本の若者たち、早くも半ズボン姿の欧米人たちに混じって、のろのろと進まない入管手続きを待つ間、扇子を忘れたことがしきりに悔やまれた。

入管吏の探るような目付きを通過して、待ち合い所へ出る。中年男性の通訳が迎えに来ている筈だった。インドネシアで取材した時は、学習の甲斐あって、かなり現地語が通じた。今回もなるべく自前の言葉で取材しよう、と暫くヴェトナム語を習ったが、発音が難しすぎて断念。知人を通してフランス語の通訳を頼んであった。日本語でも英語でもなくフランス語の通訳にしたのは、旧宗主国の言語を媒介にしたほうが対象に接近しやすいのではないかと思ったからだ。

通訳は私の名前を書いた大きな札を掲げていることになっていたが、それらしい人物はどこにも見当たらなかった。行き違いかもしれない。通訳に会えなければ、宿すら分からなかった。到着した客を見ようと、待ち合い所の出口に人垣ができている。その中に、薄青のアオザイを涼しげに纏った背の高い女性が見えた。南国の明るい空を遮る菅笠に隠れて、表情はよく分からなかったが、きりっと締まった唇だけでも、彼女の美しさを感じさせるには充分だった。瞬間的にキェウのことが思い出されたのは、頭の中が彼女で一杯だったせいだろう。

ぼんやり立ちつくしている私に、半袖開襟襯衣《かいきんシャツ》の男が次々に寄ってきて、タクシー？と聞く。首を横に振りながら、通訳らしい姿を探していると、ふいに、擽《くすぐ》ったい香りと共に、素晴らしく綺麗なフランス語で話しかけられた。

“Vous n'êtes pas Monsieur I. ?” 束ねた黒髪に見覚えはなかったが、薄青のアオザイは間違いなくあの女性だった。いつのまにか笠（ノンというそうだ）を脱いでいたので、透き通った湖のような目《まな》差《ざ》しが、真っ直ぐ私を捉えていた。

竹内與之助の日本語訳によると、キェウの「目は秋水のように澄み、眉は春山のように美しかったので」、花も柳も彼女の美を妬むかと思われるほどだという。

その後入手したヴェトナムの老詩人グエン・カック・ヴィエンの最新フランス語訳では、「その目差しは秋の湖の水面《みなも》の如く、その眉は春爛漫の木立ちの如し。キェウを目の当たりに見て、花は嫉妬に萎れ、柳は自らの雅の及ばざることを嘆く」となっている。

因みに、一九九四年にハノイで出版されたこの本は、既に最高の仏語訳との評価を確立しているが、発行部数が少ないため、本国でも入手困難だそうだ。その貴重な本を、知人の女性が、研究のためなら、と快く私に譲ってくれた。しかもその本には、医者で老詩人である訳者の署名が入っている。聞けば訳者は、直接の友人であるその女性にこの本を贈呈した直後、突然他界したという。本篇中の『金雲翹』からの引用は、原則としてこの仏語訳に基づく。

“Vous n'êtez pas Monsieur I. ?”

“Oui. Ah non. Si si” 意表を突かれて、つい返事が乱れた。

「Très bien. 私、TLと申します。始めまして」すっと手を差しだした。アオザイの袖がわずかにめくれ、手首の奥が仄白く見える。

「どうして私の名前をご存じなんですか？」

「通訳ですから」

「通訳？　誰のです？」

「あなたですわ、もし受け入れてくださるのなら」

「も、勿論です、マダム・キェウ」

「キェウではありません。Lです。Par ici, s'il vous plaît」

マダムLは、赤くなったり青くなったりしている私に構わず、出口に群がるタクシーの勧誘員を巧みに捌きながら、足早に私を先導した。アオザイは身体の線を露わに見せる。彼女の足取りにつれて、細身ながら成熟した肉体を包みこんでいる熱い空気が、軽快な律動で揺れ動く。一瞬、一陣の風に、上着の裾が翻った。

〝身は風と　ならばや　君が夏姿〟

こちらが見とれているとも知らず、マダムLは運転手に行先を告げるなり、私に向き直った。また香りが漂ったが、もちろん銘柄など分かる訳がない。

「Mais, どうしてカイルォンみたいな、あんな大衆芝居に興味をお持ちになったんですか？」

「あんな」(tel) という言い方に微かな軽蔑が感じとられた。

"Parce que……"

「実は私、カイルォンて観たことありませんし、興味もまったくないんです」やけにきっぱりとした口調だった。

"Vous aussi!"

"Quoi?"

「インドネシアでもそうでした。カイルォンに似た、廃れかかった近代大衆劇を調べたことがあるんですが、話を聞いたすべての知識人が、その言葉を口にするのも汚らわしいという態度でした。近代化と植民地化が同時に発足した国では、大衆文化を知識人が無視する傾向が強いんでしょうか？」

「Tiens. 私を知識人の精神病棟に入れていただくのは大変光栄ですけど、これは単に好みの問題だと思います。現に友人の学者でカイルォン大好き人間がいますもの。ただ芝居の内容が私には……」

そう言いかけて、彼女は納得したように頷いた。「J'ai compris. ムッシュウの目的は、カイルォンよりも、キェウでしたね。そんなに『金雲翹』の主人公がお気に召したんですか？」

「彼女の生き方に、アジア的共感を感じまして」あえてエロスという言葉は使わなかった。誤解は避けなければ。

「ほう。どうして？」

「ヨーロッパの友人が、『金雲翹』の結末に文句をつけてましたわ」

「キェウは十五年ぶりに念願かなって、初恋の人に巡りあった訳でしょ。彼は変わらず結ばれることを熱望していたのに、身代わり結婚をした妹のために、キェウが身を引いて同衾もしないのは、大変不自然だって言うんです。西洋人なら、結婚してすぐ結核で死ぬほうを選ぶだろうって」

「死ぬ前にアリアでも歌ってね」

私の言葉に、彼女はくっくと笑った。これもアジア的共感という奴かもしれない。

「Ah oui. ディーヴァをお探しでしたね、キェウの役を得意とする」

「そうです。会えるんですか？」

勢いこんで尋ねると、マダムLは困った顔を見せた。カイルォン通の友人に聞いてみたが、人気のあった女優は、だれもがキェウを演じているから、例の歌姫が誰のことなのか特定できない、というのだ。

「し、しかし、間に立った人からは、すべて手配済みだと、き、聞かされてますが」思わずど、どもった私を、通訳は優しい微笑で抑えた。

「ご安心ください。あなたはとても運のいい方ですわ。ヴェトナム最高の女優兼歌姫があなたをお待ちしてるんですから」

「……」

「普通なら絶対に会えない人ですけど、あなたがカイルォン芝居に興味をお持ちだと聞いて、特別に会ってくださるそうです。おそらく彼女があなたの希望している人だと思いますわ」彼女が白絹のパンタロンに包まれた脚を組み替えたので、形のいい踝《くるぶし》を近くに感じて、私は目を逸らせた。

車の前後左右を、夥《おびただ》しい群れの自動二輪が取り囲んでいる。ヘルメットの代わりに野球帽を被っている若者が多い。排気除けの覆面をした少女が、乳当ての透けて見える白いアオザイに長い髪を靡《なび》かせ、ホンダ・ドリームを縫うように操ってゆく。二輪車の波の向こうに見えるのは、赤い瓦の低い家並み、大きな街路樹、茶色く濁った河、屋台、歩道にしゃがみ込む人々。すでにインドネシアで御馴染みになった熱帯の風景が、ここでも延々と続く。

「トーキオはきれいな街なんでしょうね。ノン？」

私はなんて答えようかと考えながら、うっすらと口紅を引いた彼女の横顔を見ていた。

「革命の後、サイゴンはすっかり汚い街になっちゃって。掃除してくれるのは雨だけですもの」フランス人のようにやや下唇を突き出して話すので、その度に唇の脇にくっきりと皺が寄った。幾つぐらいだろう？

「フランスには長く居らしたんでしょう？」

「十歳から二十四歳までいました」

十歳の旅立ちではさぞ心細かったろうとの問いに、マダムは唇をさらに尖らせた。

「Pas du tout. 三つ年上の姉と一緒でしたし、付き添い役のフランス語の先生もいらっしゃいましたから。行きは船だったんですよ。祖母は飛行機でなければ駄目だって言ったんですけど、姉と二人で、どうしても船で行きたいって頑張りました。だって姉が、船旅はマドレーヌをお腹一杯食べるよりもっと秘密なことが沢山できるって言うんですもの」

秘密なこと？　マダムの一言で、私は、まだ自分の前に未来が新緑のように輝いていた頃の船旅を思い出した。ニューヨークからルアーブルまで、豪華客船ＳＳフランスでの一週間の航海。船が埠頭を離れ、自由の女神像が遠ざかるころには、私たち二等船室の若者を目当てに、一等船室の熟男熟女がぞくぞくと下へ降りてきた。まるで、この船がタイタニック号と同じ運命にあるとでも思っているかのように、甲板で、プールで、クラブで、酒場で、男と女の息を弾ませた「目隠しの鬼ごっこ」が始まり、私も否応なく巻き込まれていった。六万三千トンの客船全体が、上野千鶴子の用語を借りるなら、氷山をも溶かしかねない巨大な「発情装置」と化していた。

「……最後は付き添いの先生が祖母を説得してくださいました」

「秘密なことっておっしゃいましたが？」

「後で分かったんですけど」彼女は私の視線から守るように、アオザイの襟元に手をやった。今まで気づかなかったが、ほっそりした指の間から、薄紫の花の刺繡が覗いていた。「姉はその先生が好きだったんです。だからなるべく長く一緒にいたかったんですね。フランス人との混血で、とても男らしくて美しい人でした。でも、姉とは別に、私も解放された気分で浮き浮きしてました。忘れられないのは、シンガポールに寄港したときのことです。姉と二人だけで観光用の馬車（calèche）を雇って植物園へ行きました。自分たちだけで何かができるって、なんて素敵なことなんでしょう。そう思いました。それまでは家でも学校でも完全に監視付きでしたから。少し大人になったみたいで、とても誇らしかったんです」

少女の日々に浸りきったマダムの話し声を、けたたましい警笛の音が突き破った。街中に信号が少ないため、交差点を渡る二輪車と車が、あらゆる方向から一斉に雄叫びを上げる。したがって、警笛の効用は限りなく零度に近づき、接触事故が絶えない、とは後で聞いた話。教訓…過度の警笛は覚醒ではなく、嗜眠《しみん》を齎《もたら》す。

中心街から少し南へ下った所に、その小さなホテルがあった。後で所有者と知れた少女のような年増に迎えられ、後でその亭主と知れた、少年のような中年男が旅行鞄を運んだ。ガランとした部屋の寝台にリュックを放り投げたが、後ろの壁に張りついている大蜥蜴《とかげ》はピクリともしなかった。

カイルォンの最も著名な女優というフンハさんとの約束は明日なので、マダムLが有名なヴェトナム料理屋へ案内してくれた。店の前で少年がガムを私の顔の前に突き出した。一万ドンだという。札を渡すと、少年はガムをさっと引っこめ、笑いながら駆け去っていった。

店内は西洋人と連れのヴェトナム女性という組み合わせで満員のため、しばらく待たされた。大きな傘の下で、正装した男女が琴や三味線に似た楽器を演奏している。伝統というのはいつもこういう形で披露される。披露される側も、なるほどこれが伝統だと納得する。そして誰も伝統が分からない。私も分からないから、円卓に通されるや、ただ一つ知っている伝統料理、生春巻きを注文した。猛烈に大きいのが出てきて、すぐお腹一杯になった。今夜はお酒を控えるという彼女に従って、ロータス・ティーをがぶ飲みしたら、ますますお腹が膨れ上がった。

マダムはよく話した。私はほとんど黙って聴いていた。抑制のきいた柔らかな声が私の全身に浸みとおり、旅の疲れを少しずつほぐしてくれる。彼女のフランス語の滑らかな肌触りは、素地にヴェトナム語があるせいかもしれない。フランスとヴェトナムの幸福な結合！ 事実、マダムの曾祖父はフランス人だということだった。彼女が色白なのは、そのせいだろう。祖父は南部の州の知事でかなりの実力者だったらしい。だが決して幸福な幼年ではなかった。マダムが生まれてすぐ、自宅がヴェトミン（註＝ヴェトナム独立同盟。一九四一年、ホー・チ・ミンが結成）の放火で消失。さらに両親が離婚し、彼女は祖母に育てられた。幼くして渡仏したのは、そうした事情があったのだ。

「あら、私ばかりお喋りして」マダムがはにかんだ。私は『金雲翹』でキム青年とキェウとの逢い引きの場面を思い出していた。〝頬に羞じらいの色を浮かべて軽く顔を傾けたキェウを、キムは貪るようなまなざしで見つめた〟

「空港では、まさかあなたが通訳とは気付かなくて失礼しました」私が詫びると、若い女性ばかりお探しのようでしたね、とからかわれた。初めに予定されていた通訳はパリへ研修に行ってしまったという。現在ヴェトナムではフランス語を流暢に話せる人物が極めて少ないため、その人は来年ハノイで開かれる「第七回フランス語圏（Francophone）サミット」の公式通訳に選ばれ、そのための研修に行ったらしい。そんな訳で、あなたにはお気の毒でしたけど、運命の悪戯で私のような、カイルォンのことを何も知らない素人にお鉢が回ってきたんですの。

「この国では」と私はキム青年の表情のまま尋ねた。「幸運が訪れたときに、どんな神様に感謝を捧げるんですか？」。怪訝《けげん》な表情の彼女に私は急いで付け加えた。「いえ、私にその必要が生じたので」

「少なくとも私の神様だけはお止めになったほうがいいでしょうね。七五年以降、大変評判が悪いようですから」

その時初めて、マダムが、ヴェトナムに八百万人いるといわれるカトリック教徒の一人であることを知った。

帰りは深夜に近くなった。車も人も疎らになり、街路樹の大きな黒い影が次々に車窓に覆い被さってきた。「ずいぶん街が暗いでしょう?」とマダムが言ったようだ。少し前から、私は彼女の声しか聴いていなかったので、言語的表現(langage)が言語(langue)になるまでに多少時間がかかった。「TVで外国の劇を見ると、深夜でも街が昼間のように明るいのね。ここの人は、自分たちの街も早くそうしたいとみんな焦ってるの。まるで街が明るくなれば幸せが来るみたいに思って」

ホテルの前は真っ暗だった。Bonne nuit と言って、マダムが手を差し出した。私は握手ではなく、手の甲に唇を付けた。おそらくマダムの優雅な雰囲気が自然にそうさせたのだろう。それ以後、別れの時はいつもそうするのがしきたりになった。

一歩一歩足元を確かめながら歩く。ホテルの亭主がランプを持ってすっ飛んできた。停電だと言う。"I'm sorry" 若い彼は、ヴェトナムの苦悩を一身に背負ったような表情で、何度も繰り返し謝りながら、私を先導した。階段を上る亭主の影が壁に大きく広がり、やがて守宮《やもり》のように縮んだ。

第二夜…第一のキェウの物語

L'HISTOIRE DE LA PREMIERE KIEU

寝台を覆わんばかりの大蜥蜴が、胸にのしかかって灰色の長い舌を出し、トッケートッケーとうるさく鳴く。七声聴けば幸せが訪れる、と知人が言っていたが、六つ鳴いたところで目が覚めた。枕元の時計は五時半。窓掛けを開けると、黄色い花をつけた熱帯樹の向こうに大きな十字路が見える。まだ薄暗い路上を占拠した二輪車の群れが我先に渡ろうと、いっせいに警笛を鳴らしていたので、蜥蜴の正体が知れた。停電のため冷暖房機が動かず、暑さで眠れなかった身としては、いささかこたえた。ヴェトナム人は昼間の暑さを避けるため朝が早いとは聞いていたが、これほどまでとは。

フランスパンと近代化

少しうつらうつらしてから、朝食にトーストとホット・ミルクを頼んだ。私の発音が悪かったのか、亭主がお盆に乗せて持ってきたのは、皿に盛ったコンデンス・ミルクとフランスパンだった。パンは抜群にうまかった。本場フランスよりヴェトナムのパンのほうがうまいという自慢を、その後、通訳のマダムを含めて、何回となく聞かされたが、当たっているかもしれない。滞在中、道端、停留所、河岸などありとあらゆる場所に竹籠を担いだパン売りが出没するのを目にしており、パンこそは旧宗主国の栄光を最も物語っている遺物かと思えるほどだ。もっともラオスの人もカンボジアの人も、自分のところが一番うまいと言っているらしい。ともあれフランスパンはインドシナ三国の共通文化になっているとは言えそうだ。

約束の時間を過ぎたことに気付き、急いで階段を駆け降りたが、水槽の熱帯魚を眺めていたマダムのアオザイ姿に見とれて、最後の階段を踏み外した。

「大丈夫ですの？」

尻餅をついた私を見て、マダムLが慌てて駆け寄る。細かい花の刺繡を一面に施した銀白色のアオザイが目の前にあった。

「綺麗ですね」尻の痛みを忘れて、ついうっとりした。

「Merci. 健全な審美眼をお持ちのようで、結構ですわ」マダムが小さく笑った。ありがたいことに、ホーチミン市滞在中はべたに付き合ってくださるという。子供に手が掛からなくなり、家事もお手伝いが全部やってくれるから、ご心配なく、とのこと。不動産業の主人も仕事で飛び回っていて、ちっとも家に寄り付かないので、大助かりだ、と灰色がかった瞳を悪戯っぽく動かした。

彼女の案内で、大女優フンハさんに会うべく市内を南へ下る。あまりの若さに、きっとびっくりなさいますよ、とマダム。街はさまざまな物売りと共に目覚めていた。絶え間なく鳴る警笛の音。歩道車道の区別なく人と車が入り交じる通りには、果物、野菜、揚げ物、菓子と次々に屋台が並び、フォー（汁そば）の大鍋からたちのぼる濛々たる湯気に混じって、ドリアンや香草、ヌオックマム、脂、ガソリンなどの匂いが鼻を衝く。

フランスパンをぎっしり詰め込んだ大きな竹籠が四つ角に置かれ、少女が番をしていた。写真を撮ろうと車を停め、写真機を構えると、少女は怯えたように、さっと後ろの店に駆け込んだ。店の入り口に、こんがりと丸焼きにされた首のない小動物がぶらさがり、おいしそうな匂いを漂わせている。豚とも鶏とも違う、と首を捻っていたら、マダムが犬だと教えてくれた。マダムの話では、犬を食べるのは北部民族の風習で、この辺りは北から来た人たちが大勢住みついているからだという。

シャッターを切ろうとすると、店のおかみさんが顔を隠しながら、鋭い罵声を浴びせてきた。屈強な男がこちらを睨みながら近づいてくる。私は慌てて車に逃げ込み、急発進させた。警笛が人々を追い散らし、彼らとの間に一定の距離ができると、やっと心が落ち着き、私は首を振った。そんな態度をマダムは鋭く読み取っていたようだ。

「Elle a raison. あれはあなたがいけません」マダムがやんわりと言う。「あの人たちはあの商いで生活しているんですから、もし買わないで、ただ写真をとりたかったのなら、頭を下げて頼むべきでしょうね」

確かにその通りだった。恥ずかしい。二度とこんな不作法はすまいと心に誓ったが、その後も不作法は繰り返され、何回となくマダムにたしなめられた。

「この人たちはよそ者を非常に警戒するんです。今までよそ者にさんざんな目にあわされてきましたから」真面目な顔だった。「それがヴェトナムの歴史なんです。十世紀までの中国、それから……」

「最近について言えば」と私はあえてマダムの言葉を遮った。「といっても、一世紀以上前この国を襲った近代化の波のことを考えているんですが、西洋の近代性(Modernité)の破壊力は凄まじいですからね。その国の伝統的な生活様式や文化をあっという間に押し流してしまいますから、あなたの国もさぞかしだったろうと思います」

〝アジアは屈辱において一つである〟と言ったのは岡倉天心だが、日本とアジアにもし共通項というものがあるとすれば、それはヨーロッパからの近代化の波にさらされた時の反応の仕方だ、というのが以前からの私の持論だ。

「非西洋諸国にとって、『進歩』という装いを纏った近代性は恐ろしく魅力的な毒だったんですわ」

彼女は何をいまさらという表情で続けた。「だから、あなたの国を含めて、全ての非西洋諸国は、免疫性が全くないのに、競ってその毒を飲もうとしました、まるでソクラテスのように平然とね。おそらく二十一世紀は、毒が全身に回って、多くの後発国がのたうちまわり、先進国を地獄への道連れにする世紀になるでしょうね」マダムは、恐ろしい予言を、ひとごとのようにさらりと言ってのけると、もし私がヴェトナムの近代化に興味があるなら、ぴったりの本があるから貸してあげると言って、私を喜ばせた。

近代性に直面したヴェトナム

マダムの貸してくれた『近代性に直面したヴェトナム社会』はフランス語で書かれた四百頁を超す労作で、ヴェトナムの近代化にともなう諸問題が詳述されていた（Nguyen Van Ky, *LA SOCIÉTÉ VIETNAMIENNE face À LA MODERNITÉ*, 1995）。著者のグエン・ヴァン・キは、ヴェトナムのような植民地においては、植民地化そのものが近代化だとした上で、近代化に伴う社会的文化的変化が顕著に見られるのは、植民地化の進展した二十世紀初めの四十年間だと述べている。

ヴェトナムとフランスとの関係は、十六世紀に始まるヴェトナムの内戦期に、南北の長がそれぞれヨーロッパ列強との結び付きを求めたことに端を発している。十八世紀末、南の阮《グエン》氏の一族、阮福映（グエン・フク・アイン）がフランスの援助を要請した。クリストフ・バタイユの『安南』に描かれているのはこの時期に当たる。その結果、内戦に勝利した一八〇二年、阮朝が成立。以来王朝との関係でヴェトナムへの既得権を拡大していったフランスは、数度にわたる武力介入や条約を重ねた末、一八八四年、遂にヴェトナム全土を植民地化し、さまざまな「近代性」を導入することになった。しかしグエン・ヴァン・キの本によれば、それらの施策が奏効し始めたのは、二十世紀に入って暫く経ってからだという。

「一般的に近代性の特質って言われてるものがありますでしょ」マダムは私が多少は相手になると見定めたのか、難しいことを言い始めた。「個人主義とか言論・批評の自由とか自治だとか。でも、そういった特質がうまく通用したのはヨーロッパ国内だけですわ。植民地に入ってきたときは、全部歪められてしまっていました。だって、それらを完全に適用しようとすれば、植民地は成り立たなくなるんですもの。フランスはデカルト的合理主義に基づいて植民地支配を行なったって言われますけど、彼の道徳主義のほうは無視したんですね。だからその矛盾から目を逸らせるためには、フランスがいかに偉大な国であるかを徹底的に宣伝する必要があったんです」

中国の影響を排し、フランスの威光を押しつけるには、なんといっても教育改革が必要だった。真っ先に奨励されたのは、言語表記を、十三、四世紀以来の漢字表記(チュー・ノム)——『金雲翹』はチュー・ノムで書かれている——から、十七世紀に発明されたアルファベット表記のクオック・グー(quoc ngur＝国語)に切り替えること。これが出来なければ昇進が遅れる、と各役所に通達が回された。さらに二十世紀初頭から本格的なフランス式教育制度が発足。指導者養成のために新しく設立した仏越学校では、フランス語の使用が初等教育から強制され、歴史は全てフランスの歴史に限定、社会科ではインドシナにおけるフランスの栄光に満ちた業績が教えられ、フランスへの忠誠が誓わされた。教育の分野だけではない。例えば文学作品は西洋に倣って新しい恋愛を声高に奨励。大衆娯楽としての映画は完全に統制下におかれ、観客は画面を通して、ひたすらフランスの偉大さを叩き込まれた。これらの状況は都市の若者を中心に西洋文化、フランス文化への心酔者を量産させ、伝統と近代の相剋から、世代（老人と若者）、地域（都市と農村）等に重大な亀裂を作り出す結果になった。

「フランスの進出に抵抗した知識人はかなりいました。ごく初期の段階では、『金雲翹』の著者阮攸（グエン・ズー）もその一人でした。フランス側の関係者はヴェトナムへ来るなり、真っ先に彼を探しましたが、彼はフランスへの協力を徹底的に拒否しました。晩年は盲目になり、妻や娘に繰り返し繰り返しこの物語を語って聞かせたそうです」

「立派な人ですね」

「フランスの植民地になってからは、その支配に反対し、独立を勝ち取るため、日本へ支援を要請に行った人物がいましたわ。でも日本政府はことのほか冷たかったようですけど」さらっとした言いかただった。

「ファン・ボイチャウ（潘佩珠）のことですね？」私は急いで口を出した。「確か彼は日露戦争での日本の勝利（一九〇五年）に感動して、日本行きを決意したはずです。あの勝利は西洋も東洋もみんなびっくりしたようですね。有色人種が白色人種に勝てるなんて、どちらの側も考えられないことでしたから」

「『失われた時』で、女中のフランソワーズが嘆く箇所がありましたわね。フランス人が助けてやらなかったから、ロシアは日本に負けたんだって」

プルーストのほうは知らなかったが、潘佩珠のほうは、彼が横浜で書いたといわれる『越南亡国史』(一九〇六年）などを読んだばかりなので、よく覚えていた。例えば、彼はヴェトナムで始められたフランスの教育制度を散々にこき下ろし、教員の余りの水準の低さを嘆いている。

「ファン・ボイチャウは言ってますね、教員の半分は箸にも棒にもかからない低劣なフランス人だって」

「そして残りの半分は卑屈でやる気のないヴェトナム人だっていうんでしょ」

「よくご存じですね」

「グルノーブル大学の卒論がヴェトナムの近代化でしたから」

潘の文章はこう続いている。

学生の試験昇級に当たって、校長の受くる賄賂各人十元以上、女生徒にして教員の情婦たる者一校に十数人あるに至る。はなはだしきはフランス人教員にして、学童に鶏姦強要するものあり。(『天か帝か』南溟生訳、一九二八年)

教員だけでなく、警官の質はさらにひどい、と潘佩珠は言う。というのも、優秀な警官を採用すると、いずれフランス人に歯向かうようになることを彼らが恐れたからだ。そこで警官の採用資格は以下のように限りなくマフィアのそれに近づくことになる。

一　父母兄弟なく、郷里に財産、家業を持たぬ者。
二　相貌が獰猛凶悪で、一見冷酷なるを知らるるごとき者。
三　自ら自分の父母の名を呼んで、これを痛罵し得る者。（同上）

だが現実には、潘たちのようにフランスの施政に反発、独立を目指す者と、「VIVE LA FRANCE!」派とでは、あまりにも多勢に無勢で、潘らの熱望はあえなくついえてしまう。ところが、フランスをあがめ奉っている連中もまた、日本の鹿鳴館時代と同様、西洋人の侮蔑的なまなざしは避けようもなかった。

父親たちは古い安南に忠実であるのに、息子たちは『フランス人と同じもの』を欲しがる。……フランス料理屋で、親の世代はハシのようにナイフとフォークを握って、あぶなっかしく食べる。……（食事を終え）テーブルから立上がると、父親は守護神に礼拝、息子は安南の声『Voix Annamite』（註＝仏語新聞）をひらく。（ローラン・ドルジュレス『印度支那』小松清訳、原作一九二九年）
仮にロシヤ人が、支那を通って、印度支那を侵すようなことになったとする。すると安南人たちは、十年の後には、イコーンを拝むことになるだろうし、また、（暑いから）火はつけないだろうが、兎に角ストーブの上に寝るようになるだろう。（同上）

国際的非難を浴びつつ、一九四〇年北部、一九四一年南部仏印進駐を強行した日本にとって、こうしたフランス人の思い上がりやヴェトナム青年のフランスかぶれを日本の活字媒体で強調することは、自らの行動を正当化する日本政府への援護射撃となった。例えば、著名な劇作家中野実のインドシナ報告『仏印縦走記』（一九四一年）は…

急に主人（註＝ヴェトナム人店主）は顔を曇らせて、『お恥かしい話ですが、一般に言って、わが国の若い女はそのことごとくがフランスの文化に蝕まれてしまってゐます。欧米人の真似ばかりして居ります。やれ、口紅だ、香水だ、ダンスだ、ピクニックだ。かうしてお話するのも苦々しいくらゐです。

同じ報告の中で、中野は現地で日本風の蕪《かぶ》の漬物を食べることで、次のような深遠な思想に辿りつく。「有色人種である仏領印度支那の土民に、白色人種の文化よりも、われわれ日本人の文化が受け入れられ易いのは理の当然なのである」。彼にとって、ヴェトナム人による日本人・日本文化の受け入れは理の当然だが、同じ有色人種である中国人・中国文化の浸透は苦々しいかぎり。したがって「支那本土上では皇軍に散々な敗北を喫してゐながら、尚かつ（仏印で日本人と）平等の権利を叫ぶ華僑のゐることを知って貰ふことも仏印を語るに当っては、徒爾でなかろう」ということになる。

また別人の印象記によれば、サイゴンの街は、フランス支配下でソドム的に堕落しきっている。

サイゴンと言ふ街は複雑怪奇なところだね、一晩、三輪車でグルグルッとサイゴンの街を一廻りすれば、まあ、フランス人なるものがかう言ふものだと、だいたい見当がつくやうな気がする、ホテルやバアを中心に、そこのテラスに光を慕う虫のやうにたかってビールを傾けつつある彼等の目がどこに向って光っておるか、のみたい顔、食ひたい顔、女を漁りたい顔、別にするなと言ふじゃないが、物に怖えた顔、そんな顔、顔が記憶にあるばかりよ……サイゴンの街は、街中が浅草だ。街ん中を歩くあだっぽい安南女、シクロにのってをるハーフの娘、自動車でつっ走ってをるフランスの金髪ガール、そうした女、女、女をのぞいて官能のたのしみに耽ってばかりをるサイゴン人だ。淫靡でそして末期的な情景とでも言ふのかな。まあ、巴里のモンマルトルをとり広げたものと見れば間違ひはないよ。（山本実彦『巨いなる歩み』一九四二年）

ヴェトナム演劇の母をたずねて

表面上ソドムの頽廃は消え、二輪車の喧騒とシクロの埃のみ残った大通りを南へ下る。マダムの忠告で、通りすがりの市場で大きな花束を買った。大通りはフランス風に、並木を挟んで自転車道路と歩道が設けられており、その一角に十九世紀風のパッサージュがあった。まわりの歩道に低い木卓を持ち出し、しゃがんだ格好で何か食べている人々の間を抜け、背の高いアーチを潜る。フンハさんの簡素な住まいは路地の奥だった。

通された居間の壁を隙間なく埋めている舞台写真も、大きな飾り棚にびっしり並んだ記念の杯や牌も、彼女の舞台人としての長い歴史を物語っている。すぐ冷えた鉱水が運ばれた。むし暑いヴェトナムではこれが一番ありがたい。そして、主役登場。フンハさんが現れると、突然、照明が当たったように辺りが華やかになった。金銀が綾となったアオザイに赤い絹の襟巻。かなりのお年だと事前に知らされてはいたが、目の前にいるのは、大柄で若く美しく颯爽とした歌姫だった。「よくいらっしゃいました。カイルォンとキェウに興味をお持ちだそうですね。私の初舞台がキェウの役だったんですよ。それが大評判になって、私の当たり役になりました。私もキェウの芝居が一番好きなの」

第一のキェウ——フンハさん

この人が求めていた歌姫に間違いない。そう確信した私がマダムをちらりと見ると、マダムが、そうでしょ？　というように、軽く頷いた。

背の高い黒い扇風機がだるそうに回っているが、フンハさんの緩やかに遣う羽根扇のほうがよほど涼しげだった。日本の方がカイルォンに興味をお寄せ下さって大変光栄です、なんでもお聞きください、とおっしゃる。キェウと初恋の人キム・チョン青年が林の中で初めて出会ったとき、キムは相手にすっかり魅入られ、これは夢か現《うつつ》かと迷うのだが、私もそれに似た気分で、長い長いインタヴュウに入っていった。

カイルォン（改良＝CAI　LUONG）という芝居がヴェトナムの「近代化」とともに始まったことは、芝居自体に「改良」という名称が与えられていることからも推察できる。こうした近代性流入以前の演劇としては、ハノイなどの北部を中心とするハット・チェオや、フエの宮廷で保護された中部中心のハット・トゥオン（ハット・ボイ）などが存在したが、これら中国色の濃い伝統劇が、フランスの演劇やオペレッタの強い影響を受け、一九一七または一八年、サイゴンを中心とする南部に、改良劇カイルォンが誕生。一九一九年に、郷愁をそそる魅力で現在まで唄い継がれる最大の当たり曲ヴォン・コー（VONG CO＝「過ぎ去りし日への想い」という意味だが特定の一曲を指すわけではない。旋律は同じで、歌詞はその場その場で変わる）が生まれ、人気を確立する。内容は宮廷もの、お涙ものから軽喜劇まで幅広く、形態は、主役が山場へ来ると唄い出すという完全なミュージカル。

カイルォンは第二次大戦前夜まで、西洋モダニティーの窓口として、数多くの移動劇団が全土を興行して回り、新しい考え方や言葉を大衆に普及するのに役立った。その後、日本軍の仏印進駐から第二次大戦、抗仏戦争、ヴェトリム戦争と続く切れ目のない戦争の世紀へ突入。その間カイルォンは、時に反仏、反植民地運動、時に反共産主義勢力の宣伝に利用されながらも、しぶとく戦火をかいくぐり、王者の座をTVに奪われたとはいえ、現在に至るまで、大衆に愛され続けている。

扇風機は回っている。羽根扇は緩やかな上下動を繰り返している。台所からのゴイセン（炒飯）を炒める匂いが、路地から聞こえる子供たちの遊び声と混じりあう。私はヴィシィ水を飲みながら、演劇界の女王が話すヴェトナム語の快い調子に聴きほれ、通訳は一語も書き漏らすまいと必死にペンを握っている。三回に分けて聞き取りを続けたフンハさんの物語がこれから始まる。

第一のキェウ——フンハさんの物語

（フンハ）女優という職業を選んでいなかったら、私は間違いなく乞食か売春婦になってたわね。そのくらい女が自分で生きていくのはむずかしい時代だったの。女は男のいいなりになる付属物。ものの数に入らない。自分の意見を言うどころか、夫の前では顔を上げることすら許されない。そんな時代に女として生まれることの大変さは、いくら説明しても今の人には分からないでしょうね。だから私は、何十年も前から、私の残りの人生の全てを、この大変な時代に舞台人として生きた女性たちのために捧げようと決心して、奉仕活動を続けています。

一九一一年ミィトー（註＝石井米雄氏の表記に倣う）で生まれました。ミィトーはサイゴンから南西へ七十粁《キロ》ほど行った、メコン・デルタの入り口の町で、カイルォン発祥の地とも言われてます。だからミィトー出身の俳優は今でも多いわね。父は中国人で、裕福な商人でした。郊外の家は広くて、牛や馬を百頭も飼ってたのよ、肉商売もやってましたから。幸せだった。今でも目を閉じると、手毬ほどの緑の実を一杯付けた庭のゴヤヴの樹林が甘酸っぱい匂いとともに浮かんでくるわ。それから牛や馬の手入れをしてる従業員たちの唄声。この時は人や動物の汗臭い匂いも一緒に甦るわね（笑）。私が唄を好きになったのは、いつも彼らの唄を聴いてたからでしょうね。ところが六歳のとき父が突然亡くなりました。だから私の幸せのときも六歳で終わったのね。

母はヴェトナム人だったけど、父が死んだとき、中国のしきたりで、父の故郷・広東へ子供たちを連れて帰ったんです。でもそのとき、広東で猛烈に疱瘡《ほうそう》が流行ってたのね。私と妹がすぐかかって、妹は死にました。で母はもうここには居られないって言って、またミィトーへ戻ることにしたの。そのくらい疱瘡は怖い病気でしたね。港でヴェトナム行きの船に乗ろうとしたら、水夫が私の顔の疱瘡を見つけて、いきなり私を抱き上げて海に放り込もうとしたの。母が泣いて頼んだおかげで、母と私は甲板に隔離されて無事ミィトーへ戻れたんです。

その後も母と私は何回となくミィトーと広東を往復しましたよ。父の実家では私たちを引き止めようとしましたけど、母も私もどうしても中国に馴染めなくてね。中国語を習うことも拒否して、やっとミィトーに落ち着いたのは私が十歳のときね。落ち着いたといっても、もう実家には住めなかったんです。あの頃家を継ぐのは長男だけ。まして女は穀つぶしの厄介者。中国に落ち着くと思った私たちが帰ってきたんで、兄たちが怒ったのね。結局追い出された私たちはいとこに頼みこんで、その屋敷の片隅に寝かせてもらいました。家族のつながりも儒教精神もまったく関係なし。あるのは男の世界だけ。私は小川で魚を取ったりして懸命に家計を助けたけど、母が重病になったときは、もう薬代もなかったの。それでお金を借りに兄のところへ行ったけど、貸してくれなかった。私はただ泣くだけでしたね。

いよいよ困ったとき、叔母が煉瓦工場の仕事を世話してくれたの。ミィトーの辺は煉瓦の産地なんです。でも小さかったから、たいして作れないんで、収入はわずかでしたね。ただ声がよく、唄がうまかったんで、休み時間に唄うと、女工さんたちがうっとりと聞き惚れてね。しまいには、仕事中に唄ってくれたら、あんたの煉瓦は代わりに私たちが作ってあげるって言われて、それからは仕事せず、唄だけ唄って、労賃分を稼げました。あの時の故郷の土の匂い、煉瓦の匂いはいまだに強烈に身体にしみこんでますね。

歌姫は娼婦より卑しい？

（フンハ）母の病気は次第に重くなっていって、薬代にも事欠くようになってきました。そんなある日、いつものように煉瓦工場から帰ってきて、暗く汚い片隅に寝たきりの母のもとへ行ったら、母が知らない男の人と話しているのね。私がペコリとお辞儀をすると、その人も丁寧にお辞儀を返しました。そして、にこにこしながら、お嬢さん、どうか私の話を聞いてくださいっていうの。母のほうを窺うと、暗い目をしてたから、あまりいい話じゃないと思いましたけどね。別に反対もしなかったので、着物を着替えて、男の前にかしこまって座りました。そしたら、その人は劇団の主宰者だったの。中国との混血児で声のいい子がいると聞いて、尋ねてきたって言うのね、歌姫にならないかって誘いに。
実はその日が四回目の訪問だったの。母は体面をおそれて、ずっと断り続けてたそうです。というのも、歌姫という職業は娼婦より卑しいとされてた時代でしたから。なぜって、娼婦は一対一だけど、歌姫は大勢の客に顔を晒す仕事ですからね。社会の最下層民として、それは軽蔑されたものよ。

歌姫が卑しい職業とされたのは、フンハさんの言う「大勢の客に顔を晒す」という理由だけでなく、実際に娼婦を兼ねる場合が多かったことによるようだ。『近代性に直面したヴェトナム社会』の記述によれば、一九三〇年代に「歌姫の館」と呼ばれる娼館が都会で激増したという。そこでは歌姫たちが唄を唄い、酒のお相手をし、さらに一夜を共にするが、ためにフランス人ヴェトナム人の間に性病が蔓延したとある。

『金雲翹』の冒頭に、野遊びの途次、偶然荒れ果てた墓に出会ったキェウが、その墓の主の果敢《はか》ない運命を思って暗澹とするという、『ハムレット』の墓掘りの場を思わせるような場面があるが、その主はたまたま客と枕を交わす歌姫だった。その瞬間キェウは、自分もまたこの墓の主と同じ運命を辿るだろうと予感し、実際その通りになる。恋人が故郷へ帰っている間に、突然無実の罪で獄舎に繋がれた父と弟を救うため、キェウは青楼に身を売る。そこでの彼女の毎日は、「朝に粋客を送り出し、夕べに新たな客を媚びで迎える。酔い痴れた宴の一夜が明ければ、我と我が身のあさましさ不憫さを嘆くばかり」とフランス語訳に描かれている。

その後、舞台でキェウを演じた多くの歌姫たちも、そして、女主人公の運命に涙した女性客たちもまた、キェウの人生に自分たちのそれを重ね合わせて、身につまされたのではないだろうか。なぜなら、近代化の時期というのは、フンハさんが言うように、女が自分で生きていこうと思えば、乞食か売春婦になるしかない時代だったのだから。

（フンハ）歌姫なんて娼婦より軽蔑される職業だったから、母は、そんなことすれば親戚から爪弾きにされるって恐れてました。だから私は言ったの。もうとっくに爪弾きになってるじゃないの、これ以上何を恐れるのって。それから主宰者に尋ねました。もし承諾すれば五十ピアストルくれますか。そうすれば、そのお金で母の薬を買うことができますから。そう言ったら、彼が分かったって答えたの。私も食べさせてくれるかって聞いたら、それも約束するって。これが私の人生で一番嬉しかったときです。一番悲しかったとき？　兄の所へ借金を頼みに行ったら、一家で食事中だったんだけど、私は食卓にも座らせてもらえなかった。その時は本当に悲しかったわ。

十三歳で母と別れるとき、二つのことを約束させられました。一つは常に自分自身に誇りを失わないこと、もう一つは、お金にだけは絶対使われないこと。この二つの教訓は生涯を通じて生きています。でも、その男に連れられてミィトーの劇団へ向かったときは、本当に不安でした。なにしろそれまで、芝居と名のつくものはたった一度しか観たことがなかったの。それが、今から考えれば、生まれたばかりのカイルォンだったのね。

ミィトーはカイルォン発祥の地だって言ったでしょ。初めのうちは中国的な芝居が多かったけど、そのうち、どんどんフランス色が強まってきたの。もちろん西洋モダンへの憧れが拡がったっていう時代の波もあるけど、それだけじゃない。一方で、次第に民族運動が高まってきたでしょ。だから、それに対抗させようとして、当局がよけいフランス色を奨励したってこともあるのよ。それで二〇年代の終わり頃には、開幕前に出演者全員が衣装を付けたまま舞台に勢揃いして、ラ・マルセイエーズを合唱するようになったの、もちろんヴェトナム語で。面白いでしょ？　それから、マリネラとか"J'ai deux amours"みたいな流行りのシャンソンで幕を開けるの。

"J'ai deux amours"（二人の恋人）は、アメリカ生れのジョセフィン・ベイカーが一九二七年、パリの代表的キャバレー、フォリー・ベルジェールに登場して唄うや、たちまち大当たりとなったシャンソン。三〇年頃パリにいた金子光晴の『ねむれ巴里』にも、この頃流行りだした唄として挙げられている。

「私の二人の恋人、それは故郷とパリ。両方ともいつも私をうっとりさせる。もちろん故郷は素敵だけど、私を虜《とりこ》にするのは何といってもパリ、パリ。……」という唄は、宗主国フランスに憧れた当時のヴェトナム人の気持ちを代弁していたのかもしれない。

因みに彼女のもう一つの代表作に"La petite Tonkinoise"（かわいいトンキン娘）というのがある。

「あたしはあの人のかわいい安南娘。木々でさえずる小鳥のように、いつも陽気で愛らしい。あの人はあたしのことを〝僕の可愛い子ちゃん、僕のトンキン娘〟って優しく呼ぶの。……」

植民地安南の魅惑を女にたとえたこの唄も、おそらく当時のカイルォンで唄われたに違いない。ジョセフィン・ベイカーのこの二つの唄は、オクシデンタリズムとオリエンタリズムの交差した当時のヴェトナムの状況をみごとに象徴しているといえるだろう。

芝居の終わりもシャンソンなの。いったん閉まった幕が、今度は"Matelot"（水夫）や"Mon Papa"の演奏で開くと、全員が整列して挨拶するわけ。これなんて完全にフランスのオペレッタの真似ね。芝居自体もモリエールものやコルネイユのル・シッド、それに椿姫なんかにも挑戦したけど、フランスから本物の劇団がしょっちゅうやってきてたので、ヴェトナム人による赤毛物はたいてい失敗でした。ただ彼らの戯曲は積極的に翻訳して、いいところはどんどん吸収するようにしてたから、カイルオンへのフランスの影響は非常に大きいでしょうね。後に私自身も『トリスタンとイゾルデ』とかヴィクトール・ユゴーの"Marie Tudor"（チューダー王朝のマリー）なんかをやりましたけど、西洋の衣装に慣れないから、着替えるのに、いつも楽屋は大騒ぎでした。

新しい歌姫の誕生

（フンハ）初めて観た芝居は王朝ものだったけど、王様が若い娘の手を取る場面がとても印象的でした。だって普通の家の娘だったら、人前で男に手を取らせるなんて絶対ありえませんからね。これは私には禁じられた世界だという思いと、女優になりたいという欲望とが心の中でせめぎあってましたね。だから連れられて行った稽古場で、フランス人との混血の子も含めて、私ぐらいの年頃の少女に沢山出会ったときは、少しほっとしました。新たに発足する劇団ということで、子供が多かったの。中に経験者が何人かいて、つきっきりで教えてくれたけど、セリフも踊りもちっとも難しくなかった。覚えが誰よりも早くて、すぐ上手にこなせるようになったから、ひと月後の初舞台のときは、もう自信満々だったわね。私の役は、いきなり主役のキェウでした。いま『金雲翹』は殆どやらなくなったけど、あの頃は一番人気のある芝居でしたね。

発足したときは、稽古期間が短かったから、公演日になっても朝八時から夕方五時までびっしり稽古して、食事。それから入りの具合を見て、八時少し前に幕を開けて、十一時すぎまでやるの。土曜日はさらに真夜中の一時から四時まで二回目の公演をやるんだから、今考えれば目茶苦茶な日程よね。でも、さっきも言ったように、歌姫や女優の職業を選ぶということは、社会の最底辺で生きるということだったのよ。だから、この社会で生き抜いてやるという気迫と勉強は、それは凄まじいものでした。人より少しでもうまくなりたいと思って、無我夢中で稽古しましたね。

初舞台は劇場じゃなく、お寺だったの。ヴィンチャンという百五十年ほど前にできた仏教のお寺なんだけど、設計家がフランス人だったのか、西洋の建物みたいな造りなのね。そこの隅にある集会場でやったんだけど、なにしろ古い建物なもんだから、遊廓から逃げ出す場面で、駆け出した瞬間、床が抜けて、足を折っちゃったの。だから左足がかなり短いのよ、私。でも公演は大成功。私はいきなりスターになってしまったの。

二年たって他の劇団に移って、十八歳のときはもう座長になってました。メコン・デルタの周辺からサイゴンへ、サイゴンからハノイへ、ハノイから全国へ、それこそ旅から旅への毎日でしたね。

安南芝居の唄を聞いてゐると、鳳好（フンハ）とか南飛（ナムフィー）とかいふ一流の女優になると、それぞれ獨自の美しさを持ってゐて、大衆の人気を集めてゐるわけである。（森久「佛印の撮影所」、『映画旬報』一九四二年）

交趾支那人達（註＝コーチシナはヴェトナム南部の旧称）が組織したフンハ劇団が河内（ハノイ）の市

立劇場で『妻か？　妹か？』といふ自然主義劇と、軽い喜歌劇とを上演した。入場券は前賣で賣切れたほどの盛況で、安南人達の観衆の立派な態度は如何なる文明せる国民にも劣らなかった。このフンハといふのは劇団を主宰する女優の名であるが、彼女はその故郷たる交趾支那の人達と共に柴棍（サイゴン）に新劇の運動を起して、終ひには河内にまでやってきたのであった。（金永鍵「印度支那に於ける藝能の現状」、『映画旬報』一九四三年）

（フンハ）毎晩演し物が違うので、やれる演目が三つあれば三日、四つあれば四日やって他の町へ移るの。移動は船。運河を木船に乗ってゆらーりゆらーり。劇場と木船の中が私の青春のすべてだった。恋愛も結婚も出産も死産も離婚も、全部その中で経験したわ。俳優という職業は世間が狭いのに異性関係がややこしいから、結婚には向いてないわね。つくづくそう思います。とりわけ私みたいに十八歳なんて年で結婚しちゃ駄目。若いうちは何も考えずに芸道一筋に行くべきよ。

戦争中は、それはそれはいろんなことがありました。家を焼かれたり、公演中に爆撃されたり、義理の息子が首相になったり。夫の先妻の子グエン・カーンは六三年にゴ・ディン・ジェムが暗殺された後、首相になったんだけど、とたんに私のところにも賄賂が山積みになったの。これじゃとてもいられないと思って、フランスへ逃げ出したわ。昔カイルォンにシャンソンを取り入れてた頃、唄ってたので、それを思い出して、パリのキャバレーで唄ったり、芝居をしたり、すぐお金がなくなったから、皿洗いや酒場の給仕をやって、彼が首相を辞めるまでフランスで頑張ってたわけ。

帰国したころは、もうヴェトナム戦争がアメリカの本格的参戦で泥沼に入っている時期でした。カイルォンの公演もだんだん危険になってきたけど、私は公演より演劇学校で教える機会のほうが増えてきたの。ところが、当たり前のことだけど、時代が変わってしまったのねえ。若い人が厳しい稽古についてこられないのよ。

通りに面したフンハさんの居間に、若く美しい女性が風に吹き流された雲のように入ってきた。美女はフンハさんに花束を渡し、二言三言ささやくと、両頬に接吻して、ふたたび風とともに立ち去った。乙女の後ろ姿に見とれていると、通訳のマダムLに、「質問を続けましょうか？　それとも後を追いかけます？」とからかわれた。急いで質問を再開しようと、フンハさんに視線を戻した私は、思わず声をあげるところだった。あれほど生き生きと美しかった彼女が、見れば、深い年輪を刻んだ顔に濃い化粧をほどこした、紛れもなく年老いた一人の女性として、そこに座っていたのだ。いまや老女に戻ったフンハさんによれば、さきほどの乙女は、いまカイルォンの世界で一番人気のある歌姫らしい。毎年誕生日近くになると、花を持ってくるのだという。ただ明日から長期の巡業に出てしまうから、当分彼女の舞台は見られないといって、私を失望させた。

（フンハ）あの子も含めて、いまの若い女優は勉強が嫌いだわねえ。人生が楽すぎるんだわ。国から援助ももらえるし、拍手さえ取れればそれでいいと思って、それ以上うまくなりたいという欲がない。完璧を目指さないのね。立ち回りは一応派手にソツなくやるけど、どこか物足りないの。手の遣いかた、目の遣いかた、体全体の動きで客の心をぎゅっと把むだけの気迫がない。心が伴ってないというのかな。私たちのときは、死ぬまで勉強だと思って、みんな必死でした。そうしなければ女は生きてはいけなかった。そのくらい女の地位は低かったのよ。もちろん、それでいいということじゃないけど、世の中って、何かを得れば、何かを失うものなのねえ。

　幸せな人生だったとは言えない。何回か結婚したけど、どれもうまく行かなかったし、子供もみんな死んでしまった。あと私にできることは何か。キェウはいつも人のために一所懸命尽くしてました。その生き方は私も大好き。だから私は、一銭の蓄えもなく惨めな暮らしをしているかつての歌姫や役者を救済することに一生を捧げることにしたの。芸能人の老後はそれはそれは悲惨なものよ。彼らのために全財産を投じて、パゴダ（仏院）や共同墓地を建て、いま病院の建設に走り回っています。もしそれが完成し、まだ私に余生があるなら、晩年のキェウのように、ひっそりと仏に祈りながら最後の時を迎えるのが願いね。

エロスの味わい

　フンハさんに見送られて外へ出たときは、すでに薄暗かった。『金雲翹』の芝居はいま殆ど上演されないという話には落胆したが、おまけにこの時期、首都圏でカイルォンの公演すらやっていないというのも、日本での情報とは大いに異なっていて、いささか落ち込んだ。

「さっきの歌姫の巡業を追いかけてらっしゃい。彼女が“Votre Kieu”（あなたのキェウ）かもしれなくてよ」

「どうしようかなあ」彼女の勧めに心が動いたが、サイゴンを離れることへの躊躇《ためら》いもあった。「その巡業にあなたは付き合ってくださるんですか？」

「私はダメです、家族がいますもの」

　きっぱりと断られた。いったん萎えた心を奮い立たせるには、方向転換が必要だ。

「インタヴュウすると、やたらお腹が空くんですよ。何処かへ案内してくださいませんか」

マダムに案内されたのは、北部の代表的食べ物というフォーの専門店、「フォー・パスツール」だった。熱帯病研究で有名なパスツール研究所はすぐ近くにある。このパスツール通りという名前も近くヴェトナム名に変わるらしい、とマダムがいまいましそうに言った。いくら名前を変えても、権力が卑しさと手を結び続けるかぎり、この国に未来なんて存在しないんです。マダムは相手が外国人である気楽さか、たいそう悲観的な言葉を吐いた。その意味でなら、日本にも未来はないと思います。そう言おうと思ったが、マダムはさっさと店へ入ってしまった。物乞いが三、四人近付いてきた。手や足のない者が多い。私は急に観光客らしい顔付きに戻って、蠅でも振り払うような手付きで、狭い店内へ入った。

店内は満員だった。外国人が多いとみえ、ヴェトナム語に英語、フランス語、中国語、韓国語などが入り交じり、まだ景気が萎む前の、国際資本の入り乱れるヴェトナムの縮図のようだった。

奥の、台所に接する小さな余地に導かれた。板を渡しただけの粗末な卓上に幾種類もの香草が山積みされ、かまぼこ、ちまき、揚げパン、バナナなどが所狭しと置かれている。目の前には湯気をたてた大釜が幾つも並び、こちらの食欲を痛いほど刺激する。ごくりと唾を呑み込んでから、マダムを見たら、マダムもおかしそうにこちらを見ていた。

フォーの丼が運ばれてきた。マダムの指示に従い、丼の中に、もやしや香草、ピーマンなどをどんどん放り込み、ライムをたっぷり絞りこんだ。初めて味わうフォーの味。お口に合います？　私は鼻の頭に汗をかいて頷いた。マダムは満足そうに微笑み、少し突き出した唇を肉感的にすぼめ、麺を巧みに銜《くわ》えた。フォーとカイルォン。大衆の欲望を代表するこの二つの存在の中に、ヴェトナムのエロスが溶け込んでいるに違いない。私は形のいいマダムの唇に次々と吸い込まれてゆく白い麺を眺めながら、その秘密を一つ一つ探るような気分で、香り高いフォーをゆっくり味わい続けた。

フォーの活力素が注入されたせいか、食事のあと、いつになく「悦楽」への欲望がむくむくと頭を擡《もた》げてきた。「時」に蝕まれゆく我が身に、まだ残る悦楽への期待。素直にその旨を告げ、マダムにおねだりしたら、そんなに望むなら、願いを適えてあげる、と言ってくれた。私はなんでもいいから、舞台が見たいと頼んだのだ。今日はちょうど日曜だから、歌謡ショーでよければ、ホテル・レックスでやっていると言う。私は行ったことがないけど、とマダムは唇の端を曲げた。ぜひ観たいと言ったら、変な人ね、というように肩を竦めた。

ネオン輝くレックス・ホテルは、銀座四丁目の和光のような位置を占めて、聳えている。マダムは一時ここの食堂で、皿洗いをしていたことがある、と意外なことを言った。ホテルの横手に劇場があった。窓口が、もう一時間過ぎてるが、いいかと言うから、構わないと答えたら、二人で四万ドンと言われた。

千人ぐらいの席は三分の一ほど埋まっていた。聴いたことのあるロックン・ロールの大音響に合わせて、けばい衣装の男女が踊っていた。マダムはいったん席についたが、三十秒とたたないうちに、ああ、私には耐えられない、これからどうするか、明日またご相談しましょう、と頭を押さえて帰ってしまった。

派手めな歌手が次から次へと出てきたが、なぜか私の知っている古いアメリカン・ポップスが多い。千年紀《ミレニアム》を間近に控えたサイゴンの歌謡ショーで、こんな年寄りでも知っているアメリカのナツメロがぞろぞろ出てくるのは、どこか不気味な感じがしないでもない。どの唄も踊り付きというところがミソ。情緒たっぷりに唄う歌手の後ろで、ひたすら華麗に踊る一群を観ていて、déjà vu の感覚にとらわれたが、よく考えてみたら、紅白歌合戦の舞台にそっくりだった。

だいぶ遅くなったので、そろそろ帰ろうと立ち上がったら、紅いミニ・スカートの歌手が、ゆっくりしたヴェトナム・ポップスを唄い始めた。そこへ、古典バレー風衣装の男女が踊りながら出てきて、モスクワ仕込み（?）のデュエットを、舞台一杯に繰り広げた。その踊りの余りの可憐さに、私は戦後日本に君臨したマッカーサー元帥みたいな気分、すなわち「愛しい」という、感じる側にとっては大変贅沢だが、感じられる側にとっては大変失礼な気分に襲われて、思わず涙ぐみ、三歩あゆめなかった。

「うたて此世はおぐらきを
何しにわれはさめつらむ
いざ今いち度かへらばや
うつくしかりし夢の世に」

柄にもなく、帰り際の私を浸していた甘いノスタルジーは、シクロの運チャンの力強いニホンゴを浴びて、あえなく消し飛んだ。「オマンコ・イッパツ・三十ドル、ヤスイヨ！」

第三夜…洋魂越才

L'AME OCCIDENTALE, L'ART ORIENTAL

通訳のマダムLはアオザイにノン（すげ笠）という伝統的な着こなしを、かたくななまでに崩さない。それは、そういう格好が彼女の優美な容姿にぴったりだということを、彼女自身が熟知しているからでもあり、同時に、安易な西洋化に抵抗し伝統を守ることが彼女の生活信条であるからでもあろう。その生活信条は、逆説的になるが、彼女のフランス的な考え方からきていることは間違いない。実際マダムと話していて、考え方がヴェトナム人よりフランス人に近いと感じることがしばしばあった。海外経験の長い人間のほうが、かえって自国の伝統に拘《こだわ》るというのは、日本でもよくあることで、私はこれを『洋魂和才』と呼んでいるのだが（『朝日ジャーナル』臨時増刊「ノンフィクションの深化」一九八九年十一月二十月号）、その伝でゆけば、『洋魂越才』の賜物である今日の彼女のアオザイは、白地に黄色い花びらを細かく散らした模様で、私をうっとりさせた。

彼女の貸してくれた『近代性に直面したヴェトナム』によると、民族衣装となっているアオザイの歴史は意外に新しく、一九二〇年代以上前には溯れない。それ以前の女性の一般的な服装は、襟のない、極めて地味な、ふくら脛までの長い上着だったという。ところが、女性美を強調する西洋的な考え方の流入が、アオザイという新しい女性服の登場を促した。つまり、アオザイもまた、ヴェトナムの近代化とともに出現した衣装ということになる。

さて、マダムの話では、とびきり大物の国民的女優がもう一人いると言う。母親がカイルォンの名女優だった関係で、本人も初めはカイルォンをやっていたが、後にキック（現代劇）に転じた。一時映画の世界に入ったため、舞台から遠ざかっていたが、また舞台に戻ってきた。以前はキェウの芝居もやっていたらしい。ヴェトナムで知らない者はない大女優の名はキム・クーン。

おそらくこの人が〝あなたのキェウ〟ではないか、と言われては、こちらの気も逸《はや》る。さっそく会いたいむね告げると、そう思って、もうRendez-vousを取り付けてあります、とマダムがにっこりした。ただし大変忙しい人なので、訪問は明日になる、とのこと。それなら、と今日の予定を聞く間も与えず、これからカイルォンの演劇学校へ行きましょう、本物が観られないなら、せめて授業風景でも見ておいたほうがいいでしょう、と言う。すでにフンハさんを通して訪問の約束をとりつけた由で、向こうは大歓迎だそうだ。こうなれば、すべてマダムの言いなりに動いたほうがよさそうだ。

俳優を目指して

という訳で、ただちに市の南西部、下町の喧騒のまっただ中に立つ映画演劇専門学校へ赴いた。公立の中学校のような、殺風景なコンクリートの二階建てだった。出迎えた校長の話によると、この学校は国の援助で一九七七年に設立された。それ迄カイルォンの教え方は、他人に盗まれないよう、各人各劇団の門外不出の秘密だった。そうしなければ生存競争に負けてしまったのだ。それがこの学校のお陰で、漸く開かれた技術として、一般に教えられるようになったという。彼の案内で二階の練習場へ向かう。外廊下の中にまで枝を張った大木は、カイ・ザウ（Cây dầu）という木だと校長が教えてくれた。

練習場では三十人ほどの少年少女が、熱心に合唱の練習をしている。胡弓や琴の伴奏と相俟って、それはいかにも、メコン・デルタの赤い水と土の上を吹きわたってきた熱い風のような旋律だった。校長の紹介で、生徒全員から熱烈歓迎の挨拶を受け、気分はほとんどホーおじさんである。

歌唱指導に続いて、カイルォンの動きの稽古に入ったが、古典劇の剣を使っての立ち回り、若者の恋愛を主題にした現代劇の即興演技、いずれもかなり水準が高かった。中でも十五歳の少女の演技が、身のこなし、剣のさばき、眼の遣いのうまさで水際立っていた。彼女はこれからこの世界を背負って立つでしょう、まさに我々の宝石（ＢＩＪＯＵ）です、と白髪の校長が嬉しそうに解説した。

カイルォンの将来には何の心配もないという。たとえ一時的に人気が落ちることはあっても、文明が進めば進むほど、人々は伝統に戻るようになる、これはそれだけの価値のある芸能なんだ、と校長は胸を張った。

練習のあと、五人の少女に集まってもらい、話を聞いた。五人中四人までが、親の反対を押し切っての学校入りだった。大喧嘩をして家を飛び出した子、いまだに絶縁状態の子、自分の持ち物を全部売り払って学費に当てた子。親の反対理由の大半は、この職業がいまだに社会的に卑しめられているからということのようだった。それでもカイルォンが好きだから、まったく後悔してない、と少女たちは眼を輝かせた。

帰り、校門の陰から一人の少女が飛び出し、声を掛けてきた。校長にＢＩＪＯＵと紹介された十五歳の子だ。「私って才能があると思いますか？」というのが彼女の問い掛けだった。私は彼女の才能を褒め、これでカイルォンも安泰だと答えたが、早口で捲《まく》したてる少女の反応は予想と違っていた。カイルォンなんて全く未来がない、公演回数もどんどん減ってるから、卒業したってＣＭぐらいしか仕事はない、友達はみんなアメリカ音楽に夢中で、カイルォンを勉強してるなんて言ったら笑われるだけだ、奨学金がもらえたから入学したが、卒業したら、さっさとホンコンへ行ってカンフーを習い、国際的な映画スターになる。マダムによると、彼女はそんなことを言ったらしい。

私のこと、日本でも宣伝してね、チャオ！　少女は稽古で見せたあの敏捷な動作で、白兎を追うアリスのように、カイ・ザウの枝の下を駆け去った。あの子はキェウではないな。私の呟きをマダムが聞きつけた。あなたは幻の安南国を求めておいでのようですね。Non? Oui, c'est vrai と私は重々しく答えた。しかし、もし人生そのものが幻だとしたら、許されませんか？　そう続けたら、彼女は、口の減らない人ね、というように、軽く肩を竦めただけだった。

サイゴン河を下れば

マダムの提案で、サイゴン河の河沿いに最近できたという料理店へ出かけた。タクシーを飛ばして田園地帯を四十分以上かかったから、かなり上流に位置しているのだろう。トーテム風の彫刻を施した門をくぐり、熱帯の花々が咲き乱れる庭を通って玄関へ。白い詰襟の上下に赤い帯を締めた少年が車の扉を開け、中へ案内した。一歩食堂へ入ると、目のまえに水が広がっていた。河に大きく張り出しているので、船の甲板にいるような感じがする。一面の水と遠くに見える対岸の緑という構図の中で、動くものといえば、時折、一本の棒を操った小船が通るだけ。たった一度、タンソンニャット空港へ向かうと思われる旅客機が上空を横切り、眼前の風景に軽い緊張感を与えたが、それが過ぎれば、辺りはまた元の静止画に戻った。

客は私たちのほかは、若い二人連れだけだった。彼らの卓上に置かれたカセット・プレイヤーからアメリカのラップ音楽が流れてくる。ここにはどんな客が来るのかと聞いてみたら、外国人か成金でしょうね、という返事だった。数年前、フランス最高の料理長が来越、専門家を対象とする料理の講習会を開いたとき、マダムが頼まれて通訳をしたが、そのときの生徒の一人が今ここの料理長になっているという。

彼女の注文で、新鮮な魚介類をたっぷり入れた鍋料理にしたが、味がいま一つだった。彼女が給仕に何か囁くと、料理長がすっとんできた。幾つかのやりとりの後、料理長が最敬礼していったん鍋を下げ、新しいのを持ってきたが、今度は各段に味が良くなっていた。いったいどんな魔法を使ったのかと聞いてみたら、彼女は澄ました顔で、ほんの少し塩を足すように言っただけだという。

「人生と同じでしょ。単調さを避けたかったら、少し塩味を加えればいいのよ」何か一言批評するのがマダムの癖らしい。それが嫌味にならないのは、やや灰色がかった彼女の瞳のせいだろう。「もっとも私の場合は少々塩が利きすぎたけど」そうポツンと付け加えた。利き過ぎた塩味の内容を聞いたが、そのうちお話しします、とはぐらかされた。

料理長がやってきて、夕方ここで盛大な結婚式があるが、われわれを招待したいと言う。夜は芝居を見る予定になっていたので、丁寧に辞退したが、いまから招待客を迎えに、サイゴンの港まで船を出すから、乗っていってはどうかという申し出では、有り難く受けることにした。料理店前の桟橋から空っぽの遊覧船に乗り込む。まもなく船が動きだし、マダムと私は後甲板に並んで、食堂から手を振る料理長に別れを告げた。

船が河の真ん中へ出ると、いま迄緑に隠れて分からなかったが、粗末な小屋が対岸の河辺に並んでいて、洗濯をしている女性や網を繕っている男性の姿が見えた。

「樹の枝の間からは、見すぼらしい小屋が群がり建っているのが現われ、永遠の王者たる緑林の支配下に、いかに人間がつつましやかに、またまるでうち棄てられたものの如くに生活しているか、その姿を見せてくる。それは痩せこけてサフラン色の胴体をした安南人である」(ピエール・ロティ『アンコール詣で』佐藤輝夫訳)

ロティがミィトーからメコン河を溯ってアンコール詣でをしたのは一九〇一年のことだ。その時からほぼ一世紀を経たサイゴン河流域でも、似たような光景が見られたことになる。ただし、「あの人たちは全員立ち退きを命じられているから、もうじき居なくなるのよ」とマダムが言う。その後に成金たちの別荘を建てるのだそうだ。

前方の小屋の近くに、悪魔の目のような模様を舳先に描いた小船が浮かんでいる。よく見ようと身を乗り出したとたん、マダムの髪が風に靡き、私の頬を擽《くすぐ》った。そのとき初めて、彼女が何時の間にか髪を解いていたことに、そして二人が余りにも近く寄り添っていることに気付いたが、相手がなにも言わないので、私も黙っていることにした。ふいに、初めて出会ったときと同じ匂いが鼻を衝いた。『金雲翹』には、キェウの立ち去った後に漂う馥郁《ふくいく》たる香りに、恋人のキムが恍惚とする場面が出てくるが、あれはこんな匂いだったのだろうか。彼女が愛の徴しとしてキムに手渡した黒髪は、いま目の前で揺れているものと同じだったのか。風で長い髪が乱れる度に、すんなり伸びたうなじが見え隠れする。どうやら匂いはその辺りから来るようだった。私が見ていることに気付いているのかいないのか、マダムはじっと遠くを見つめている。私がほとんど衝動的に匂いの元に唇を触れようとしたとき、Comment allez-vous? という挨拶とともに、若い船員が笑顔で近付いてきた。フランス語が聞こえたので、話してみたかったとのこと。ほっとしたような、がっかりしたような気分で、私は人の好さそうな青年に挨拶を返した。

習い始めて半年だという彼のフランス語はよく分からなかったが、フランスで経営学の勉強をするのが夢だという。あんな連中には負けませんよ。彼が指差す方向の河岸には、広々とした敷地に新しい瀟洒《しょうしゃ》な家々が建ち並び、ブルドーザーで造成中の土地もあった。みんな役人か、役人と結託して甘い汁を吸ってる連中の別荘です。船員の吐き捨てるような口調が、通訳抜きでも、言葉の意味をよく伝えていた。古い小屋が見えてくると、写真を撮れ、写真を撮れ、とけしかける。その訳は、もうじきなくなるからだという。

彼の興奮が頂点に達したのは、日本の軍事管理時代にヤマト・ホテルと呼ばれたホテル・マジェスティックの壮麗な建物が前方に見えだしてから。対岸を指差し、さあ撮れ、今撮れ、早く早く、とうるさい。そこには、ずらりと並んだ掘っ建て小屋の前面に、日立、東芝、ソニーなどの大看板が屋根を圧するように聳えていた。あれこそ外国資本に蹂躙《じゅうりん》されているヴェトナムの象徴だ、という彼の言い分には、私が日本人であることなどまったく考慮に入っていないようだった。私は素直に日系企業の看板の群れに写真機を向けたが、あいにく電池が切れて、シャッターを押せないことが分かった。彼はわが事のように残念がったが、船が桟橋に停まりそうになると、慌てて船首のほうに飛んでいった。船を降りるとき、もやいを操作している青年に、Bonne chance! と声をかけると、はにかんだような笑みが返ってきた。

夜の観劇は、カイルォンが観られないなら、他のどんな芝居でもいいから観てみたいという私のたっての頼みに応じて、マダムが八方手を尽くして見つけてくれたキック（現代劇）だった。まだ日本のような情報公害社会になっていないヴェトナムでは、芝居一つ観るのも、口コミで探すのが一番手っ取り早い方法なのだ。

初めての芝居

公演場所は、マダムの家にほど近い住宅地の真ん中。どうやら普通の邸宅の二階を解放しているような雰囲気だった。門前の大木に拡声器が取り付けられ、エディ・アーノルドの唄う"I really don't want to know"の曲が夜の街に流れていた。日本でも「知りたくないの」の題名で一時大流行した曲だが、サイゴンの静かな住宅街で聴く五〇年代のアメリカン・バラードは、いたくこちらの旅情を刺激した。

外階段を二階へ上がり、木の扉を開けると、能舞台のような小さな張り出し舞台を三方から取り囲むように、百人ほどの観客が座っていた。芝居の外題《げだい》をマダムに聞いたが、中国語なので分からないという。両隣の客に聞いてみても同じ答えだった。意味の分からない題名の芝居というのは日本でも時々あるので、あきらめて客席を見回すと、男女は約半々、若者から年配者まで漏れなく揃っている。

突然場内の灯りが消え、ジーンズ姿の少女が舞台に出てきた。ケーキらしい箱を抱えて、浮き浮きしている。そこへ客席横の通路から老人がよろよろと現れる。人気役者らしく、拍手が湧いた。予期せぬ老人の登場で、彼女の楽しげな空気は一変する。老人に激しい言葉を浴びせかける少女。とぼけた表情で言い返す老人。藤山寛美に似たこの役者の演技に、観客は一喜一憂、涙を流しながら笑い転げる、といういかにもTragé-comédieらしい反応だ。もちろん私にセリフの意味が分かるはずもなかったが、主人公の老人が、ヴェトナムからアメリカへの移住者で、激しく故郷を想っていることだけは理解できた。

（後でマダムに教えてもらった筋書き）舞台はニューヨーク。主役のこの老人は、先にボート・ピープルとしてヴェトナムを脱出した息子と一緒になるため、遅れて渡米したが、息子夫婦に邪魔にされたうえ、精神障害者用の老人ホームに追いやられてしまった。彼がそこから逃げ出し、息子のアパートへ戻ってきたとき、男友達の来訪を待っていたアメリカ生まれの孫娘とばったり出会ったところから、この芝居は始まる。それから、すったもんだのあげく、孫娘に出ていけと罵られた老人は、雪の降りしきるアパートの屋上へ上り、故郷の方角へ向かって、声を限りに唄を唄うが、やがて、雪に埋もれ、故郷を夢見ながら息を引き取る。

ほら、この唄がヴォン・コー（VONG　CO＝過ぎ去りし日への想い）よ、とマダムが私に囁いた。ヴォン・コーは、二十世紀初頭のカイルォン発生とほぼ同時に生まれ、いまだにカイルォンの中心的存在として、その都度文句を変えながら唄い継がれている、と何かの解説書に書いてあった。長続きする人気の秘密は、その強いノスタルジー性にある、との解釈も添えられている。なるほど、いかにもそれは、故郷を恋うる唄に相応しい切々嫋々たる響きを持っている。しかし、ひょっとしたら、ヴォン・コーの長寿の秘密は、この唄が余りにも人生そのものに似てきたからではないだろうか。人はそれぞれの時代や環境の中でめいめい違う歌詞を唄い上げるが、違うのは歌詞だけで、生老病死の主旋律そのものは、結局だれも変わりはしないのだ。

主人公の老人のお蔭で、私はカイルォンそのものを観る前に、その主題歌にまず接したわけだが、その後、ヴェトナムよりも、むしろそれ以外の地域で、いやというほど聴かされることになるヴォン・コーの、これが聴き初めだった。

ヴェトナムの現代劇については、これまで何の知識もなかったが、見終わった感想はただ一言、面白かった。たとえ言葉は分からなくても、故郷から引き裂かれた人間の思い、主人公を取り巻く登場人物の緊密な人間関係が、豊かな言語性（langage）とともに、こちらにしっかり伝わってきて、彼らの舞台水準の高さを示していた。私は、遥かに遠い若き日、東ベルリンで、ボリショイ劇場が演じた未知のチェホフ劇を観ながら、涙が溢れて止まらなかったときのことを想い出していた。そのとき初めて、言語には、言語以外の意味がたっぷり含まれていることを、私は知ったのだった。

明日は幻のキェウに会う日でしょ。あまり興奮しないでね。私の目に光るものを見つけたマダムは、手を伸ばして頬にそっと触れると、足早に立ち去っていった。その後を追いかける形になったタクシーの窓から見えたのは、大邸宅の門内にするりと滑り込む彼女の後ろ姿だった。

第四夜…第二のキェウの物語

L'HISTOIRE DE LA DEUXIEME KIEU

大女優キム・クーンとのインタヴュウは午後ということで、午前中が私一人の自由時間になった。とりあえずバイク・タクシーを捉まえ、捉手を握る若者の背中の汗の匂いをたっぷり嗅ぎながら、市立劇場を目指した。演劇情報がなかなか入手できなかったので、

シクロの若者

とにかく劇場へ行けば、公演の予定表が置いてあったり、次回公演のポスターが貼ってあるだろうとの読みだった。市立劇場はドンコイ通り、つまり、サイゴン河へ向かうホーチミン市の日抜き通りのほぼ中央に面している。ドーム型のファッサードを備えた特徴ある建物は、タクシーでその前を通り過ぎる度に、気になっていたが、降り立つのは初めてだった。マダムLによれば、ファッサードは七五年以降改装されたもので、もとの美しさを台無しにした代表例だという。革命後、優れた美意識を持った設計家がいなくなったからでしょうね、というのが彼女の結論だった。

市立劇場の階段を上り、ドームの入口に足を踏み入れてすぐ、私の期待は全くの幻想だったことが分かった。予定表どころか、ポスターはおろか、チラシ一枚置いてなく、窓口は閉ざされたまま。殆ど取り付くしまもない。欧米型の情報社会に毒された身としては、ヴェトナムはまるで違うということが、単なる頭の知識にとどまり、全身の共通感覚に及んでいないことを、あらためて痛感した。

あきらめて階段を降り、運転手が昼寝をしているシクロの間を抜けようとしたら、むっくり起き上がった運転手が「オトーサン・ワカイ・オンナ・オモシロイヨ」と叫んだ。「面白い」というのは面白い表現だ、と感心しながら、殺到する自動二輪を避けつつ、劇場隣のホテル・コンティネンタルへ向かう。このホテルは、マルグリット・デュラスの"L'Amant de la Chine du Nord"（北の愛人）で、〝世界中で一番美しいホテル〟と称えられた面影を、未だに残している。

コンティネンタル・パレスの宵は、椰子の若木の鉢植をそよがせて吹き入る風と、ボルドー産の葡萄酒の渋味と、そして若い仏人達がアイスクリームの匙の上から交す恋の囁きとの中にエキゾティシズムを余りにも十分に含んで、紫に群青に暮れて行く。（石川達三『西貢』一九三〇年）

ホテルの中へ入ってみる。広いロビーから、太い柱の並ぶ食堂を抜け、中庭へ。バオバブみたいな大樹が作る木陰で、日本より小振りな雀が何か啄《ついば》んでいる。中庭に面した壁に、「一八八〇年以来」と書かれたホテルの大きな絵や、古い写真がずらりと飾られている。中には、ナダールの撮った年代不詳の食堂の写真もある。これらを見ると、驚いたことに、現在の建物は、外容も内部も昔と殆ど変わっていないことが分かる。もしホテルの向かいに屯《たむろ》しているのが、シクロでなく人力車だったら、デュラスが今訪れても、すぐさま少女時代に戻れると思われるほどだ。

ホテル・コンティネンタル（旧称コンティネンタル・パレス）の前を走るドンコイ（総蜂起）通りは、いまでこそ、土産物屋の並ぶ、何の変哲もない並木通りだが、フランス統治時代はカティナと呼ばれ、インドシナで最もモダンかつ華やかな通りだった。それは、進駐した日本兵たちがこの通りをただちに「サイゴン銀座」と命名したことからも、推察できる。『愛人（ラマン）』の十五歳の主人公が、メコン河を渡るフェリーの上で、中国人の愛人と初めて出会う印象的な場面で、彼女が被っていた男物のソフト帽は、カティナ通りのバーゲン・セールで買ったと記されている。

日本軍がサイゴンに正式に進駐したのは、一九四一年七月三十一日だが、石川達三の『包囲された日本』（一九七九年）によると、彼が上記『西貢』で描写したような甘い情景は、以後カティナ通りから姿を消したらしい。

日本軍の進駐以後、もう一つサイゴンの街から消えた風景がある。それは「若いフランスの娘が三人、色彩の濃いスエタアに、白い膝までのショート・パンツをはき、颯爽と金髪を微風になびかせて、ノーストッキングの美しい足で、自転車のペダルを勢いよく踏み……」(平塚廣雄「佛印藝能行脚」、『東寶』一九四三年)といった光景。というのも、日本軍との摩擦を怖れたサイゴン市長がただちに女性の短パン禁止令を出したからだ。今回の取材においても、これまで短パン姿のヴェトナム女性には一度もお目に掛からなかったところをみると、これは完全にフランスが持ち込んだ植民地風俗の象徴だったのだろう。

この、カティナ通りでありサイゴン銀座でもあったドンコイ通りは、また、アメリカ軍が常駐したサイゴン政権時代には、トゥーヨー(自由)通りと名前を変えたという。聖書によれば、命名とは、神から、神に準ずる存在としての人間に特別に分かち与えられた権能だが、権力者というのは、いつの世も、自らを神に準ずる存在と思い込むものらしい。

ホテルを出るとすぐ、七、八歳の男の子が、絵葉書を買えと寄ってきた。私とホテル従業員との会話を立ち聞きしたのか、なかなか巧みなフランス語で攻め立ててくる。しつこいので、小額紙幣を与えて追い払おうとしたら、僕は乞食じゃない、ときっぱり言い放ち、他の客のほうへ駆け去っていった。

ドンコイ通りをサイゴン河とは反対の方向へ向かい、当てずっぽに右へ曲がる。なるべく大樹の蔭で休み休み歩きたかったが、たいてい先住者がいて、なにか並べて売ってたりするから、すぐ日向へ追いやられてしまう。右手の学校らしき門をひょいと見ると、フランス語で「IDECAF…対仏文化交流学院」と書いてあったので、遠慮なく入ってみることにした。木蔭のベンチに三三五五座っている若者たちに、フランス語で受け付けはどこかと聞いてみると、ごそごそ相談していたが、一人がはにかんだように前方を指差した。

初めの目論見では、誰かにここの活動について二、三質問して、すぐ退散するつもりだったが、受け付けに座っていた白いアオザイ美女にボンジュールと声をかけられたとたん、じっくりと腰を据えて取材することに方針を切り替えた。清楚な受け付け嬢は、得体の知れない突然の闖入者にたいして、流麗なフランス語を駆使して、まことに優しく対応してくれた。

彼女の話で、ここが日仏学院のような所であることが分かった。設立は一九六三年というから、ゴ・ディン・ジェムとケネディが暗殺された年にあたる。初めはフランスのものだったが、八二年にヴェトナムが取得。九三年にミッテランがヴェトナムを訪問してから、急に生徒数が増えて、いま年間三千五百人が学んでいる。おそらく、彼の来越以後、越・仏の合弁会社が急増したのが原因だろうと言う。

さらに話は弾む。彼女によると、いま若い女性の間で、香水を中心にフランス製品やフランス文化への憧れが非常に高まっている。もともとフランスパンやフランス風接吻《キス》、言葉や教育制度などなど、旧宗主国の遺産はしっかりこの国の日常に根付いているが、これまで意識下に沈澱していた、そのような親仏感情が、いま世代を飛び越え、急速に蘇りつつある、というのだ。十九世紀から本格的に始まったヴェトナム人のオクシデンタリズムは、すでにDNA段階で後の世代に伝えられているのかもしれない。

もう少し話がしたかったが、あいにく彼女に急用ができ、席を外すことになった。これで、さよならと言えば、この若きキェウとも、行きずりの出会いで終わってしまう。私は日をあらためて写真を撮らせてほしいと頼んだ。彼女は考え込んだ。まっすぐ帰らないと両親にこっぴどく叱られる、と首をすくめたが、写真だけなら、ここが終わればいいとのこと。今週中にあらためて電話のうえ、日時を決めることになった。私、男の人に誘われたの、初めてなんです。爽やかな笑顔を残して、大柄なアオザイ姿は扉の蔭に消えた。

マダムLの教えてくれた安くておいしい料理店へ行くため、いったん市立劇場前へ戻り、そこから南へ、レロイ通りのだだっ広い中央分離帯を、ぶらりぶらりと人民委員会のほうへ下った。この辺りは、フランス統治時代の壮麗な建物が多く見られる観光の目玉とあって、物売りの勧誘の凄さはバリ島を凌ぐぐらいだ。絵葉書、お土産品、玉蜀黍《とうもろこし》にバナナ、パイナップル、シクロにバイク・タクシー。彼らから見れば、一見装いは貧しくとも、極東の成金に違いない人物を目掛けて、一斉に浴びせられる声の放射能。足元の犬のうんこに、青蠅がびっしりたかっている。おまけに、この暑さだ。一瞬足が縺《もつ》れたとき、五、六人の子供たちが私を取り囲んだ。二人が肩のリュックを奪おうとする。必死で押さえると、彼らは何か叫びながら散っていった。ジーンズの尻ポケットがスパッと切り裂かれているのに気付いたのは、だいぶ経ってからのことだ。うまい手を考えたものだが、そこに手帛《ハンカチ》しか入っていなかったのは、彼らにとっては不運だった。

料理店はサイゴン大教会の裏手の筈だったが、いくら探しても見つからない。太陽は土砂降りのように降り注ぐ。早くも度の合わなくなった、作り立ての老眼鏡越しに、必死に覚え書きを見返していると、木蔭に停まっていたシクロの若い運転手が、何処かお探しですか、とたどたどしい英語で声を掛けてきた。

「ああ、この辺の筈なんだけど」そう言うと、若者はほっとしたような顔をした。

「私が見つけてあげましょう、いいえ、無料奉仕です。ちょうど今、暇ですから」

若者はどこか品が良かった。暑さで頭がいかれ、足もふらふら、喉はからからという状態だったので、すぐ乗り込んだ。インドネシアでは、シクロの同類、ベチャによく乗った。古都ソロの夕まぐれ、ブンガワン・ソロの川風に吹かれながらベチャに揺られる気分はなんともいえず快かった。首都ジャカルタでは、凄まじい交通量の増大で、ベチャの乗り入れが禁止されている（復活の動きあり）が、サイゴンがそうなるのも、時間の問題だろう。とすれば、乗るのも今のうちだ。

料理店はすぐ見つかった。金はいらないと固辞する運転手にいくばくか渡し、ゆっくり食事して出てきたら、彼がにっこり手をあげた。ずっと待っていたらしい。そんなに暇なのかと聞いたら、あなたが気に入ったので、もう一度乗ってほしかった、と言う。じゃここへ戻ってくれ、と宿の名刺を渡したら、遠いですね、とびっくりした様子。無理もない。私の仮の宿は、繁華街を抜け、高級地も商業地も抜け、下町も抜けたカック・マン・タン（革命通り）の西の外れにある。若者でもない成金（の筈）の日本人が、こんな安宿に泊まってる、とは信じられなかったのだろう。生来貧乏性の私は、パリでも、カルティエ・ラタン以外の宿に泊まったことがない。高級料理店も一切敬遠してきたから、知人に案内を頼まれても、頭をかいて断るしかない。でも、気のいいこの若者は、お陰でゆっくりお客さんと話せます、と勇んでペダルを踏みだした。

シクロもベチャも、暑い地域にはまことに相応しい乗物だ。第一、涼しい。ただ、大都会の交通量ではどうか、とこれ迄尻込みしてきたが、いざ乗ってみたら、思ったほど車が気にならない。それは、車も自動二輪も、ジャカルタとは比較にならないほどゆっくり走っているからだ、と気付いた。大きな並木の作る蔭も、シクロ道中を快適にしてくれる。彼はいきなり、お客さんの職業は教師でしょう、と自信ありげに言う。初めは韓国人だと思ったそうだが、それはいつものことだから、驚かなかった。外国では、私は日本人より、朝鮮人に見られる場合のほうが圧倒的に多い。事実祖先は六世紀か七世紀ごろやってきた渡来人らしいから、出自としては当たっている。たった一度、ロサンジェルスで、スペイン人かと聞かれたことがあるが、相手は殆ど目の見えない老人だった。そんな訳で、ジャカルタの高級ホテルの食堂で、コリアンだろうと言われたときは、そうだ、と答えてから、どうして分かったのか、と聞いてみた。というのも、日本人と朝鮮人をどこで見分けるのかを知りたいと思ったからだ。支配人は、そんなの簡単だと言う。だって若者以外の日本人は必ず集団でいますからね。あなたの年で一人でいれば、まず日本人じゃない。とすれば、容貌からいって、あとは朝鮮人しかないでしょう。彼は自分が目利きであることを確認できて、愉快そうに笑ったものだ。

この若者の場合は、私のアクセントが決め手だったらしい。もしお客さんが韓国人だったら、絶対乗せませんでした。彼はきっぱりと付け加えた。理由を聞くと、"I don't like korean!" と吐き捨てるように言う。いったい彼らの何処が気に入らないの？　全てですよ、すべて。若者は唾を吐くと、暫く黙ってペダルを漕いでいたが、やがて、自分からポツポツ話し始めた。彼の父親は、ヴェトナム戦争のとき、国連軍としてやってきた韓国軍人だった（当時の朴正熙政権は、延べ三十一万の兵士を参戦させたという）。ダナンの基地に勤務していた父は、結婚を前提として母に言い寄り、妊娠させ、あっさり捨てて故国へ帰り、すぐ同国人と結婚した。それから私を抱えての母の苦労はとても口では言えない。たどたどしい英語でも、母子をこのような運命へ追いやったものへの若者の怒りや悲しみは充分伝わった。かつてアジアに進駐した日本兵による似たような話は、インドネシアで取材したときにも、散々聞かされていた。戦後、アメリカ兵を相手に同じような体験を持った日本女性ももちろん数多い。

私は黙って聴くしかなかった。彼は二年前サイゴンへ出てきて、ほとんど寝る間もなく、働きづめに働いている。なんとしても金を貯めて、母を楽にさせてやりたい。ざっとそんな話だった。
ホテル前でシクロを降りるとき、僅かなお金しか払わなかったが、若者は私の手をぎゅっと握り締め、サンキューを繰り返した。あなたはたまたま乗ったお客にすぎないのに、こんなに一所懸命私の話を聴いてくれて、本当に嬉しかった。あなたのことは一生忘れない、と大真面目な顔で言う。日本は憧れの国です。いつか必ず行きます。こういう言葉は、他の機会でもしばしば聞いた。疑似白人ならぬ疑似オクシデンタリズムとでもいうのだろうか。玄関で振り返ると、あまり日本では見掛けなくなった輝くような瞳が、まだ私を見送っていた。

国民的大女優は今?

キム・クーンさんの自宅は、サイゴン郊外の高級住宅街にあった。マダムと二人、花束を抱え、いささか緊張しながら、呼び鈴を押す。お手伝いの開けてくれた玄関を一歩入ると、目の前に広い居間が広がっていた。熱帯魚の泳ぐ巨大な水槽と大きな棕櫚の鉢植えの間に、籐の円卓と椅子が置かれて、南国の雰囲気を出している。別のお手伝いが冷たいココナッツ・ジュースを持ってきた。インドネシア同様、ヴェトナムでも氷の入った飲み物は飲まないようにしていたが、ここなら大丈夫だろうと、一気に呑み干す。ほどよい甘さと冷たさに全身が痺れた。
お代わりが欲しいと思ったところへ、ジュースと同じ色の洋服を着た女性が回り階段から降りてきた。Bonjour Monsieur. Comment allez-vous? 綺麗なフランス語だった。いかにも舞台映えのしそうな華やかな目鼻立ち。全身から色濃く発散される圧倒的な官能。ジェイムズ・ブランドンの *Cam-*

bridge Guide to Asian Theatre（一九九三年）には、娯楽の王者の座をＴＶに譲りわたすまでの、五〇年代、六〇年代の娯楽を代表するカイルォン劇団として、彼女の一座が挙げられている。この、ヴェトナム語でダイアモンド（金剛）という名前を持つ大女優は、いきなり、包み込むような暖かさで、私たちを出迎えてくれた。

第二のキェウ――キム・クーンさん

カイルォンに興味をお持ちということだったので、さぞお爺さんかと思ったら、お若いんでびっくりしましたわ。思わずこちらをにんまりさせるようなセリフは、さすがに年季の入った女優のものだった。初めから、これだけ惹きつけられるところをみると、彼女こそ「幻のキェウ」に間違いない。私はそう確信した。香ばしい冷茶と杏仁豆腐が出たところで、籐椅子に深々と腰掛けたキム・クーンさんが、豊かな太腿を見せつけるように足を組んだ。質問はフランス語でどうぞ。でも答えはヴェトナム語にさせてくださいね。よろしいかしら、ムッシュウ？

第二のキェウ——キム・クーンさんの物語

（キム・クーン）今でも、目を閉じると必ず浮かんでくる風景があるの。幼い私が、母に抱かれて小船の中にいる。空は一面の星月夜。時々調子の狂うエンジンの音。水田を通り抜ける湿った風。船縁近くを流れる、微かな甘さを含んだ河の匂い。琴の音に合わせて、だれともなく唄いだすカイルォン。河から河へ、旅から旅への旅興行。九歳ごろまで続いたこの生活が、私の原風景なんです。人生は旅、という実感は、この時から私に付きまとって離れません。革命後私がヴェトナムを出なかったのは、この原風景から離れられなかったからでしょうね。

うちは四代続いた演劇人の家系なの。父方は古典劇ハット・ボイの役者でした。両親はもうカイルォンでしたけどね。母は臨月ぎりぎりまで舞台に出ていたそうよ。医者を舞台の袖に待機させてね。さすがに舞台でオギャーではなかったけど、私が生まれて九日目には、もう母は舞台に上がっていたんですって。私もおしゃぶりをくわえて舞台に初お目見えしたそうです。泣き出すと、出演者のだれかが、急いで口におしゃぶりを突っ込んで、泣き止めさせたって母は言ってたわ。こんな調子だから、私は言葉が喋れる前から、唄や演技ができたのね。物心ついたときは、既にかなりの役者だった。私が職業を選んだんじゃなくて、職業が私を選んだのよ。

父は芝居の神様と言われた名人だったけど、私が九つのとき、亡くなりました。死ぬ一と月前、ある村の公演で大成功をおさめた後、次の村へ移ったとたん、父が病気になったんです。それで公演ができなくなり、団員に給料を払ったら、一銭も無くなったの。すぐ宿代に困って、前の村の芝居小屋へ戻りました。あれだけ大入りにしたんだから、せめて小屋の一隅を宿に提供してもらえるんじゃないかって思ったのね。で、小屋へ入って、劇場主に交渉したら、とんでもないって断られました。ここはホテルじゃない、いますぐ出てってくれってね。ちょっとまえ満員にさせた小屋の舞台裏で、父が横たわり、母が泣き、劇場主は出て行けと怒鳴っている。九つの私は、一人舞台に佇んで、空っぽの椅子を眺めながら、俳優という職業のもろさ、はかなさを身にしみて感じていました。その時、これこそが芝居じゃない実人生なんだって悟ったの。舞台には華やかな音楽や唄や踊りが溢れている、でも実人生には、唄も踊りも観客もいない、そこにあるのはただ夜と闇だけ。だから、これから私は、この夜と闇だけの暗くはかない実人生と向き合って生きていかなければいけないんだって、キェウみたいに、必死になって自分に言い聞かせてました。

人生のはかなさ、うつろいやすさは、『金雲翹』の全編を通して、通層低音のように絶えず鳴り響いている。例えば苔むしたかつての歌妓の墓を見て、「青春はなんてはかなく、紅顔はなんとすぐ色あせるものか」とキェウは涙する。あるいは、結婚の申し込みを受け、躊躇するキェウに対し、恋人のキムは「今日は晴れていても、明日は風が吹くか嵐になるか、だれも予測はできない」と言って、即答を迫る。しかし別れは突然に来る。キェウは嘆く。「結びの神はなんて残酷なのか。結ばれた喜びを味わう前に、もう別れの苦しみを与えるなんて」。そして本篇の最後は、「災（不幸）は常に影のように才（輝き）に寄り添っている。この天の気紛れを咎めるなかれ」という作者の感慨で結ばれている。

二階から品のいいお年寄りがにこにこと降りてきた。キム・クーンさんの母親、バイ・ナムさんがフンハさんと並び称されるカイルォンの草分け的大女優であることは知っていた。ただ体調がすぐれないので、おそらくインタヴュウは無理だろう、と事前に聞かされていたが、見たところは、いかにも草分けに相応しい活力と明るさを、小柄な体一杯に漲《みなぎ》らせている感じだった。いま気分がいいようだから、カイルォンのことなら、いますぐ母に質問してくださいな。クーンさんにそう言われ、私は矛先をいったんバイ・ナムさんに切り替えた。彼女は一九一三年、メコン・デルタの入り口の町ミィトー生まれというから、第一のキェウ、フンハさんより二歳年下の同郷ということになる。

カイルォン＝わが人生

（バイ・ナム）カイルォンのことを知りたければ、ミィトーへ行かなくちゃね。あそこには初めてカイルォンが誕生した劇場がまだ残ってるのよ。もともと中国人が造った町だから、中国系の芝居が盛んだったんじゃないかな。そこへフランス人たちが住みついて、彼らの文化を持ち込んだ。だから、新しい芝居があそこで生まれたってことは、あきらかに彼らの影響ね。もっとも、フランス人がカイルォンを観に来てたって記憶はないけど。

（キム・クーン）白人が現地人の生活圏へ入り込むのはタブーだったのよ。ムッシュウ、あなた、作家のマルグリット・デュラス、ご存じ？　彼女は母とほとんど同い年だから（註＝一九一四年生まれ）、ちょうど同じ頃、あの辺をうろついてたことになるんだけど、この二人が交わることはないのよ。いくら貧乏でも白人は白人。彼らがうっかりこちらの劇場に足でも踏み入れようもんなら、たちまち白人仲間の爪弾きにされてしまう。だから彼女の小説には、カイルォンに触れた箇所はないはずよ。

（バイ・ナム）そうそう。私たちはきっぱり別れていた。そのくせ、カイルォンの女優や唄姫をこっそりお妾にしてるフランス人は沢山いたわ。劇場に斡旋係がいてね、自分のとこの女優を、白人や高級官僚にせっせと売り込むのが彼らの儲け口だったの。私はすぐ結婚したから、お呼びじゃなかったけどね。

初めてカイルォンを例の劇場で観たのは八つの年だから、本当にカイルォンが生まれたてのときね。最初の頃は、芝居というより、演奏会に近かったの。まず楽団の演奏があり、それから伴奏付きで詩の朗読、次にカイルォンの唄、最後に伴奏に合わせて動きが入るんだけど、この動きの部分がだんだん重要になっていって、芝居へと発展したのね。私はすぐカイルォンに夢中になった。学校では帳面に歌詞ばかり書いていて、先生に見つかり、籐の笞で尻打ち二十回の刑なんていうのをしょっちゅう喰らってたわ。家では、私は伯父に育てられたんだけど、劇団入りを希望してることに、伯父が猛反対したの。なぜって昔は、女は家にいるものだ、と決められていたし、娘が公衆に顔を晒すというのは、娼婦になるより恥ずかしいことだったのよ。だから女優は最悪の職業だった。

そんな訳で、怒った伯父は、私を紐で吊るし、井戸に放り込んだの。首まで水に漬かってる私を見下ろして、学校へ行くと言えば赦してやる、それともあくまでカイルォンと言い張るのかって脅したの。私は、それでも絶対カイルォンだって言い続けたら、遂に伯父が折れて、井戸から引き上げてくれた。だから子供のときの思い出は、罰せられたことばかり。でも頑張り通したおかげで、十四歳のとき、漸くミィトーの劇団に入れたの。

でも、この劇団は結局一年で辞めることになったわ。というのも、『金雲翹』や中国風の芝居をやりたい東洋派とモリエールやユーゴーなどのヨーロッパ劇をやりたい西洋派の二つに分裂したからなの。私はどっちもやりたかったのよ。

『近代性に直面したヴェトナム』によると、ヴェトナム語で上演された最初の西洋劇は、一九二〇年にハノイで行なわれたモリエールの"Malade imaginaire"(気で病む男)。その二年後のモリエール生誕三百年には、"Bourgeois gentihomme"(町人貴族)が同じくハノイで上演された。公演の目的はフランス・ヴェトナム両民族の文化交流にあり、近代化推進の旗振り役だったジャーナリストやフランス帰りの学生が役者をつとめたが、困ったのは女優。舞台出演を承諾する素人女性が一人もいないため、やむをえず、伝統芝居から女優を借りた、とある。

一九三〇年代になっても、現代劇はなかなか普及しなかった。観客は長々しいセリフのやりとりに、すぐあきてしまい、早く唄にしろ、と要求するので、頭を抱えた関係者は、観客の興味をつなぐため、進行とは無関係に、しばしば道化の場面を挿入せざるをえなかった、と同書に記されている。

一方カイルォンは、もともと伝統劇と現代劇をつなぐような立場から、中国的な内容を西洋的な手法で処理する、というやり方で出発したが、初期には東洋派と西洋派の路線の対立など、さまざまな混乱や模索のあったことが、バイ・ナムさんの話からも感じられる。

(バイ・ナム) それからは、いろいろな劇団を転々として、中国劇、ヨーロッパ劇、現代劇、なんでもやったわね。十八の年に大金持ちのパトロンと結婚して、十九の年には、もう座主になったの、バイ・ナム劇団のね。次に結婚した相手が役者で、この子の父親。とたんに貧乏になっちゃった。それでも七十年、カイルォン一筋の人生だったわ。この仕事が好きなの。だって、たとえば教師という職業を選べば、教師しかできないけど、役者なら、どんな職業だろうと、社会のどんな階層の人間だろうと演じることができる。だから絶対に役者を辞めたくなかった。この子が生まれたときも、舞台は殆ど休まなかった。育児する暇ないから、おしゃぶりをこの子の口に……あ、それはもう話したの?

この子の悪い癖よ。いつも主役じゃないと気が済まないから、いい話はなんでも先に話しちゃうの。じゃ、日本兵の話は？　まだしてない？　よかった。

オペラ座の怪人？

（バイ・ナム）日本軍がサイゴンに入ってきたのは、いつだったかしらね。とにかく怖かったわね。いつも、こんな感じ（と腰の刀に手を掛ける振りをし、口をへの字にしてみせる）。だからみんな、びくびくしてた。私は日本兵の前は絶対通らないで、必ず後ろを通るようにしてたわ。うっかり前を通ると、すぐ殴られるもの。ところが、例外的に若くて優しい二人の兵隊さんがいて、二人ともすぐカイルォンに嵌《は》まったのね。もう第二次大戦も終盤戦に入っていた頃だと思うけど、楽屋で評判になるぐらい、ちょくちょく観に来てました。アサノとアサダという名前だったわ。二人で楽屋に遊びに来たりしているうちに、すっかり私たちと仲良くなっちゃってね。たまたま彼らの兵舎がサイゴンの自宅の裏だったもんだから、家にもしょっちゅう来るようになったの。二人とも本当にいい人だった。

（キム・クーン）二人とも母に夢中だったのよ。でも、お互いに牽制しあってて、何も出来なかったみたい。私の見るところでは、母のほうも満更ではなかったと思うな。

（バイ・ナム）（やや頬を紅潮させ）余計なことは言わないこと。

（キム・クーン）旅先で父が亡くなったので、私たちは暫くサイゴンに落ち着いて、再出発を図ったの。ちょうどそれが軌道に乗り始めた頃だった。母も寂しかったでしょうから、二人の軍人に異性を感じたとしても、無理はないわね。母が『支那の夜』の唄を、二人から一所懸命教わってたのを覚えてるわ。よく三人で嬉しそうに合唱してた。

（バイ・ナム）あれはいい唄だった。今でもジーンとくる。それには訳があるの。あれは日本が負けた日だったか、その翌日だったか覚えてないけど、とにかく当局からの通達で、急に公演が中止になったのよ。ぶつぶつ言いながら、みんなが小舎《こや》から引き上げた後、私は忘れ物を思い出して、楽屋へ戻ったの。きょろきょろ探していたら、どこからか微かに『支那の夜』の唄声が聞こえてくるじゃないの。初めは幻聴かと思ったわ。戦争が終わったって分かったとき、街が騒がしくなって、独立派とフランス派の小競り合いが起きてたし、あの二人がどうなったか、とても心配だった。そのせいで、唄声が聞こえたような錯覚が起きたのかと思ったのね。でも、名前を呼ばれたときは、さすがにどっきりしたわ。そのほうを見ると、薄暗い片隅に置かれた大道具の蔭から、ノン（すげ笠）を被ったあの人がぬうっと顔を出したの。アサダがそこにいたのよ。笑顔だったけど、いつもは優しかった目が、そのときはとても怖かった。私は思わず、どうしたの、アサダって叫んでしまった。アサダは唇に人差し指を当ててから、軍を脱走してきた、しばらくここに匿《かくま》ってほしいって言ったの。軍服は着てなかったけど、褪衣《シャツ》の下から拳銃が覗いてた。なぜ？　なぜ武器を返して、日本へ帰ろうとしないのかって聞いたら、もう私には帰る家がない、家族は広島で全滅した、だから帰っても仕方がない、この国に骨を埋めるつもりだ。そう言って、突然跪《ひざまず》いて両手を突いたの。なんの意味だか分からなかったら、これが真剣にお願いするときの日本の型だって言うの。もし匿ったことがバレたら、どんな目に遭わせられるか、怖かったけど、でも彼の真剣な目を見たら、とても断れなかった。

（キム・クーン）それにアサダはとても美男子だったしね。

（バイ・ナム）好きなだけここに隠れていなさいと言って、彼を舞台裏の平台を積んだ後ろに案内したの。毛布を渡しながら、これは『支那の夜』を教えてくれたお礼よって言ったら、彼は私の手を力一杯握りしめて、カム・オン（ありがとう）、カム・オンと何度も繰り返したわ。それからは、暇をみては、食べ物を運んであげた。合図は……

（キム・クーン）支那の夜。

（バイ・ナム）また先に言う。

（キム・クーン）最初はまったく秘密にしてましたけど、どうしても母が行けないときがあって、初めて私に打ち明けたの。まるでオペラ座の怪人のような話でびっくりしたけど、アサグは私をとても可愛がってくれたから、喜んで食べ物を運んだわ。

（バイ・ナム）そのうち舞台が再開されたので、楽屋の人にはバレてしまったけど、誰一人密告する人はいなかったわ。フランス側は必死になって逃亡した日本兵狩りをやってたのに。みんな、アサグが本当に舞台を愛していたことを知ってたからなのね。そうしたら、ある日事件が起きたの。ちょうど私の出番が迫っていて、せっせとお化粧をしている最中に、舞台裏で大きな音がしたの。私が飛んで行くと、アサダが血に染まって倒れていて、そばに拳銃が落ちていたのね。私は咄嗟に、そばにあった化粧用の大きな水瓶を倒して、床の血を洗い流すと同時に、瓶を壊し、舞台用の王様の衣装で彼の体を覆ったの。その直後、フランス側の警備兵が二人駆けつけてきた。本当に数秒の差でした。後で考えたら、あんな短い時間でどうしてそんなことが出来たか、我ながら不思議ね。兵隊がどうしたのかって尋問するから、出を焦って、うっかり水瓶を壊してしまった、と説明して、引き取ってもらったの。

（キム・クーン）あれはママの生涯最高の演技だったかもしれないわね。

（バイ・ナム）それから掛かりつけの医者を呼んで、応急処置をしてもらったわ。急所は外れていたので、助かったけど、あれが自殺だったのか、拳銃の暴発だったのか、いまだに謎ね。彼はこれ以上いると、迷惑がかかると思ったんでしょうね。まだ完全に傷が癒えてないのに、出ると言って、いくら引き止めても聞かなかった。今からヴェトミンに参加して、安南の独立のためにフランスと戦う決心だって言ったわ。私は体に気を付けてと言うのが精一杯。彼を抱き締めて、両頬にフランス式の接吻《キス》をしたの。アサダも軍隊式の敬礼を返したけど、ノン（笠）を被ったままの敬礼なんて変よね。あんまり滑稽なんで、涙が出そうになったわ。彼のほうは、目深にノンを被っていたんで、表情は分からなかった。くるりと背中を向けて立ち去ってから、二度と私の前に姿を現しませんでしたね。

（キム・クーン）よく、アサダはどうしてるだろうって言ってたわね。あら、お疲れじゃありませんの、ママ？　あんまりお元気だと、何だかこちらの人に私が嘘をついたみたいになるわ。

（バイ・ナム）嘘じゃありませんよ。こんなに話したのは本当に久し振り。きっと血圧も上がったでしょうよ。俳優は引っ込み際が肝心でね。引っ込んだ後も、存在を感じさせなきゃいけないの。不在の存在という奴をね。では失礼しますよ。あとは若い人（！）だけでごゆっくりどうぞ。

バイ・ナムさんは、付き添いに抱えられるように、一段一段、階段をゆっくり上っていった。キム・クーンさんが肩を竦めた。きっとあとで、ここが痛い、あそこが痛いって大騒ぎするでしょうよ。もっと早く私が話を止めるべきだったたって咎めてね。そう言ってキム・クーンさんはころころお笑いになるが、こちらはすっかり恐縮してしまった。

だいぶ時間も経ったから、インタヴュウの続きは別の機会にしてはどうか、と彼女に提案したが、この大女優は続けてやりましょう、とおっしゃる。ほかの日はなかなか時間が取れないから、通訳の方さえ構わなければ、私はOKよ、とマダムLをいたわるように見やった。彼女はマダムのことがことのほか気に入ったらしく、インタヴュウの間も、ときどきマダムの手を取ったり、深刻な顔で何かを囁き、覚書を交換したりしていた。何？　と私が聞いても、マダムはちょっと困ったような顔で、なんでもないの、と首を振るばかり。明らかにマダムは疲れていた。無理もない。キム・クーン親子の私的な会話までぜんぶ完璧に訳してくれたから、おそらく、くたくたの筈だった。休んだほうがいいと思ったが、マダムは、大丈夫というように、にっこり微笑んだ。ヴェトナム女性の強さに感心するのは、こういう時だ。おそらくアサダも、バイ・ナムさんに同じことを感じていたに違いない。

私が英語を話さない訳

（キム・クーン）どこまで話したかしらね。とにかくアサダが出ていった後、ヴェトミンとフランス軍のドンパチがひどくなったので、劇団員全員が近くの山の中に避難したの。一年間じっとしてから、一時期下火になったのを見計らって、山を降り、芝居を再開したけど、私はすぐフランス系ミッション・スクールの寄宿舎に十年間も放り込まれてしまったの。だから、舞台に戻ったときは、もう二十を過ぎていました。ここでは余りにも遅すぎる復帰だけど、カイルォンを始めたら、たちまち人気者になって、劇団も私の名前を被せるようになったの。

もちろんキェウは私の当たり役でした。でも、もう少し動きの勉強がしたくなって、六三年にフランスへ行ったんです。どうしてフランスかって？　小さいときからフランス文明の中で育ってきたんだから、当然でしょ？　それに英語は喋れないし、喋りたくもないもの。私が英語を喋らないのは、アメリカが嫌いだから。革命運動に入ったのも、同じ理由。本当にアメリカ人に腹がたったからなの。

彼らのばらまくお金のお蔭で、多くのヴェトナム人家族の生活が目茶目茶に壊されたんです。多くの本が、アメリカ兵はヴェトナム女性を強姦したって告発してるけど、それは嘘。事実は逆で、ヴェトナム女性のほうが、お金のためにアメリカ人にすり寄り、体を提供したのよ。このほうがよっぽど始末が悪いわ。なぜって、強姦なら、身を守るすべもあるけど、自分からすり寄るんじゃ、防ぎようがないもの。そうした原因を作ったのが、お金を餌にしたアメリカ人だから、彼らが憎いの。

フランスは好き。その文化、生き方、すべてアメリカ人より洗練されている。母も全く同じ意見ね。そんな訳で、マルセル・マルソーについて、マイムを習いました。これは後でずいぶん役立ったわね。なるべく長くいたかったけど、ヴェトナムの運命が気になって、五月革命勃発直前の六八年にパリを発って、国へ帰ったの。一月にテト攻勢があったばかりで、まさにヴェトナム戦争たけなわのときでした。私も気分が高揚して、もっと現代に密着した芝居がしたくなったので、カイルォンを止めて、現代劇キックに移ったの。だって、ホーチミンがカイルォンを唄ったらおかしいでしょ？　ただ、正面きってアメリカを非難する芝居はやれなかった。もちろんフランス時代にも検閲はあったけど、アメリカ時代のほうが遥かに厳しかったわね。そういう時は、状況を昔の中国に対する独立戦争の時代に置き換えて、中国をやっつけろと言いながら、密かに敵国をアメリカにすり替えるようなやり方をとりました。

そんな芝居での闘いを続けながら、解放戦線に連絡をとって、こちらの情報を流したり、いろいろ協力したの。その代わり、彼らが次にどこを攻撃するかという予定を教えてもらって、巡業先からそこを外したから、激しい戦闘の最中でも、私たちの一行が危険な目に遭うことは、全くなかったわね。もちろん七五年のサイゴン陥落のときも、事前にちゃんと情報が来てました。

その頃、映画の仕事が猛烈に増えて、中国や台湾の作品にもよく出たの。それにフランスにも家があったので、サイゴン陥落前に、国を出るように回りから勧められたの。残れば貧乏暮らしになることは分かっていたけど、私は残ると決めていた。解放後、沢山の外国記者が私を取材に来て、なぜ残ったのかって必ず聞くのよ。私の返事は決まってたわ。何が幸せかは人によって異なる。私の人生の目的は、お金持ちになることではない。愛すること、愛されること、そして人を助けること、この三つが生きる目的ですってね。事実そのとき、私にはとても愛する人がいたの。それは私の人生の選択を左右する大切なことなの。

キェウの人生は、すべて愛がきっかけで、転機が訪れている。初めは家族への愛から青楼に身を落とし、次の愛によって救われ、愛の破局から再び娼家へ。新たな愛で再度救われるが、またも破れて身投げし、最後に大きな愛によって救済される。キム・クーンさんの人生にとってもまた、愛は決定的な意味を持っているようだ。

（キム・クーン）アメリカ占領時代、十八歳以上の若者は強制的にヴェトコンとの戦いに駆り出されたの。自分の意思や思想とは無関係にね。ところが解放後、彼らは全員再教育キャンプに放り込まれることになった。かわいそうじゃない？ べつに兵士になりたくてなった訳じゃないのに。だから私は、なるべく沢山の若者を集めて、芝居を上演しようと考えついたの。そうすれば、彼らはキャンプへ行かないで済むし、価値観の急変で動揺してる人たちを落ち着かせることもできる。いい考えでしょう？

ところが解放後、大混乱が始まった。まるで盥《たらい》の水をめちゃめちゃに掻き回したみたいに、いい所も悪い所もいっぺんに浮いてきたの。一番ひどかったのは、ものがまるでないこと。大道具一つ作ることができない。ドーランもないから、絵の具で化粧したり、ずいぶん苦労したけど、芝居は大入り満員で、大成功だったわ。みんな娯楽に飢えていたのね。いまはもう世相は落ち着いている。悪い部分は下に沈んだわ。私は政治家としてじゃなく、一人の芸術家として話しているの。お分かり？

戦後は長い間舞台から遠ざかっていたわ。政治的な理由じゃないのよ。ヴェトナムに表現の自由がないとは思わない。ただ悪を奨励するような芝居が許されないだけ。私が遠ざかったのは、単純に経済的な理由からよ。お金がなかったの。でも最近、国が援助してくれることになったので、また舞台に出ます、現代劇のね。

女に生まれて良かったと思ってるわ。男はこんなに柔軟には生きられないもの。でも、女優は私が選んだ職業じゃない。女優という職業が私を選んだの。私にしかできないことがたくさんあったから。だから、この職業をなにかに利用したことは一度もない。金儲けの仕方も知らない。

子供にだけは、この職業を選ばせたくないわ。あまりにも多くのことを犠牲にしなければならないもの。一人で大勢の人を相手にするということは、感情を平静に保つことができないの。つまらないことに絶望したり、喜んだり。起伏が激しすぎる。私自身の本音を言えば、ただ愛にだけ生きる平凡な女に生まれたかった。男性を凌駕したいなんて全然思わない。男性は王様で結構。私はその奥様で充分満足です。だからキェウのような女性は大好き。彼女は人のために生き、愛のために生きたんだもの。『金雲翹』は、それが生まれた阮《グエン》朝のときも、フランス時代もアメリカ時代も、そしていまですら、人々には熱狂的に愛されたけど、体制には好まれなかったの。何回も上演禁止の処置がとられているわ。どうしてだかご存じ？　人のために生き、愛のために生きるということは、実はとても反体制的なことだからなのよ。

われわれを見送りに出て、門の閂《かんぬき》を外しながら、キム・クーンさんは、おおきな溜め息をつき、"Ah, je voudrais me tuer!" と叫んだ。死にたい、とは穏やかではない。あとでマダムにその意味を確かめてみると、数年前、最後の夫と別れてから、生きる望みを失った、と母親へのインタヴュウ中、何度もマダムに訴えたという。このままでは、衝動的に自殺してしまいそうだから、どうか私の人生の相談役になってほしい、と頼まれたそうだ。どこまでが本音で、どこまでが演技だか、私には分からない、あるいは本人にも分からないかもしれない、でも、死にたい、とわざわざフランス語で言ったところをみると、かなり演技が入ってるんじゃないかしら。マダムはそう言ってから、唇の端をちょっと曲げて笑った。

「ずいぶん魅力的な人ですね。圧倒されました。私の探していた〝キェウ〟は、やっぱり彼女じゃないでしょうか？」

「そうかしら？」マダムは首をかしげた。「キェウは運命に翻弄された女だけど、人を当てにする生き方はしませんでしたね」

彼女の素っ気ない調子は、もしクーンさんが人の同情や協力を当てにしているようなら、明らかにキェウとは違う、とでも言っているようだった。私の情けなさそうな表情を看て取ったのか、マダムはすぐ明るく付け加えた。「明日、ミィトーへ行ってみましょう。カイルォン発祥の地ですから、何か新しい情報が得られるかも知れません」

いったん市民劇場前へ戻ると、ファッサードの上から大きな垂れ幕が下がっていた。どんな芝居かと聞いたら、芝居じゃなく、ファッション・ショーが今夜あるんだという。市民劇場で？　ちょっとびっくりしたら、いまサイゴンではファッション・ショーが最大の娯楽だという。ファッション・ショーが最大の娯楽！

ヴェトナムのファッション・ショー

そういえば、戦後の日本もそうだったなあ。まだ貧しかった一九五〇年代ぐらいまで、ファッション・ショーが大流行し、ファッション・モデルは憧れの的。モデルを彼女にした奴は、男ども全員の殺意を感じたものだ。ただヴェトナムでは、同時に、あちこちで高層ビルを建設中という状況もあり、戦後の物資欠乏期と高度成長期が一遍に訪れているような感じを受ける。それは要するに、資本が偏在しているということだろうから、政治体制は異なっても、経済的にはインドネシアと同じ図式が成立していることになる。

三万五千ドンのショーの切符を二枚買う。開演の八時には、まだ時間があるので、マダムLのとっておきのヴェトナム料理屋へ連れていってもらった。どっちの方向か知らないが、繁華街をどんどん過ぎ、薄暗い街灯がポツンと点いているような路地の奥に、その料理屋はあった。確かに旅行者の来るような店ではない。

さして広くもない店内は満員だった。顔見知りとみえ、店の女主人が奥まった別室へ案内してくれた。料理はおいしかった。といっても、私の場合、舌の表面にある一万個の味蕾が、殆どどれ一つまともに機能していない。以前オーストラリアで食べた料理がおいしかった、と知人に言ったら、お前はほんまもんの味痴だ、と太鼓判を押してくれた。そのくらい食の道に冥《くら》い私が料理を描写するのは、まことに不適切だが、要するに手巻きの春巻きが主菜だった。ヴェトナム中部の料理だというが、焼き肉にもやし、レタス、にら、その他の野菜や香草、ビーフン、見たことのない植物の実などを沢山加え、米の薄紙できっちり巻いて、南京豆や胡麻入りの肉汁に浸して食べる。具を入れ過ぎると、たちまちばらばらになってしまうから、私のような不器用な人間向きではないが、半端でない旨さに思わず、うっと唸った。

マダムLは昨年、料理研修団の通訳としてフランスへ渡り、二十数年ぶりにリヨンで昔の留学生仲間に会ったという。二人のヴェトナム留学生が彼女の愛を争った。一人はグルノーブル大学の学生、もう一人は、エリート中のエリートが通うパリのGrandes Ecolesの一つ、ポリテクニック（理工科学校）の首席卒業が決まり、政府高官の地位が約束されていた人。彼女は後者を選んだ。愛に破れた前者は、その後フランス人と結婚し、現在はリヨン大学の教授として悠々自適の生活。愛に勝った後者は、二人の子供をもうけたが、あまりのマザコン男で、妻に愛想をつかされ、離婚。政府の職も退いて、失意の日々を送っている。本当に人生の選択はむずかしい、とマダムは溜め息をついた。七五年、ハノイで前夫と別れた彼女は、サイゴンの実家へ戻ったが、この年の革命で全財産を新政府に没収された。やむなく、食べるためレックス・ホテルの台所で働いているとき、現主人に見初められ、息子が一人いるという。

「フランス帰り」（Retour de France）というのは、ヴェトナムでは極めて特殊な位置にある。一見エリートのようだが、そのことを鼻にかけていると思われ、ハノイでもサイゴンでも、いまだに妬みからそっぽを向かれる。こちらもなかなか回りに溶け込めず、いつも孤独に耐えなければならない。マダムはそんな悩みを、私に食べ方を教える合間に漏らした。

『近代性に直面したヴェトナム』には、二〇年代、三〇年代の「フランス帰り」のことが記されている。

「何人をも尊敬しないフランス帰りたちは、世代の断絶を悪化させた。……彼らにとって、同郷人はすべてどん百姓に見えたのだ。フランス帰りと、そうでない人間との溝は深まった。世間一般における対立のみならず、一つ屋根の下で暮らすことになった頑固な両親と、(フランスで)洗脳された子供たちとの対立は、全く修復不可能だった」

マダムの話を聴くと、こうした対立は必ずしも過去のことではなさそうだ。と同時に、多かれ少なかれ、近代化を採り入れたすべての非西洋諸国で起きた現象だと思われる。

市立劇場でのファッション・ショーは二十分遅れで始まった。それなりに決めた服装の若者たちが、続々客席に詰め掛ける。まず女性司会者が現れ、なにやら美辞麗句めいたことを言ってひっ込む。華やかな音楽、きらめく照明。モデルたちの登場だ。おしなべて背はあまり高くない。世界の流行を懸命に消化しようとした、でもどこかに戸惑いと恥じらいの残る、さまざまなカジュアル、フォーマル、アオザイ、中国服、水着、そして最後は結婚衣装。その一つ一つに、女性客の目が突き刺さる。

合間合間に、日本でも昔よく見掛けたような大仰な紹介を受けて、唄や手品、寸劇、踊りなどが挟まる。ダンス作品は映画『キャバレー』からの一場面。ライザ・ミネリに扮した歌手が、男性舞踊手を従え、颯爽と唄いかつ踊る。という訳で、大いに西洋化、アメリカ化されたヴェトナムを味わったが、その素朴さ、懸命さ、晴れがましさに、どうしても「戦後」を見てしまうのは、似たようなアメリカ化への道を経験してきた一日本人の悪い癖かもしれない。

第五夜…メコン・デルタの闇

LES TENEBRES DU MEKONG

いつものように、出がけに宿で五十弗《ドル》取り替えたら、亭主が目を丸くして、毎日こんなに弗を替えるなんて、お客さんは百万長者かと真顔で聞いた。もしそうなら、こんな安宿には泊まってないだろう、とは言わず、お世辞でも嬉しいよ、と笑顔で答えた。インドネシアでも、日本人すなわち金持ちという等式は徹底していた。だからといって、尊敬されるわけではない。むしろそこに感じられるのは、同じ人間でなぜこんなに差があるのだ、という非常にどろどろした、抑圧された怒りのようなものだ。世界の後発国に蔓延しているこの鬱積した気分は、ある時点で、同時多発的に爆発するだろう、という予感がしてならない。

南へ

ミィトー行きの観光バスは、外国人旅行客の溜まり場として有名な、ファングーラオ通りのシン・カフェ前から出発した。値段は一人十万ドンぐらいだったと思う。このツアーが一番安いということで、マダムが選んだ。朝八時という驚異的な時間だが、街はもう賑わっており、カフェの椅子も、欧米系の若者でほぼ満杯だった。

今日のマダムの出で立ちは、薄青の地に渦巻き模様の入った洒落たもの。だってメコン地方へ行くんですもの、とおっしゃる。いったいこの人は何着アオザイを持っているんだろう。

バスの中で、マダムの用意してくれたパンを齧《かじ》り、鉱水を飲む。日本では毎朝牛乳だったが、こちらで牛乳を頼むと、意外だという面持ちで聞き返されたりするから、以来熱い茉莉花茶《まつりか》(ジャスミン茶)か鉱水を飲むことにしている。

通路を挟んだ隣は、ボルドーから来たという中年の男女。われわれのフランス語を聞きつけ、向こうから話しかけてきた。初めての来越だが、予想外にフランスの影響がまだ色濃く残っていることに驚いたそうだ。だいいちパンだって、自分の国より旨いという。マダムがわが意を得たりというように身を乗り出した。それはフランスの統治が良かったからよ。彼らは決して暴力的ではなかった。ヴェトナム人の九〇%はいまだにフランスが好きです、とやけに確信ありげに言うから、ボルドー組はすっかり喜んでしまった。彼女のこのフランス贔屓《びいき》が、ヴェトナム民衆のナショナリズムに抵触することは確かだろう。突然、大きな鼾《いびき》が、この友好的な会話を遮った。フランス人の後ろのアメリカ人らしき若い男女は、昨夜の疲れが残っているのか、バスに乗り込むやいなや、大口を開けて眠り始め、われわれが一足先に降りるまで眠りこけていた。

案内係がヴェトナムはアメリカ、タイに次ぐ第三番目の米の輸出国だと解説している。なるほど、窓外はびっしり密生した稲穂が続く。年四回収穫できるというメコン・デルタの土壌の豊かさが頷ける風景だ。小さな村落にバスが停まった。ちょっと休憩するという。竹籠を担いだ物売りがどっと群がってくる。フランスパン、ヴェトナム餅(米粉とココナッツを混ぜたもの)、パイナップルなどなど。

村の入り口の道路の上に、大きな赤い横断幕が掲げられている。マダムに聞いたら、「＊＊地区の共産党は祖国の再建に邁進する」と書いてあるそうだ。道路脇の小さな土産物屋兼お休み所へ入り、ぬるいウーロン茶を飲む。手洗いに立つ。用が済むと、用水桶の水を柄杓《ひしゃく》で汲み、本体を流し、手を洗う。インドネシアでも、大衆的な場所はすべてこの仕組みだ。「貧しい部分はすべてアジア的、豊かな部分はすべて西洋的」という友人の言葉を、ふと思い出した。

河を渡る。赤い水。サンパンの群れ。低い椰子林。掘っ建て小屋。メコンの匂いがする。案内係の声がまた耳に入る。「一九三〇年にフランスが架けた橋はヴェトナム戦争で壊され、代わりに一九六八年、アメリカがこの橋を建てました」

ヴィンチャン寺の前でバスを降りた。三時間後に、またこのツアーと合流するという。ヴィンチャン寺は、フンハさんが初めてカイルォンに出演した場所だ。大門をくぐると、目の前の視界を大きく遮る寺院の壮麗さにまず圧倒された。花と緑に覆われた前庭を進んでいると、突然、前を歩いている東洋の若者たちの間から、日本語が聞こえてきた。「この寺、なんか、いろんなもんが混ざってるじゃん」。確かに若者の発言は正鵠を射ていた。いわゆる仏教寺院とは違う、奇妙な印象の建物なのだ。私が不思議そうな顔をすると、マダムがすぐ解説をしてくれる。まるで百科事典を持ち歩いているようなものだ。

彼女によると、ここの建築様式はインドシナと中国とヨーロッパの完全な混淆だそうだ。ファッサードにずらりと並ぶ半円形のアーチや梁を支える円柱はルネッサンスだし、屋上の回廊や塔は、アンコールワットに見られるクメール文化と類似のものだという。完成したのが一八四九年ということは、アンコールワットがフランス人に「発見」される（一八六〇年）以前のことだから、西洋に「発見」されようがされまいが、インドシナの文化はこの半島に脈々と伝わり続けているのよ。それと、この東西文化の混血寺が阮《グエン》王朝の最盛期に建てられているということは、当時の王朝とフランスの間に密接な繋がりがあったことも窺えるわね、云々。私は恐れ入って拝聴するしかなかった。

広々とした寺院の内部は、あちこちに祭壇がしつらえられ、仏像やパゴダの模型が回りを飾っていた。黄金色の僧衣の一団と擦れ違うと、彼らは両手を合わせ、丁寧に挨拶した。私たちは円柱の間をふらふらとさまよい歩いた。端近くに、集会場があり、机と椅子が並んでいた。C'est ici! 七十五年前、まだ十四歳のフンハさんが、初々しいキェウを懸命に演じた初舞台は、まさしくこの場所だった。集会場そのものは、簡素な造りだったが、この壮麗な大寺院ほど、『金雲翹』を演じるのに相応しい場所もあるまい。

その華やかな場面をぼんやり想像していたとき、一陣の風が起こり、仕切りの竹簾《すだれ》がふわりと舞い上がった。まさしくそこに、あのキェウが立っていた。「若さの盛りと咲き匂う椿が、春宵に、いよよその艶やかさを増すような」とフランス語訳に謳われたそのままの姿で、こちらに手を差しのべていた。私がふらふらっと前へ出た、そのとき……

Venez! 突然マダムに手を捉まれ、現実に引き戻された。彼女が引っ張っていったのは、中庭を取り巻く回廊だった。欄干の向こうに美しい蓮池があり、脇に大きな観音像が建っている。夢のような風景だったが、私はむしろ、欄干の列柱の形に気を取られた。それらは、以前泊まったヴェニスの宿の、サン・マルコ運河を見下ろす露台の欄干にそっくりだった。写真機を構える私の後ろから、香しい匂いが近寄り、何ごとか呟いた。え？ 振り向くと、唇の触れそうな位置に、マダムのやや上気した顔があった。私はどぎまぎして、写真機の覗き窓に顔を戻した。首筋に、ふっと息が掛かった。"C'est le Roman" マダムはそう囁いたのだった。それが、ロマネスク様式の柱だという意味なのか、それとも、メコン河に近い西洋風仏教寺院の中を二人でさまよい歩いている状況が夢物語（ロマン）のようだという意味なのか、最後まで謎のままだった。

ヴィンチャン寺を出て、ずらりと並ぶ物売りたちの勧誘を避けつつ歩く。甘酸っぱい匂いの方向を見ると、竹籠一杯に、緑色の実が積んであった。Goyave よ。ゴヤヴ？　ほら、フンハさんが言ったでしょ。幼い時の思い出は庭のゴヤヴの樹林だって。この辺の果物なのよ。彼女は一つ買い求めて、私にくれた。後で食べようと、リュックにしまったが、どういう訳か、後でいくら探しても出てこなかった。だから味はいまだに分からない。

カイルォン発祥の劇場

暫く歩くと、メコン河支流の船着き場に出た。そこから河沿いに市場が続くが、もう引け時とみえ、品物は次々に片付けられていた。さて、カイルォン発祥の劇場を探さねばならぬ。街中をあちこちうろついてみたが、分からない。マダムが土地っ子らしい人を捉まえては尋ねるが、相手は首を振るばかり。現地へ行けばすぐ分かるだろう、と高をくくったのが間違いだった。途方に暮れてぼんやり突っ立ってると、チマキのようなものを籠に入れたおっさんが、コリアンか？　と聞く。そうだと言ったら、突然韓国語（?）で怒鳴りながら、どこまでも追いかけてくる。この人も娘が騙された口なのだろうか？　やむなく道路を横断し、向かいの店に飛び込む。そこはヴィデオ屋だった。店番は若者だったので、まず知らないとは思ったが、念のためマダムに聞いてもらった。

この辺りにカイルォン発祥の劇場があるらしいんだけど？　隣がそうだよ。若者はこともなげに左を指差す。驚いて店を飛び出し、隣を見ると、映画の看板らしいものが掲げられているから、いまは映画館になっているらしい。この前は何回か通ったが、おそらく前面を改装してしまったのだろう。もう少し威厳のあるコロニアルな建物を想像していたため、見過ごしていた。

それにしても、カイルォンという偉大な芸術を産み出した劇場に対するこの冷淡さは、どうも分からない。古典芸能ばかり大事にする日本も似たようなものだが、インドネシアでも、大衆芸能など、ほとんど歴史から抹殺されかねまじき扱いを受けている。なぜだろう、と首を捻ったら、マダムが、そんなの理由は簡単だと言う。この人にかかると、全てが簡単になってしまう。

「非西洋諸国では、大衆芸能とか大衆文化なんていうのは、彼らが一斉に近代性を導入した十九世紀末から二十世紀初頭にかけて発生したものなのよ。植民地であれ独立国家であれ、為政者にとって大衆というのは、無知で危険だが、手懐《てなず》けておいて、とことん利用したい必要悪みたいな存在だったの。だから大衆文化という装置は、大衆の不満を吸収する仕掛けとしては、絶対欠かせないものなんだけど、一方、世界に向かって大いに威信を誇示したい後発国にとっては、その威信を傷つけかねない、つまり、あまり宣伝したくない負の存在でもあったのね。ということは、ほかの大衆文化が台頭すれば、いつでも見捨てられる運命にあるものなのよ。あなたが言うような、知識人のせいではないの。Vous comprenez?」

よく分からなかったので、もう一度聞こうとしたら、ヴィデオ屋の兄ちゃんから手招きされた。中を見てみるかい？　もう廃館してるから、埃しか上映してないけどね、となかなか洒落たことを言う。

劇場の中は真っ暗だった。親切な若者の貸してくれた懐中電灯で、辺りを照らしてみる。だいぶ前に廃館したとみえ、彼の言う通り、壊れかかった椅子も、回りの手摺も埃だらけ。芝居と映画という、盛りを過ぎた二つの大衆文化の影が小屋全体を蔽っていた。舞台に上がってみる。破けた映写幕の前に、マイクや照明器具が転がっている。脇に落ちていたモップを拾い上げ、広い床のあちこちを擦ってみた。埃の下から、多くの俳優たちの汗を吸い込んだ傷だらけの床面が現れてきた。床は一瞬照らし出され、再び、近代の、見捨てられた、歴史を持たない闇に沈んだ……。

外へ出て、若者に礼を言った。マダムが棚に並んでいるカイルォンのヴィデオに気付き、彼に「幻のキェウ」について聞いてみようと言う。無駄だよ。そう答えたのに、構わず彼に何か尋ねていたが、案の定、若者は首を横に振るばかり。

私は彼にいくばくかの金を与えて、強引にマダムを引っ張りだした。彼女は不服そうだった。若者は何も知らないが、この店の持ち主は、カイルォンのことなら知らないことはない、という人物だ。その人に聞かない手はない、とマダムは主張する。ただ、いま外出していて、いつ帰ってくるか分からない、という話だった。その帰りを延々と待って、一泊する訳にもいかないから、また出直そう。そう話し合って、船着き場のほうへ向かった。

先程の韓国語の物売りがまだそこらにいるかもしれない。びくびくしながら歩いていると、後ろから叫び声が聞こえてくる。ほらきた。こちらは必死に足を早める。叫び声はどんどん近付いてくる。ほとんど駆け足になったところで、マダムが、違う、違う、大丈夫よ、と言う。振り向くと、市場の人込みを掻き分けて追ってきたのは、先程の若者だった。爺さんが戻ってきたと言う。こっちはすっかり息が上がってしまって、すぐには有り難うも言えなかったが、大喜びで引き返したのはもちろんだった。

持ち主はかなりのお年寄りだった。店の前に持ち出した腰掛けに痩せた体を沈め、上目遣いにこちらを眺め回す。鼻の脇に大きな疣《いぼ》がある。キェウ役者のことだって？　もちろん知っとるよ。そ、その人はどこに？　せっついた質問に、老人はにやりと笑っただけ。私が金を渡すと、長い上衣を捲って、だぶだぶのズボンに押し込んだ。その女優なら、マダム・マイ・リンに間違いない。キェウをやらせたら、客は魔術に掛かったみたいに見とれたもんだ。彼女の右へ出る者はなかったな。革命のとき行方不明になり、海外に逃げたとか、キャンプで殺されたとか、いろんな噂が飛んだものさ。だが最近ハノイに現れて、再びキェウを演じたら、大評判になったそうだ。まだまだ美しいだろうよ。

ハノイですか。だれもそんなこと知りませんでしたが。そう言うと、老人は、筋張った細い首を叩きながら、北の情報は南には全然来ないのさ。知りたきゃ、出掛けるしかないね。これ以上は興味がないというように、くるっと後ろを向いて、店の奥へ引っ込んでしまった。まあいい。これだけ分かれば、大収穫だ。われわれは興奮しながら、市場通りを港へ引き返した。

「ついてきてくれますね、ハノイへ」

「それは無理ね、残念ながら」マダムが本当に惜しそうに言う。

「無理ですか?」

「私は人妻であることをお忘れなく」

「それは困った」

「大丈夫よ。私の男友達で、フランス語ぺらぺらのお医者さんがハノイにいるから、その人に全部頼んでおくわ」

「男性ですか?」

「男じゃお嫌?」

「いえ、そんなことはありませんが、お医者さんが取材にずーっと付き合ってくれるんですか?」

「私が頼めばね」

医者の仕事のほうはどうなっちゃうのか、不思議な気もしたが、何にせよ、有り難い話だ。私は感謝を込めて、彼女の手を固く握り締めた。あまりに華奢な手は、私の熱で溶けるかと思われたが、一瞬握り返してから、急いで引っ込められたため、掌には、彼女の手の影しか残らなかった。

ツアーとの合流時刻には、まだ少し間があった。市場の間の路地を覗くと、背後で河が光っていた。入っていこうとすると、マダムが、危険だから私は行かない、と言う。どうして？　得体のしれない人たちがいるから。そりゃメコンだもの。笑って入っていったが、振り返ると、マダムが小さく手を振っていて、少し心細かった。

岸は隙間なくサンパンが並んでいた。昼時のせいか、パンや食べ物を籠に入れた物売りが、船から船へとせわしなく出入りしている。サンパン自体が住家になっているのか、籠の中身は見る見る減っていった。一つの船を覗いてみると、裸の男たちが掛け声を掛けながら、花札のようなものに興じていた。遠くの艀《はしけ》は、赤い煉瓦を一杯積んでいた。ミィトー出身の老女優、フンハさんが、少女の頃煉瓦工場に勤めていたと言っていたが、今もここは変わらず煉瓦の産地らしい。

ホー！　背後で鋭い声がした。初めは気付かなかったが、何回目かで、振り返ると、顔をてらてら光らせた老人が私に杯を突き出していた。酒を飲めということらしい。老人の回りには、屈強な男たちが車座になって飲んでいた。私がいらないと手まねで伝えると、またホーと言って突き出す。再度断ると、老人の眼にぎらっと殺気が走ったように見えた。私はサンキューを連発しながら、後退りしたので、右足が河縁で滑った。重心を必死に左足に移そうと踏ん張ったはずみに、腰が砕け、ひっくり返った。危うく河への転落は免れたが、腐った魚の腹に右手を突っ込む羽目になった。男たちが大笑いしてる隙に、私は照れ笑いを浮かべながら、路地の入り口に戻った。マダムが駆け寄ってきた。大丈夫？　と言ったが、目にはいささかの同情の色もない。

「見たの？」

「当たり前でしょ。あなたのように gaffeur じゃ、目を離すわけにいかないもの」

後で gaffeur という言葉を字引で引いてみたら、「とんま」と出ていた。それでもマダムは、おお臭い、と顔を顰《しか》めながら、以前私の進呈した濡れティシューで体のあちこちを拭いてくれた。膝が少し痛んだが、何でもない、と嘘をついた。

幻のキェウがハノイにいる。そのことが分かれば、後はどうでもよかった。一行と合流してから、モーター・ボートで、メコン河を対岸の村ベンチェへ渡った。岸近く、ニッパヤシや熱帯樹草がジャングルのように生い茂る間を、ボートは縫うように進む。戦争中は、この辺の草蔭にも、腰まで水に浸かって、ヴェトコンが潜んでいた、と案内係が言う。岸へ上がって、ゴヤヴの林の間をしばらく歩き、ランブータンの木蔭で一休み。果物の盛り合わせが運ばれてきた。たまたま同じ木卓に日本のお嬢さんたちが座って、この果物は何て言うのか、などときゃあきゃあ喋っていたので、マダムに確めてから名前を教えた。考えてみれば、ヴェトナム到着以来初めて使う日本語だった。相手は暫くきょとんとしてから、ひゃあー、日本の方だったんですかあ、と素っ頓狂な声を出した。

ココナッツ・キャンディ工場で黙々と製品の選り分けをしている若い娘のつまらなそうな表情を暫く眺めて、帰路につく。社会主義だからといって、つまらない仕事はやはりつまらないのだ。バスの運転手が私を指差してマダムに何か聞いている。後で聞いてみたら、夫婦なのかと尋ねられたと言う。親子の間違いでしょ、と彼女が抗議したら、父親なら、娘にあんなに親切にする筈がない、と言われたそうだ。私が運転手の観察眼を褒めたら、彼はよほど冷たい家庭に育ったのよ、と不服そうに言ったが、それでも、Voilà, とココナッツ・キャンディを一つ、私の手に握らせた。行きのバスで眠りこけていた男女は、帰りのバスでも、最後まで大口を開けて寝ていた。

シン・カフェの前で、タクシーを拾うマダムと別れた。主人の得意先を夕食に招いたので、今夜は付き合えないの。御免なさい。退屈な人たちで、うんざりなんだけど、といかにもすまなそうに言う。乗り込むとき、ハノイの手配について、もう一度念を押すと、彼女は窓越しに細長い指で丸を作った。

ピザの敵意?

ファングーラオ通りを少し歩き、レロイ通りにぶつかった先に、珍しくも、開店したてのピザ屋があった。ジャカルタでは、マクドナルドで食べて、ディスコへ行くのが、上流階級子弟の最高のおしゃれだ、と向こうの新聞に出ていたが、その伝でゆくと、サイゴンでは、ピザ屋で食べてファッション・ショーを観に行くことなのかもしれない。店内は、いかにも新し好きの若者たちと、観光客で賑わっていた。たまにはピザもいいか、と三万二千ドンのミックス・ピザを注文したのが運の尽きだった。ピザは誠に不味かった。そのことはいい。どんな一流料理店の西洋料理も、今はまるでおいしくない、とマダムから聞かされていた。優秀な料理人は全員国外へ逃げたからだ、と説明されたが、もし本当なら、ましてピザの味など推して知るべしだろう。

くそ不味いピザ屋を出ると、近くのシクロの運ちゃんから、間髪を入れず、コンニチワ、オンナ!と声が掛かった。叫び続ける相手をやり過ごし、通りかかったタクシーに乗り込む。ビールを飲んだせいか、旅の疲れがふわーっと出てきた。市立劇場の前を通りかかる。『OKINAWA／沖縄』という大きな垂れ幕が目に付く入り口に、続々人が吸い込まれていく。日本から来た劇団の公演が、今日と明日、ここで行なわれることになっていたのだ。私の予定は明日。木下順二の『沖縄』という作品も、それを上演する東京演劇アンサンブルという劇団も、まったく知らなかったが、日本の現代劇がヴェトナムの人たちにどう受け止められるか、に興味があった。招待公演ということで市販されてない切符を、知人を通して手に入れたのは、日本演劇の水準の高さが分かってもらえれば大変嬉しい、というナショナリスティックな期待もあった。

明日が楽しみだ、などと思っているうち、突然腹がきりきりと痛み出した。昔、父の持っていた浪花節のレコードに、「一天俄かにかき曇り、降り出す雨の物凄さ」という文句があったが、まさにそういう感じだった。宿までの小半時、車中で脂汗を垂らしながら、ひたすら不当な欲求に耐え、こけつまろびつ玄関へ駆け込み、おかみさんから部屋の鍵をひったくって、手洗いへ飛び込んだ。マダムに連絡したかったが、お客様で取り込み中を邪魔する訳にはいかない。それからというものは、夜明けまで、手洗いの中で寝泊まりしたいぐらいの時が過ぎた。

第六夜…天国と地獄—地獄篇

ORPHEE
A
L'ENFER1

『沖縄』の苦しみ

朝六時半、消え入りそうな声でマダムに電話を入れると、驚いて飛んできてくれた。原因を聞かれても、ピザを食べた後、突然そうなったとしか答えられない。あなたの胃腸は、あなた本人より繊細なようね。そうマダムにからかわれても、笑うことすら出来ない。彼女は直ちに、日本の援助で建ったという大病院へ連れていってくれた。朝八時という時間だったが、控室は患者で大混雑していた。この分では何時になるか分からない。日本の例から類推して覚悟を決めたが、彼女は私についてらっしゃい、と目の前の階段をすたすた上り始めた。二階の受け付けで二言三言話すと、私はすぐ医務室に招じ入れられ、早くも中年の医師によってお腹を擦られていた。すべてがアッという間に終わった。原因は細菌による食中毒。感染源はおそらくピザの海老だろうとのこと。ヴェトナムでそんな妙な食べ物を食べようなんて思っちゃいけませんな。医師は手を洗いながら笑った。フランスで医学を学んだという彼は、フランス語を話す日本人に会ったのは初めてだ、と妙なところに感心した。マダムが、そうでしょう、日本語の通訳がいくらでもいるのに、わざわざフランス語で取材してるんですから、回りの人がみんな変な日本人だって言ってるんですよ、と余計な相槌を打つ。診察室を出るとき、Bon courage! と医師が握手を求めてきた。

診察代は五万五千ドンと安かったが、一週間分の薬代は三十万ドン取られた。といっても、三千円ほどだから、やはり安い。薬は全部フランス製だった。病院を建てたのは日本でも、診察するのはフランスで学んだ医師であり、薬もフランス製。おそらく医療機械もそうに違いない。つまりソフトはフランスが押さえている。こういうところに、国の結び付きの深さの違いが表れるのだろう。帰り道、あんなに混雑していたのに、なぜ私はすぐ診てもらえたのか、何をあなたは言ったのか、とマダムに尋ねたが、それは秘密、と笑って答えてくれなかった。

という次第で、ひとまず危険は去ったが、症状がすぐ収まった訳ではない。極度の脱水症状で、体に全く力が入らず、食欲もない。ひたすら寝台に横になって唸るか、さもなければ、手洗いでぐったりしてるか。もともと消化器系が弱いせいか、よく食中毒に罹る。スペイン、ギリシャ、メキシコ、インドネシア……。しかしこれほどきついのは初めてだ。絶えざる戦乱を経て、ヴェトナム人がしぶといのは分かっていたが、細菌までしぶといとは知らなんだ。それもピザ中に潜り込むなんて、外国人に対するヴェトナムの敵意が細菌にも植え付けられているとしか思えない。

年だなあ。今夜の観劇はとても無理だ。私の嘆き節に、マダムが判じもののような文句で応えた。

Les bois sont déjà noirs　森は既に冥し

Le ciel est encor bleu　空は未だ蒼し

何のことだか分からず、ポカンとしていたら、大丈夫よ、私が付いいててあげるから、と励まされた。そんな訳で、一日寝ている筈が、マダムに付き添われ、おむつでもしたい心境で、『沖縄』を観に市民劇場へ出かけた。劇場前の階段がアルプス一万尺みたいに聳えていたが、やっとの思いで這い上がる。八時開演の十分前に到着したが、昨日の今頃とは比べられないぐらい、入場者が少ない。中へ入る。マダムがルネッサンス様式だと称する館内は、いかにも典雅な造りだったが、八百ほどの座席は半分も埋まっていない。キム・クーンさんがいたので、挨拶する。いい話を聞かせてくださって、とお礼を言うと、こちらこそ、最高のインタヴュウをしてくれて本当にありがとう、と逆に感謝されてしまった。

始まる前に、皆さん、前へ詰めてください、という係の呼び掛けに応じて、観客大移動があったから、後ろ半分はガラガラになってしまった。わざわざ日本からの公演だというのに、この不入りは？

と首を傾げたが、芝居が始まったら、すぐ納得した。まず登場する役者たちが、どれもこれも、魅力がない上に空っ下手なのだ。それが気取った生硬なセリフを未消化に連発するから、五分たったら、席を立ちたくなった。そこへコロスみたいな雰囲気の女たちが出てきたから、少しは面白くなるかと思ったら、これがまたひどい。あれほど豊かな旋律を持った沖縄音楽とは縁《ゆかり》も所縁もない、つまらない音楽に合わせて、つまらない踊りを踊る。おまけに話は平板そのもの。役者がわざとらしく笑っても、客席はシーンとするばかり。

若い観客たちは、上演中絶えず私語を交わし、くすくす笑いを続けていたが、ついに辛抱しきれなくなった一団がぞろぞろと席を立った。その先頭に立っていた男に見覚えがある。以前観て感動した、あの『NYのヴェトナム人』を演じた主役だった。あれほどの見事な演技を見せた役者が、こんな三文芝居に耐えられる筈がない。彼らが引き金になって、退場者が続出。キム・クーンさんも何時の間にかいなくなっていた。役者も観客も共に苦しんだ二時間の末、カーテン・コールもない中で立ち往生する出演者たちの姿は、哀れですらあった。パンフレットには、この公演のスポンサーとして、文化庁や国際交流基金の名前が記されている。米軍基地に対する沖縄人民の抵抗を見せれば共感を呼ぶだろう、という認識のお粗末さ、この程度の芝居でも、ヴェトナムなら通用するだろう、という驕り、そして、何の感動も共感も呼ばず、友好の役割すら果たせない芝居に多額の税金が使われていることへの腹立ち。いろいろな感情が押し寄せて、最後は、こんなに気分が悪いのは、食べ物にあたったせいか、『沖縄』にあたったせいか、分からなくなってしまった。

後日談になるが、一九九六年十二月二十六日付けの朝日新聞に、この公演に対する、一読、唖然とするしかない批評が載っていた。筆者は新国立劇場にも関わっている著名な演劇批評家O氏。彼はまず「新劇に相当するせりふ劇はベトナムではまだ珍しい」とおっしゃる。とんでもない。フランス統治時代から始まったセリフ劇キックは、今回の所見では、水準の高さだけでなく、知識人を中心にかなりの愛好者を持ち、キム・クーンの芝居など、毎回売り切れの盛況と聞いている。二十世紀初頭ならいざ知らず、映画もTVも普及している今日、セリフ劇がまだ珍しがられる、などと本気で思っているのだろうか。さらにO氏は、「残念ながら大部分の観客が舞台を理解したとは思えず」と書く。おそらく、私語を交わしたり中途退場する観客が多かったことからの類推だろうが、これが日本での現象だったらどうだろう。間違いなく、芝居がつまらなかったから、とされるだろう。当地での招客の反応も、まさに芝居の価値を正しく「理解」したからこそだが、それを「理解されない」と取るところにも、ヴェトナム人の理解力を低く見る同氏の偏見が窺える。

さらに不可解なのは、「大部分の観客が舞台を理解したとは思え」なかったにもかかわらず、今回の公演は「文化交流の第一弾として、まずは成功だった」と結んでいる点だ。大部分の観客に理解されなかった演劇公演が、どうして成功と言えるのだろうか。O氏が成功と判断したのは、この演劇が、理解されなかったのに「予想以上に受容されているかに見えた」という不思議な理由からであり、そのことは「途中の退場者がさほど多くなかったことにあらわれていた」という文章にいたっては、批評する勇気を失う。

この文章から窺えるのは、(1)日本の演劇批評の水準の低さ、(2)アジア諸国民に対するわが国知識人の偏見の強さ、の二点だ。戦時中の日本で盛んに流布した言説に、「わが国と比べると遥かに水準の低い南方諸国の民度」(『映画評論』一九四二年)という認識がある。戦後五十年以上を経て、「南方諸国」に対するわれわれの認識はどれほど変わったのだろうか。

第七夜、第八夜…天国と地獄—煉獄篇

ORPHEE A L'ENFER2

寝台と手洗いの往復が続く。食中毒で腹に、三文芝居『沖縄』で脳天に、回し蹴りの一連発を受け、気力がすっかり萎えている。体はカフカの断食芸人みたいに痩せてしまった。本を読む気もしないので、ひたすらTVを観る。幾つかの局でやっていたのは、ポップス、みんなの歌、リゴレット、アンドレ・マルロー物語、フォレスト・ガンプ、大草原の小さな家、フランスの連ドラ（懐かしや、ミレーヌ・ドモンジョが出ておった）などなど。やはりアメリカ物が多いが、フランス製も頑張っているのは、昔のよしみというところか。

日本のTV番組も多い。とくにアニメは海外のチャンネルを席巻している感がある。この時は、『美少女戦士セーラームーン』というのをやっていた。予算の関係か、吹き替えではなく、一人の読み手が、すべての登場人物のセリフを、少し遅れて語っていた。驚いたのは、ある日本の劇がインドネシア語に吹き替えられた上、ヴェトナム語の字幕付きで放映されていたことだ。どういう事情で、こんなことが可能なんだろう。他にも、日本の劇に中国語の字幕付き、あるいは中国語の劇に英語の字幕付きなどというのも、ヴェトナム語の語りを入れて放映されていた。著作権など無視しているのかな。っている。

ＮＨＫの朝の連ドラらしきものもあった。こっちは、予算が付いたのか、一人ずつの吹き替えになっている。丹波哲郎が雪の中で倒れて死ぬ。その後、延々と愁嘆場が続く。出演者全員が一人ずつ泣くのだが、三田佳子の泣き顔が大写しになったところで、手洗いに行きたくなった。大腸から直腸まで空っぽにして出てきたら、まだ彼女が大写しで泣いている。さすが大女優は違う、と改めて感心したが、この情緒過多な画面造りは、自分がどんな国からやってきたかを思い出させるには充分だった。

うとうとしたら、キェウの夢を観た。挿絵にある天女のような衣服ではなく、目にしみる紫陽花《あじさい》色のアオザイを着ている。果物籠を持ち、にっこり微笑みかけるから、思わず手を伸ばしたら、ぎゅっと握り締めてくれる。その感触と匂いには覚えがあった。服と同じ色に塗られた爪が珍しく、細い指先を頰に押し当てると、キェウが"Ça va bien?"と言った。そうか、フランス語版の『金雲翹』なんだ、と納得したが、返事が出てこない。焦りもがいているうちに、水面から顔が出るように、視界が鮮明になった。マダムＬの微笑んでいる顔が見える。すると私はキェウではなく、マダムの手を握ったのかもしれない。しかし彼女が何も言わないので、こちらも黙っていた。

夢を観ていたのね？　マダムの問いには答えず、私はただ彼女の紫陽花色のアオザイと、同じ色のマニキュアを褒めた。彼女は寝台の端に腰を掛け、持ってきたマンゴーを器用に剝きながら、ちらっと自分の手を見た。「別にマニキュアなど、人生にとってたいした意味はないんだけど、するなと言われたら、女は悲しむわね。以前ハノイにいたとき、私のマニキュアを、西洋かぶれだと役人に罵られたことがあったの。それで再教育のためと称して、一と月間、田圃の中に追いやられ、這いずり回らされたわ。蛭などの吸血虫がうじゃうじゃいて、ほんとうに恐ろしい一と月でした。さすがに今は、もうそんなことなくなったけど、マニキュアぐらいにカリカリするなんてねえ」マダムは小さなフォークにマンゴーの切り身を刺し、私の口に持ってきた。目の前で紫陽花が開いた。

宿の亭主がお粥を持ってきたのを汐にマダムは帰っていった。ハノイ行きは延期になったが、マダムの知人の話では、それらしい歌姫が当地で公演しているという。ただ名前はマイ・リンではなく、キム・リンだそうだ。名前などどうでもいい。とにかく会えれば。私はそれだけを念じて、衰え切った内なるエロスを懸命に掻きたてようとしたが、キェウの像が何時の間にかマダムにすり替わってしまうのは、いささか閉口だった。

第九夜…天国と地獄―天国篇

ORPHEE
A
L'ENFER3

謎のパンタロン美女

ようやく腹具合が癒り、待望のハノイへ出発できることになった。昼頃タンソンニャット空港へ着く。道中、しょんぼりしているマダムの肩を抱いて、元気をお出しなさい、すぐまた会えるのに、と言ったら、あなたは戻っても、盗まれたものは戻らない、と言う。

何のことはない。今朝、ハンドバッグの中身をスリにやられて、落ち込んでいたのだ。市立劇場前の店屋に寄って買い物をしたとき、目の前でバイクと車の接触事故が起きた。繁華街の中心とて、たちまち黒山の人だかり。暫く眺めてから、乗り込んだタクシーの中で、バッグが切られていることに気付いたの、と見せてくれた。

なるほど、切り裂きジャックも恐れ入るほどの見事さで、底が真一文字に切り裂かれている。被害はお金、住所録、身分証明書などなど。とりわけ痛いのが住所録で、友人にクリスマス・カードも出せない、と頭を抱えた。

マダムが言うには、どう見ても、あなたは器用な人生を送っているようには見えないが、私も全く同じで、不器用にしか生きられない。人生にも初等課があればいいのに、とのことだった。「不幸は何かしらいいことを齎《もたら》す」というフランスの諺を引いて慰めたが、その後私が同じようなセリフをアメリカで言われることになろうとは、もちろん知る由もなかった。

国内旅行なのに、旅券の提示を二度求められ、空港税を一万五千ドン取られた。どこの国にいても、円価に換算することをなるべくしないことにしているので、なんだかいたくボラれたような気がする。振り返ると、マダムが投げ接吻《キス》をくれたので、投げ返した。隣の旅行会社の青年が万歳というように両手を挙げたが、意味がよく分からなかったので、こちらはお返しをしなかった。

腹具合が不安で、手洗いに行きやすいよう通路側を申し込んだのに、席は窓際。ヴェトナム航空の受け付けの悪口を内心呟きつつ、鞄から翻訳本の『聖アントワヌの誘惑』を取り出す。原書のほうも持ってきたが、そちらは読み出すとすぐ眠くなるので、就寝前に読むことにしている。本を開いた途端、いい香りが通路から漂ってきた。その香りが、私の隣まで来ると、"Pardon me" とぞくっとするような英語が聞こえた。隣に座ったのは、黒いパンタロン・スーツの美女、それもとびきりだった。髪形は『ルル』のルイーズ・ブルックスそのまま。頬にかかる黒髪が"Roaring Twenties" の切っ先を見せている。とたんに受け付けへの悪口が感謝に変わったのは、言うまでもない。ただ、本の字面が全然追えなくなった。彼女が身じろぎする度に、新たな香りが鼻腔を擽《くすぐ》るから、全く集中できない。

美女はアタッシェ・ケイスを膝に載せていた。それを開こうとして、肩がこちらの肩に一瞬触れたが、気付く様子もなく、一心に何か探している。ようやくお目当ての書類を見つけた彼女が、それを取り出そうとしたとき、一片の紙がひらりと私の足元に落ちた。慌てて手を伸ばした相手より、こちらが一瞬早かった。屈めた上衣の開かれた胸元で、金鎖が揺れている。"Thank you" 低い落ち着いた声が微かな微笑を含んでいた。

三十代の後半か四十代の初めだろう。彼女はそのまま書類に没頭し始めた。やむなく私も、読みさしの本に目を落としたが、美女の正体がどうも気になる。いかにもキャリア・ウーマン風の女性には、これまであまりお目に掛かっていなかった。

「……雲より柔らかい羽根布団で抱き合い、果物の殻に冷酒を注いで飲み、エメラルドを通しての日輪を、共に眺めようものを！　さあ、来るのじゃ！

（聖アントワヌは後退りする。女は近付き、苛立った調子で）……」（フロベール『聖アントワヌの誘惑』）

斜めにしていた本が、不意に押されて垂直になった。犯人はすぐ分かった。隣の美女が、私の本の表紙を覗きこもうとしたのだ。眼が合うと、美女は無邪気な笑顔を見せた。「Oh, Excuse me. どんな本をお読みなのかと思って」まことに綺麗な英語だった。

私は驚きながらも題名を告げた。彼女は頷いて、パリにいたとき、その芝居を観たことがある、と言い、フランス語だったので、セリフは全然分からなかったけど、と笑った。

「私、本て大好き。この紙の感触がなんとも言えないの。これ、綺麗な本だわ」銀色にマニキュアした指が活字の上をゆっくり這い回る度に、体中がむずむずした。

「あなた、朝鮮の方？」ほら、おいでなすった。

「残念ながら」

「じゃ中国？　いえ台湾ね。前に、あなたそっくりの台湾人の詐欺事件を扱ったことがあったわ」

「騙されたほうですか？」

「いえ、騙したほう」

「そういう顔なんですね、私は？」

「あら、ごめんなさい。偶然似てたものだから。あなたは決してそういうことをなさるお顔ではありませんわ」

「そうでもないでしょう。今まで散々悪いことをしてきましたから」

「ここでの事件なら、いつでも弁護をお引き受けしますわ」

「弁護士をしてらっしゃる？」

「ええ。ちょうどハノイで公判があるものですから。事務所はサイゴンですけど」

ここヴェトナムでも、欧米型のエリート層が育っている。そう感じさせるに充分な、自信に満ちた態度だった。ところが、その辺から、微妙にズレが始まった。

「あなたの国を伺ってませんでしたわ」

「日本です」

"Oh!?"

「意外ですか？」

「いえ……別に……そんなことありませんわ」言葉に躊躇いがあった。

「なぜか私は、旅先で日本人と思われたことがないんです」

「それは……偶然でしょう」

「でも、あなたも」

「私は……たまたま日本の方に知り合いがいなかった。それだけのことですわ」

美女弁護士は話題を変えるように身を寄せ、頬も触れ合わんばかりに深々と、私の本を覗き込んだ。

「これが日本語なの？　やっぱり中国文字を使っているのねえ。とても魅力的な書体だわ」

熱心さのあまり、肩をぎゅっと押しつけてくる。肩だけではない。膝も私の膝にぴったり寄り添っている。いまや、彼女の体の左側全部と私の体の右側全部とは、ヴェトナムとラオス・カンボジアの国境みたいな形で、隙間なく接しているのだ。この状態で何か知的なことを思い浮かべようとしても、とても無理な相談だった。

弁護士がつと手を伸ばして、私の首に触った。「やっぱり、とても凝ってらっしゃるわ。Wait a moment」

彼女はアタッシェ・ケイスを開けて、丸い小さな赤函を取り出した。

「凝っているときは、これが一番。旅行に欠かしたことはありませんの。You'll excuse me」

彼女は函の蓋をねじって開けると、透明な軟膏を指先で掬い、いきなり私の首筋にせっせと塗り始めた。スースーするところは、メンタムに似てるが、体の芯に溶け込んでいく感じは、まるで違う。とはいえ、生まれてこのかたマッサージというものを受けた記憶のない人間としては、まことに擽ったく、全身緊張せざるをえない。

「あら、そんなに体を硬くさせてはダメ。かえって凝ってしまいますもの。もっと楽にしてくださらなきゃ。そうねえ、そう、ご本を読んでて頂戴。そのほうが塗り易いですわ」

「いえ、結構です。もうほんとに……」

「ご本を読んでて。Please!」

私は彼女の指の動きに、体中の毛穴を反応させながら、再び本を手にした。


「……なんですって? 金持ちの女も、なまめかしい女も、恋焦がれている女すらも、駄目だとお言いなの? これではまだ足りない? え、そうなの?……」(同書)

美女の手は、遠慮会釈もなく、私の耳をやわやわと触り、耳の裏から首筋へ下り、そこから褪衣《シャツ》を潜って肩へ滑り、今度は両手で軟らかく首と肩をもみ始めた。その気持ちよさは、軟膏の効果と相俟って、私の粗略な脳細胞をずたずたにしそうだった。

「……わらわの肉体のどんな秘められた一隅でも、そなたの物にしてみてごらん。国一つを征服するより、もっと激しい悦びで、そなたの体は痺れようものを。……」（同書）

彼女はついに、私の襦衣の釦《ボタン》を外し、胸元へ手を滑り込ませた。微かな吐息が、私の首筋を湿らせる。手はかなり下の方までまんべんなく撫で回す。脳内モルヒネだかエンドルフィンだかドーパミンだか知らないが、どっと分泌物が溢れ出てきた。

小半時前に機内で隣り合わせたばかりの美女弁護士が、いまや私の襦衣をはだけさせて、吐息を漏らしながら、胸や腹を自在に撫で回している！　これは、夢やアラビアン・ナイトやブニュエルやエマニュエルの世界ではない、れっきとした現実の世界で起きていることなのだ。辺りを見回す余裕がなく、他の乗客がこの緊急異常事態に気付いているのかどうかは分からない。ただひたすら考えていたのは、これこそ、多くの西洋の作家たちが夢見た幻想のオリエントではないかということ。東洋を、あらかじめ西洋とは異質で遅れた世界と位置付けた上で、であるがゆえに、西洋のキリスト教的規範から自由な、つまり西洋では許されないような非道徳的な行為も許される世界としてのオリエント。極東の一隅に住まいする男がいま感じているこの感覚も、やはりオリエンタリズムと名付けられるべきものなのだろうか。私はわなわなと震える手で、必死に本を読み続ける姿勢をとった。

「……さあ、唇をお出し！　わらわの接吻は、そなたの心にとろけ込む果物の味。ああ！　きっとそなたは夢中になろうぞ。わらわの髪に埋もれ、胸乳を吸いたて、滑らかな姿態に我を忘れ、この瞳に灼きつくされ、わらわの腕の中で、大きな渦に呑み込まれて……」（同書）

あっ！　なおも活躍中の美女の手を、私は必死に押さえた。これ以上続くと、悶死しそうだった。

彼女は不審そうな眼を向けた。

「あら、気持ちよくありませんでした？」

「いや、それはもちろん……ただ……」私の錯乱状態は正確に伝わったらしい。さすが弁護士は頭がいい。

「できればハノイでお会いしたいんですけど、公判中は忙しいから、どうしても無理なの。サイゴンへお帰りになったら、必ずお電話をくださいね？」彼女は帳面の端に、事務所と自宅の電話番号を書き付け、私に破ってよこした。

「ええ、必ず」

「よかった。きっと主人も喜びますわ」。主人！？　私は探りを入れてみた。

「ご主人は幸せな方ですね。こんなマッサージを毎晩受けられて」

彼女は笑って答えず、「残り、差し上げますから、ご自分でなさってみて」と赤い函を私に握らせた。

「でも使い方がよく分からなくて」

「大丈夫。今度ゆっくり自宅でお教えしますから」

半信半疑ながらも、私の年で、未来に期待を抱かせる瞬間は滅多にない。

ハノイ・ノイバイ空港に到着しても、美女の姿が煙と消えることはなかった。それどころか、あなたと隣り合わせになれて、最高に幸せだった、と真剣な顔で言う。タラップを降りるときも、ロビーまでのバス中でも、ずっと私の手を握りっ放しだから、私の狐に摘まれたような感覚はずーっと続いていた。美女には運転手の迎えがいたので、それまで持っていた彼女の鞄を、その男に託した。

「よろしかったら、お送りしますけど」

「有り難う。私も迎えが来てますから。公判のご成功を祈ります」

握手しようと手を伸ばすと、美女は突然、私を抱き寄せ、齧《かじ》れるほど耳に唇を寄せた。"I miss you very much"

この言葉がこれほどの情感を込めて発音されたことが、いままであっただろうか。生命を吹き込まれた言葉は、私の耳の孔を濡らし、その濡れた感触は、いつまでも私に付きまとって離れなかった。遠ざかる乗用車を呆然と見送っている私に、品のいい中年男性がフランス語で声をかけてきた。すぐドクターTと分かり、握手を交わした。

「凄い美人ですね。お知り合いですか?」と聞いたところをみると、一部始終を見ていたらしい。

「いえ、飛行機で隣り合わせになっただけの人です」私はもう一度遠くに視線をやってから、彼について歩き出した。

メコン・デルタの女

二年前にできたという高速道路をタクシーが突っ走っている間、私の想いはあの美女に寄り添っていた。回りの風景もドクターの言葉も、ただ通り過ぎるばかり。いつ紅河を渡り、いつタイ湖の傍らを走り抜けたかも、まるで分からないうちに、トゥーヨー(自由)ホテルにいた。古めかしい、なかなか雰囲気のあるホテルで、鉄道のハノイ駅が目の前という立地も申し分ない。ドクターに食事を誘われたが、眠いから、と断った。彼は明朝連絡すると言って、ホテルに停めてあったホンダに跨がり、爆音を響かせて帰っていった。

ロビーも部屋も、サイゴンのフジホテルとは比較にならないほど広い。窓からは隣の窓しか見えないが、まずは満足。ほんの一眠りするつもりで横になったが、目が覚めたら、外は夜になっていた。とりあえずシャワーを浴びようとしたら、お湯が出ない。受け付けで係を呼んでもらい、外国語のできない彼と手真似でやりとりして、ぐったり疲れる。ようやくちょろちょろ出るようになったお湯を浴びたら、食事に出る気力が失せた。

はっと気付いて、マダムLに電話を入れる。四時からあなたの電話を待っていたのに、とひどく怒られた。何か起きたのかと思って、胃が痛くなったという。何も起きなかったけど、と不思議な女性弁護士に機内で隣り合わせたことを話した。ただ、また怒られそうな気がしたので、体中を撫で回されたことは伏せておいた。マダムが相手の服装を尋ねるから、黒のパンタロン・スーツに金鎖をしていた、と答えると、"Je vois" と言う。どうして「なるほど」なのか不思議に思っていると、続けて、西洋人のような目鼻立ちではなかったか、と尋ねられたのには驚いた。そういえば、確かに混血と思わせるような容貌だった。あなたはいつ超能力を身に付けたのか、とマダムに聞くと、そんな大それたことじゃない、ただ聴いていて、メコン・デルタ出身の女性だとピンときたから、との答えだった。なぜあの美女がメコン・デルタ出身なのか？　マダム・ホームズの推理はこうだ。

(1) 同地方の女性は、男性を誑《たぶら》かす能力に長けている。
(2) 非常に性欲が強く、その気になれば、時、場所を選ばない傾向がある。
(3) 黒の衣服と金製品を異様に好む。
(4) メコン・デルタの近代化は美容整形から始まった。同地の女性の八割は、西洋人に似せて整形しているが、インチキ医者が多いため、粗悪な手術の被害が多発。ゆえに、あまり強い接吻は、相手の鼻を曲げる虞《おそ》れがあるから要注意。

(5) 詐欺の手管が発達しており、ヴェトナムで発生する美人局《つつもたせ》の片割れは、ほとんどメコン・デルタ出身の女性である。

以上からマダムが結論するに、その謎の美女は、同地出身の整形女性に間違いなく、弁護士というのは真っ赤な嘘。私が女に弱そうだと看てとり、美人局などの手で、金を巻き上げようとたくらんだものだ、と言う。もしや自宅に招待されなかったか、と聞くから、初めは否定したが、マダムの厳しい追及にあって、ついに、連絡せよと言われたことを白状した。Ça se voit. ほら、ごらんなさい。マダムは勝ち誇ったように付け加えた。「そういう女性をFemme Fataleというのよ」

「ファム・ファタール？ なに、それ？」

彼女の説明によると、カルメンのように、男を滅ぼす宿命の女、魔性の女を、フランスではそう呼ぶんだそうだ。もしあなたが彼女の自宅でことに及べば、必ず凶器を持った夫が飛び出してくるわよ。お気を付けあそばせ。

マダムの完勝だった。ところで幻のキェウにはいつ会えるのか、と彼女に尋ねられ、肝心の用件をすっかり忘れていたことに気が付いた。言われてみれば、ドクターが「キェウ」のことで何か報告していたが、馬耳東風だったのだ。たぶん明日か明後日、と答えたが、私の精神状態は、マダムにはお見通しのようだった。「明日は早起きして、取材にご集中あそばせ。Bonne nuit, Monsieur Gaffeur!」

第十夜…素晴らしき哉、チェオ！

CHEO BRAVO!

朝、ドクターの電話で起こされる。これから行くというのかと思ったら、もう下のロビーにいるという。時計を見れば、八時。まだ朝食もとってない、と言ったら、待ってるからどうぞ、とのこと。急いで一階の食堂へ向かったが、パン以外に食べるものがなく、紅茶もないと言われ、ほとんど飲まず食わずで食堂を出る。夕食から抜かしてるから、さすがに力が出ない。

ドクターに挨拶すると、先方はお待ち兼ねだから、すぐ行きましょうと急かす。そんなにすぐ会えるとは思わなかったので、感激した。そう告げると、団長以下、劇団員全員が大歓迎しているということだった。突然復帰したのに、もう団長ですか、と言ったら、ドクターTが一瞬きょとんとした。それから探るような目付きで、ひょっとしてキム・リンのことを言ってるんですか、と聞くから、今度はこちらがきょとんとする番だった。彼は呆れたような口調で、きのう、タクシーの中で、彼女は別人物であることが分かったと言ったら、それなら結構です、という返事だったので、安心してたんですが、と言う。

あのときは寝不足で朦朧としてたので、と謝り、改めて詳細を聞くと、キム・リンに話を聞いてみたら、これまでキェウを演じたことはない、と言われたという。いままで舞台に出なかったのも、たんに病気のためで、その間、ずっと自宅で寝てた、という返事だった由。劇団の関係者に聞いても、そういう人物に心当たりはないと言われた。

すぐ私のホテルにFAXを入れ、訪問を中止あるいは延期するなら、大至急連絡せよ、と書いたが、返事がなかったから、FAXで知らせた通り、別の取材準備を進めた、との説明だった。頼りなげな宿の亭主の顔が浮かんだ。渡すのを忘れたんだろう。さすが幻だけあって、簡単にはお目に掛かれない。もしかしたら、永遠に。

すっかり気落ちしている私を見て、ドクターが説明するには、「幻のキェウ」は必ず見つかるから、もう少し時間を見てほしいこと、その代わり、二度とない機会を私に用意したこと、私が稀に見る運のいい人間であること、だった。

「二度とない機会？」

「Mais oui. あなたは〝幻のキェウ〟の代わりに、〝幻のチェオ〟を観ることができるんです」

「チェオって……あの古典芸能の？」

「C'est ça. 今では国内でも滅多に観られなくなった、あのチェオですよ。国立劇団は地方公演の準備中で、ここしばらくハノイではやらないんですが、ヴェトナムの演劇を調べに来た日本人がいる、と言ったら、大変喜びましてね、あなたのために、今夜、特別公演をやるというんです」

「私のための特別公演！？　今夜！？」

「Oui. Ce soir. 出演者は三十人。観客はあなた一人」

余りに思いがけない話で、暫くぼーっとした。政府の視察団ならともかく、何の肩書きもない一人の好事家《こうずか》のために、ハノイの国立劇団が貸し切り公演！？　そんな話、聞いたことがない。それも、いきなり今夜とは！

「費用はどうするんです？　私にはとても払えませんよ」

「謝礼はいらないと言ってます。日本の人にチェオの素晴らしさを知ってもらえればいいそうです」

そう言われてもねえ。おおいに躊躇したが、もう既定のこととして、準備が完了していると言われては、断る訳にいかない。肝心のカイルォンを観てないのに、成り行きで、現代劇キックと古典劇チェオを先に観ることになってしまった。C'est la vie. これが人生というものか。

ドクターの話では、まず初めに、最高の権威によるチェオの講義が、演劇大学であるという。もちろん生徒は私一人。何も知らないうちに、すべてのお膳立てが整っていたのだ。これは逆らえない。

私は観念して、ドクターの愛用車ホンダ・ドリームの後ろに跨がった。ドクターはご機嫌だった。やっと日本から直輸入したバイクを手に入れたのだ。同じ機種でも、こちらで組み立てたものとは、まるで出来が違う。バイクだけじゃない。我が家にシャープのＴＶが二台ある。一台は日本製で、十年使っても、たった一度しか壊れなかったが、こちらで組み立てたほうは、持ってきたときから、もう壊れてた。なんでもこんな具合だ。話にならない、と言う。

私は若き日のモスクワでの経験を思い出した。タクシーに乗り込み、行き先を告げながら煙草を銜《くわ》えたら、運転手がさっとライターを取り出したのはいいが、一向に火がつかない。彼は舌打ちをして、窓からライターを投げ捨て、「すぐつくようなら、ソ連製じゃないさ」とのたまった。そのとき、この国の将来はどうなるのか、と心配になったものだが、果たしてヴェトナムはどうだろうか。

走り出してすぐ気が付いたが、サイゴンにあれだけいた乞食が街中にいない。そう言うと、ドクターが苦笑した。来年のフランス語圏サミットに備えて、早々と追っ払ったんですよ。会議が終われば、すぐ舞い戻りますから、ご心配なく。それで納得した。一国の水準は、体裁を繕いたがる度合いに反比例する。ヴェトナムに限った話でもなく、国家に限った話でもない。

ハノイは、薄手の上衣一枚がちょうどいい季節だったが、真冬なみに、分厚いジャンパーと毛糸の帽子を被った若者が何人かいた。ロサンジェルスに住んでいたときの隣人で、ただ自前のミンクコートを着たいばかりに、毎冬東海岸へ出かける女性がいたが、南国人の寒さへの想いは、北国人の暖かさへの想いに負けないものがあるようだ。人々の服装は、サイゴンに比べるとかなり地味で、かの地ではあれほど氾濫していたアオザイに、まだ一度もお目にかかっていない。独立五十周年を祝う赤い横断幕や鎌とハンマーの飾りが町中に氾濫しているが、サイゴンに比べて、どこかしら暗さがあるのは、西欧から、ソヴィエト時代の東欧へ足を踏み入れたときの感じに似ている。警官や兵士の姿がやたら目立つのは、フランコ時代のスペインを思い出させもする。

中年ライダー、ドクターTのホンダは、空きっ腹をかかえた、よれよれのジャポネを後ろに乗せ、ハノイ郊外の国立映画演劇大学を目指して、ゆっくりと西へ走る。道は広いが、車の数は、南に比較すれば、ぐっと少ない。すべての車が悠々と走っており、自動二輪が隣の自転車を抜き去る、などという光景はめったに見られない。それでも自転車より自動二輪、自動二輪より自動車に乗りたがるのは、社会的な位置関係と関係があるからだろう。

新たに開かれた道路らしく、道沿いに建築中のビルや一軒家が目立つが、機械以上に、人力が活躍している。下から投げ上げた煉瓦を、上の職人がひょいと受け止め、壁を積み上げてゆく光景に出くわした。どこかで見たな、と暫く考えたら、チャップリンの無声映画の一齣《ひとこま》だった。湖のほとりを走れば、そこここで開店中の青空床屋に、平和な顔が気持ち良さそうに並ぶ。床屋一人に客一人。この国で最大の資源は人間ですな。恐ろしく安いのに、滅多に故障しない、とドクター。さすがマダムの友人だけあって、皮肉まで似ている。

国立映画演劇大学は、田圃と低層アパート群に囲まれた中にあった。お世辞にも綺麗とは言い難い。今日は授業がないらしく、ガランとした入り口で我々を出迎えたのは、何体かの埃まみれの胸像のみ。講堂のある一階の脇の狭い階段を上がる。チェオ劇団副団長のギオンさんが、我々の足音を聞きつけ、部屋の入口まで出てきてくれた。そのギオンさんの話では、一九五六年に、幾つかあったチェオ劇団を統合して、国立チェオ劇団を結成。さらに一九六六年、四年制の国立映画演劇大学を設立。大学ではチェオだけでなく、カイルォンも教えているという。

七五年まで、北の人間はほとんどカイルォンを知らなかったから、初めて観た人は、その迫力と楽しさにびっくりした。その後しばらく、チェオはカイルォンに圧倒され、観客数が激減。さらに西洋文化が入ってきたため、絶滅寸前まで追い詰められた。そこで、ハムレットなどの西洋物や前衛風のチェオなどさまざまな試みをしてみたが、ことごとく失敗。成功したのは、ドイツの演出家によるブレヒトの『コーカサスの輪』のチェオ版のみだった。そこで再び伝統に立ち返り、古典物に専念するようにしたら、五年前ごろから、ようやく少しずつ観客が戻るようになり、今は逆に南を目指しているところだ、というのが副団長の解説だった。

お腹がぐうぐう鳴り出したが、さらに次なる関門、「チェオ入門講座」が待ち構えている。ここ暫くは耐えるしかない。

著名な演劇研究家ハ・ヴァン・カウ教授の講義は、応接室で行なわれた。立派な白髪を蓄えた氏はフランス語を懐かしむことしきり。昔はべらべらだったんだが、フランス人が居なくなってから、使う機会がなくなり、すっかり忘れてしまった、とかなり上手なフランス語で残念がった。結局、講義はヴェトナム語でやることになり、通訳のドクターが大汗をかく結果となった。

講義は延々三時間に及んだが、要はチェオが農民の祭り（祀り）から生まれたということに尽きる。仏教渡来（BC二世紀）以後は、土着宗教の儀礼的舞踊に仏教の祈りが混淆し、次第に寺院の前庭やパゴダで行なわれるようになった。十世紀には、今の形式に近いものが完成していたという。

興味を惹かれたのは、十五世紀に、黎《レ》王朝によって、宮廷でのチェオの上演が禁止されたという件《くだり》。教授によれば、役者は市外へ追放、唄は禁止。さらに、日本の「士農工商」に当たる「学（者）農労商」の四階級を定め、芸能人を、その枠外の最低の職業に位置付けた。また二十四の倫理条項を制定したが、そのうちの幾つかは、チェオを批判する内容になっている。すなわち、

一つ、両親はわが子がチェオ劇団に参加するのを禁止すべし。

一つ、チェオ公演の際は、男女の席を別にすべし。

一つ、役人が女優と結婚した場合は、たとえ何番目の妻であろうと、六十回の鞭打ちの刑に処したうえ、階級を下げるべし。

一つ、役人の息子が女優と結婚した場合は、鞭打ちのうえ、離婚させるべし。

一つ、役者の子供は科挙試験の受験資格を持たざるものとす。


こんな条項ができたところをみると、六十回鞭打たれても、出世をあきらめても、女優を囲いたい役人が沢山いたものと思われる。その伝統は二十世紀まで続いていたらしく、三〇年代に大流行した「歌姫の館」は、常連のお役人たちで支えられ、ここから二号さんに出世する女性を輩出したという。

(『近代性に直面したヴェトナム』)

ともあれ、要するに、役者は徹底的に差別されていたのだ。理由を尋ねたら、男女の風紀の乱れが問題にされたからだ、というのが教授の答えだった。インドネシアの大衆劇団を調べたときも、役者たちの性的関係があまりに乱れているため、彼らはほとんど賤民扱いされているとの記述があった。どうやら、初期の歌舞伎と似た状況が、アジア各地の芝居の世界に見られるようだが、女優のフンハさんによれば、若い男女が一緒にいれば、恋愛問題が起きるのは、なにも芝居の世界に限ったことじゃないでしょ、ということになる。もともと体制の外に存在する河原者が、体制側から嫌われ危険視されるのは、いわば当然のことなのかもしれない。そんな訳で、体制から目の敵にされたチェオは、以来、都市を追われ、北の農村で生き延びることになる。

ここで私の聖書、『近代性に直面したヴェトナム』をまた繙《ひもと》いてみることにしよう。同書によると、祭りの場では、豊穣を祈って、巨大な男根や女陰が作られ、性行為の真似事が演じられた。農村では祭りの期間だけが、体制の押しつける儒教道徳から解き放たれ、完全な自由と平等が保証される場、若者が自由恋愛を謳歌できる場だった。歌や踊りの歌垣が夜を徹して行なわれ、そこで出会った男女が自由に一夜を共にした。

こうした記述は、沖縄民謡の至宝、嘉手刈林昌氏から伺った話を思い出させる。氏は若き日、珊瑚礁の浜辺で一晩中、三線を弾き、唄い踊る「毛遊び」(モーアシビー)の行事には必ず参加し、大いに異性との出会いを楽しんだという。沖縄には、台湾経由でヴェトナムの歌謡がかなり入り込んでいる、という説を聞いたことがあるが、ヴェトナムの歌垣の行事もまた、歌謡と一緒に沖縄に伝わり、「毛遊び」になったのかもしれない。ただ、毛遊びの行事が、アジア太平洋戦争の勃発と共に禁止されたように、この自由な出会いには、しばしば当局の干渉の手が伸びたようだ。

「面白いことにヴェトナムは、その『四千年の歴史』を通して、ただの一度も、ラオスやカンボジアに比肩されるようなめざましい民衆舞踊を持ったことがない。この評言は、中国、日本、朝鮮にも、同様に当てはまる。これらの国とヴェトナムとの共通点はただ一つ――いずれも儒教国だという点である。現実に、民衆舞踊は田舎で生き続けてきた。しかし、厳格主義に毒された全王朝の指導者層は、踊りという表現法を、自堕落な慰みとして軽蔑し、この『野蛮な』風習を、公共の場で実践することを禁止した。……農民たちは、先祖代々の財産を、こうした不正な処置から守るため、踊る場所を、公共の場から聖なる場へと移行した。その結果、幾つかの踊りは、守護神に捧げる儀礼へと変化し、単純化し、憑依《ひょうい》を伴う表現は、チェオという専門家集団の手に委ねられることになった」（『近代性に直面したヴェトナム』）

ここには、性の放縦を伴う農民たちの踊りとチェオとの関係が示唆されており、チェオが体制に弾圧された理由も納得がいく。また、日本も含めた幾つかの国で踊りが未発達なのは、儒教のせいだ、という考察も面白い。

「要するにですな、西洋の演劇が直線的な構造を持っとるのに対して、チェオは円環構造になっておる。直線と丸、これが西洋と東洋の精神構造の決定的な違いですな。チェオとカイルォンの違い？　チェオは外国の影響を受けていない純粋なヴェトナム演劇ですが、カイルォンはヨーロッパの芝居ですよ。あれはヴェトナムじゃない。まるで違います」

という訳で、朝日カルチャーの二コマ分にも及ぶ講義から何とか解放され、私たちはドクターの行きつけという小さな食べ物屋へとすっ飛んだ。今まで厳めしい教授の顔ばかり見ていたせいか、出迎えてくれたおかみさんの笑顔がとても素敵だった。写真を撮らせてほしいと頼み込んだら、はにかみながら頷く。その表情が妙に懐かしい。思えば、「はにかみ」という高貴な感情を日本の女性が失ってから、もうどの位になるだろう。そして、ヴェトナムの女性が「はにかみ」を持ち続けていられるのは、あとどの位だろう。

キェウは、はにかみと大胆さを併せ持った女性だった。野遊びで弟の知人に出会うと、思わず花の蔭に隠れるほどのはにかみやでありながら、いったん好きとなったら、両親のいないすきを見て、自ら垣根を越え、恋人に会いに行くまでの積極性を見せた。一見受動的なキェウ。その受動が一瞬垣間見せる能動、それをこそ、人は官能と呼び、それにこそ、人はエロスの存在を感じるのではないだろうか。

笑顔の美しい店の料理が不味いはずはない。そこで食べた鶏の煮付けも揚げパンも炒飯も、格別に旨かった。

夜、私一人のためのチェオ公演を観に、大学へ戻る。おそらく会議室を臨時の劇場にしたのだろう。広々としたソファに副団長が一人、ポツンと座っていた。内容を尋ねると、今宵は、八十以上あるチェオの演目のうち、有名なものを幾つか選りすぐってお目にかけまする、ということだった。

初めに音楽家たちが十人ほど入ってきて、左右に別れ、いきなり演奏を始めた。すべて伝統楽器で、大太鼓、小太鼓、笛、胡弓、そしてヴェトナム式琵琶。演奏が一段落したところで、頭巾を被った尼僧が箒を持って登場。お掃除をしたあと、お祈りを始める。そこへお供物を捧げた派手派手の女性がやってきて、尼僧に言い寄り、迷惑がる尼僧との絡みが、唄や踊りで続けられる。動作は伴奏に乗って行なわれ、セリフもすべて唄、しかも要所要所に合唱が入るという完全なオペラ形式。因みに、十九世紀末、マレイ半島からインドネシアに上陸した大衆演劇バンサワンは、別名をマレィ・オペラというように、やはりオペラ形式だった。沖縄にも以前から独自の歌劇があることを考え合わせると、このような歌劇形式の娯楽は、南アジア地域一帯に広がっていたと思われる。ただ旋律的には、インドネシアはインド歌謡、ヴェトナムは中国歌謡の影響が強いようだ。

副団長の解説によると、この芝居は、姑のいびりに耐えられず、出家を願った妻が、女人禁制の寺に入るため、男になりすます。その彼女を男僧と思った近所の人妻が、あの手この手で言い寄る。尼僧もそのうちぼーっとするという十五世紀の艶笑譚。類似の話は、『お気に召すまま』だけでなく、洋の東西を問わずあるのは、それだけ普遍性のある話なのだろう。

続いては、夫の出世のために我が身を犠牲にした妻が、いざ出世した夫に捨てられ、気が触れるという悲話。これはチェオの中でも、一番の巧者が演じる役らしく、この時の女優も、目の動きなどで、あざやかに狂気を表現していた。そこへ憑きもの退治を頼まれた僧侶（道化）が絡むと、悲劇が一転、喜劇に変わり、女の哀れさが一層強まる。能狂言にも狂女物は多いが、道化が絡むことはない。悲劇の中に道化場面が入り込むやり方は、むしろシェイクスピア物と共通している。さらに道化は、演奏家たちとも即興のやり取りを繰り返して、舞台に快い弛緩を創り出す大切な役目を果たしている。彼らが登場するときの音楽が、日本のお神楽の囃子そっくりなのは、驚きだった。

ほかに、北部農民の踊りや、六十二ある神々への祈りの儀式などが、唄、踊り、合唱を伴って次々に展開する。夏目雅子に似た美形に注目していたら、気が付いたのか、あれがいま一番の人気女優です、と副団長が耳打ちした。最後に出演者全員が蠟燭を点し、手を振りながらの退場。思ってもみなかった貸し切りのチェオ公演は、たった一人の観賞者の大満足のうちに終わった。

夜道を宿まで送ってくれたドクターが、明日はチェオの歴史をそのまま生きたような伝説的な元女優さんをご紹介しますという。私は「キェウ」に会いに来たんで、考古学の発掘調査に来たんじゃないんだけど、と静かに抗議したが、なあに、副団長からぜひ、と言われたんですよ。それにその人から、またなんか情報が入るかもしれないでしょ、と取り合ってくれない。口コミの世界は時間がかかるんですよ、とこちらが言いたいことを先に言われてしまった。

まだ十時になっていなかったが、宿の回りの料理店はすべて閉まっていた。やむなくInternational Marketという看板の店に飛び込み、パンとチーズを買ったが、部屋でチーズの包装を取ってみたら、完全に腐っていた。しょっちゅう停電があるらしいから、冷蔵が効かなかったのかもしれない。牛乳をあまり売ってない理由も、これで分かる。パンだけ齧《かじ》って、寝る。

第十一夜…ハノイの夏目雅子

NATSUME
MASAKO
D'HANOI

ミン・リーさんの物語

今朝の冷え込みは、上衣をきっちり着ていても、バイクの後ろでは寒いほど。国立チェオ劇団のアパートは、大学からさほど離れていない田圃の中に建っていた。

ここに事務所も稽古場もある。これから訪問する元女優ミン・リーさんは、父親の胸像が校舎内に建っているというお家柄。名門嫌いの私としては、あまり面白い話は期待できそうもないが、副団長にぜひと勧められた相手では、いまさら断れない。引退した俳優にもちゃんと一室あてがっている、と彼が強調していたところをみると、社会主義政権下の福祉政策の充実ぶりを印象づけたかったのかもしれない。

あまり広いとはいえないアパートの一室で、一九一〇年生まれというミン・リーさんに話を伺う。印象的だったのは、八歳から四年間、日本人の養女になっていたという件《くだり》。両親共チェオの役者だった関係で、彼女は七つの年には舞台へ上がっていたが、当時ハノイで長期興行していた日本のサーカス一座の座長が彼女をすっかり気に入り、養女にもらい受けた。おそらく金銭が動いたのだろうが、もちろん彼女は知る由もない。ただ、とても可愛がってくれたという微かな記憶がある。サーカス団で彼女が舞台に出ることはなかったが、演目で覚えているのは、アクロバット、はしご乗り、猿回しなど。そののち、サーカス一座が旅興行へ出ることになり、必ず迎えに来るからと座長に言われて、いったん実家に預けられたきり、彼は二度と戻ってこなかったという。

ミン・リーさんが七つといえば、一九一七年（大正六年）だが、その頃すでに、日本のサーカス一座がインドシナ半島で長期興行を打っていた、というのが興味深い。もっとも『旅芸人始末書』（宮岡謙二）によれば、一八六六年（慶応二年）に上海へ向かった曲独楽《きょくごま》の松井源水一行を皮切りに、日本の芸人たちは西へ東へと、ひっきりなしに異国への旅興行へ出かけているから、このくらいで驚いてはいけない。

彼女は親の強制で二度結婚しているが、二度とも役人の二番目の妻（concubine）だったそうだ。ご亭主にとっては幸いなことに、十五世紀ではなかったから、お尻ペンペンされずに女優を可愛がれた訳だが、彼女にとっては災難だった。一度目は、正規の妻の嫉妬があまりに凄いため、子供を連れてパゴダへ逃げ込んだが、父親の手で無理やり連れ戻された。

夫の死後、再婚するが、今度も二番目のため、夫の家に入ることができず、彼のほうが通い婚の形になったという。これでは、大学にある父親の胸像を見ても、嬉しくないのではないかと思われるが、それは質問しなかった。その後、正規の妻が死んだので、昇格させると夫に言われたが、彼女は断固拒否。チェオ劇団に入ったとのことだった。

この話で感じたのは、芸人の地位の低さと女の地位の低さが、二重の重しとして女優の肩にのしかかっていたということだ。ミン・リーさんは三十歳になったとき、初めてキェウを演じ、大喝采を浴びたという。残念ながら、その後チェオは『金雲翹』の演目を捨てたが、キェウは私の人生そのものです、というのが彼女の結論だった。

最近キェウの役で舞台に復帰した女優について聞いてみたが、彼女も副団長も、カイルォンなら南しかありえない、と口を揃えて言う。さてはミィトーの爺さんに騙されたか。それなら彼女を探しに、もう一度南へ戻るしかない。そう言ったが、実のところ、会いたいのは、「キェウ」なのかマダムLなのか、自分でもはっきりしなくなっていた。

副団長が、例の若手女優を待機させているから、ぜひ彼女の話を聴いてやってくれという。あの夏目雅子にまた会えるなら、悪くない。私は気を取り直して会議室へ向かった。

グエン・アン・チンさんは、こぼれるような笑みで迎えてくれた。まだ大学を卒業して数年しか経っていないが、早くもチェオを背負って立つ存在だ、とは副団長の弁。役者に必要な花があるということだろう。彼女の父親も現役のチェオの俳優だという。

ハノイの夏目雅子

三歳のとき、父と一緒に住むためここへ来た、というので、うっかり母親のことを聞いたら、突然泣き出した。質問は暴力だとつくづく思い知らされるのは、こういうときだ。別れた母を思って涙が止まらず、席を立つ彼女を見て、申し訳ない気持ちと、美女は泣いても美女だなあという感想とが同時に発生した。七二年の生まれというから、母と別れたのはヴェトナム戦争終結の七五年ということになる。サイゴンのマダムＬが離婚したのも七五年だった。たった二つの例では、憶測の域を出ないが、あの戦争がかなりの家族の運命を狂わせた可能性は否定できない。

化粧室から戻ってきた彼女に謝ると、私こそ御免なさい、と爽やかな笑顔が返ってきたので、ほっとした。私にとってはチェオがすべて。あの美しさ、あの観客に媚びない魅力、あの人生観照の

チェオの花形――グエン・アン・チンさん

深さ。チェオの女優になる以外の未来は考えたこともない。ただ、生活は楽ではないので、ほかにポップスを唄ったりして、なんとか生計をたてている、と言う。もし彼女が資本主義国の人間だったら、その美貌でたちまち芸能界の売れっ子になり、巨額な収入を得られるだろうが、それでも、母のことを聞かれて泣き出すような可憐さを持ち続けていられたかどうかは分からない。

去年はフランス・アルジェリア・ヴェトナム合作の大河映画『蓮の花』の主演に抜擢されたそうだ。彼女の説明した粗筋は次の通り。時と場所は、抗仏戦争たけなわのヴェトナム。フランスはアルジェリア人を大量に動員して、危険な前線で戦わせた。その最中、夏目雅子の扮するヴェトナム女性をアルジェリア兵とフランス兵が争う。恋の闘争に勝利したアルジェリア兵が、戦争終結と共に帰国した後、彼女は妊娠していたことを知るが、一人で娘を産み育てる。やがて、成長した娘（二役）は父を尋ねてアルジェリアへ行くが、彼の息子から、父親はアルジェリア独立戦争で戦死したことを知る。

大変興味をそそられる筋立てだが、撮影が終わり、いざ編集という段階で、アマラスキ監督が急死。資金的な関係もあって、いつ完成するものやら、目途が立たなくなってしまったという。これが予定通り封切られていれば、彼女が一躍国際的な人気女優になることもありえただろうが、目前で、幸運と不運が入れ替わってしまった。「不幸は美女の宿命《さだめ》」というのは、『金雲翹』に何回も出てくる主題だが、この言い伝えは、中国伝来ではなく、ヴェトナム古来のものらしい。もちろんグエン・アン・チンさんは不幸ではないだろうが、それでも、美女ゆえの宿命は付きまとうのかもしれない。

彼女はキェウをとても尊敬していると言う。キェウの、年長者を敬う心、他人への共感、そして自己犠牲の精神はヴェトナム女性そのものです。いまこそヴェトナムはキェウを必要としているんです。こうした優等生的な答えも、輝くような瞳で情熱的に言われると、ぐっと真実味を増す。幸せな気分で会議室を出た。これでチェオ関連の取材を終えたつもりでいたら、副団長は、午後にまだ何人かのインタヴュウが組んであるという。こちらとしては、聞きたいことはほぼ聞いた、と伝えたが、女優どうしの嫉妬というのは物凄く、一人に聞いて、ほかの女優に聞かないと、いろいろややこしいことになるから困ると言う。親切に応対してくれた彼の立場を悪くする訳にはいかないから、さらに取材が延びることになった。

階段を降りるとき、階下の階段口の部屋の扉が開き、一人の品のいい老女が木馬に跨がって、じっとこちらを窺っているのに気付いた。こちらが見返すと、扉は、偶然浮かび上がった遠い想い出のように、すぐ閉じられた。老女と木馬の取り合わせも妙だが、それより、彼女の何か言いたげなまなざしが、心に残った。あの人も役者だったのか、と副団長に尋ねると、そうだが、全然たいした女優じゃなかった、それに頭が少々おかしくて、妙なことを口走るんでね、といかにも取材対象になりえないという冷淡な口ぶりが、かえって気になった。

午後、何人かのチェオの女優に話を聞いた。ある三十過ぎの女優は、幼いときの北爆の恐怖を語った。米軍の空爆が激しくなったのは、ちょうど小学校へ上がるころ。行き帰りはヘルメットを被ることが義務付けられ、怯えながら通学。夜は電気がつけられないので、蠟燭の灯りで勉強。遊びでは、鬼は必ずアメリカ兵だった。爆弾の炸裂音は、すでに子供全員がお馴染みだったので、爆弾が空を切り炸裂するまでの間に相手を倒す、というような遊びが流行ったそうだ。でも、いまアメリカはヴェトナムにとって大切な国です、と彼女は付け加えた。

彼女はまた、戦争中、役者の母が毎日兵士の慰問に飛び歩き、そのうち家庭を捨てるのではないか、という不安に悩まされた、と語って、戦争の恐怖が同時に家庭崩壊の恐怖を伴うことも強調した。

別の女優は、解放政策のおかげで、アーティストが生活しやすくなった、とドイモイを歓迎。ポップスやヴィデオなどいろいろな分野で収入を得られるようになった、と素直に喜んだが、他の女優から、西洋音楽の爆発的な導入で、伝統を軽んじる傾向が出てきた、と批判も出た。あんな長ったらしい単調な唄をよく唄っていられる、などと若者が馬鹿にするという。

これにはまた反論が出て、そんな浅薄な人間の批評など気にする必要はない。現代劇やポップスより、チェオの古典やその歌曲のほうが遥かに人間を深く捉えている。嘆き節ばかりのカイルォンと比べても、チェオの優位性ははっきりしているではないか、と手厳しい。

ひとり、にこりともしない女優がいた。彼女はヴェトナムがまだ男尊女卑の気風にどっぷり浸かっている、と怒ったように言う。男の子が生まれると、女の子の十倍喜ばれる。なぜなら、男が生まれて、初めて世代が続くと見られるから。家庭でも、男女の役割は平等ではない。たとえば私の夫もチェオの俳優だが、地位は私のほうがずっと上。だから舞台で彼は端役、私は出ずっぱりの主役が多い。なのに、舞台がハネて家に帰ると、料理するのは私、子供の世話も私。それが常識だ、と回りから圧力をかけられる。こんな女性差別が、まだこの国では堂々とまかりとおっている、とプンプン。

ただ、どの女優からも、キェウの生き方を否定する発言が出なかった点は、カイルォンの場合と共通する。自分もその時代に生きていれば、そうしただろう、という発言が、自立していると思われる女優たちの口からあいついで出た。娼婦にまで身を窶《やつ》した一人の女性の生き方が、時空を超え体制を超えてこれだけ支持されるというのは、キェウがヴェトナム女性の心にいかに深く食い込んでいるかの証拠だろう。

明日は午前中チェオの稽古を観て、午後は大幹部女優の話を聴くことになっている。私のため特別にそういう日程を組んだと副団長が言う。もう半ばやけくそな気分で、明後日は絶対サイゴンへ戻る、と宣言する。そうでもしないと、きりなく追加取材が増えそうだった。

帰り際、ドクターのぼやきが耳に入った。ひとりブスッとした女優がいたでしょ？　ああいう女が最近増えてきましてね。だからヴェトナム女は気が強いなんて評判がたつんですよ。人は悪くないんだろうけど、困りもんですよ。

約束があるというドクターと宿の前で別れた。サーカスの開演まで間があるので、昨夜紹介された近くの料理店まで歩いていった。ハノイの歩道は、低い食卓を持ち出し、しゃがんで食事をとる人々が、南より遥かに多い。それだけ中国の風習に影響されているのかもしれない。目の前の食卓でコップが割れた。手早く塵取りで掃き集めた女性が、道路端へ歩いて行くから、ゴミ箱に捨てるのかと思ったら、そのままどぶに放り込んだ。その先がどうなるのか、いささか心配だ。街の治安はサイゴンより安全なような気がする。少なくとも、突然誰かに襲われそうな不安はあまり感じなかった。

料理店はまだ営業中の時間帯だったが、もうネオンが消え、店内も真っ暗。ずいぶん早い店仕舞いだ、と戻ろうとしたら、入り口の扉がすっと開いて、ランプを手にした給仕が手招きをする。停電中だったのだ。そのまま薄暗い席に案内され、食卓に蠟燭が点された。といっても、こちらは一人だから、別に情緒を感じる訳でもない。料理場にも、ずらりと蠟燭が並び、シェフが黙々と働いている。客は私しかいない。日本なら、かえって面白がって若者が集まるかもしれないが、しょっちゅう停電では、ロマンもへったくれもないのだろう。英語のメニューがなかったので、いい加減に頼み、揺らぐあえかな灯のもとで、黙々と食す。終わり頃にパッと電気が点いたら、従業員たちが歓声をあげ、拍手した。私も一緒に拍手する。明治時代、父の村に初めて電気が来たとき、各家々から一斉に歓声と万歳の声が沸き起こった、という昔話を思い出す。文明が恵みであると感じられるうちは、人は希望を持って生きることができる。

サーカスの常設小屋は、宿から少し南へ下ったティエンクアン湖のそばにあった。ハノイはサーカスが盛んと聞いていたので、時間があれば行きたかったのだ。二万ドン払って入る。場内は半分の入りで、やや寂しい。教えてもらった手洗いから出てきたら、女性が目を吊り上げて怒っている。どうやら男性用ではないほうに入ってしまったらしい。頭を下げて、席へ戻ると、二階の楽団が派手なマーチを鳴らし出し、出演者全員の行進が始まった。続いて音楽に乗って、馬の曲乗り、曲玉……。オールド・ジャズの曲が多いが、対米戦争中は、何を演奏していたんだろう。第二次大戦中の日本やドイツのように、ジャズは禁止だったんだろうか。確かに各演者の技量は高い。かなりの水準だ。しかし期待外れだったのは、新味に乏しいこと。目新しいのは火鉢投げぐらい。あとの演目は、ロシアか中国のサーカスで見たようなものばかり。特に道化は一〇〇%、ボリショイの下手な模倣で、がっかりした。もっとも、観客はよく笑っていた。サイゴンに比べ、人間がまるですれていないのだ。

今回の取材を通じて、北と南では住民の性格がかなり違うことが、おいおい分かってきた。第一に、北の住民は、南に比べて屈折がない。南がぺこぺこするだけだったフランス、アメリカという二大国を、われわれがやっつけたんだ、という自負心が自然に態度に表れる。それに比べて、南の人間には、自立できなかったことと、過去へのノスタルジーとで、二重の負い目があり、取材の際も、口ごもることが多い。さらに南の都会性に対する北の農民性がある。北の人々の純朴さ、垢抜けなさは、南の人間にとっては、軽蔑の的であり、同時に脅威の的でもあることが、次第に感じられるようになった。

ぴったり二時間の舞台が終わり、腹八分目の感じで宿へ戻る。マダムLから折り返し連絡せよの伝言が入っていた。電話したら、いきなり怒られた。もっと連絡を密にせよと言う。マダムの声は、怒っていても、鼓膜に快い振動を与える。おそらく音量が五〇デシベルを超えないためだろう。外耳も内耳も精一杯広げて、うっとり聴き惚れていたら、なんとか言いなさい、とまた怒られた。結局「幻のキェウ」は見つからなかった。そう告げたら、それなら、すぐ帰ってらっしゃい、という。待望のカイルォン『タンサ・バクサ』の公演がサイゴンで行なわれるんだそうだ。十五日までとの話に、一も二もなく、明後日戻る、と約束。マダムにまた会えると思ったら、嬉しくなって、口笛吹き吹き、シャワーを捻ったが、またお湯が出ない。これは、捻ればお湯が出るものだ、という現代人の思い上がりに対する戒めだろう。そう納得して、タオルで体を拭いて、寝る。

第十二夜…戦争と演劇

LA GUERRE ET LE THEATRE

演劇アパートの一隅に、チェオの稽古場があった。二十人ほどの生徒が見守る中で、真剣な練習が行なわれている。どうやら、長靴を履いた猫に似た寓話劇らしい。猫の役を夏目雅子、お姫さまを、あの仏頂面の女優が演じている。配役を取り替えたほうがいい、と思ったが、あえて進言は控えた。

熱心に演技指導を行なっている中年の女性が、元女優でいま教授のディエム・ロックさん。彼女が今日のインタヴュウの相手だった。

ディエム・ロックさんの話

（ディエム・ロック）いまチェオの人気俳優を確保するのは、非常に難しいですね。ドイモイ以後、あまりにどっと異文化が入ってきたので、人気者はすぐ、チェオを捨てて、もっとお金の稼げそうな分野へ行ってしまいますから。役者というのは、舞台と日常を切り離してはいけないんだけど、そんな俳優はいなくなりました。このままでは、チェオの水準を維持するのは、不可能に近いことでしょうね。

三七年、ハノイの北部の町で生まれました。物心がついたときには、もう街に日本の兵隊が溢れていました。その頃見たことは、幼いながらも目に焼き付いています。

住民から『小さな死神』と呼ばれていた（レ・リ・ヘイスリップ『天と地』、邦訳角川書店）日本軍が、当時の佛印北部へ進駐したのは、一九四〇年九月のこと（南部への進駐は翌四一年七月）。その頃の思い出を綴った中村正徳の『佛印進駐』（一九四一年）には、進駐を明日に控えたこんな記述がある。「兵団長が猿又一つで出て来られた。……明日はな、フランスを見せてやるぞ、フランスをな、と仰言る」。この兵団長の語り口は、当時の日本将校の気分をよく表していると思われるので、さらに進駐の段取りについての彼の説明を引用する。

「なに、佛印の土地もじゃが、人間も添えて貰うても構はん。鎮南關からたあたあたあ、すぐドンダンを占領。十日目にゃ河内（註＝ハノイ）を占領する。それから警備になる。それで映画全巻の終りじゃ。警備になると、フランスの姑娘のおるカフェーでも行って、気分を出す。南寧（註＝中国南部の町）で貯めた貯金が全部ごっそり無うなるが、まあそりゃ構はん。はっはっは」

日本軍が南部へも進駐した四一年の十一月には、宝塚の一行がハノイとハイフォンを公演に訪れている。演奏は日本・安南・フランスの混成オーケストラが担当。のべ三週間の公演は満員続きだったというから、九六年の芝居公演『沖縄』よりは、よほど成功したことになる。一行はサイゴンでも公演する予定だったが、ハイフォン公演中の十二月八日に日米開戦になったため、サイゴン行きを中止、翌一月末に帰国している（『東寶』一九四二年三月号）。不思議なことに、私が当たった二、三の宝塚演劇史に、この公演についての記述はまったくない。私はハノイ滞在中、この公演を記憶している人がいないかと、演劇関係者に問い合わせたが、残念ながら見つからなかった。

（ディエム・ロック）私たち子供は、中国語の教師だった父から、絶対に外へ出るな、と厳しく言い渡されていました。日本兵は野蛮で何をするか分からないから、というのが理由でした。日本兵の野蛮さは、日頃の見聞で、私たちも実感していましたので、父の命を破る子はいませんでした。たとえば、日本軍はよくヴェトミン狩りをやったんですが、それらしいのを捕まえると、鼻の穴に針金を引っ掛けて高く吊るし、太鼓を打つ度に、刃物で体の肉を削ぐ、という身の毛もよだつ処刑の仕方でした。当時のことを覚えている人間で、日本人を残忍な民族だと思わなかったヴェトナム人は、一人もいないでしょうね。

私たちは日本軍の命令で、お米の代わりに、用途も分からないまま、せっせと紐を作らされました。食料は配給制でしたが、まるで足りないので、バナナなどの木の芽や野菜で必死に飢えをしのぎました。米屋のお米は、日本軍が時価の三倍で買い占め、船でどこかへ運んで行ったんです。いったいどこへ持っていったんでしょうねえ。だから私たちには一粒も分けてもらえませんでした。

そのうち大洪水がおきて、作物が壊滅。完全に食べ物がなくなりました。米の粉でも籾殻でも、なんでも食べました。盗みだってしました。食べるという大命題の前では、倫理なんて役にたちませんね。回りじゅうが飢えでばたばた倒れ、隣の家など、一家十人のうち九人まで死ぬほどでした。あまりたくさん死ぬので、もう葬式をする暇さえなく、あちこちに山積みされた死体が悪臭を放っていたのを覚えてます。（註＝一九四四年から四五年にかけ、ヴェトナム北部で二百万人の餓死者が出たと言われる）

もう食べるものがなく、残酷な日本兵のもとでは死ぬのを待つだけだと、父は一家のハノイ行きを決意しました。ところがハノイ行きのバスは一日に一台しかなく、いつも満員。少しでも空きがあると、いい服を着てる者から先に乗せるので、三か月の間、毎日バスを待って、ようやく乗ることができました。たかだか四十粁《キロ》ですから、歩いてもたいしたことはないんですが、あまりにも強盗が多すぎて、歩くには危険すぎたんですね。バスの途中で、首や手足を切られた泥棒の死体をいっぱい見ました。もちろん、日本兵がみせしめのためにしたことです。フランス人だって、蔭ではいろいろしたんでしょうけど、こういう表立った行為は記憶がありません。

ハノイへ移ったあと、日本が負けて、フランスが戻り、今度はヴェトミンとの戦いが始まるんですが、私はすぐカトリックの寄宿舎に入れられましたので、巻き込まれることはありませんでした。

十二歳のとき、親に結婚を強制されました。どうしても嫌で、家出して、チェオの劇団に入りました。夢中で練習したら、半年でものにすることができました。地主を倒せといったような反仏劇もよくやりましたね。あまりの熱心さに、親もついに造反を許してくれました。その頃は素晴らしい先輩が一杯いて、役の人物になりきることの大切さや、強い表現と柔らかい表現で演技にめりはりをつけること、などを教えてくれました。一旦学校に戻って、本格的に始めたのは、十六歳のとき、フランスに勝った直後です。アメリカの北爆が始まったときは、私はもう一人前の女優でしたから、戦場の慰問に駆け回りました。芝居道具一式を肩に担いで出かけるんです。演目はなるべく短いものを選びました。たとえば…

「一人の兵士が戦場で部隊とはぐれ、陣地へ戻れない。さ迷っているうちに、一人の女性に出会う。敵か味方か分からず、警戒しながら一夜を明かす。朝になって、彼女は彼の家族の命を救ってくれた恩人であることが分かる。二人は改めて、共に戦い抜くことを誓う」

こんな芝居を昼夜、いつ爆撃されるか分からない前線でやってました。何がなんでも戦意を掻き立てようと思って、夢中だったんですね。そんな毎日でも、乳飲み子を抱えていましたから、戦場からくたくたになって帰ってきても、すぐ泣いてる子をあやしながら、次の脚本を読まなければなりません。家庭と子育てと芝居と慰問が一緒でしたから、並の苦労ではありませんでした。どうしても家事が手薄になるから、夫も不満な様子でしたので、子供が三歳になってからは、私が慰問に連れ歩くことにしました。

爆撃が怖いから、なるべく日立つ白服を着ての芝居はしないようにしてましたね。そんなあるとき、次の公演地へ急ごうと、橋を渡ろうとしたら、目の前で橋が爆撃で壊されました。本当に間一髪で、わが子が親の仕事の犠牲になるところだったんです。私は子供の手を握り締めたまま、暫く茫然としていました。俳優と子育ての両立がいかに難しいかを、そのときほど思い知らされたことはありません。だから戦争が終わったときの喜びは、口では表せないほどでした。

戦争直後は農村合作を主題とするような芝居をたくさんやりました。だからチェオが伝統劇に戻ったのは最近のことなんです。伝統劇の深さがやっと分かってきたんですね。

この国では、女の地位はまだまだ低いですから、たとえ戦時でなくても、女が何かやろうと思えば、男より遥かに大変だという現実は変わっていません。女の地位をいかに上げるか。男との戦いは、外国との戦争に負けないぐらい厳しいでしょうね。でも私たちヴェトナム女性には、その力があると思います。私にとって、その力の源泉は母の子守唄です。母の唄ってくれた子守唄がいつも私を勇気づけてくれるんです。それは絶対の力ですね。

ドクター邸で

予定のインタヴュウは全て終わった。ドクターの家へ食事に招かれ、夫人の手料理をご馳走になった。小さなアパートの小さな居間に、大きなTVが二台、ほかにヴィデオの再生機やステレオ類がぎっしり並んでいる。ほら、こっちのTVが日本製、あっちが、すぐ壊れた現地組み立てのほう、とまた解説してくれた。

手巻きの春巻きをおいしく食べながら、日頃の疑問を聞いてみた。私のために何日も時間を取ってくれたが、大病院の医師という本業に差支えはないのか。ドクター曰く。特別休暇を取った。じゃ通訳が好きなのか？　全然好きじゃないが、内職のためだ。ここでドクターの愚痴が立て続けに出てきた。

「医者の給料じゃ全く食えませんよ。私の月給が幾らだか知ってますか。たった五十弗《ドル》ですよ。Vous

croyez?　Seulement cinquante dollars」

「Pas vrai!」

「Si, c'est vrai. 家内は教師をしてますが、月給は三十五弗《ドル》。ところが、生活費は最低でも月三百ドルは掛かる。これじゃ生きていけません。やむをえず内職で、フランスのTVドラマの翻訳をやってますが、台本がないから、聴き取るしかない。それで大きなTVが必要になったんです。この謝礼が、多いときは医者の月給の四〜五倍になるんです。Oui, c'est comme ça. 私は六二年から七四年にかけてタイビンの病院に勤務してましたが、毎日山のように負傷者が担ぎ込まれてくる。おまけに病院そのものも、昼夜を問わない無差別爆撃に晒されていましたから、戦場そのものの中で、倒れる寸前まで働きました。その結果がこれです。これじゃ、医者なんかになりたがる奴はいませんよ」

ドクターの話を私はただ茫然と聴いていた。知識人差別があるのは知っていたが、これほどひどいとは。だが、彼の話は現状に留まらなかった。

「私の知っている日本人というのは、幼いときに見た兵隊だけだから、こうして平和に日本人と話が出来るなんて、不思議な気がしますよ。日本兵は礼儀正しかったですね。その規律は恐ろしいほどで、酔ってる日本兵なんて見たことがない。よほどぎりぎり締め付けられてたんでしょうな。彼らはヴェトミンを捕まえると、すぐ首を刎ねました。一方ヴェトミンも、日本人に協力したヴェトナム人は殺す、と通告したけど、捕まえた日本人は殺さなかった。なぜそんなことを知ってるかといえば、私の二番目の兄がヴェトミンだったからです。

いまエジプト大使館になっている所に、我が家がありました。ハノイの中心街ですね。このアルバムに写っているのが、昔の我が家です。これは父のシトロエンですが、すぐ日本軍に没収されてしまいました。家の回りには、日本将校の宿舎が多かったですね。向かいには連隊長が住んでました。いつも馬に乗ってましたが、一番可愛がってた馬が、ある日急死したんですな。連隊長は、ヴェトナム人の馬丁が餌に混ぜ物をしたせいだ、と烈火のごとく怒って、馬の腹を軍刀で切り裂くと、半狂乱になって泣き叫んでいる馬丁を、生きたまま馬の腹に入れて、縫い合わせてしまいました。死んだ馬の腹がのたうちまわり、中から男の叫び声がくぐもって聞こえてくる。これには遠巻きに見ていた人たちも、凍り付いたようにシーンとしてました。これが日本人について私が持っている最も鮮烈な記憶です。敗戦の日、この日本将校は、たくさん書類を燃やしたうえ、刀を抜いて、狂ったように踊ってましたよ。その後、彼がどんな日々を送ったか知りませんが、自分のしたことが悪夢となって、生涯うなされるなんてことがないものでしょうかねえ。

日本兵たちがいなくなった四五年から四六年にかけて、中国兵が駐屯したけど、汚くてぼろぼろで、ひどい格好でした。いつも腹をすかせていて、何でもがつがつ食べるから、中毒でずいぶん死にましたよ」

「四六年の二月十九日から二か月にわたって、フランスとヴェトミンの間で、猛烈な市街戦が戦われました。我が家は、次兄がヴェトミンの幹部だったため、フランスに放火されて、焼け落ちました。一番目の兄は、ヴェトミンの次兄と間違えられて、フランス側に連行され、射殺される寸前、たまたま居合わせた知人が、人違いだと証言してくれたので、助かりました。でも次兄は結局、戦いの最中フランスに殺されてしまいました」

「という訳で、私のほうは、主にフランス側による被害だったんですが、妻は逆に、ヴェトミンにやられました。妻の祖父も父も医者でしたが、フランス側の人間と見なされて、二人ともヴェトミンに殺されました。妻の兄も、地主ということで殺され、六〇年には、妻の全ての家、財産は、ブルジョワの烙印で没収されました。Voilà, これがいま、私たちがご覧のように生きている、この現在につながる私たちの歴史です」

ドクターの淡々とした語り口が、いっそう事実の重みを伝えていた。彼の体験は、あくまでも彼の個人的体験でありながら、同時に、南北を問わず、青春を越したヴェトナム人一人一人が背負っているに違いない体験でもあった。

終始頷きながら夫の話に耳を傾けていた夫人に、もてなしのお礼と、明日サイゴンへ発つ旨を告げたら、そういえば、という話になった。ハノイで何か舞台を観たいと思い、ドクターに頼んでおいたのだが、夫人のあくなき探求によって、明晩、文化センターで大歌謡ショーがあることが分かった、とおっしゃるのだ。これには大いにそそられた。北部版歌謡ショーというのは、いかなる具合に進行するのか。果たして南と違いがあるのかないのか。折角来たからには、体験しておきたい。サイゴン行きを一日延ばしても、カイルォンには間に合う。という訳で、急遽、飛行便の変更をすることにした。

ドクター家からの帰り、ホー叔父さん推奨という、ハノイで評判の水上人形劇を、昔のプティ・ラック、今のホアンキエム湖のほとりの専用劇場で観た。一番多かったのがアメリカの観光客、次が日本人という感じ。確かに人形はみな愛らしく、構成も面白く出来ていたが、旅行案内本ではないから、割愛する。

八千ドンの約束でシクロに乗ったが、宿の前で降りるとき、その若者が一万ドン寄こせと言う。約束が違う、と突っぱねたら、若者は憤然とした態度で、われわれが貧しいのは何故か、それは富める国に搾取されているからだ、それなら、富める国の人間が貧しい国の人間を援助するのは、当たり前ではないか、と英語でまくしたて始めた。私は途中で遮り、君の行為は詐欺罪にあたるが、言ってることは正当性を含んでいるから、その論理に免じて、要求通りやる、と一万ドン渡した。途端に若者はにやりとして、Good luck sir! と勇躍ペダルを漕ぎ去った。こういうのがハノイの国際化というのだろうか。

シャワーは直っていた。ちょろちょろ出るお湯に、積極的にこちらの体を擦りつけて、洗う。部屋からマダムLに電話し、戻りが一日延びることを伝えると、マダムは色をなした(ように感じた)。Mais non! そんなの絶対駄目ですわ。予想外の強い口調だった。

「でも、一日遅れたって、カイルォンは観られるじゃないですか」

「Alors, 明後日は何日か言ってごらんなさい」

「あさって?……十三日でしょ?」

「じゃ、何曜日?」

「Voyons……金曜日だ」

「Vous voyez? 十三日の金曜日ですよ。こんな日に飛行機に乗る人がいますか?」

そういえば、マダムはカトリック信者だった。いや、かくいう私とても、不信心ながら、キリスト教徒のはしくれ。あらためてそう言われると、まんざら気にならなくもない。しかし、歌謡ショーの魅力もまた捨て難い。

「どうだろう、保険の受取人をマダムにするという案は?」

「Pas de bêtise! こんなに心配してるのに!」

どうやらマダムを本気で怒らせたようだ。

「Pardonnez–moi. 私の命をそんなに気遣ってくれるとは知らなかった」

「誤解しないで頂戴。一観客としては、あなたがリア王の道化みたいに、いつのまにか舞台から消えるのは残念だって思ってるだけなんだから」

じゃ、この年老いた道化のために、無事を祈ってほしい、と伝えると、マダムは、そんな無駄なエネルギーは使いません、と言っていきなり電話を切った。とうとう怒らせてしまった。やはり予定通り明日帰ろうか、と一瞬弱気になったが、待てよ、と考え直した。十三日の金曜日が威力を発揮するのは、キリスト教国の場合であって、儒教国のヴェトナムには及ぶまい。折角の機会を逃さず、マダムとの修復は、そのあとじっくり考えよう。そう思ったら、ますますマダムに会いたくなった。逸《はや》りつつ再会を延ばす気分というのは、子供のとき、わざとお手洗いを我慢したときの気分に似ている。それもエロスのなせる業だというのは、もちろん大人になってから分かったことではあるが。

鞄から新しい襯衣《シャツ》を取り出そうとしたら、赤い函が転がり出た。あの機内の謎の美女が呉れたものだ。途端に、あの時の痺れるような快感が蘇った。この感覚もまたマゾヒズムと関係がある。してみるとエロスはマゾ的心性と、より密接に結び付いているものなのだろうか。マダムは、メコンデルタの女は男を滅ぼす魔性の性だ、などと警告したが、こんな無位無冠の貧乏男を襲う危険なんて、高がしれている。サイゴンに戻ったら、早速連絡してみよう。

マダムの忠告も何のその。すっかりその気になって、彼女の連絡先を書いた書付を探したが、これが何処にもない。焦った。全ての衣類、旅行鞄の中を掻き回したが、出てこない。そのうち、ふと、あのとき、読みかけの『聖アントワヌの誘惑』に書付を挟んだことを思い出した。ところが、今度はその本が見当たらない。記憶を辿ると、機内から出るとき、既に本は持っていなかったことに気付いた。おそらく美女に気を取られたあまり、座席に本を置き忘れてきたのだろう。美女の名前も覚えていないから、連絡の取りようがない。これで幻の美女は、最後まで幻で終わることになってしまった。がっくり気が抜けて、寝台にひっくり返った。マダムは安心するだろうけどなあ。

第十三夜…木馬のキュウ

KIEU
AU CHEVAL
DE BOIS

チェオ劇団の事務所に副団長を訪ね、謝辞とともに女優さんたちから借りた舞台写真を返した。別れ際、副団長は、チェオの面白さをぜひ日本に紹介してください、頼みましたよ、と痛いほど私の手を握った。放そうとしても、放してくれない。しばらく握手による暗闘が続いた後、ドクターに突っつかれて、やっと思い出した。ささやかな謝礼の封筒を、遊んでる左手で副団長に差し出すと、やっと握手をほどいてくれた。

ドクターは、今日が最終日だから、何処へでも案内すると言う。ご好意に甘え、プティ・ラック(ホアンキエム湖)北部の古い街と、グラン・ラック(タイ湖)へ連れて行ってほしい、と頼んだ。特に夕イ湖では、小松清が『佛印への途』(一九四一年)で触れた「アジアの花」がまだあるのかどうか、確かめたかった。彼の記述によると、日本が日露戦争に勝ったとき、誰かがタイ湖のほとりに薄紫の花を植え、いつのまにか、それが「アジアの花」と呼ばれるようになったというのだが。

中階段を一階へ降りるとき、ふと、視線を感じた。以前と同じ部屋の扉が開き、木馬に跨がった老女がじっとこちらを窺っている。目が合うと、彼女は私たちを手招きした。思わずドクターと顔を見合わせる。相手にしないほうがいい、という態度で、ずんずん先へ行きかける彼を、私は引き止めた。折角のお招きだから、受けたい。そう言うと、ドクターは、物好きなと言わんばかりに首を振り、不承不承扉へ向かった。

このとき、私の脳中に浮かんだのは、笑止ながら、千夜一夜によく出てくる光景だった。みすぼらしい身なりの若者が、とある家の入口で、老婆に手招きされ、警戒しながら汚い室内へ入る。さらに奥へ招じ入れられると、そこはあっと驚く豪華な部屋。どこからともなく四、五人の侍女が現れ、若者のボロを脱がせて、風呂へ入れる。丁寧に体中を洗い清め、麝香入りの薔薇水などを振り掛け、モスリンの夜着を着せて、寝室へいざなう。そこには、素肌に薄絹を纏った絶世の美女が横たわり、若者に微笑みかける、といったような場面。

さて、私たちが扉の中へ入ると、老女はにっこりと木馬を降り、両手を合わせて深々とお辞儀をした。私たちもそれに倣う。彼女は粗末な木の椅子をこちらに勧め、自分はいそいそとお茶の準備を始めた。この辺までは、千夜一夜風の進行だったが、ゆっくりお茶を飲み終わっても、老女は木馬に跨がり、にこにこ眺めているだけ。一向に奥の間へ招じ入れる気配がない。だいいち奥といっても、もうこの部屋の先は裏通りなのだ。

単にお茶を振る舞いたい、それだけのことだったのかもしれない。そう思って、私たちが立ちかけたとき、初めて老女が口をきいた。ドクターがおやっ？　という表情になった。あなたたち、「キェウ」女優を探しているのか、と言ったという。

「どうしてそれが？」

「副団長が誰かに話してるのを又聞きしました。で、私が知ってるって申し上げたんですけど、あの人は私を気が触れていると思ってますから、相手にされませんでした。キェウをやらせたら、誰もかなわなかった女優といえば、マイ・リンに間違いないと思いますけど」

ドクターから訳される前に、私の耳はその名前を捉えていた。

「そうです、そうです。彼女は今何処に？」

老女によると、マイ・リンは今フエで公演している由。時々私に手紙を呉れるから、と関係者の連絡先まで教えてくれた。彼女との関係を聞くと、老女は少し声を潜めた。

「二十五年前、私が引退したとき、あの子にそっくり客を紹介しました」

「客って、芝居の？」

老女は木馬の頭を撫でながら、皮肉な笑みを浮かべて首を振った。

「歌手や女優で食べていけるなんて、ほんの最近のことですよ。今知られている大女優だって、元を正せば、みんな芝居や唄のほかに、体を売って生きてきたんです。昔は唄を売り物にする家があって、そこで簡単に客の一夜妻になれたんです。ヴェトナムのお役人様には流行り唄、フランスの伊達男にはマデロンやペリカンなどのシャンソン。唄い終わって、フエ産の滑らかな陶器の杯にシャンパンを注いで乾杯すれば、男はみんな夢中になって私を抱き締めました。結婚をし、子供を作っても、そうした生計の仕方は変わりませんでしたね。もちろん夫も公認のうえです。特に四五年の飢饉のときなど、回りじゅう死人だらけで、芝居をするどころじゃありません。ひたすら体を売ることで生き延びました。あの子も貧乏でしたから、そういう生き方しかできなかったんです。でも、男だって生活のため肉体労働をするんですから、女が生きるため体を張るのは、当たり前のことでしょ？　べつに魂まで売るわけではないんですから」

『金雲翹』には、キェウが娼家の女主人から、娼婦の心得をこんこんと言い聴かされる場面がある。

「よくお聴き。男なんてみんな同じなんだからね。千と一つもある手管を使いこなせば、どんな客だって思いのままさ。夜の褥《しとね》では、時には言いなり、時には嫌とはねつける。昼の宴では、おとなしくするかと思えば、大胆に甘えもする。唇で笑い、眉で戯れる。月を詠じ、花と遊ぶ。これがあたしたちのお仕事なんだよ。こうした手管をものにして初めて、真の芸術家になれるってものさ」（フランス語訳より）

ムージルによる売春の定義…「人がその全人格をお金のために捧げれば、それは極めて当たり前な生活の営みだが、全人格ではなく、肉体だけをお金に捧げると、それは特別に売春と呼ばれる」

その、肉体だけをお金に捧げた人間たちの集まる娼家の繁盛ぶりが、アラン・コルバンの『娼婦』に詳述されている。十九世紀末から二十世紀初頭にかけてのフランスでの話だが、そこに、一時隆盛を極めたカフェ・コンセールという社交場が出てくる。飲み物付きで唄やショーを観せる店のことだが、真面目な店はほんの一握り。ほとんどの館が、歌姫たちの売春を斡旋する実質的な売春宿となっている。一方『近代性に直面したヴェトナム』によると、一九二〇年に、カフェ・コンセールと全く同じ機能を持った『歌姫の館』が、ヴェトナム社会に出現している。このことは、フランスの植民地統治と無関係ではないだろうが、いずれにせよ、売春が社会問題化するのは、その社会が近代化を迎えてから、つまり大都市が出現し、大衆が登場してからの話なのだ。

それ以前は、歌姫（女優）たちの活躍の場は、役人の家か祭りの場ぐらいだったが、『歌姫の館』が一斉に出現してからは、もっぱらその店に依拠して、唄と体を提供するようになった。店のお得意さんは、やはり役人か役人予備軍の学生だったと記されている。

「女優の最高の出世は、役人の妾になることでした。だから役人の家におよばれしたときは、最高におめかししたものです。あわよくばお妾さんになれるし、駄目でも、ご馳走が出て、いいお金を呉れましたもの。彼らは本当に女優好きでしたから、有名な女優ほど役人の妾になれましたね。でも下っ端は、誰にでも体を売るしか、生きる手立てがなかったんです。もっともそれは女優だけの話じゃありません。ヴェトナムの女の歴史は、そのまま売春の歴史なんです。キェウも娼婦でした。だからヴェトナム女性の象徴になったんでしょう」

もう八十を超しているはずだが、「夜の水溜まりのように光る眼」に、凛とした気品と若さがあった。キェウの魂が乗り移っているようにも見えた。もうこれ以上お話しすることはありません。彼女はそう言うと、フエで公演中の女優マイ・リンについても、全ては本人から聞いてほしいと念を押した。ただ一つだけ言っておくけど、と彼女は付け加えた、諺で言うように、「不幸は美女の宿命」、これだけは真実です。分かりますか？　そういうように、じっと私の目を見てから、壁際に吊るした銅鑼を指差し、叩いてほしいと手真似で頼んだ。言われた通り、傍らの棒で叩くと、部屋中が銅鑼に共鳴して揺れるようだった。老女の目の焦点が、不意に定まらなくなったかと思うと、彼女は深々と頭を垂れ、木馬に振り落とされまいとするみたいに、しがみついて、体を細かく震わせ始めた。茫然としている私を、ドクターが気味悪そうに突つき、出ようと目配せする。訳の分からない気分のまま、私たちは震える老女を後に、そうっと部屋を出た。

やはり、何処かおかしいのかしら。とすると、あの話もあまり信用できないんじゃないかな。走り出したバイクの後ろで、涼しい風を受けながら、中年ライダーに尋ねてみた。「歌姫の館」では、女を呼ぶときに銅鑼を使ったという話は聞いたことがあります。ひょっとすると、彼女の奇妙な反応は、それと関係あるかもしれません。ドクターの答えは慎重だった。あるいは、性的妄想に囚われ、過去をでっち上げてる可能性もあります。昔華やかだったお年寄りに時々見られる現象なんです、といかにも医者らしい観察を付け加えたが、結局のところ、真相は不明だった。マイ・リンさんへの連絡は午前中ということだったので、明朝の連絡をドクターに依頼した。もし捉まえることが出来たら、一旦サイゴンへ戻ってから、すぐフエへ飛ぶことにしよう。うまく連絡がつくといいが。

揺れる会場

ホアンキエム湖北部の旧市街はもうテト正月一色だった。色鮮やかな飾り物が、軒を連ねる商店の店先を埋め尽くしていた。アメリカ映画の名優たちの肖像画を所狭しと並べた店があったが、アメリカへの憧れが、こんな所にも反映しているのだろうか。ここで、破顔一笑という雰囲気のお面とマダムLご愛用のノン（笠）を買って、タイ湖へと北上する。

ホー・チ・ミン廟の前はガランとしていて、衛兵も手持ち無沙汰のようだ。この辺りの木の間ごしに散在する大邸宅は大使館なのだろうか。その先に、いかにも広々とタイ湖が広がっていた。その美観に見とれていたら、ドクターが、私の子供のときは、何でもない田舎の湖だったんですがねえ、と不満そうに感想を漏らした。回りを自然の森に囲まれ、道ももちろん自然のまま。道や湖のほとりには、野花が咲き乱れていたという。今は、湖中を貫通する道路は完全に舗装され、人工的な花壇が湖のほとりを彩っている。湖の向こうには乱立する高層建築。日本を含めたアジア的景観の激変という御馴染みの構図だ。この様子では、と観念したとおり、日露戦争記念の「アジアの花」があったとおぼしき築山の回りは、コンクリートで固められていて、薄紫の可憐な花など影も形もなかった。

今夜の歌謡ショーの会場は宿の近くということなので、ささやかに会食をして、ドクターと別れた。この謝礼を、自宅の書斎を直す費用の足しにすると言う。かなりの地位にある国立病院の医師が、こんな訳の分からない取材に、アルバイトの通訳として、一週間近くベタにつきあってくれた。有り難いような申し訳ないような気分だ。医者が儲け過ぎるのも不快だが、ここまで待遇が悪いのも、健全とは言いがたい。

歌謡ショーの会場である文化殿堂へ歩いて出かけた。入場料は四万五千ドン。窓口で簡単に買えた。数日前、同じ会場でナナ・ムスクーリの公演があったときは、押し合いへし合いの混雑だったが。

結論から言えば、ショーの内容に、あまり南北の差はなかった。ただ、赤旗を掲げた兵士と娘たちとの熱い踊りで開幕するところが、北らしいといえば北らしい。テノール歌手による眠気を催すアリアに続いて、ファッション・ショーが始まった。どうやら、南北を問わず、ヴェトナムの舞台最大の呼び物は、ファッション・ショーと見えた。更にフィリピン歌手のロック、地元演歌、サイゴンから来た歌手のアメリカン・ポップス、意図不明の現代舞踊、地元演歌、サイゴン歌手のアメリカン・ポップス、ファッション・ショーという具合に、舞台は進行する。北の歌手はすべてヴェトナム語、南からの歌手はすべて英語で唄っていたのは、偶然なのかどうか。衣装の露出度も、南のほうがぐっと過激だから、サイゴン・ギャルが透け透けの衣装で登場したときは、場内のどよめきが、しばし止まなかった。それにしてもヴェトナム人は嫋々たる唄が好きだなあ。

ほぼ満員の会場で、突然、私の椅子が揺れ始めた。極東の地震国からきた旅人としては、当然、来たっ、と思って腰を浮かしたが、だれも平然としている。よく見ると、揺れているのは、私の座った一列だけで、ほかは揺れていない。しばらく観察して、原因が分かった。遥かかなたの席に座っている男の貧乏揺すりが、ここまで伝わってきたのだ。一蓮托生型座席とでも言うか、一列全部がパイプで繋がっているため、一人が貧乏揺すりを始めると、その列全部が同じ振動で揺れることになるのだ。全体主義的思考というのも、こんな感じなのかもしれない。ホーおじさんが揺すると、国全体が同じように揺れる?

それから、他の列も注意していると、処々で、時折列に漣《さざなみ》が立つという現象が観察された。そこで更に思考を深めてみると、チェオの副団長は絶えず貧乏揺すりをしていたし、ドクターも街で偶然出会った男性も、かなりの頻度で、かかる行為に耽っていたことに気付いた。その後も、滞在中弛《たゆ》まざる観察を続けた結果、次のような民俗学的命題を持つに至った。即ち、「ヴェトナム男は何故絶えず貧乏揺すりをするのか」。これは丁度、「日本人はなぜ電車で居眠りをするのか」という命題と似ている。因みに、「貧乏揺すり」に相当する名称は、英語にもフランス語にもない。いずれも「脚部の神経質な揺動」という素っ気ない言い方になっている。

後日、サイゴンのあるホテルで、しきりに貧乏揺すりをしているドアマンに気付き、たまたまそばにいたマダムらに、この命題を話したら、それは私たちも気付いているが、もともと北の人間の習性なのだ、あのドアマンも北から来たに違いない、という返事だった。理由は分からないとのことで、結局は日本人の居眠り同様、謎のまま今日に至っている（東京の知人に話したら、そりゃ貧乏だからだろう、とあっさり片付けられてしまったが）。

その夜、久し振りに空を飛ぶ夢を見た、それも木馬に跨がって。若いときは、何時までも何処までも飛び続けていた、母に起こされるまで。それが、木馬の調整が悪かったのか、飛び立つと、すぐ墜落してしまい、私は壊れた木馬の首を茫然と撫で擦《さす》るだけだった。

第十四夜…十三日の金曜日

LE VENDREDI TREIZE

朝、ドクターから返事が来た。老女から教えられた番号に掛けたら、現在使われていない、という伝言が流れてきたと言う。あのお婆さんにからかわれたんですよ、とドクター。あれはきっと、引退した老女優が、最後の観客を前にした畢生《ひっせい》の名演技だったんじゃないかなあ。そう言われてみると、そんなような気もするし、謎の国だという想いは深まるばかり。これでまた、手掛かりがプツンと切れてしまった。

気落ちした私を、ハノイのノイバイ空港で待ち受けていたのは、いかにも古そうな飛行機だった。一抹の不安を覚えつつ乗り込んだら、機内は白人の旅客で一杯。おい、十三日だぞ。おまけに金曜日だぞ。いったいお前らはキリスト教徒なのか？　あのホラー映画を観ていないのか？　こんなのは、とっくの昔に迷信として葬り去られたのか？　どうもよく分からない。座席に納まってから、ひょっとして、行きに出会った謎の美女がまたいるのではないか。そんな気がして、機内を見回したが、もちろん、いる筈もなかった。機体は途中何回か、ぞっとするような身震いをしたが、ともかく無事に、サイゴンのタンソンニャット空港に到着した。さすがハノイとは暑さの濃度が違う。

当然迎えには来ないと思っていたので、出口に、明るいクリーム色のアオザイ姿を見つけたときは、胸がときめいた。ノンを被っていたので、表情はよく分からないが、唇をぎゅっと結んでいるところをみると、あまりご機嫌ではなさそうだ。手を上げても、ノンが軽く傾いただけ。差し出された手の甲に唇を押し当てたとき、ノンの内を覗いた。目は伏せられたままだったが、香りだけが懐かしそうに私を迎えてくれた。謎の美女の、あの挑発的な香りとは正反対に、それは静かに心に染みた。これが恋だとしたら、初恋だ、と私は思った。世間様は、初恋という言葉から、うら若い男女の初めての精神的な触れ合いを想像するようだが、私の経験からすれば、それは間違っている。ロミオとジュリエットを含めて、若いときは、あくまでも肉欲が先行する。とにかく寝たい、のだ。寝られればいいのだ。しかし年を取るにつれて、ヴァイアグラを何百錠飲もうと、肉欲は確実に衰え、代わりに、愛情への精神的な欲求が高まる。塾年離婚が増えているのは、おそらくそのせいだろう。彼らは肉欲や社会的な結び付きではない、真の「初恋」を求めているに違いない。

勿論、そんなことは一言もマダムに言わなかった。迎えに来てくれて有り難う、と言ってから、このドジのために、と付け加えた。付け加えてから、余計なことを言った、と後悔したが、マダムはそれに対して何も言わず、ただ、私がミィトーで聞いたマイ・リンという名前の女優がいまカイルォンでヨーロッパを公演中だ、と新しい情報を呉れた。

「でも、フエで公演中だって聞いたけど」

「じゃ、別人かもしれませんね」

「その一座はいつ帰るの？」

「おそらく一週間以内でしょうね」

「じゃ、ともかくそれまでいなくちゃ」

そう言ってから、付き合ってくれますよね、と急いで念を押した。マダムは考え込むふうだったが、運転手の開けた扉から、黙って先に乗り込んだ。車が動き出してから、もう一度繰り返すと、彼女はちらと私を見てから、驚いたように私の額に手を当てた。

「Tiens, 熱があるわ」

「本当？」

「ええ。顔が赫らんで、目が潤んでいたから、ひょっとしてと思ったら」

それはマダムに会えたせいですよ、といういつもの軽口を叩く気にはなれなかった。確かに、このところ喉が痛んでいる。排気にやられた可能性があるし、バイクの後ろで、冷たい風に当たっていたから、それで風邪を引いたのかもしれない。こじらせたら、どうしよう。とたんに冷や汗が出て、動悸が激しくなった。気分が悪くなり、私は背凭れにどっと全身を倒して、目を瞑った。明日はカイルォンを観に行く日だから、今日はこのまま、風邪薬を飲んでお休みなさい。天上から声が聞こえた。うーむ、残念。今宵は彼女と食事をしながら、ゆっくり話が出来ると楽しみにしていたのに。心のなかの呟きが漏れたのか、マダムが、大丈夫よ、と手を握ってくれた。肌は湿り気を帯びると、粘膜化する。握り合った手は、露出した内側の皮膚の接触のように、私をいたく刺激した

第十五夜…初めてのカイルォン

ENFIN
LE CAI LUONG

演劇人よ、安らかに眠れ

マダムに貰った薬が効いたのか、喉の痛みは取れ、熱もなさそうだった。カイルォンの祖とも言うべき女優フンハさんの家へ挨拶に行くことになった。いつもの市場で、赤、黄、白の花束を作らせ、ご自宅へお邪魔する。すでに何人かの先客がいた。これから食事をするところだから、ご一緒に、と誘われ、客人と卓を囲んだ。彼らは全員元カイルォンの俳優で、現在アメリカに住んでいると言う。名刺を見ると、ガソリン・スタンド

だったり、保険の外交員だったり。カリフォルニアのオレンジ・カウンティーというところに、ヴェトナムからの亡命者が二百万人も住んでいて、リトル・サイゴンという町まであるそうだ。もっとも、芝居じゃ誰も食えないから、みんな懸命に何らかの仕事で食いつないでいるとのこと。

彼らがアメリカから里帰りしたのは、死後の時を、フンハさんが運営している「演劇人墓地」で過ごしたいから、それを頼みに来たのだと言う。演劇人墓地？　何です、それ？　一言聞いたら、フンハさんが待ってましたとばかり、これからすぐ案内すると言う。私はもうすぐ死ぬ。だから人生を一秒も無駄にできないの。彼女はお手伝いにタクシーを呼ばせると、これから大勢の敵を相手に闘う美男剣士のような足取りで、颯爽と花束を抱えて部屋を出ていった。

結局、在米ヴェトナム人たちをフンハさんの自宅に残して、私たちは墓地へ向かうことになった。彼女の説明によると、二十年前からサイゴンの北方三十粁《キロ》ほどの場所に、広大な土地を取得し、演劇人のための墓地とパゴダと共同住宅を建て始めた。すべて彼女の私費と募金でまかない、国の援助は一銭も貰ってない、と胸を張った。思い立った理由は、演劇人たちの晩年があまりに惨めなことに気付いたからだと言う。彼ら彼女らは、絶えざる戦争に打ちひしがれた市民に、ささやかな楽しみを与えるため、懸命に舞台を続けてきた。ところが、舞台人の常として、人生設計を全くしてこなかったため、年を取ってから、収入もなく、引き取り手もなく、蟬のように鳴くだけ鳴いて、野垂れ死に同然の最後を迎える者がほとんどという有様。彼らをそうした地獄から救い出し、魂の平安を与えてやすらかな眠りにつかせるのが、演劇人としての私の義務（Noblesse Oblige とフンハさんはフランス語で言った）だと思った。次は病院を立てたいが、私のお金はもう使い果たしてしまった。政府が援助すると言ってきたが、過去の経験からして、ヒモが付くと、ろくなことがないので、辞退した。なんとか一般の募金を募って、生きているうちに目途だけは立てたい。ざっとこんな話だった。

田畑に囲まれた鄙《ひな》びた一角に、極彩色のパゴダが聳えていた。中もきらびやかで、仏陀の頭の回りは、ネオンが輝いている。死後こそ華やかに、という彼らの死生観がそこに表れていた。裏手の広大な墓地に行ってみる。墓の一つ一つに、故人の最盛期の写真が嵌め込まれ、墓参者たちを眺めている。その前に立つ者は、否応なく死者たちの視線に晒される役者となる。生者が一方的に死者を思うのではなく、死者もまた生者を見つめていることが、実感として胸に落ちた。

パゴダに戻って、お茶をご馳走になる。かつては華やかな衣装に身をつつんでいたであろう老女優たちが、今は黒い農民服のような地味な服装で、次々に挨拶に現れた。彼女たちの静かなたたずまいからは、最後の時を安静に過ごせる安堵感が感じられた。私のささやかな寄付は、フンハさんによって半額に訂正された。あなたとのご縁が切れませんように。そう言って老女優は、達成感を持つ人間のみが浮かべる透明な微笑を浮かべた。

初めてのカイルォン

何か食べたいものがあるか、とマダムが聞くから、またあのフォーが食べたい、とおねだりした。本来は北の食べ物らしいが、ハノイでも、フォー・パスツールに優る店には出会わなかった。おそらく味加減が、私の味痴の程度にぴたっと合ったんだろう。相変わらず混んでいる店の一隅で、北のハリダ・ビールを飲みながら、マダムから今夜観る『タンサ・バクサ』の特別講義を受けた。カイルォンについて何の知識もない私がなぜ？　と思ってるんでしょう、と先回りされる。芝居の生き字引といわれる知人から、あなたがカイルォンのことを聞くなんて、と驚かれながら、教わったと言う。それもあなたが、メコン・デルタの女にうつつを抜かしている間によ、と付け加えた。お酒に弱いのか、コップ一杯のビールで、目もとが赫らんでいる。切符もフンハさんから直接劇場に交渉してもらって、やっと手に入れたとか。劇場の人間は、本当は売り切れだが、他ならぬフンハさんの頼みなら、特別に何とかしましょう、と約束してくれた。だから切符は事務所に取りに行くのだそうだ。

さて、『タンサ・バクサ』である。原題は『THANH XA BACH XA』、すなわち青蛇白蛇。旧い中国の話だという。粗筋は下記の通り。

天に住む青蛇と白蛇が、美しい女性に化けて地上に降りる。白蛇はたちまち美しい青年と恋に落ち、結婚して妊娠する。

ある日、悪者が彼らの家の前を通りかかり、蛇の匂いに気付く。彼は家に入って、夫に、あなたの妻は人間ではなく、蛇が化身した悪魔だ、と告げる。夫は証拠がなければ、そんなことは信じない、と悪者を突き出そうとする。そこで悪者は、妻の寝室に貼る紙と、妻に飲ませる酒を夫に与え、予想通りの結果が現れたら、蛇の証拠だと告げる。

悪者に唆された通り、二つのことを試した夫は、妻が確かに蛇であることを知り、苦悩のあまり死ぬ。

嘆き悲しんだ妻は、夫の命を救うことを決意。命の薬を求めて、苦労に苦労を重ね、遠く離れた高山の頂きにたどり着く。その旅の途中で、出産する。

ついに薬を手に入れた妻は、夫の命を救い、大立ち回りの末、悪党どもを滅ぼす。

どうやら、運命に翻弄されたキェウとは正反対に、自分の手で運命を切り開いて行く女性の物語のようだ。確かにこのほうが、今の時代の女性像としては、よりぴったりするだろう。そう言ったら、マダムに、あなたはどちらの女性像がお好き？　と聞かれた。むろんキェウのほうでしょうけど。マダムは試すように私をじっと見つめた。その通り、と答えるのが一番簡単だ。だが私のキェウに対する感情は、ある範疇に属する女性像へのそれではなく、キェウそのもの、他に掛け替えのない、複雑な存在としての一人の人物への憧憬なのだ。そのことを説明しても、どこまで理解してもらえるか。

「どちらが好きか、なんて贅沢なことを言える立場ではありませんね。むしろ、どちらのタイプが私を好きになってくれるか、というほうが重要です」

マダムは残ったビールを一気に飲み干してから、唇を少し歪めた。

「答えになっていないわ。もう一度聞きます。どちらがお好き？」

「それは……あなたがどちらの範疇に属するか、によりますね」

マダムがすっと立ち上がった。見上げると、やけに背が高い。唇をきつくひき締めているから、また怒らせたのかもしれない。もう時間だわ。行きましょう。

外へ出ると、二、三人がさっと寄ってきた。一番早く来た片足の男が、通りへ向かって手を挙げた。タクシー！　だがマダムは首を振って、向こう側、すなわちパスツール熱帯医学研究所の側へ渡った。私も急いで後を追う。マダムはぶつぶつ呟いている。

「Ça ne va pas. Non?　嫌でしょ？　違う？」

“Mais quoi?”

「なぜこうなの？　どこが悪いの？　何なの、私たちは？」

矢継ぎ早の苛ついた言葉が、後ろを歩いている私にびしびしぶつかるので、私は歩を速めて、横に並んだ。

「あなたはヴェトナムを知らない。ヴェトナム人を知らない。ヴェトナムの女を全く知らない」

独り言のような喋りだった。

「それはそうだけど、mais pourquoi?」

どうしてそんなことを言うのか、聞きたかったが、マダムが通りかかったタクシーを停めたので、答えはそのままになった。車に乗ってから、彼女は落ち着いたようで、御免なさい、と謝った。高校生の息子が全く学校へ行こうとしないので、そのことで苛々していたのだと言う。アメリカに憧れて、一日中カセットでアメリカン・ポップスを聴きながら、ごろごろしている。そう言うから、日本も似たような状況だと説明した。でも、おそらく日本とは程度が違うでしょうね。この前、後発国は二十一世紀になると、近代化の毒が体中に回ってのたうち回るって言ったでしょ。その毒の効き目は、後発国であればあるほど、強烈なのよ。それがヴェトナムの未来なんだわ。マダムは止めどもなく落ち込んでいるようだった。気分が晴れないときに、芝居に付き合わせてごめん。Mais non. カイルォンは私も初めてだから、楽しみだわ。そう言って、やっと美しい笑顔を見せた。

会場のホアビン劇場の前は、得体の知れない人物がうろうろしていて、かつての新宿コマ劇場前の雰囲気にちょっと似ていた。正面階段の上に、大きな絵看板が掲げられている。マダムが事務所を探して、劇場の脇に回っていった間、私は看板をぼんやり眺めていた。題名の下に『白蛇傳』（以下『白蛇伝』）と漢字が添えてある。もっとも絵の蛇は真っ白ではなく、白と緑のまだらに描かれている。看板の左手に切符売り場があり、窓口でお金を払った人がどんどん入場している。切符は売り切れの筈だが？　と首を捻っているところへ、マダムが戻ってきた。一人五万ドンだった由。中へ入る。売店の硝子棚に出演者のブロマイドが並べられていたが、プログラムはないと言う。壁に貼られた舞台写真に人だかりができている。これから本物を観るのに、何も写真を見ることはあるまい、と思ったが、ファンというのは、そういうものなのかもしれない。

場内へ入って驚いた。結構空席がある。後ろのほうなんか、何列も空いている。七、八分の入りというところか。なぜ係はフンハさんに売り切れなんて嘘をついたんだろう。無理して確保したように見せかけ、恩でも売ろうとしたのだろうか。冷房が壊れたのか、もともとないのか、客席の舞台寄り両脇に巨大な扇風機が据え付けられ、熱い空気を掻き回している。だからよけい暑い。だが、やけにになって扇子を遣っているのは私ぐらいで、ほかの客はみな澄ましている。女性と子供が多い。舞台上方の額縁部分に、大きな提灯が何個かぶら下がっていて、金枝玉葉、慈悲良医などという文字が見える。オーケストラ・ピットには、十数名の楽士が入っている。多いのか少ないのかは分からないが、キーボードを始め、ドラム、トランペット、ヴァイオリンなど、ほとんどが西洋楽器の中で、ヴェトナム琴が異彩を放っている。端に大きなヤカンが置いてあったが、演奏中にお茶でも飲むのだろうか。

じゃーんとオーケストラが鳴って幕が開くと、いきなり天女の格好をした踊り子たちが、どっとなだれ込んできた。長い布をひらひら舞わせながら、バレー的な踊りを披露する。美少女ばかりだ。照明が次々に変わる中を、天帝が唄いながら降りてくる、そこへ青蛇白蛇の女優も加わって、唄と踊りの大乱舞。さあ、それからが凄い。天国はみるみる地上の風景に変わり、男女の愛の交歓（ここで〈ヴォン・コー＝過ぎ去りし日への想い〉がたっぷり唄われる）、道化の絡み、悪党とのカンフーを交えた曲芸的な立ち回り。突然、山上の神殿が現れ、命の秘薬を巡って、数十名の男女を相手に巨大な白蛇の大立ち回り、猿之助顔負けの宙乗りやら、綱で空中を飛び交いながらの闘いなど、息もつかせぬ大仕掛けの連続に、観客も、もちろん私も、ただただぽーっと見とれるばかり。二幕二時間半の舞台は、あっというまに終わった。

いやあ、面白かった。いま日本で見られる舞台で言うなら、猿之助カブキと野田秀樹とフィリップ・ドゥクフレーとディック・リーの舞台を足しても、まだお釣りが来ることになるだろう。だが、私ほどの年齢ともなれば、真っ先に思い出すのは、いまは亡き日劇こと日本劇場のショーだ。お子様ランチの宝塚とも、泥臭いＳＫＤ（松竹歌劇団）とも違う、中学生の私を夢中にさせた日劇の三大おどり（春・夏・秋のおどり）、高度成長以後消失した、あのモダニティー溢れる、あくことなきエンターテインメント精神は、いま、ここヴェトナムで息づいている、既に、失われた楽園のみが持つ、あの高雅な匂いを振り撒きながら。

『白蛇伝』については、何も知らない。確か、遥か昔の東映長編アニメにあったような気がする。戦前の体験としては、金子光晴の『西ひがし』に、上海で『白蛇伝』の通し狂言を観た旨の記述があり、「水妖と天兵との修羅場は、……役者たちの軽業師のような立廻りが、しろうとの僕らには、とてもおもしろかった」と記されているから、戦前の中国でも、今日観たようなサーカス的立ち回りが既に行なわれていたらしい。同書には、『雨月物語』の中の『蛇性の淫』は、この物語の元になった説話の翻案だとも記されている。また小出英男の『南方演藝記』（一九四三年）には、一九四一年末、著者が日本軍とほぼ同時期にマレイシアへ入ったとき、最初に目撃した中国映画のポスターが『白蛇伝』だったと書かれているから、中国ではかなり人気のある物語だったのだろう。現在の中国ではどうだか知らないが、ヴェトナムでは、未だに根強い人気を保っている、とはマダムの弁。

とうとう幻のカイルォンを観た。それも現代の観客に向けた現代の芸能として。後日、ヴェトナムの多くの演劇関係者が、『タンサ・バクサ』を、カイルォンの伝統を無視したフェイク、贋物と評していることを知ったが、そうした考えこそが、カイルォンを駄目にするものだと言える。そもそも伝統芸能という言葉自体が語義矛盾なのだ。もし芸能であるなら、それは「いま」を生きる「いま」の娯楽でなければならない。それ以外は、研究の対象として保存すべき無形文化財でしかない。守るべきは、伝統ではなく、商業資本主義の圧力に蝕まれる「良質の娯楽性」なのだ。

マダムを見たら、にやりとした。合格？　そうね。『地獄のオルフェ（天国と地獄）』を思い出したわ。男女の役割が反対だけど。まあ、これなら許せるわね。でも、やはり精神性が足りない、それが加われば、もっと良くなるでしょうね、とのたまった。私は、ウイ、確かにその通り、と頷いたが、腹の中では、これでもいいじゃない、と考えていた。彼女はそんな心中を見透かしたのか、娯楽に真の価値を刻印するのは、そこに込められた思索の量ですからね、と念を押した。

「明日、もう一人インタヴュウの約束を取ってあります」

「もう〝キェウ〟以外はいいですよ」

「でも、その人が〝キェウ〟かもしれないのよ」

「だって、ヨーロッパ公演中じゃないの？」

「ノン、それとは別の人。キックのキム・クーンと並び称されているカイルォンの大物なの」

「Alors, もっと早く紹介してくれればよかったのに」

「TVの撮影に入ってて、やっと時間が取れたの。それに、これこそ現代のキュウと言われて人気沸騰の白蛇伝の主演女優も、フンハさんの紹介で、明後日OKの返事を貰ってるわ」

「え、あの美女に会えるの？」

「すぐ嬉しそうな顔をする。日本人はもっと無表情だって聞いたんですけどね。駄目駄目、急に怖い顔しても」

「いや、なんて優秀な秘書なんだろうと思って」

「今夜は早めにお休みなさい。そして優秀な秘書の夢でも見ることね」

第十六夜…実存するカフカ

KAFKA
A
L'EXISTENCE

チョロンへはバスで

カイルォンの大物女優との約束は午後なので、ふと思い立って、午前中、五粁《キロ》ほど西の中華街チョロンへ連れてってほしい、とマダムに頼んだ。まだバスに乗ったことがないので、足はバスに決める。

デュラスの『ラマン』で中国男との逢い引きの場だったこの地域は、旧南ヴェトナム時代に、サイゴンに編入されたが、仏印時代はショロンと呼ばれ、私娼窟、阿片窟が蝟集《いしゅう》していた。そんなチョロンの情景を、マルローは『征服者』で描いている。

「わたしたちは巨大な文字と鏡で飾られた料理屋街のまえを通っていた。生命あるものはもはや光と騒音でしかない、そんな雰囲気がみちあふれている。反射鏡やガラスや電気の笠や電球の氾濫。麻雀の音、蓄音機、歌い女の金切り声、鋭い横笛、鐃はち、銅鑼……。自動車は一軒の料理屋兼阿片窟のまえでとまった」（渡辺一民訳）

かつてチョロンには劇場の数も多く、カイルォンが盛んに上演されていたという。その様子を、ドルジュレス『印度支那』（原作　九二九年）から引用する。

「あの芝居ときては、どぎつく色どられた将軍と、ぴいぴい泣いてばかりゐる姫君が、いっぱい出てくるひどく冗漫な代物で、幕間には安南娘の踊子が一人、とや（註＝締め立て）を喰った田舎芝居から持ってきた歌劇がかりの金きらをきて立ち現はれ、トウダンスらしいものを踊らうとするし、伴奏は伴奏で、ぼろぼろの楽士たちが竹の胡弓にのせてマデロン（フランスの軍歌）をかなでるのだ。……（小道具の）若者は……隅っこに屈みこんで、楽師たちとお喋りをはじめる。楽師は楽師で、気まま勝手に音楽をやったり、休んだりしてゐる。まるで木でも挽いてゐるやうに一向に無関心な顔つきである。それでゐて、だれ一人変に思ふものがない。砂糖菓子や煮栗や玉蜀黍を喰べながら、道化役者を見てゐる群衆、劇場の腰掛けをぎっしり満たしてゐる群衆の中には、一人の学者もゐなければ、

一人の藝術家もゐない」（小松清訳、一九四三年）

支配階層の優越意識丸だしの報告だが、後日、場末のカイルォンを何回か観た限りでは、楽師の描写などで、満更今に通じる点がないでもない。

チョロン行きのバスに乗り込んだら、嬉しいことに、革の鞄を下げた女車掌がいる。彼女は料金のことで、二人組の若い女性客と、片やヴェトナム語、片や英語で、不毛のやりとりを交わしている。マダムが彼女たちは日本人だと言う。私は絶対違うと言い張ったが、話しかけたら、日本人だったので、以後、観察眼に関しても、マダムに頭が上がらなくなった。料金が解決した彼女たちは、今度こちらを最適の案内役と見て取り、何とか寺への行き方を聞いてきた。マダムが知ってるというので、とりあえずそこまで同行することになった。

チョロンの街には、バルコニー付きの古い建物群を除いて、仏印時代を偲ばせるものはない。相変わらずのシクロや物売りの喧騒のなかを少し歩いて、お寺に到着。渦巻き型の線香が天井から一杯ぶらさがっている。一つ一万ドンというので、マダムのぶんと二つ奉納する。お寺のおばさんがLPレコードみたいなものを持ってきて、真ん中を抓んでひょいと上下に引っ張ったら、たちまち線香の笠になった。そこへ奉納者の名前を書いた紙をくっつけ、蠟燭で火をつけると、長い竿で上の梁にひっ掛けてくれた。どのくらい燃え続けるのかと尋ねたら、そりゃ永遠さ、と言って、おばさんがにやりとした。

以前インドネシアの芝居を調べていたとき、舞台の袖で巨大な線香を燃やし、燃え尽きたら芝居を止めたという話を誰かから聴いたことがあるが、こんな線香だったのかしら。屋根を見上げると、私とマダムのお線香が並んで揺れていた。永遠というから、いまでもマダムと私の線香は並んで燃えているのかもしれない。

後で案内書を見たら、ティエンハウ寺という十九世紀初めに建てられた寺で、航海安全の守り神を祀ってあるという。中国と交趾支那《コーチシナ》を船で行き来していた華僑が建てたものだろう。

寺を出て、安そうな中華料理屋へ入る。この日本女性たちは都内の一流大学四年生。すでに一流企業への就職が決まり、あとは卒論を書くだけなので、遊びに来たと言う。今夜はアオザイ・デビュー、明日はサイゴン河のディナー・クルーズだ、と屈託がない。Bon voyage と別れ、近くの有名なビンタイ市場を一回りする。

まだ少し時間があるので、いったん宿へ戻って、出直すことにする。カメラの覗き窓の焦点が合わなくなったので、向かいの写真屋へ持っていった。おやじに英語で説明したが、どこまで通じたか、とにかく原因不明だという。たちまち黒山の人だかりになった。みんな一斉に何か喚いている。そこへジャンジャジャーンという感じで、プレスリーみたいな頭をしたおあにいさんが登場。「お前ら、言葉もよう分からんくせに、何ごちゃごちゃ言うとるんや」という大阪弁がぴたっと決まるような英語だった。「おっさん、英語分かるんか？　よっしゃ、わいの英語は完璧やで。オーストラリヤから帰ってきたばかりやさかいな。おっさん、どっからや？　日本？　それにしたら、英語よう話すやないか。ええか、わいの英語は完璧や。オーストラリヤ帰りやからな。分かるか、言ってること？　ほな、これからわいが説明したる。お前の言い分はこうや。今まではっきり見えとったもんが、はっきりせんようになった。そうやな？　（横から誰かが口を挟んだら）うるさいっちゅうに。わいの英語は完璧やから、わいに任せろって言っとるやないか。口を出したら、どついたるで。ええな。あのな、おっさんな、原因は幾つか考えられるわ。まずバッテリーがあかんようになったか、それともフィルムがきちっと入っとらんのか……おっさん、ほんまにわいの言うことが分かっとるんやな。そうか、それともやな、ファインダーに雨水でも入って曇ったかや。（また誰かが口を出す）うるさいっ！　黙っとれっちゅうのが分からんのか。ええか、まずそのどれかを疑ってみる。それでもあかんときは、（ひょいと覗き窓を覗いて、脇のギザギザを動かす。とたんに私も原因が分かった）なーんや、これやないか！　ほれほれ、これや。おっさん、自分のカメラの使い方も分からへんのか」。全員が爆笑し、ついで拍手が起きた。サイゴンのプレスリーは、ホンダに跨がり、彼女を後ろに乗せると、困ったときは、いつでも相談せいや、と手を振って、爆音と共に悠然と消えた。私は集まった全ての人と握手を交わし、いい気分で店を出た。このすぐ後で、正反対な気分に襲われるとも知らずに。

天敵との遭遇

カイルォンの大物女優の邸宅は、ドンコイ通りに続く最高級住宅地にあった。早めに着き過ぎたので、門の前で暫く時間を潰す。マダムの話によると、大物女優は首相と親しいため、最近この一等地を安く手に入れ、超豪邸を新築したばかりという。マダムの冷ややかな口振りも当然だった。どうやら、資本主義国の「富から権力へ」というヴェクトルとは正反対に、社会主義国では、「権力から富へ」という方向性が存在するらしい。それともこれは、スハルト一家に見られるように、単なる後発国の特徴と言うべきか。日本は両者の中間を行って、富-権力-富といったところだろうか。

さらにマダムは、相手は私と会うことを喜んでいないかもしれない、とも言った。というのも、彼女の死んだ父親が電々公社の重役だったとき、女優の夫は駆け出しの社員で、部下だったから、この女優とも何かのパーティーで会ったことがあるとのこと。もっとも大のほうは、いまは政府要人と密着した実業家で、大企業の副社長、飛ぶ鳥を落とす勢いだそうだ。

呼び鈴を押す。重々しく黒い鉄の扉が開く。神社の参道みたいな道を、門番に粛々と先導されると、突然眼前がぱっと開けて、広い芝生の庭に出た。目の前に聳える館は、なるほどマダムの超豪邸という形容に尽きるような、凝りに凝った造りだった。「その四阿《あずまや》の壁には瑠璃を張り巡らし、床は鼈甲を敷き詰め、四方の空からの風が吹き渡るのじゃ」（『聖アントワヌの誘惑』）

門番から引き渡された女中が、深々とお辞儀をして私たちを出迎え、四方の空からの風が吹き渡るヴェランダへと案内してくれた。「白く塗りたる墓」ではない、白く塗りたる籐椅子に腰掛けた私たちは、まだ落ち着かず、熱帯の花々が咲き乱れるガーデン・テラス、吹き抜けの居間の豪華な調度などを、きょろきょろ見回していた。そこへ華やかなワンピースを纏ったご本尊が華やかな笑顔で到着。今回の取材を終えて感じたことだが、一体にこちらのヴェテラン女優は、美輪明宏型の美人が多い。彼女も例外ではなかった。派手なしぐさの一つ一つに色気が零《こぼ》れる。果たして彼女が「キェウ」なのだろうか？　お茶が出て、舞台の写真帖を見せられたところまでは順調だった。そこへ中年のご亭主が登場した。これで全てが一変する。

世の中には、一目見て嫌な奴というのがいる。いわば天敵みたいな存在とでも言おうか。過去に何回もそういう人間に遭遇した。その度に死闘を繰り返すが、勝っても負けても、こちらがぼろぼろに傷ついてしまう。私にとっての天敵型の人間とは、（1）極めて有能かつ意欲的。（2）目が鋭く、時に陰険な光を帯びる。（3）どちらかといえば小柄だが、笑い声だけは大きい。（4）嫉妬心、猜疑心が強く、粘液質。（5）ひとたび喰いついたら、死んでも離さないしつこさ。（6）権力を笠に着る。

（7）女に目がない。ざっとこんな種族だが、どういう訳か、私の上司にこの手の天敵型が多く、まことに宮仕えは疲れた。それでも甏れなかったのは、こちらも結構毒液を出していた可能性がある。

閑話休題。このとき現れた亭主というのが、まさに天敵型を純粋培養したような男だった。ああ嫌だな、と思った気持ちが、思わず顔に出てしまったのかもしれない。相手は初めから挑戦的だった。インタヴュウは英語かね、フランス語かね？　どちらでもこっちは構わんがね。フランス語？　D'accord!　上等じゃないの。あたしはパリ大学の学位を二つ持ってるんだ。医学部と法学部さ。タケシタさんは昵懇《じっこん》の間柄でね。日本へ行くときは必ず会ってる。亭主はいかにも偉そうに名刺を寄こしたが、私は余分の名刺の持ち合わせがなかったので、ただ受け取っただけだった。あるいは、これでカチンと来たのかもしれない。些細なことでカチンと来るのが、天敵型の特徴でもあるのだ。この後、彼は突然嚙みついてきた。

「Ben alors, あんた、正式の使節団なの？　え？　誰かに招待されたの？」

「いえ、別に。ただ個人的に調査に来ただけで……」

「あのね、この国じゃ個人的な行動はすべて届けることになってるの。ただの個人が自由に人に会うことは、ここじゃ許されないんだ。そんなことも知らんのかね。誰かに会いたかったら、あらかじめ文化省に届け出て、まず許可をもらう。それをしない限り、いかなる取材活動も認められないんだ。権利のない人間の取材に応じたら、こっちだって罰せられるんだからね。私のほうから関係者に電話を入れとくから、もし逮捕されたくなかったら、明日の朝八時に、役所へ行って、許可を貰ってきなさい。その条件で今日の取材を受けよう」

気が小さいくせに、そして必ず後悔するくせに、すぐむかっ腹を立てるのが、私の悪い癖なのだ。

この時も、その悪い癖が出て、つい啖呵を切ってしまった。私もジャーナリストの端くれ。今迄どんな相手に対しても自由にインタヴュウしてきた。今後も一切干渉を受けるつもりはない。それに朝八時なんて、まだぐっすりとオネンネの最中だから、真っ平だ。それで取材が出来ないというなら、取材を止めるしかないね。じゃさよなら、と後も見ずに、すたすた歩き出した。マダムが慌てて小走りについてくる。

外へ出てからマダムが舌打らした。「やっぱり嫌な奴だったわね」

「やっぱり？」

「ええ。戦争中はちゃっかりパリに逃げてて、七五年の統一直前、大勢を見極めて帰国するや、すぐ『北』に密着してのし上がった男ですもの」

「しかし私も大人気なかったよ、すぐかっとなったりして。ただ、伝統的な演劇の取材まで許可がいるなんて、ちょっと信じられなくてね。どうだろう、このまま放っといても構わないかなあ？」

「さあ、どうかしらねえ」マダムはいかにも疲れたふうだった。「あの男、怒ってたみたいだから、なにか仕返しするかもしれない。とにかく疲れたから、私このまま歩いて帰ります。自宅がすぐそばだから。そうそう、夕食はここでするといいわ。私の女友達のザオが働いてるし、調理場は清潔だから、食中毒にもならないでしょう」彼女は料理屋の名刺を私に渡すと、さっさと帰ってしまった。

腹立ちと後悔の念が混じり合ってくさくさした。何か気分が変わるようなことは……？　そのとき閃いたのが、対仏文化交流学院の受け付けにいたアオザイ美女。早速電話して夕食に誘うと、卒論の準備があるので、と暫く躊躇っていたが、八時迄という時限付きで承諾した。

ホテル・マジェスティックのロビーに現れたヒエン嬢は、今日も白と淡青の混じったすばらしいアオザイを纏い、その姿の良さはマダムにひけをとらなかった。『金雲翹』のフランス語訳は、キェウと妹のヴァン（雲）の姉妹を、「二人とも満開の梅、純白の雪のように美しい」と形容しているが、もしマダムとヒエンさんが並んで歩いたら、まさにキェウ姉妹がそこにいるような感じがするに違いない。それでも恋人のキム・チョン青年は、姉のほうに夢中になるのではあるが。

ホテル五階の料理店からの眺めは、料理の不味さを補って余りあった。目の前のサイゴン河に浮かぶ遊覧船の電飾。並木道。涼を求めてさんざめく人波。遠くからの眺めは、印象派の絵画のように、人を現実の時空から引き剝がし、風景を舞台化する。ましてここは、仏印時代からのホテルで、目の前にはアオザイ美女が静かな微笑みを湛えている。私の中のオリエンタリズムが蠢《うごめ》きだすのも無理からないが、ヒエンさんのほうは、もっぱらオクシデンタリズムに取り憑かれていた。

彼女は大学の哲学科四年生。専攻はフランス哲学だという。何から何までフランスが好き。だってフランスって、とってもフランス的でしょ。そう言ってから、あら、おかしいと笑い出したが、私にはその感じがよく分かった。彼女はちょっと考えて、フランスの何がフランス的かといえば、やっぱりその思想ですね、と言い直した。つまり最高に個人的であることが、そのまま調和につながるというカント的な考え方、これがフランスだと思うんです。もちろんカントはフランス人じゃありませんけど、ルソーやヴォルテールらの思想から深い影響を受けてますし、この辺の考え方がフランス人の琴線に触れて、ドゥウルーズによるカント再評価に繋がったんじゃないでしょうか。これ、私たちにとって大切な思想だと思うんです。そう思いません？　と聞かれても、分からないものは返事のしようがないが、ここで引き下がるのも癪だから、少し反撃を試みた。でも今の、非同一的な調和というカント的な考え方は、あまり声高に主張すると、逮捕されたりしませんか？　彼女はきっとなった。

ヴェトナムをそんな目で見ないでください。私たちにも、言論の自由はあります。そう言われても、素直には頷けない。私はもう少しで、でも外国人にはないようですね、と言いかけたが、思い留まった。今日の事件とは無縁な美女を相手に、鬱憤を晴らしても仕方がない。

最後の珈琲と紅茶が運ばれてきたのをきっかけに、話題を変えた。フランスへ行く予定は？　これも意地悪な質問だったようだ。美女は深々と溜め息をついた。勿論行きたいんですけど、向こうで完全に引き受けてくれる人がいないと、許可が降りないいんです。それに、まず仕事を探さなきゃいけないいし。我が家は、祖父母、両親そして私、と三代続いたフランス好き（francophile）なんだけど、三代ともフランス行きは夢で終わる運命なんです。くすっと笑った。でも、あなたはまだこれからじゃない。ヒエンさんは、私のそんな月並な慰めには取り合わず、「Tiens, もう帰らなくちゃ」と腰を上げ、ふっと真顔になった。「男の人と食事したの、これが初めてなんです。でも、楽しかったわ」

彼女のやや上気し、はにかんだ表情は、私がこの国で出会った最も美しいものの一つだろう。

アオザイの美女ヒエンさん

「うちの両親はひどくうるさいんですけど、日本のジャーナリストの取材だということで、やっと許してくれました。いまだに子供だと思ってるんですね」

外へ出る。ヒエンさんは目の前に停めた自動二輪にひょいと跨がった。Bon travail! 別れの挨拶に、彼女は爽やかな笑顔を返した。Merci et au revoir. アオザイとバイク、はにかみと軽快さ。二つの異質なものを鮮やかに結び付けた姿は、豊かな黒髪を靡くに任せ、ドンコイ通りを西へ走り出した。多分もう二度と会うことのない後ろ姿は、車、二輪、シクロ、自転車の波に埋もれ、すぐ視界から消えた。その後を追うように、私も西へ歩き出した。マダムの呉れた名刺の料理店が、すぐそばにあるはずだ。食べるものはもういいが、不味かった紅茶の口直しに、そこでビールでも飲むつもりだった。

実存するカフカ

「レストラン・ブロダール」はすぐ見つかった。狭いがこざっぱりとした店で、あまり混んでいなかった。二組の西洋人男女に、真新しいアオザイを着たヴェトナム娘が二人。黙々と食べている白人の中年男が一人。それでおしまいだ。天井の扇風機が、南国の夜をさらに生温くかき回していた。左手に長いカウンターがあった。私はストールに腰掛け、カウンターにいたお河童頭の若い女性にビールを注文した。瓶は今度もあまり冷えていなかった。ギンギンに冷えたビールというのは、ヴェトナムではさほど好まれないのかもしれない。泡がたっぷりの液体を流し込んでから、ザオさんという人はいるかと英語で尋ねた。あなたは？　マダムLの友人でね、この店を紹介されたんだ。ああ、聞いてる。ザオは私よ。化粧気のない顔がやっとにっこりした。以前、スイスから来た有名なシェフの料理教室に参加したが、そのとき通訳をしていたマダムと知り合ったという。この店はもう出るが、これから姉のいる倶楽部を手伝いに行くので、よかったら遊びに来て、と名刺をくれた。会員制だけど、私の名前を出せば入れるから。

T襯衣《シャツ》にジーンズという軽装で帰るザオさんを見送っていたら、あら、おじさん、という素っ頓狂な日本語が聞こえた。二人組のアオザイ娘がびっくりしたようにこちらを見ている。今朝のチョロン行きバスで知り合った女子学生だった。どうりで、衣装は豪華だが、着方がどこかぎこちない。本物と別れたばかりの身としては、なおさらのこと。似合うよ。無理して褒めたら、でも、着てくとこがないのよねえ。一人のぼやきに、そうよねえ、と片割れが相槌を打つ。料理はまずいし、ディスコはダサイし。あーあ、ニューヨークの××クラブはよかったなあ。あっかぬけてて。あたしはなんたってアカプルコだな。××レストランなんて、ボーイが一緒に踊っちゃってさ。そういえば、ギリシャの＊＊で食べた＋＋は最高においしかったと思わない？

話題が高度かつ専門的なため、とてもついていけない。相手は同じ大学四年生なのに、異国の受け付け嬢とのほうが話が合うというのも、不思議といえば不思議だ。両者で似ていたのはアオザイの外見だけで、中味はまるで違うではないか、とまあ偉そうに言ったところで、それは私が年を取ったせいにすぎないので、同じ年頃の自分を思い出してみれば、五十歩百歩。要は風土が人間を形成するのだ。

おじさん、どっか知りませんか。そう言われて、ザオさんのいる倶楽部へ行ってみることに話がまとまった。料理店前からタクシーに乗り込み、運転手に件《くだん》の名刺を渡すと、いったん動き出した車がすぐ停まった。故障かと思ったら、ここがクラブだという。落語の『替り目』みたいなもんで、ほとんど目的地の前から乗り込んでしまったのだ。

ジャズ倶楽部「バッファロー・ブルース」の扉を開けると、いきなり『想い出のサンフランシスコ』が飛び込んできた。アメリカ先住民のような容貌の男が濁声《だみごえ》で唄っている。円卓はかなり混んでいた。黒人はいない。白人とヴェトナム系が半々。ただアオザイ姿は二人の日本娘だけということで、客や演奏家が代わる代わる寄ってきては、握手を求めたり、話しかけたり、歌手からマイクを突き付けられたり、と応接に暇がないモテ方だった。

お酒を運んできたまま、隣に座り込んだザオさんによると、この店は駐留米軍目当てにアメリカ人が開いていたものだが、七五年の混乱時に、店主が逃亡。長らく接収されていた。その後いろいろな経緯を経て、六年前に再開されたという。

彼女のお姉さんはカウンターの中で忙しく働いていたが、妹と違い、明らかに混血の容貌をしていた。ひょっとすると、逃げ出したアメリカ人の子供なのかもしれない。そう思ってザオさんに聞いたが、肩を竦めただけで、答えてくれなかった。姉は亭主が蒸発して、いま一人だということだが、陽気な女性で、挨拶したら、ハーイ、楽しんでる？　と流し目をくれた。ザオさんのほうは今、昼間ブロダール、夜はここで働くという重労働を続けているが、いずれ自分の店を持つまで、頑張り続けるという。ヴェトナム女性はみな逞しいのだ。

久し振りにダイキリーを飲んだ。ロサンジェルスにいた頃、このカクテルに凝っていた。確かボールドウィンの小説の主人公がよく飲んでいたので、真似をしたのだ。サンセット大通りにあったインペリアル・ガーデンの酒場で、毎晩のように、ダイキリーを飲みながら、後にヘンリー・ミラー夫人になったピアニストの弾き語りを愉しんだ。『想い出のサンフランシスコ』が必ず要望されたので、一晩に一回は、彼女の官能的な声がサンフランシスコを想い出させてくれた。彼女の家にも、よく遊びに行った。ヘンリー・ミラーに求婚されている話も、そこで出たように思う。

そのうち、私はフランスへ行くことになり、ピアニストともダイキリーとも自然に縁が切れた。パリでは、『想い出のサンフランシスコ』はすでに廃れ、シナトラの『夜のストレンジャー』が街を席捲していた。滞仏中、二度だけ、彼女の名前に接した。一度目は、ミラー夫妻がパリへ新婚旅行に訪れた時。ルモンドの記事によれば、ミラー氏の精神年齢の若さが、二人の年齢差を補って余りある、とピアニスト夫人が熱く語った由。

二度目は、私のロサンジェルスの友人からパリへ届いた私信。夫人の妹から聞いた情報として、あるときミラー氏が夫人に向かって、「お前は心の冷たい女だ。出て行け！」と怒鳴ったという。妹の私から見ても、姉は余りにも夫を利用するだけという感じが見え見えで、嫌になる、とむしろ妹はミラー氏のほうに同情的だった、と書かれていた。単なる私信で、確かめようもないが、妹さんがなかなか感じの良い女性だったことは覚えている。

そんな忘れかけていた神話時代の日々が、突然蘇ったのは、『想い出のサンフランシスコ』を聴いたからか、それとも、この倶楽部の雰囲気が、どこかサンセットの酒場に似ていたからだろう。だが、年のせいか風土のせいか、サイゴンのダイキリーはさほどおいしくなかった。それで二杯目から、バーボンに切り替えた。

演奏はスタンダード・ナンバーが多かった。深夜のサイゴンのジャズ倶楽部で、ジーンズのヴェトナム娘、アオザイの日本娘を傍らに、バーボンの杯を重ねながら、棕櫚《しゅろ》の葉越しに"As time goes by"や"Misty"を聴いていると、とめどもなく酔いが回って、最後は二つの国の娘たちに両肩を支えられてタクシーに転げ込む、という醜態を演じてしまった。ただこの酔いは、宿に帰りつくやいなや、たちまち醒める運命にあったのだが。

その電話が掛かってきたのは、私が鶏の唐揚げの一部を便器に還元しているときだった。マダムからだと思い、痛む頭を抑えて電話に出たら、相手は男だった。妙に押し殺したような英語で、こっちの名前を確かめる。そうだと答えると、こちらは外務省情報部の担当官ですが、あなたは取材用の認可を貰っていますか、と丁寧な調子で言う。やはり来たか。動悸を抑え、つとめて冷静さを保つようにした。

「深夜まで取材の管理をなさるとは、随分ご熱心ですな」そう皮肉ってから、相手の名前を尋ねた。

「名前なんか必要ないでしょう」

「いえ、そちらは必要なくても、こっちには必要ですね。名前を名乗らない人間とは話さないことにしてますので」そう突っ張ねると、突然相手の調子がガラリと変わった。

「いいか、よく聴け。ここでは許可のない人間は、いかなる取材も認められてないんだ。お前は観光ヴィザで入ったのに、これまで勝手に取材をしていた。だから違法な取材活動として、四十八時間以内の国外退去を命じる。これは冗談ではない。もし四十八時間後にまだお前がいたら、直ちに逮捕する。その時になれば、嫌が応でも私の名前を知ることになるだろうよ。楽しみに待つんだな」ガシャッと電話が切れた。

受話器を置いても、相手の声がまだ頭の中で反響している。直ちに逮捕する！　直ちに逮捕する！

酔いはとっくに醒めていた。声は違うが、あの女優の亭主の差し金であることは確かだ。途端に、午後会ったばかりの男の、いかにも卑しげな風貌が蘇った。あの男なら、何でもやりかねない。じわっとした恐怖感が胸を締め付ける。私は間違いなく今、カフカの描いた世界、あるいは、姿の見えない「ビッグ・ブラザー」が監視している『一九八四年』の世界へ連れ込まれているのだ。

国外追放と言われたのは、これが初めてではなかった。アメリカでヒッピーの群れに交じり、ドラッグや不純異性交遊に明け暮れていた私は、好ましからざる不良外人ということで、国外退去処分になった。しかし、こんないやらしい隠微なやり方ではなかった。移民局で、この宿無しのごろつきめ、と役人に罵られ、こちらも机を叩いて怒鳴り返した上での処分だった。そこには闘争の倫理というものがあった。

何時の間に寝入ったのか、ふと話し声に目覚めると、寝台の回りに三人の男が立って、何か低い声で囁き合っていた。全員が黒い服を着ている。私を逮捕しに来た連中に違いなかった。私は体をこわ張らせたまま、寝た振りをした。一人が私に顔を近付ける。息が臭い。起きろ。訛りのある英語だった。彼の手が体に触れた瞬間、私は跳ね起きて、戸口のほうへ駆け出した。かつてラグビーで鍛えた脚には自信がある。だが悲しいかな、足が思うように進まない。扉に到達する寸前、後ろから首に巻き付いた手が、強い力で喉を締め付ける。首へのタックルは反則だぞ。苦しい。悲鳴が迸《ほとばし》り出る……。目が覚めても、暫く動悸が納まらなかった。全身、汗びっしょり。後は寝つけないまま、窓掛けが少しずつ白んでゆくのを瞼の裏で感じていた。

その後手に入れた資料によると、一九九六年十月三十一日に布告された条例により、ヴェトナムでの取材を希望するすべての外国人ジャーナリストは、入国の十五日以前に、ヴェトナム外務省または現地領事館に、取材の目的、内容、日程を明記した許可証を申請することが義務づけられており、たとえ許可された場合でも、その取材がヴェトナム当局の監督のもとに行なわれたものでなければ、違法取材になると警告されている。また取材したヴィデオ、写真、録音テイプなどは全て、当局の許可なしに国外へ持ち出すことは出来ない、となっている。しかし、この条例の何より不気味なところは、罰則規定が存在しない点で、そのため、違反者がどのような罰を受けるのかは、何人も全く予測できない。

第十七夜…逃避行

LA FUITE

マダムLから連絡があったのは、早起きのヴェトナム人にとっても、まだ早いと言える時刻だった。ようやく眠りに入りかけた私にも、彼女のただならない感じは伝わってきた。自宅から掛けたとばかり思っていたら、宿のロビーからだった。すぐ下へ降りてきてほしいと言う。顔も洗わず、階段を駆け下りると、ジーンズ姿のマダムがソファに子兎のように蹲《うずくま》っていた。Ah monsieur! 縋りつくようにこちらの手を握り締めてきた彼女の両手が細かく震えている。いや、震えているのは手だけではなかった。私はマダムを抱き締め、萌黄色の綿襯衣《シャツ》の背中を擦《さす》った。よほど急いで来たのだろう。アオザイ姿でない彼女を見るのは初めてだった。胸が大きく揺れている。この姿も悪くないな。人間というのは、こんな火急のときにも、不遜な考えを持つことが出来る生き物らしい。

　マダムのところへ掛かってきたのは早朝だった。電話の主は同じく外務省情報部の担当官。お前は通訳の許可証を持って仕事をしているのか、と初めから居丈高に聞いてきたと言う。もし資格がないのに仕事を続けていると、逮捕することになるから、直ちに止めるように、と低い声が命令した。彼女が、単なるガイドで、通訳ではないと答えると、嘘をつくなっ！　と一喝された。私をなめるんじゃない。口先でごまかせると思ったら大違いだ。分かったな。その脅しに対して、彼女が答えなかったら、相手はいきりたった。私を信用しないんだな。よし、そこで待ってろ。いますぐ係官を連れてお前を尋問しに行く。私の顔を見て驚くなよ、という言葉とともに電話が切れた。彼女は恐ろしさのあまり、取るものも取りあえずここへ駆け付けた。そう言いながら、マダムは怯えた目で絶えず入り口を振り返った。

　なるほど。彼女が、卑しさと権力の結び付く国に未来はないと言ったのは、こういう事態を予感していたからかもしれない。私が自分の昨夜の体験を話すと、あの男だ、と彼女は呻いた。ここはカフカの国なのよ。何がどういう訳で起きるのか、誰も分からないの。私の家が焼かれたときだって、事前に何の説明もなかったんだから。とにかく何処かへ行きましょう。ここへだって、彼らがやってくるかもしれないわ、グラン・フレールが。この言葉が『一九八四年』のビッグ・ブラザーを意味しているると気付くのには、少し時間がかかった。何のことはない。二人とも全く同じことを考えていたのだ。

　私は部屋へ取って返すと、手提げに身の回りの物を詰め、ロビーへ戻った。マダムはもうタクシーを停めていた。とりあえずシン・カフェ前で、何処行きでもいいから、来たバスに乗ろうというのが、彼女の意見だった。タクシーの中でも、私は彼女の肩を抱いていた。もう震えは止まっていたが、そのほうが自然な感じだった。彼女もじっと抱かれていたから、たぶん同じ意見だったのだろう。

シン・カフェまで来たら、一台のバスが丁度出発するところだった。待ってくれーと叫んで、バスに飛び乗った。すぐお金を取りにきた案内係にマダムが何か言ったら、相手は驚いた表情をした。ただバスの行く先を聞いただけなのに、何でびっくりしたのかしら、とマダムが不思議そうな顔をした。後で考えてみれば笑いだすようなことでも、その時は、お互い少しもおかしくなかった。で、どこ行きだった？　タイニンですって。タイニン？　ル・カオダイの本部があるところよ。カオダイという言葉には、聞き覚えがあったが、面倒なので、考えるのは止めにした。

案内係が下手糞な英語で、絶えず喋り続けているが、殆ど聞き取れない。時折、南軍の飛行機乗りだったとか、七五年に再教育キャンプに入れられ、田んぼの農作業で死ぬほどこき使われた、といったような憤懣が切れ切れに届く。この手の恨み節が、サイゴンという沼地のあちこちで、メタンガスのようにぶつぶつ湧き出ており、街の随所に鬱屈の澱んでいるのが、私にも次第に感じられるようになっていた。

しかし、こちらはそれどころではない。窓外の景色もそっちのけで、ひたすら、今後の対応策を話し合った。マダムは、とにかく警告が出された以上、明日ここを離れたほうがいいと言う。私は反対した。マダム自身、以前被害に遭ったとき、事前に何の警告もなかったと言ったではないか。あのような勤務外の電話など、見え見えの脅しに決まっている。慌てて帰ったら、あの卑劣な男の思う壺に嵌まるだけだ。

「いいえ、そうとは限らないわ。もしこちらが無視すれば、もっと本格的に手を回して、追い詰めてくる可能性があります。挑発は避けるべきよ」

「しかし、せっかくキェウらしい女性がもうじき帰国するというのに、このまま手ぶらで帰るんじゃ、今までの努力が水の泡だ。その女人に会うことだけが、私の望みだったのに」

マダムはひたと私に向き直った。あなたはヴェトナムを知らない。所詮外国人なのよ。たとえ何があっても、いったん帰国すれば、もうヴェトナムとは何の関係もなく暮らすことができる。でも私は違う。ここが私の国なの。私はここで生きていかなければならないの。私だって、どんなにあなたの希望を適えてあげたいと思っていることか。だからといって、あなたのように簡単に危険を犯す訳にはいかないの。分かるでしょう？　彼女の灰色がかった瞳に涙が滲んでいるのを見て、私は降参した。考えてみれば当たり前だよ。私は捕まっても、自業自得だが、こっちのお道楽のために、彼女を危険に晒すわけにはいかない。

取り敢えず明日の空路を予約すること、そして白蛇伝の女優とのインタヴュウを断ること、この二つは彼女がしてくれると言う。カム・オン・チー（ありがとう）。たった一つしか覚えていないヴェトナム語が口をついた。マダムは二つ三つ瞬きしてから、その言葉はあなたの取材が完全に終わるまで取っておきましょう、と静かな口調で言った。もう混乱はすっかり納まったようだった。

サイゴンから西北へ百粁《キロ》、タイニンの街は強烈な陽射しのもとに、全てが白っぽく乾いていた。風が吹くと、白砂が舞い上がる。広い道路のはるか先に、高い塔が蜃気楼のように揺れていた。あれがカオダイ教の本部よ。マダムがバスの窓から指差した。ようやく私は、この名前が戦争中の出版物にあったことを思い出した。日本軍はインドシナ進駐時に、この新興宗教団体を抱き込み、反仏闘争に巻き込もうとしたという。折角だから見てこうか？　私はここにいるわ。あちこち連絡もしなくちゃいけないし。

目の前の茶店に彼女を残し、私は炎天下をふらふらと本部目指して歩き出した。カオダイ教に特に興味があるわけではない。いわば成り行きという奴だ。暑いうえに眠い。どうしても『隠し砦の三悪人』の藤原鎌足みたいな歩き方になってしまう。前を颯爽と歩いている若いアメリカ女性に、子供たちが駆け寄る。一応はガムなどを売るのだが、断られても、何処から来たのかとか、ヴェトナムは好きかなどと次々に質問を浴びせる。彼女は嫌がりもせず、西海岸訛りの米語で、にこにことそれに答えている。案内係によると、この近くの山にヴェトコンの大陣地があったそうだが、この国の若者のアメリカ好きを目にする度に、戦後日本の風景がそれに重なる。鬼畜アメリカから憧れのアメリカへ。TVの合成映像のように、背景が変わっても、人物はぴたっと納まる。背景となるアメリカも不思議な国だが、こうした現象を生む戦争は、ヴェトナム以後余りないのではないか。今の戦争はもっと深い憎悪が根底にあり、人物と背景が一体化しているように思える。

丁度昼のお祈りの時間だった。巨大な伽藍を埋め尽くした白衣の信者が、東洋風な音楽の生演奏と女性合唱に合わせて、一斉にひれ伏す。世界中の宗教の教理を集めたといわれるカオダイ教だが、伽藍が大きければ大きいほど、私にはこけおどしにしか見えず、早々に引き上げた。

再び、陽炎の揺らぐ砂浜のように白い道を引き返した。熱波が電子レンジのように全身を貫く。私はアルジェリアの浜を歩くムルソーのような気分になり、拳銃でも持っていたら、いきなりぶっ放しそうだった。

茶店へ戻ると、マダムがぽつんと冷茶を飲んでいた。すべて手配済みだと言う。ただし明日の便は満員なので、空港でのキャンセル待ちになるが、まず大丈夫とのこと。さらに念のため、在外ヴェトナム人協会のお偉方に相談してみたら、やはりこのまま取材を続けると、何が起きるか予測できないから止めるように、と警告されたらしい。ここでは、と彼が言うのよ、法律に違反して初めて、そんな法律が存在することが分かる。そうなれば、あとはお金で解決するしか手がないんですって。私は黙ってマダムのコップを取り上げた。喉がからからだった。氷が入っているので、一瞬躊躇ったが、そのままぐいと飲み干した。爽やかな苦みが喉元を過ぎる。これで何ともなければ、自分の体が幾分かヴェトナム化したことになる。Alors, c'est demain. ああ、明日だ。鸚鵡《おうむ》返しにそう言いながら、遠眼鏡のようにコップを目に当てて、彼女を見た。マダムの顔はぼやけ、濡れているようにも見えた。

帰りがけ、バスはクチというところで停まった。ヴェトコンの地下壕見物だそうだ。マダムが今度も残るというので、私だけ参加し、実際にここで戦ったという旧兵士を案内係に、泥だらけになって、地下壕の中を這いずり回った。ヴェトコンが仕掛けた数々の罠の陳列を見て、太ったアメリカ女が、あら痛そうね、とコロコロ笑った。いつもは無表情な案内係の目が、激しくも苦しかった戦闘の模様を語る時だけ、らんらんと輝く。おそらくその戦いの時こそ、彼が唯一、生の実感を持てた時だったのではないだろうか。

帰路、私もマダムもそれぞれの思いに沈んでいた。取材の中断。帰国への不安。キェウへの未練。逃避行。マダムとの別れ。彼女は私の滞在中、ただの一度も休まずに、朝から晩まで付き合ってくれた。お金のためでないことは明らかだった。人妻である彼女の好意に対し、素直に私の好意を返すことは、果たして許されるのか。今度の事件で、万が一彼女の身に何か起きたとき、私は責任を取れるのか。

バスが市立劇場の前を通り掛かったとき、入り口に大きな垂れ幕が下がっているのに気が付いた。

マダムに聞いたら、キック（現代劇）の公演で、題は『古疵』、今夜と明日だけだと言う。Ah, oui と言ったきり、私は黙っていた。疲れ切っているはずの彼女を、これ以上煩わすことはできない。だが彼女は悪戯っぽい顔で私を見た。観たいんでしょ？　あなたって、表情にすぐ出るんだから。いいわ、すぐ帰るのも怖いし、付き合ってあげます。こんな格好で劇場へ行くのは初めてだけど、仕方ないわ。私たち、逃亡者なんですもの。顔を見合わせて笑った。考えてみれば、お互いに今日初めての笑顔だった。

それが人生

例のヴェトナム料理屋へ行く。女主人が驚いたようにマダムに声をかけた。アオザイ姿じゃないので、不思議がったらしい。早速333ビールを頼み、コップを合わせる。本当はシャンパンにしたかったんだけど、と私。そんな贅沢なこと、私たち『虐げられた人々』には許されないわ、とマダム。また彼女が落ち込まないためには、気分転換する必要があった。

「シャンパンで思い出したけど、私は車で宙を飛んだことがあるんだ」

「え？　いったい何のこと？」

「誰も信用してくれないけど、実は……」フランスで運転手をしていたとき、プロヴァンスに近い田園地帯を時速百七十粁《キロ》で走行中、高速道路から崖下へ転落した。もちろん車は大破したが、主客ともかすり傷一つ負わなかったという経験がある。その後、近くの料理店へ飛び込み、一度失った命だから、と一番上等のシャンパンを注文した。そのとき飲んだシャンパンの味に匹敵する酒には、その後一度も出会ったことがない。

「運が強いのね、あなたって」

「Je ne sais pas. でも、もし天が私を生かしたんだとすれば、生かされたことに、何か意味があるのかもしれない」

「それは、あなたが祝福されて生まれた子だから、天が生かしたのよ。私は反対。呪われて生まれた子だから、生きることに意味がないの」

「呪われた？　どうして？」

彼女はそれには答えず、華奢な指で器用に肉や野菜を巻き、私に差し出した。料理は相変わらず旨かったが、マダムは殆ど喋らなくなった。いつもは一口飲んでも赤くなるのに、むしろ顔色は蒼ざめている。時々、何か言いたそうにこちらを見るが、また口を閉ざしてしまう。私もうっかり口をきくと、取り返しのつかないことを言い出しそうで、料理に専念する振りをするしかなかった。

隣の卓は、中年男二人と若い女一人の組み合わせ。男同士は盛んに大声で喋っているが、女は一切会話に加わらず、全く無表情に料理を箸で突ついている。その対照が余りに顕著なので、マダムに小声で聞いてみた。マダムも気付いていたらしく、隣を向かずに、あれは中国人二人と、そのコンキュビーヌ（妾）なの、と答えた。あの女性は中国語が分からないから、黙っているのよ。香港人も台湾人も朝鮮人も、ここで商売している人間は殆どヴェトナム人の妾を持ってるわ。ここは未だにお妾さんの国、女優だって妾や売春婦になっているのが沢山いる、キェウの時代と殆ど変わっていないって、フンハさんが嘆いていたわ。悲しい国の悲しい女の物語ね。

彼女がたまに口を開くと、どんどん悲観的な話になる。また話題を変えなければ。

「そういえば、これまでのあなたの献身的な協力に対して、ちゃんと感謝するのを忘れてた。今更遅すぎるかもしれないけど」

「そんな必要はありません。あなたの態度で、その気持ちは充分伝わっているもの」

「でも、家庭生活まで犠牲にさせてしまって」

「いいのよ。もともと犠牲にするような家庭生活なんてなかったの。主人は不動産の仕事で殆ど帰ってこないし、息子は息子で、学校にも行かず、不良仲間と遊び回っているんだから。お陰で私もこうして自由に出来るから、有り難いのよ」

それが単なる皮肉であり、その実、息子のことを大変心配していることを知っているだけに、私も返事のしようがなかった。生きて行くことの重さは充分分かっているつもりでも、真剣に闘っている人を見るとうろたえるのは、私の甘さ以外の何物でもない。

私の情けなさそうな表情を看てとったのか、マダムは笑顔になった。C'est la vie. 私は平気よ。強い女だもの。Tigresse（雌虎）って渾名を付けられたこともある位なんだから。ほら、見て。彼女は袖を捲って、細い腕を曲げ、ちっちゃな力瘤を作ってみせた。

市立劇場前の階段を上りかけて、マダムがふと立ち止まった。

「芝居がハネたら、どうするの？」

「どうするって？」

「彼らが待ってるかもしれない。恐ろしいわ」

彼女はぎゅっと私の腕を把んだ。雌虎ではなかったの、とからかおうとしたが、怯えで蒼ざめた表情を見て、言葉を呑み込んだ。そのとき考えよう。取り敢えずそう答えたが、こうなったら一緒に泊まるしかない、と覚悟は決めていた。

座席は『沖縄』のときとは違い、ほぼ満員だった。劇の題名の『古疵』は、ヴェトナム戦争の傷痕を意味しているらしく、ほとんど装置のない舞台で、戦闘場面と現在が二重写しのような形で、芝居は進行していくようだった。ようだった、と言うのは、言葉が分からない上に、始まって間もなく、私は眠ってしまい、目覚めたのは、観客の拍手で、出演者がお辞儀をしているときだったのだ。公演中、マダムが私の手を握り締めていてくれたような気もするが、それも夢かもしれなかった。

戸口へ向かいながらの彼女の説明によると、息子の遺体を探しにダナンへ来た米兵の遺族が農家に泊めてもらったが、その農家の主は偶然、息子全員を戦争で殺された父親だった、というところから起こる、越米二つの家族のドラマだそうだ。なるほど、それで『古疵』か、などと言いながら、外へ出ると、階段下にずらりと並んだシクロが、帰りの客を引っ張り込もうと色めきたっている。

「で、結局どうだったの？」階段を降りながら聞いてみた。

「え？　これからのこと？」

「いや、芝居の結末さ」そう言ったものの、内心では、誰かに適当なホテルを案内させよう、と正直そうな運転手を物色していた。

「結局米兵の遺体は、その農夫が隠して……」と言いかけたマダムが、不意に胸を押さえて階段にしゃがみ込んだ。真っ青な顔だった。びっくりした私にハンドバッグを突き出し、中を開けてくれと言う。焦りながら開けたバッグに手を差し込んだ彼女は、何か画の描いてあるボンボン入れを取り出し、中の錠剤を素早く口に含んだ。隣に座って肩を抱くと、T襯衣《シャツ》が冷たく濡れている。そのまま暫くじっとしていた。Merci. もう大丈夫。立ち上がろうとする彼女の肩を押さえて、また座らせた。

「心配しないで。よくあることなの。やっぱり弱いのよね、私」マダムは顔を隠して泣き始めた。

今日一日の疲れで、体も神経も参っているに違いない。そうは思っても、私に出来ることは、今朝と同じように、彼女の背中を擦ることだけだった。

「真っ直ぐ帰ったほうがいい。絶対に誰も来ていないことは、私が保証するよ」

「じゃ、送ってきて。私、歩きたいの」

腕に縋るマダムの腰に手を回して支えながら、私たちはゆっくりゆっくり階段を降りた。目の前の広場の噴水に照明が当たり、回りは涼をとる二人連れで一杯だ。その先のレックス・ホテルは建物全体が光に包まれ、その前をバイクの群れが、狂ったように走り回っている。その明るさに何故か違和感を感じながら、ドンコイ通りを西へ向かった。顔見知りの土産屋のおばさんが、目を丸くして彼女に挨拶したが、彼女は軽く頷いたまま歩き続ける。いつもアオザイしか着ないマダムが、ジーンズ姿で見知らぬ男に抱かれて歩いていたのだから、暫くは街の話題になるかもしれない。綺麗に照明されたサイゴン大教会を右手に見て、グエン・チ・ミン大通りを左折、次々に声をかけるシクロをやり過ごし、旧大統領官邸前にさしかかる。この建物も、昔は美しかったのに、革命後すっかり醜く改装されちゃって、とマダム。その暗い木立ちの手前を右折する。もう彼女の家は近い。私の腕を把む手に力が加わった。

「誰も来てないわよね、絶対に」

「ああ、誰も来てないさ、絶対に」

付近に怪しげな車も見当たらない。マダムの館の手前奥の窓に、明かりが漏れ、あとは森閑としている。あそこはお手伝いの部屋なの。主人も息子も帰ってないようね。彼女は肩を竦めた。

「やっぱり脅しだったのかしら、あの電話?」

「分からない。でも、疲れで発作が起きたことは確かなんだから、今夜はなるべく早く寝たほうがいい」

マダムが手を放し、向かい合って顔を上げたので、瞳の中に街灯が小さく映った。

「明日、送りに来てくれるの？」

「勿論。あなた、ドジだから、心配で。またお会いできるでしょ？」

「空が蒼いうちは、必ずまた」

私はいつものように、マダムの手の甲に唇を押しつけた。Bonne nuit. そう言ったが、彼女はそのままぼうっと立っている。瞳の中の灯りがふっと消えたのを見て、思い切って顔を寄せたとき、向こうから歩いてくる人影が見えた。彼女は、A demain. と囁くなり、ついと身を翻し、門の中へ滑り込んだ。思わず、駆けないで、と声を掛けたが、聞こえたかどうか。やがて一階の明かりが点き、しばらくして二階の明かりが点いた。

今頃になって、疲れが毒液のように全身に回ってきた。とにかくタクシーをつかまえよう。私は旧大統領官邸のほうへとぼとぼと歩き出した。ついに「幻のキェウ」とも会えずじまいだった。私のエロスは宙吊りにされたまま。不快な澱《おり》が残っただけで、この国を去らなければならない。空は蒼いどころか、曇りっ放しじゃないの。A demain. また明日。Tomorrow, and tomorrow, and tomorrow! 最後の時まで、「また明日」か。いや、そんなことより、まず眠ることが先決だ。To bed, to bed, tobed!

第十八夜…身捨つるほどの祖国?

LA PATRIE QUI MERITE LE DEVOUEMENT?

朝マダムLから、気分がすぐれないので、見送りに行けない、との電話があった。消え入りそうな声だ。すぐお見舞いに行くと言ったが、来ないで、と懇願された。かえって辛くなる、との理由だった。再会を約束して、電話を切ったが、「お待ちしています」との息を詰めたような声音が、いつまでも耳に残った。

宿の主人は、百万長者の突然の出立を残念がった。私は使用済みのカセット・テイプをすべて彼に提供した。テイプ起こしは完全に済ませておいたし、この手の製品は結構値が張るので、役人に取り上げられるよりは、この善良な亭主を喜ばせたかった。

空港へ向かう間も、マダムのことを考えていた。気分が悪いというのは、何かあったのか、それとも単なる偶然だろうか。重苦しい感覚に支配されたまま、タンソンニャットへ着いた。幸い予約取り消しがあり、席はすぐ確保できた。出国審査の受け付け前には、早くも行列ができていた、全員日本人のようで、屈託のないお喋りが飛び交っている。もう既にここから、日本が始まっていた。後ろを振り向いたが、もちろん、あの気品匂うアオザイ姿は見えなかった。やはり別世界の住人だったのだ。

私の旅券と出国書類を見比べていた役人が、私を鋭い目で睨み、列から離れるよう指示した。他の旅行者が何ごともなく通り抜けて行くなかを、私だけポツンと取り残された。やはり、あの男が何か嫌がらせの手を打ったのだろうか。このまま別室へ連れて行かれて、取り調べでも受けるのか。不安が胸を締め付ける。やがて役人が私を手招きし、書類を突き付けた。不思議なことに、持ち込み品の証明書に、入国の際押されるべき判こが押されていないのだ。通常通り書類を提出して入国しただけで、当然捺印はされているものと疑いもしなかったのに。役人に所持金を全部見せろと言われたので、旅券用の袋から数百弗《ドル》の現金を取り出して見せた。彼はしばらく考えていたが、罰金として百弗《ドル》出せと言う。嫌も応もない。言われる通りに金を渡した。思いがけなく手に入る百弗！　札をポケットにしまった彼は、改めて判を押すと、さも何ごともなかったかのように、通れ、と顎をしゃくった。

奇妙な気分だった。出国控室への階段を登りながら、かう考えた。智に働けば角が立つ、のではなく、智に働く前に角が立ってしまうのだ。智なんぞ凡そ何の役にも立たない。一部始終を見ていたらしい中年の旅行者が寄ってきて、あんな連中に現金を見せちゃいけませんよ、猫に小判を見せるようなもんで、すぐ持ってかれますからね、と言う。なんだか譬えが違うような気がしたが、なるほど、と言っておいた。わずか二週間余りの滞在だったが、好意と悪意が代わる代わる私をつつんだ。悪意のほうは、いずれ忘れるだろうが、好意のほうは、一生忘れることはないだろう。

出発までにかなり時間が余ったので、あの大騒ぎの前にマダムから貰った越仏対訳の詩選集『月明かり』（*CLAIR DE LUNE*）をリュックから取り出してみた。キェウをもっとよく知る手掛かりが、どこかに隠されているのではないか。そんな思いがあった。マダムと違い、詩痴の私は、何か邪《よこしま》な動機がないと、詩集を開くことは、まずない。残念ながらヴェトナム語の原文には当たれないので、フランス語訳を走り読みしていたら、『母への手紙』という詩にぶつかった。拙訳を左記する。

『母への手紙』　　チャン・ダン・コア（一九五八年）

ママン
この戦いで　僕は死ぬかもしれない
ほかの大勢の戦友がそうだったように、
ママンの田舎家の　静かで平和な夕まぐれを
そのままそっとしておくための　この戦いで……

でもママン　読み続けて
たそがれの木陰で　あのキェウの物語を
わが家に平和なひとときが戻るように、
いつか涼風に乗って
音もなく僕が還る　その日まで

戦火の続いたヴェトナムの家庭にとって、キェウの物語は、秩序と安らぎを表す一つの象徴であったことが、この詩からも窺える。そして平和の戻ったいま、息子を失ったママンは、果たして安らぎの中でキェウを読んでいられるようになったのだろうか。

機内に座り、ベルトを締めたとたん、猛烈な眠気に襲われた。やはり疲れていたのだろう。乗り換え地の香港へ着くまで、目が覚めなかった。

香港の空港ロビーは、日本人で溢れかえっていた。大きな買い物袋を下げたオバサン族が、大声で成果を報告しあっている。いやあ、凄かったわねえ。返還前だから、どこも日本人で一杯だったわね。十時前に店へ行ったら、もう行列が出来てたんだけど、それが呆れたことに、全員日本人よ。どうかしてるわよねえ。こっちも負けてらんないから、買って買って買いまくったわ。もちろん手持ちじゃ足りないから、クレジットでどんどん買っちゃったわよ。ああ疲れた。ねえ、なんか飲む？

香港からの機内の隣座席は、いかにも商用風の男。成田へ着くまで、一心にゴルフ雑誌を読み耽り、素振りを繰り返している。英文の機内雑誌を捲ったら、特集記事は「日本人はテーマ・パークがお好き」。おそらく日本人は、本物のヨーロッパより、テーマ・パークの疑似ヨーロッパのほうが好きなんだろう。何故ならそこには、何よりもまず、安心な日本があるからだ、と皮肉っている。読み疲れて、目を上げれば、目の前の映写幕には、ＮＨＫニュースが映り、重役らしい黒背広の男たちが、記者団を前に、世間をお騒がせして誠に申し訳ございません、とペコペコ頭を下げている。とにもかくにも、あっというまの日本、なのだ。

夜の十一時過ぎ、我が家へ帰り、待望の牛乳茶を飲む。あとはおぼろ、あとはおぼろ。

PARIS

第十九夜…巴里のどん底

LE BAS-FOND DE PARIS

カルティエ・ラタンの宿に落ち着くまで、全て娘が先導した。パリは任せておけ、などと豪語した私だが、久し振りに来てみたら、旅行客としての経験しかないはずの娘のほうが、何事にも詳しかった。その昔、転々と移り住んだ学生街の下宿と少しも変わらないこの安ホテル。後から取り付けたに違いないエレヴェイターの、軋みながら上って行く侘しい音。永劫回帰かなにか知らないが、再び帰り来ったパリで、相も変わらず、「ぼくは金がない、資力もない、希望もない」（ヘンリー・ミラー『北回帰線』大久保康雄訳）。

あゝおまへはなにをして来たのだ。いったいなにがかわったのだ。そう詠嘆したら、年寄りの感傷なんて醜いだけよ、と娘に一蹴されてしまった。だいいち、パリは感傷を一切受け付けない街だ、と言ったのはあなたでしょ、と追い討ちを喰わされた。面白そうな芝居やってるけど、連れてってあげてもいいよ。行く？　娘に誘われた。彼女は事前にＦＡＸでパリの演劇情報を手に入れていたらしく、うずうずした表情だった。疲れたから、夕食まで休むと告げたら、御老体御大切に、じゃ後で、と目を輝かせ、襟巻きを何重にも首に巻いて、冷え込みのきつい夜の街へ飛び出していった。

サイゴンからの電話で、パリにまだ「幻のキェウ」らしい女優マイ・リンが滞在している、と教えてくれたのはマダムLだった。一時消息を絶ったが、また現れた、と知人のヴェトナム料理店主から連絡が来たらしい。キェウに恋い焦がれていらっしゃるようですから、早速お知らせいたします。澄ました口調だった。こちらは話してるだけで胸騒ぎがするというのに。それなら、パリで私の手伝いをしてほしい、とマダムに頼んだが、ヴィザが取れないから無理だと言う。その歌姫がヴェトナムへ帰ってくれれば、あなたにまた会えたのになあ。そう愚痴ったが、あなたの恋路の邪魔はいたしたくございません、と躱《かわ》された。

会いたいという言葉が彼女の口から出なかったので、やや失望したが、口調に明るさが戻っていたのは嬉しかった。あれから心臓発作も起こらず、何の嫌がらせもなかったことが、マダムの不安な気持ちを解消させたのだろうし、一時の浮わついたドイモイ政策がようやく落ち着いてきたことも、明るい材料になったものと思われる。

マダムと一緒の取材が出来ないのは残念だが、とにかく「キェウ」に会ってみたかった。しがない貯金を根こそぎ下ろして、パリ行きの準備をしていたら、演劇を勉強中の娘も、たまたま、アルバイトで貯めた金をそっくり充てて、ヨーロッパへ観劇旅行へ出掛けるところだった。親子で貯金ゼロというのは、アメリカが喜びそうな困った話だが、まあ世の中なるようにしかならない。やってまえ、という訳で、偶然、金欠親子の相乗り道中でパリを目指すことになった。

ある作家の語り口を真似るなら、パリと再会したこの三十年の間に、よど号が乗っ取られ、安保がごたつき、私がNHKへ入局し、三島由紀夫が自衛隊へ乱入し、中国が国連に加盟し、私の哀れなDNAが複製された。沖縄が復帰し、日中国交が回復し、金大中が拉致され、ニクソンが辞任し、ヴェトナム戦争が終わり、田中角栄が逮捕された。円が一弗《ドル》二百五十円を割り、朴大統領が射殺され、ソ連軍がアフガニスタンに侵入し、ダイアナが結婚し、サダト大統領が暗殺され、ガンディ首相が暗殺され、日航ジャンボが墜落し、チェルノブイリが大事故を起こした。消費税が施行され、天安門で若者が殺され、ベルリンの壁がなくなり、昭和天皇が亡くなり、湾岸戦争が起こり、ソ連が崩壊し、クリントンが就任し、マンデラが就任し、私がNHKを辞め、阪神大震災が起き、地下鉄にサリンが撒かれ、フランスが核実験を強行し、薬害エイズが起き、私は売れそうもない原稿をせっせと書き綴っていた。まだホンコンは返還されず、ダイアナは事故死せず、カレーにヒ素は入れられず、クリントンはしこしこと「不適切な関係」を続け、NATOはユーゴを爆撃せず、ガイドライン関連法も国旗国家法も盗聴法も成立せず、府知事は女子運動員の着衣に手を入れず、東海村の臨界事故もまだ起きていなかった。

旅慣れてる筈が、読み物を忘れたことに、機中で気付いた。備え付けの新聞、週刊誌をあらかた読んでも、まだ時間はたっぷり。やむなく娘から借りたのが『北回帰線』だった。三〇年代のパリが、例の如く、安酒とおしっこと精液の臭いにまみれたような筆致で描かれている。うんざりして、途中で止めてしまった。

宿の寝台で、天井の染みを眺めていたら、ふいに欲望が目覚めた。本と娼婦の共通点は、両者とも寝台へ連れ込める点だ、と誰かが言ったらしいが、娼婦を連れ込む元気はないので、代わりに、鞄から読みさしのこの本を引っ張り出した。ふと、前には無かった栞《しおり》が挟んであることに気付いた。「発展途上人へ」と記されている。「発展途上人」というのは、娘が私につけた渾名だ。その頁のある箇所に傍線が引いてある。

「おれの人生の願いは、ただ」と彼（主人公）は言う。「一群の本、一群の夢、一群の女、そしてキェウだ」

もちろん最後の言葉は、娘が勝手に書き入れたものだ。私は肩を竦めて、続きを読み出したが、娘の電話で起こされるまで、眠ったことに気付かなかった。

宿の前で、娘と会う。料理店も彼女が案内するとのことで、まだ人々のさんざめくサン・ミッシェル大通りを、娘はずんずん先に歩き出した。既に五月革命の主役だった敷石は剝がされ、アスファルト舗装に変わっている。つまらん、などと呟いていたら、娘を見失いそうになった。足が速いのは親譲りだが、今ではとても敵わない。必死に追い縋っているとき、ふと、通りすがりの煙草屋で、懐かしい物を見つけ、娘に待ったをかけた。カシュゥ（CACHOU）、丸い小さな黄色い缶に入ったフランスの仁丹。三十年前、これを持っていれば警官に殴られない、魔除けだ、と友人に言われ、慌てて買い求めたが、翌日したたかに殴られた。その恨みで帰国まで愛用していたのを、すっかり忘れていたのだ。

八フラン払って、わが旧春のカシュゥ缶を買い、金魚の雲古みたいな中身を、娘にもお裾分けする。一粒口に含めば、たちまち全身に広がる蚯蚓《みみず》の下呂のような苦み。これでフランス時代の思い出が一気に蘇れば、大作家なみということになるが、思い出したのは、同居していた女性にこの缶を力一杯ぶつけられ、顔に痣を拵《こしら》えたことぐらいだ。苦味に顔を顰《しか》めている娘に、これは大人の味だから、君にはまだ分かるまい、と威張ったら、そんなことしか自慢することがないのね、可哀そうに、と同情された。

さて、道行き再開。大通りを横切り、噴水の脇を通り、市場の前を右折して、薄汚い路地へ入って行く。行く先を聞いたら、ギリシャ料理店とのこと。一体どうやって調べたのか、と問えば、出発前に「貧乏人でも入れる料理店一覧表」というのをFAXで取り寄せたんだそうだ。

「貧乏人でも入れる料理店？　なんだ、そりゃ？」

「だって、初日ぐらい、愛娘を御馳走したいでしょ？　それとも、あくまで割り勘で行く？」

「御馳走しますよ、もちろん」

「でしょ。だから、そちらの懐具合を考えて、あまり痛まない料理店を選んだの。いけなかった？」

「とんでもない。大変結構です」

貧乏人でも入れるギリシャ料理店はかなり混んでいた。世の中に貧乏人は沢山いるのだ。これが十九世紀のパリなら、貧乏人はまだ、料理店の外から、目を見開いて、客がパクついている姿を眺めているだけだったが、二十世紀の末ともなれば、貧乏人も堂々と中で飲みかつ喰らっているのだ。隅の席にぎゅうぎゅう押し込められるやいなや、ザンパーノみたいな大男が仁王立ちになって、早く注文しろ、とこちらを睨みつけるから、カーッとのぼせ上がって、何か口走りかけたのを、娘に制せられ、彼女がてきぱきと注文を出した。その後は、吉本ばななではない、アーノルド・ウエスカーの『キッチン』を思い出させるような阿鼻叫喚の中で、運ばれてきた肉やサラダを貪り喰い、カラフの赤ワインをがぶ飲みして、出口に吐き出されたときは、敷石が同心円を描いていた。

「しっかりしてよ。明日は幻の恋人に会うっていうのに、だらしないんだから、まったく。先に行くわよ。帰り道分かるでしょ」

私の倍は飲んでる筈なのに、けろっとしていた娘は、年寄りはこれだから嫌だというような顔で、さっさと行ってしまった。やむなく私は、よろけて犬の糞を踏まないように注意しながら、宿と思しき方角を目指して、よたよたと歩き出した。「パリ、お前の魅力を知った者は必ずまた戻ってくる」

と一九二六年にミスタンゲットは唄ったが、私の思いは、それとはまた違う。

六六年だか七年だかに、ホキとの新婚旅行でパリへやってきたヘンリー・ミラーは、ルモンドの記者に理由を聞かれて、「パリがまだそこにあるかどうか確かめたくなってね」と答えたらしいが、私が確かめたかったのは、六八年の五月、機動隊の警棒に腹をひと突きされて、地面に這いつくばったとき、敷石に吐いた反吐の痕だ。外国人は、捕まれば、拷問されたうえ強制送還になるという噂が飛び交っていた。まるで百年前のパリ・コミューンの再現のように、アパートの二階に達するほどの高さで積み上げられた敷石のバリケード。アスパラガスの缶詰めのような形をした催涙弾が次々に炸裂する中で、CRS・SS！　機動隊はナチだ！　の叫び声と共に、敷石が機動隊の丸盾に当たって火花を散らす……

確かに、体育館を埋め尽くした若者たちの熱狂の中で、モーリス・ベジャール率いる二十世紀バレー団の裸の踊り手たちが、ジーンズにスニーカーのいでたちで、ファウストを踊り、ボードレールを舞ったとき、私はこの若者たちと共にあると思った。だが、その思いが崩れたのは、催涙弾が噴き出す白煙の痛みで視界が霞む中を、腹を押さえて必死に逃げ惑っていたときだ。付き合っていた女友達のアパートがすぐそばにあったので、そこへ逃げ込むことにした。名前を呼びながら入り口を叩くと、扉が細めに開いて、女が顔を見せた。

「Tiens, tiens. どうしたの、私たちの真似なんかして？」

私がすぐさま階段を駆け下りたのは、その言葉の冷たい響きに衝撃を受けたせいか、それとも、女の後ろに髭もじゃの顔が覗いていたせいかは、よく分からない。ただ、そのとき強く感じたのは、私はここでは単なる余所者にすぎない、私とパリとは互いに無縁な存在でしかない、という骨に滲み込むような思いだけだった（この時の敷石の一つは、わが「古疵」の象徴として、陋屋の居間で、いまだに私を睨みつけている。必ずしもフランス好きとは言えない私だが、赤信号で渡る癖をはじめ、日本での住み心地を悪くさせる諸々の反社会的性癖や、人間を「悪党」たらしめる唯一の原則であるアナーキーな傾向は、明らかにフランス時代に確立されたものだ）。

後から考えてみれば、あの騒ぎはオペレッタの舞台に似ていた、それもオッフェンバッハのオペラ・ブッフに。「シャンゼリゼのモーツァルト」だったオッフェンバッハは、近代以降のパリの生活のリズムを決定したそうだが、街を埋め尽くしたデモ隊の叫びには、どこか彼の『パリの生活』の舞台のような解放された気分とアナーキーな匂いが感じられた。

だが舞台がはねれば、人はまた日常の世界へ還る。

消えた椿姫

ふらふら歩いているうちに、いつのまにか国立オデオン座の前に出た。あのとき、この劇場は、ソルボンヌと並んで、怒れる若者の拠点だった。正面上方に、「オデオンは解放された」という大きな横断幕が掲げられ、立錐の余地もない場内は、果てしない討論会場と化していた。オデオン座の代表になっていたジャン・ルイ・バロオが、舞台の縁に腰をかけ、「民衆を弾圧している国の御用を勤める訳にはいかない。私は直ちに代表を辞任する。今日からここは君たちのものだ」と言い捨て、満場の拍手喝采の中を髪を掻きあげながら出ていった光景が、今でも鮮やかに目に浮かぶ。が、果たして本当にこの目で見たのか、それともＴＶの映像だったのか、今となっては確かめようもない。

私と同じようにオデオン座を眺めていた女と偶然目が合った。逢魔が時もとっくに過ぎた夜更けのことゆえ、定かとは言えないが、短めのコートから綺麗な脚を覗かせた、いい女だった。彼女は、フランス人の好む視線遊びをひとしきり私としてから、くるりと向きを変え、リュクサンブール公園のほうへゆっくり上がっていった。たちまち、わが脳中から五月革命の思い出があっさり消し飛び、足は女の後を追って自然に動き出していた。エロスはすべてを繋ぐ絆だ、とジョルダーノ・ブルーノが言ったのは本当だ。ところで、ジョルダーノ・ブルーノっていったい誰だ?

酔った目には素人の女性にしか見えなかったが、あんな誘うような身振りをしたところをみると、商売女かもしれない。そういえば、一度だけ、パリで娼婦と接触した体験がある。私の帰国送別会でしたたか飲んだ夜のことだ。

パリへ来てはや幾年。いつまでお抱え運転手をやっててもしょうがないから、いったん帰国しようと思ったが、帰りの旅費が工面できない。親はとっくに見捨てていて、ビタ一文送ってこない。アメリカからフランスへ来るときは、女友達が旅費を恵んでくれたが、パリの最後の女友達は、あなたの不幸に蝕まれた顔を見たくないとか言って、一足先にアイルランドへ帰ってしまった。もっとも、スイフトが嘆くほどの、私に輪をかけた貧乏人だったから、いたとしても、空港へ行く電車賃すら用立てられなかったろう。何時だったか、彼女が長い旅行から戻ってきた、ある寒い冬の朝、すっかり声が嗄れているので、風邪かと聞いたら、これは"Lost Voice"というアイルランド人独特の現象で、冬になると声が嗄れるのだと言う。本当か嘘か、未だに分からない。

それはともかく、借金は嫌だし、お恵みも欲しくなかった。紫色の丸首のスエターに革のジャンパーを小粋に着てブーローニュの森に立つ、という最後の手段もないではなかったが、どうにも勇気が出ない。とつおいつ考えていたら、運よく、ひどい交通事故に遭った。仕事場を出てシャンゼリゼを横切り、暫く行ったところの交差点で、わが「かたつむり」ルノーはベルギーナンバーの車に真横からぶつけられた（ベルギーは免許証がいらない国だから、Bナンバーの車には気を付けろ、とは後から聞いた話）。車は大破。私は前窓に顔を突っ込み、血だらけになって、救急車で運ばれた。ひどく人扱いの手荒な病院だった（あそこはデモ隊の怪我人専門だから、荒っぽいんで有名なんだ、とこれも後から聞いた話）。

頭の傷は何針か縫って終わった。嬉しいことに、車は全損ということで、かなりの保険料が入り、ようやく帰国費用が賄えることになった（このとき事故に遭わなかったら、私は今でもメトロの地下道でごろごろしていたかもしれない）。とまあいう訳で、無事帰国できることになったのだが、運転手仲間が開いてくれた送別会で、誰かが、私を運転手としてではなく、客として淑女の館へ送り届けよう、と言い出し、たちまちカンパーニヤが集まった。いつもなら、案内した客が階上に消えた後、酒場で安ワインをちびちび飲みながら待っていると、やがて、や、お待たせ、と晴れ晴れとした、だがやや気恥ずかしげな顔が降りてくる。それをまた、宿泊ホテルへ送り届けるという役目だが、今日はその私を、一階から二階へ格上げしようというのだ。

とまあいう訳で、カンパを押し付けられ、むりやり（?）モンマルトルの館へ連れていかれた。いつものフランソワーズ・ロゼーに似た太ったマダムが出てきて、「Tiens, 今日はお前さんがお客かい。ずいぶん出世したじゃないか。可愛いから大歓迎だよ」と音を立てて頬に口付けし、任せておくれ、と片目をつむった。

さて、女中に案内され、これまでは見上げるだけだった天国への階段を上がる。おそらく、かなり高級な館なのだろう。別室から現れた若い敵娼《あいかた》は驚くほどの美女で、ヴィオレッタが羽織るような真紅のガウンを纏っていた。その上、マダムから何か言われたのか、扱い方も至れり尽くせり。あなたはとても感じがいい、とベタ褒めし、日仏の混血児は可愛いから、二人で子供を作ろうか、と巫山戯《ふざけ》てみせ、また来てほしいけど、きっと来ないわね、と早くも友達言葉（tutoyer）で、さも残念そうに言った。微かにRを捲く綺麗な発音がとても印象的だった。『巴里のどん底』という一九三〇年に出た翻訳本に、パリの娼婦たちのフランス語は一般の人より遥かに綺麗だと書いてあったが、たった一度の経験から言えば、その伝統は受け継がれているようだった。

無事生還したら、マダムが待ち構えていた。「どうだったい、Mon chou（私の可愛いキャベツ）？何さ、ボードレールみたいな顔して（どんな顔?）。良かったんなら、ちゃんと良かったたって顔しなさいな」奥のほうに固まっていた女たちがどっと笑った。「最高だったんだろ？　え？　ほうらね、やっぱり。またおいで、とは言わないよ。いい思い出として取っといておくれ」

童貞でも失ったかのように、むぎゅっと抱き締められ、胸の谷間で息が詰まった。マダムが誤解するのも無理はない。後でマダムに年を聞かれ、二十三だと大幅にサバを読んだら、目を丸くして、もうそんなになるのか、私はまた精々十六、七かと思った、と言われたのだ。

とまあいう訳で、三十年経ち、かそけく残るエロスの力に引き摺られて、前を行く美女をふらふらつけていたら、強い力で腕を把まれた。

「バカね。そっちはホテルじゃないでしょ。方向違い」

「なんだ、お前、俺をつけてたのか。狡いぞ。ホテルぐらい、一人で帰れらあ」

「老いては子に従え。いいから、ついてらっしゃい」

ぐいと腕を引っ張られ、もう一度美女のほうを見たが、いつのまにかその姿は、シルフィードのように消えていた。あの南の国でマダムLに、キェウはこの世では会えない「私の幻の女」だと言ったら、ボードレール好きのマダムが、すぐまた埃っぽい詩を引っ張り出してきた。ほら、あの"A une passante"（行きずりの女《ひと》へ）っていう題の詩。知ってるでしょ？　ああ、あれね、とは答えたものの、勿論知っている筈もない。よく覚えてないので、と教えてもらったのは、こんな一節だった。

Un　éclair……puis la nuit - Fugitive　beauté
Dont le regard m'a fait soudainement renaître,
Ne te verrais-je plus que dans l'éternité?
（一筋の閃光……あとは闇──消え去ってゆく美しい女《ひと》よ、
そのまなざしが忽然と私を蘇らせたのに、
もう永遠の世でしかお前と会うことはないのか？）

「何をぶつぶつ言ってるのよ。はい、こっち」

サンジェルマン大通りを右折し、左へ細い路地を入る。両側にびっしり並んだ料理店はいずれも満員だった。日本語の呼び込みが雨霰と降り注ぐ。コンニチワ。イラッシャイ。オイシイヨ。ヤスイヨ。商売用語はすべて単純で迫力がある。マレイ商人の言葉が、後にインドネシアの統一言語になったのは、それなりの訳があるのだ。

狭い十字路の角の店から、オールド・ジャズの弾き語りが聞こえてくる。一杯飲もう。娘に引き摺られてピアノ・バーへ入った。混んでいたが、幸い一つだけ円卓が空いていた。早速、カフフが置かれる。隅でピアノを弾いている中年男は、どうやら常連客のようだった。ホーギー・カーマイケルの

『オールド・ピアノ・ロール・ブルース』。懐かしいねえ。こんなのがパリで聴けるなんて。“I wanna hear it again, I wanna hear it again, the old piano roll blues……” しばらく足で拍子を取っていた娘が、つかつかとピアノのそばへ行くと、いきなり、曲に合わせてタップを踏み始めた。以前タップを習ったことがあるとは聞いていたが、まさかこんな所で実演にお目に掛かろうとは。唖然としている私を尻目に、客は拍手喝采。駆け寄る客、口笛に掛け声、そして手拍子。店中の注目に、娘は頬を紅潮させ、お河童の髪を振り乱しながら、いかにも楽しげに踊っている。手拍子、口笛、また拍手。“I wanna hear it again, I wanna hear it again……” 私は眩暈を感じ、円卓の端をしっかり把んだ。体から何かが抜け始め、どんどん萎んでいくのが分かった。

第二十夜…失われた接点

LA CONNECTION PERDUE

寝坊して、娘に叩き起こされる。近くのバーで、キャベツ巻き(Chou farci)を食べ、地ワインを飲む。オペラ・バスティーユにカルメンを観に行くという娘に励まされ、トルビアックのヴェトナム料理店を目指す。ここの経営者が「キェウ」の居場所を知っている、とマダムLが教えてくれたのだが、昨日から何度電話しても通じないので、直接尋ねてみることにした。メトロのトルビアック駅といえば、パリ市街区のほとんど最南部に当たる。宿のそばのサン・ミッシェル駅へ行くと、階段に鉄柵が下りている。キオスクのおばさんに聞いたら、昨日この路線で爆発事件があったので、以来閉まってるそうだ。やむなくポン・サン・ミッシェルを渡り、シテ島を抜け、シャトレでメトロに乗る。まだホームに警官がうろうろしていた。

在仏ヴェトナム人の数を、何人かの人に尋ねてみたが、十五万人、三十万人、五十万人と、全てまちまちな答えが返ってきた。彼らの話によると、ほとんどが七五年以降という在米の同胞と違い、移住の歴史が長い在仏のヴェトナム人は、全員がばらばらで、それぞれが社会の中へ潜り込んでいるから、実体を把みにくいのだそうだ。『ニャンザン』の元副編集長タイン・ティンが書いた『ベトナム革命の内幕』（中川明子訳、一九九七年）には二十万人となっているから、一応それに従うことにしよう。その半数は七五年以降だろうというから、私のいた頃より総数は増えているはずだが、あの頃カルティエ・ラタン地区にたくさんあったヴェトナム料理店が、今回見当たらなかったのはどうしてなのか、よく分からない。

かつては「安南人にとって、フランス国籍を取得することは、この上もない名誉であり、父子代々の願ひ」（大屋久壽雄『佛印進駐記』一九四一年）だったそうだが、その甲斐あってか、戦争終結後、フランス国籍の取得者は最優先で渡仏できた。続いてフランス人と結婚した者、フランス人の血を持った者が次々に渡仏したが、その総数がどの位になるかを、はっきり答えた者はいなかった。いや、そんなことはどうでもよい。まずは「キェウ」を見つけることだ。

最南部といっても、乗ってしまえば二十分ほどだから、パリなど狭いものだ。トルビアック駅を下りて、地図帖と睨めっこしながら、枯れ葉の舞うイタリー大通りを南へ下る。行き違うのは、ほとんど東洋人か黒人だ。外国人の多い都市はどこでもそうだが、人種の混交なんていうものはまず存在せず、民族ごとに固まって住み、さらにそれが有色人地区と白色人地区に大別される。私自身かつて幾つかの都市の白人地区で下宿を探し、東洋人が住むと値段が下がるから、と断られた経験がある。したがって民族同士が固まるのは、止むをえない面もあるようだ。いずれにせよ、ダーウィンの自然淘汰説に反論した今西錦司の「棲み分け理論」は、こと人間に関するかぎり、当たっていると言える。

初めのうちは、中国料理の店ばっかりだったが、そのうちタイ、インドネシアなどの料理店が混じりはじめ、棲み分けの分布が分かる。中華ヴェトナム料理と書かれた店の角を右折して、さらに細い路地を右折すると、目指すヴェトナム料理店の看板があった。だが店はシャッターが下りていた。そろそろ昼食どきが終わる頃だが、営業時間を示す何の貼り紙もない。アロー、アローと呼んでみたが、中からは応答はない。

「何かご用？」

後ろから声が掛かった。振り向くと、白い痩せ犬が、胡散臭げに寄って来るところだった。「実はここのご主人に……」犬に返事をしかけたら、向かいの店から薄青いアオザイ姿の女性が出てきた。パリで見る初めてのアオザイなので、どきっとした。年は四十代だろうか。マダムLをもっと豊満にしたような、なかなかの美人だったが、犬そっくりの表情で、こちらを見ている。向かいもヴェトナム料理店だったことに、このとき初めて気付いた。私がここの主人に会いに来た旨を告げると、彼は二、三日前に店を閉めたと言う。行き先？　知りませんね。誰にも言わないで出ていきましたからね。そのにべもない言い方は、私と「キェウ」をつなぐ接点がぷっつり切れたことを意味していた。

余りにも気落ちしたこちらの態度を見て、彼女は少し顔を和らげ、手招きした。道を渡って挨拶すると、辺りを見て、声を潜める。

「どういうお知り合いか知りませんけど、変わった人でしたよ。ずいぶん古くから開いてるのに、近所付き合いを全然しない人でね。店も殆ど人に任せっきりで、滅多に顔を見せなかったし」

「独身ですか？」

「そうらしいけど、最近女の人と同棲してるって噂も出てましたね」

「それ、ひょっとして、マイ・リンさんじゃないですか？」

“Quoi? Qui?”

私が名前を繰り返すと、彼女は首を横に振った。そんな女優は知らないと言う。いささか焦った私は、知ってる限りの情報を並べ立てた。抜群のキュウ役者で、七五年に姿を隠したが、五、六年前に復活。今はパリにいる……。

「ああ、思い出した。あのマイ・リンね」

「そうです。ご存じですか」勢い込んで尋ねたら、彼女ならとっくにヴェトナムへ帰ったはずだから、あそこにいる筈はない、と首を振った。残念無念という表情の私を見て、どうしてそんなことを聞くのか、一体向かいの主人に何の用があるのか、と不思議そうな顔をする。実はキュウが好きで、それを演じた名女優の居所をその人が知ってると聞いて、はるばる日本から尋ねてきたのだ、と打ち明けると、立ち話もなんだから、と中へ招じ入れてくれた。

店内に客はいなかった。綺麗な少女がすぐお茶を持ってきた。お茶よりお酒のほうがいいでしょ？うちの自慢のカクテルをご馳走しますわ。女主人は打って変わった愛想の良さだった。

「本当にマイ・リンにお会いになりたいの？　お止しなさい。男を不幸にする女だって、もっぱらの評判ですよ。年齢不詳でね。あの女のために自殺した男が何人もいたそうですよ」

ファム・ファタール、魔性の女というマダムLの話を思い出した。

「その人、メコン・デルタの出身ですか？」

「さあ、それは知りませんけど、戦時中は二重スパイだったたって聞きました。七五年に行方を晦《くら》ましてからどうしてたのか、私はパリへ来ちゃったから、よく分からないけど」

「この間、パリで公演したそうですけど？」

「Comment?　そんな話、聞いたことないわね。確かにカイルォンのパリ公演はあったけど、それには出ていなかったわ。一度何かの集まりに彼女が顔を見せて、パリにいるのかって、みんなをびっくりさせたそうだけど、また姿を隠して、その後、ヴェトナムへ帰ったたって聞きましたよ」

夜に消えた幻の女。その女こそ間違いなく「キェウ」だ。しかもキェウそっくりだ。キェウを単なる薄倖の純情娘と考えるのは間違っている。彼女は「運命」そのものであり、「運命」に直接触れた人間は、必ず手痛い火傷を負う。青楼で見染められ、時の英雄トゥハーイ（徐海）の寵妃になったキェウは、裁判官の立場に立って、彼女にむごい仕打ちをした女衒《ぜげん》や悪党たちの首を、目の前で次々に切らせ、自ら演出したその血腥《ちなまぐさ》い光景を冷然と眺めている。無敵の豪傑トゥハーイ自身も、キェウの説得に折れたばかりに、敵の謀略にかかり、不死身であるべき命を、むざむざ死神の手に渡している。多くの人間が彼女のために運命を狂わされた。だからキェウは永遠なのであり、魅力的なのだ。

しかし、その「運命」の危険な匂いを漂わせた現代のキェウ、「幻の女」はいったい何処に？　カクテルが運ばれてきた。なにか香草が入っているのか、口中に遅咲きの青春のような苦みが残った。

"Ça va?"

"Oui, c'est chouette"

女主人は私の味わいぶりを満足そうに眺めていたが、どうしてもMLに会いたいのかと尋ねた。それが日本から来た目的だと言うと、それほど思い入れてるなら、仕方ないから、知り合いを当たってみる、と約束してくれた。お代わりします？ S'il vous plaît, Madame. すぐ、先程の少女がカクテルを運んできた。まだ十六だと言う。日本のアニメ大好き。はにかんだように、にっと笑った。ヴェトナムの女性はパリでもはにかみを失っていないのだ。

何気なく目が合って、ふっと微笑した女主人に、いつ渡仏したのか聞いてみた。

「七五年に全財産を没収されたの。主人が南の政府に協力してたもんだから。結婚してすぐのことでした。ただ主人がフランスと日本とヴェトナムの三つの血を持ってて、フランス国籍を取ってあったので、半年後にここへ渡りました。そしたら、やっぱりストレスが溜まってたんでしょうねえ、すぐ主人が死んじゃって。それから、私一人でこの店開いて、死ぬほど頑張りました。でもねえ」彼女は深々と溜め息をついた。「向かいの旦那は店閉めて何処かへ行っちゃったけど、私も本当は閉めたいの。競争が大変だし、健康にも自信がないし。でも不況で店の買い手がつかなくてねえ」

もう一度溜め息をついた相手を励ますつもりで、卓上に投げ出されていた彼女の手の甲を軽く叩いた。たぶんカクテルの酔いも手伝っていたのだろう。だから女主人がもう一つの手を私の手に重ねたときは、どきっとした。マダムLとは違い、ふっくらとした手だった。微笑を含んだ眼が艶を帯びて映ったとき、扉を勢い良く押して、かなりのご老体が入ってきた。髪は真っ白だが、小柄な体には活力がみなぎっている。女主人が慌てて立ち上がり、すぐ、実業家のMさんだ、と私に引き合わせた。

こちらは日本からキュウ女優を尋ねて来た人。Quoi? 日本からわざわざそのためにフランスまで？ 老人はいかにも呆れたという顔をした。それは、幾ら日本人だって、金儲けのことしか考えない訳ではなかろうが、それにしてもキュウとはねえ。老実業家は私の全身をじろじろと眺め回した。

「金儲けも好きですよ。ただ才能がないだけで」

「そうじゃろう。金儲けほど面白いものはない。わしはいま旅行社の経営をしながら、フランスのワインとチーズをヴェトナムへ輸入しとるが、儲かって笑いが止まらんよ。なにしろ何にもない国だから、何でも商売になる。大体ヴェトナム政府がなってないのは、海外へディアスポラしたヴェトナム人の利用の仕方を知らんことだ。彼らは大変優秀で、大変力を持っている。フランスだって、国営企業や一流会社で重要ポストを占めているヴェトナム人はたくさんいる。こんな凄い財産を利用しない手はない。政府がやらないから、わしが代わりに、世界中のヴェトナム人を繋ぐ組織網作りを今せっせとやっとるところだ」この年齢のヴェトナム人のフランス語はうまい。

「そのお年で、精力的ですねえ」

「年？」老実業家は目を剝いた。「わしはいま七十六だが、スエーデン人の女房は二十八だ。これが……六人目の女房になるな。全員国籍が違う。ヴェトナム、フランス、アメリカ、ドイツ、ホンコン。いうなれば多国籍企業みたいなもんだ。だいたい、あんたねえ」彼はぐっと顔を近付けた。「人生で一番大切なことは何だか知っとるかね？」

「さあ、何でしょう？」

「それはだな、絶対に嫌な思い出を後に残さないことだ。だから別れた女房とは、いまだに全員仲良く付き合っとる。女とチーズは一緒でね。あまり同じものばかり食べ続けるのはよくない。一定の期間を過ぎたら、別のチーズに変えたほうがいい。だからといって、前のチーズを見捨ててはいけないがね」

老実業家は丼の汁を飲み干すと、立ち上がった。「どんなご馳走より、ここのフォーが一番旨い。マダム、また来るよ」女主人と抱き合い、フランス式口づけを交わすとき、老人の手がアオザイの下に潜りこみ、むっちりした尾底骨の窪みを丹念に撫で回したが、彼女は振りほどこうとしなかった。しばらくヴェトナム語での話が続き、彼女がしきりに頷いている。それから、老人は私に握手を求め、ぽんぽんとこちらの背中を叩いた。

「情けない顔をしなさんな。キェウもいいが、悪いことは言わない、若い女房を貰いなさい。これほど効く薬はない」

ヴァイアグラが人間になったようなこの老人は、チャオと手を振り、颯爽と戸外へ歩み去った。毒気だかアウラだかに当てられて、私は暫くぼんやりした。酔いが急速に回り始める。

TAXI-GIRL

老人と入れ替わるように、毛皮のコートを着た大柄な女性が入ってきた。女主人と同じ年頃と見受けたが、派手派手な顔立ちに派手派手な化粧をしている。親友らしく、女主人は相手と抱き合わんばかりに話していたが、ふと気付いたように、私を紹介した。よろしく。手を差し出しながら、彼女はにかっと笑った。大きな眼がさらにアイシャドウで倍に広がり、瞬きをすると、マスカラの粉が飛び散りそうだった。ディズニーのアニメで、こんな顔をした雌の馴鹿《となかい》を観たような気がするが、何だったか思い出せない。とにかく、あのマダムLとは対照的に、いかにも舞台映えしそうな美女だった。

「この人、いまカイルォンを唄ってきたばかりなのよ。彼女にも話を聞いてごらんなさいな」

女主人の勧めに従った結果、マダム馴鹿がプロの歌手だったこと、たまたまこの週末、近くの集会場で「歌とカイルォンの会」があり、四百人ほどの聴衆の前で唄ってきたばかりだ、ということが分かった。「来るのは年寄りばかり。若い人はヴェトナムの音楽なんかに興味ないのよ」

成り行きで、マダム馴鹿と一緒に食事をすることになり、山盛りのヴェトナム家庭料理を平らげながら、彼女の話を聴いた。

「こっちじゃ、今日みたいな機会は数えるほどね。後はつまらない仕事で細々と生きてるだけ。ほんとにくさくさするわ。そりゃ向こうでは凄い毎日だったわよ。私の歌手としての職歴は十六歳から始まるの。そのときサイゴンのカティナ通り——知ってるでしょ、あの頃一番シックだった通り、今ドンコイって呼ばれてる通りね——そのカティナ通りにあったフランス人経営の大キャバレー『SQUARE DU SUD』(南の公園)に歌手として雇われたの。それは嬉しかったわ。だって有名なキャバレーだもの。ところが入ってみてびっくり。女の子がワンサといるのは当たり前だけど、これがみんなタクシー・ガールだったの。え？ タクシー・ガールを知らない？ アメリカ人がつけた名前らしいけど、客の前に数え切れないほどの女の子がずらっと並ぶの。客はそこから気に入った子を指名して、何曲か踊ると、別室に消えるってわけ。これで、なぜタクシー・ガールって呼ばれたか分かるでしょ？ 次々に客を、ね？ このキャバレーが別名タクシー・クラブと呼ばれていた訳がやっとそのとき分かったの。私はその中でたった一人の芸術家だったのよ。

客はフランス人が多かったわね。そりゃあ誤解されて、随分ちょっかいもかけられたけど、アーティストだって言えば、大抵は素直に引き下がったわ。その中で、素直に引き下がらなかったボー・ギャルソンと結婚したんだけど、長くは続かなかった。彼と別れてから何をしていたかは、口が裂けても言えない。勝手に想像して頂戴。それから、大統領の親族の軍人と再婚したの。それは金も力もあったから、七四年にこのキャバレーを買い取って、私が経営者になったのよ。その時は通りの名前がトゥーヨー（自由）通りに変わっていたから、店の名前もキャバレー『トゥーヨー』に変わってました。もちろんタクシー・ガールも昔通り、大勢抱えたわ。それは凄い繁盛ぶりで、経営も順調だったし、あのサイゴン陥落の前日まで、私は呑気に店で唄ってました、何も知らずに。ところが夫のほうはちゃんと知ってて、陥落の数日前、前線へ行くと称して姿を消し、そのままこっそり外国に脱出していたの、私を捨てて、他の女と。あん畜生！　ブタ！　Salaud!　Ordure!」彼女はわなわなと唇を震わせた。

「そういう男が一杯いたのよ、あの時」カクテルを運んできた女主人が相槌を打つ。

「一週間後、キャバレー閉鎖の命令が出て、すべて新政府に没収されました。残ったのは三人の子供だけ。妹がフランス人と結婚していたので、両親は彼女について、フランスへ脱出できたけど、私は夫が南の軍人だったから、申請は却下されました。それからは、仕事もお金もないので、八二年にやっとフランス行きの許可が降りるまでは、家族が三か月ごとに送ってくれたお金と食べ物で、何とか生きてきたのね。キャバレー・トゥーヨーはどうなったかって？　閉鎖されて数か月後に、同じ名前の国営キャバレーとして再開したわ。最近妹が尋ねてみたら、男のお相手をするタクシー・ガールが沢山いて、昔と何にも変わってないって言ってました。革命なんて言ったって、単に経営者が変わることとどこが違うのかしら。結局は、親分になりたい人間が反乱を起こすんでしょ」

私はマダム馴鹿に、サイゴン陥落のその日まで、何の前兆もなかったのか、と聞いてみた。彼女は何もなかったと思うけど、としばらく考え込んでいたが、そういえば、こんなことがあった、と言い出した。

「その数か月前、物凄い美女がタクシー・ガールに入ってきたの。ただ光に弱いからって、絶対サングラスは外しませんでした。それがまた秘密めいてて、すぐ一番の売れっ子になったのよ。客が押すな押すなという感じだったけど、その子もD‐DAYの数日前に突然いなくなったの。変だなあと思ってたら、後になって、ヴェトコンの諜報員だってことが分かったのね。キャバレーは、高級将校がたくさん出入りしてたから、気を許した相手からいろいろ情報を収集して流してたってわけ。しかもその女は、某女優の変装だという噂まで出ました。そう言われてみると、化粧も髪形もまるで違うけど、どことなく面影が似てるのよ」

「誰です、その女優って?」

「謎の女ね。マイ・リンていうの。勿論偽名を使ってたけど」

「マイ・リン!」

「知ってるんですか? でも、単なる噂よ。私は違うと思いますけどね。つい最近も、パリに現れたって情報が流れて、みんな、びっくりしてたみたいだけど、果たして本人かどうか怪しいものね」

過去のことは余り話したくなかったんだけど、聞き上手なんで、つい乗せられたわ。マダム馴鹿は苦笑し、風邪気味だから早く寝る、と奥に声を掛けて、帰っていった。そのすぐ後、女主人が興奮した面持ちでやってきた。情報通の友人に聞いたら、マイ・リンはまだフランスにいるらしい。その居所が分かったと言う。場所はパリの東方、エヴリー・クールクロンヌという、名前を聞いただけで疲れるような地名だった。

「電話がないから、直接行ってみるしかありませんね。リヨン駅から汽車が出てるけど、どうします？」

「行きます」私は言下に答えた。

店が混んできたので、私も辞することにし、女主人に食事代を払おうとしたら、いらないと言う。家族の食べ物を出しただけだから、お金は取れない。「それより明日は、充分ご用心あそばせ」客との応対の合間に、彼女は素早い流し目をよこした。

どうしてこんなに、と帰り道考えた、初対面の異邦人に親切にしてくれるのか。フランス人なら、よほど心を許さないと、ここまで面倒は見てくれない。インドネシアでの経験から言っても、日本人がアジア人と接して心休まるのは、短い時間に、素早く私空間へ迎え入れてくれる彼らの包容力であり、「他者性」の薄さだ。これこそが、他者性に縛られたヨーロッパ人に、オリエンタリズムなる幻想を抱かせた素因でもあるのだろう。

晩秋の夜更けというのに、サン・ミッシェル界隈はわんわんという人出だった。まだ若いクラリネット奏者が、道端でオールド・ジャズを演奏しては、自分のCDを売っていた。アメリカよりフランスでのほうが、はるかに古いジャズを聴く機会が多いというのも、不思議な話。メトロの乞食だって、演奏してるのはジャズやアメリカン・ポップスで、シャンソンなんて誰もやってない。MLの居所を突きとめた記念に、CDを一枚買う。買ったら、もうやることがない。疎外された年寄りは寝るしかないのだ。宿屋の酒場で寝酒を飲んでたら、私に遥かに輪をかけた年配の旅行客が、さっさと登録を済ませ、旅行鞄を軽々と下げて、エレヴェイターへ一人乗り込んでいった。こんな安宿でも、欧米からの年配の一人客はよく見掛けるが、日本のお年寄りに会うことはまずない。私としては、旅慣れてることを喜ぶべきか、相も変わらず貧乏なことを悲しむべきか、複雑な心境で部屋へ戻った。

深夜、娘から電話があった。明日「幻のキュウ」らしき女性に会いに行くと言うと、一人で大丈夫？付いてってあげてもいいわよ、と珍しく優しいお言葉が返ってきた。いえいえ、勿体ない、と辞退する。カルメンは抜群に面白かった由。当日券が手に入らず、ダフ屋から買ったそうだが、歌よりも芝居そのものを堪能したと言う。開演まで時間があったので、友人と近くのカフェに入ったら、年配の店主が、本人と同じぐらい古びた写真帖を持って横に座り、これがうちの常連だったカミュ、こっちはピカソが寄ったとき、と黄ばんだ写真を見せながらサーヴィスに努めたそうだ。最後は、ジャポネーズ大好き、と頬に口づけされて出てきたとか。これだからフランス人という奴は！

第二十一夜…東へ

VERS L'EST

寝坊したので、朝メシも食べずに飛び出した。サン・ミッシェル駅の鉄柵は開いていた。爆弾犯人はどうなったんだろうか。警官がいなくなったせいか、きちっとネクタイを締めた中年紳士が、出口用の横木をひょいと飛び越えて入ってくる。その後も何回となくお目にかかった無賃乗車の光景だが、昔はこんなにいなかったように思う。それだけ世知辛さが増したということか。ホームの反対側の広告に、こんな文句が書いてあった。「愛というものは存在しない。あるのはただ愛の証しのみ」これが百貨店のコピーだと分かると、思わず、うっと唸ってしまう。

シャトレ乗り換えで、終点のリヨン駅へ着く。ここからがむずかしい。行く先はパリの郊外、エヴリー・クールクロンヌの町。リヨン駅の切符売り場に延々と並んで、この長ったらしい駅名を何度も言わされたが、そんな駅はないと言う。そんなはずはない、と押し問答になり、散々調べたあげく、それは地下から出る郊外線ＲＥＲの駅だということが判明した。急いで地下へ向かう。改札のところに窓口はなかった。切符はすべて自動販売機だが、日本のように価格の一覧表が出ている訳ではなく、ひたすら販売機の表示窓に映し出される指示に従って、行き先、等級、枚数などを押し、最後に、表示された料金を払って、漸く切符を手に入れることが出来る。少しでももたつくと、すぐ映像が消え、初めからやり直し。私の前にいたおばさんは、何度やっても消えてしまい、大汗をかいていた。私はといえば、二度目に成功したから、初体験としては、ましなほうかもしれない。

自動改札を通ってからが、また分からない。終点を調べなかったので、どこ行きの乗り場へ行けばいいのか、見当がつかない。駅名を言っても、知らないと首を振られるばかりで、乗る前から疲れ果ててしまった。漸く乗り場を探し当てたら、電車が来たので、すぐ乗った。乗ってから不安になり、この長ったらしい名前の駅へ行くか、と乗客に聞いたら、それは知らんが、掲示板の駅名一覧表に印がついてれば停まるよ、と言われ、慌てて飛び下りる。やっと掲示板を見つけたときには、電車が出てしまったから、印は全部消えていた。

次の電車がいつ来るか分からないが、とにかくその場でじっと待った。やがて掲示板のお目当ての駅名の上に白い印が点灯したので、安心して、やってきた電車に乗り込んだ。二階立ての車内はガラガラ。これじゃ大赤字だろう、とひとごとながら心配になる。

十分も走ると、外は一面の緑の林。紅葉はほとんど見られない。電車と平行して流れている名も知らぬ河の流れを見ているうちに、眠気を催してきた。と一瞬、入水するキェウの紅い裳裾《もすそ》が水面に広がるのを、確かに私は見た。愛人の将軍を失い、敵軍に捕らわれたキェウは、地方の豪族に妾として払い下げられる身をはかなみ、船から河に身を投じたのだ。だが、よく見れば目の前には、河縁から張り出した大木の紅い花々が水に映っている静かな光景があるばかりだった。

運よく、下車駅の直前で、目が覚めた。エヴリー・クールクロンヌは、想像していたような鄙びた町ではなかった。巨大な駅のエスカレイターを上り下りする乗客の数も多い。構内の花屋にマイ・リン宅への行き方を聞いたが、知らない、と剣もほろろ。これは毎度のことで驚かない。左手に食べ物屋がある。そこで場所を聞くことにしよう。

店では、アラブ系の若者が一人でサンドイッチを拵《こしら》えている。これがなかなか旨そうなのだ。筒を差し込んだ巨大なロースト・ビーフが、炙《あぶ》られながらゆっくり回転している。若者が大きなナイフで肉を薄く削ぎ、柔らかなパンに挟むと、芥子とケチャップをたっぷりまぶし、玉葱とキャベツと細切りの揚げジャガイモをわんわん詰め込んで、出来上がり。私は肝心の目的を忘れて、小山のようなサンドイッチが次々と客の手に渡るさまを、ぼんやり眺めていた。腹は猛烈に空いていたが、なぜか今食べてはいけないような気がした。客がとぎれたとき、若者が私のほうを向いて、にっこりした。「Monsieur? 私は慌てて、マイ・リンの住所を告げ、道を尋ねた。彼は少しも嫌がらず、ナイフで方向を指し示しながら、丁寧に教えてくれた。私は親切な若者に心から感謝し、空きっ腹を抱えて駅前の階段を降り、広場を斜めに突っ切って、教えられたアパートを目指した。

大きな建物だったが、管理人室には人気がなかった。ゴミの散らばる通路を、誰にも咎められることなく、エレヴェイターまで辿りついた。ここの七階にMLの住まいがある筈だ。私はまるで誰かに追われてでもいるかのように、そそくさと乗り込み、すぐ7を押した。箱がゆっくり上昇するにつれて、動悸が早まった。聞きたいことは山ほどある。だが相手は、キェウの化身とも言われた女だ。何よりもまず、彼女が発散しているに違いないエロスの香りを嗅いでみたかった。

マイ・リンの部屋は廊下の突き当たりだった。私は薄くなった頭の毛繕いを素早く済ませ、深呼吸をしてから、チャイムに手を触れた。音ははっきりと誰かの来訪を告げていたが、中は静まり返っていて、反応はなかった。何回か続けて押してみた。

「Elle n'est pas là. もう出てったよ」

いつの間にか、男の子がそばに立っていた。東洋人との混血らしい顔立ちだった。

“Quoi?　Partie ou sortie?”

“Partie”

「いつ？　何処へ？」

“Je ne sais pas”

「どうして出たの？　何か言ってなかったかい、その時？　え？　何か？」

矢継ぎ早に質問を続けようとしたが、男の子は、知らない、知らない、と強く繰り返し、怯えたように向かいの扉内に逃げ込んだ。待ってくれ、と閉まる扉を押さえようとしたが、間に合わなかった。よほど怖い顔をしてたのだろう。しばらくぼんやりしてから、名刺に「お目に掛かれなくて残念」と記し、彼女の扉の下から中に滑り込ませた。戻ってくることもあるかもしれないと考えたからだ。足取り重くエレヴェイターへ向かうとき、ちらとキェウの名残を目の隅で感じた。見れば、廊下に置かれた大きな鉢植えの陰に、紫色のミニチュアの傘が差してある。抜いて広げてみると、桃色の花の刺繡をした布傘のあちこちが大きく破けていた。彼女が捨てていったものだ。なぜかそう確信した。いったん持ち帰ろうとしたが、思い直して、また元のところへ差し戻した。

駅前広場のベンチに座り、帰りがけに買ったあのビーフ・サンドイッチに喰らいついた。あまり巨大なので、食べても食べても無くならない。穏やかな秋の陽射しは、この遥か東洋の年寄りの上にも、ひとしなみに恵みを与えてくれる。広場の中央で、黒と白と黄色の子供たちが仲良くボール遊びに興じていた。あの子たちは、このまま溶け合って育っていくのか、それとも、やがてはそれぞれの部族社会へ戻って、棲み分け理論を完成させるのか。そんなことを考えていたら、知らないうちに、巨大な塊は胃の腑の中へ納まっていた。

帰る途中で、ヴェトナム料理屋の女主人に電話報告したら、それよりも、あなたの探している本物のキェウが見つかった、といきなり息せき切ったように話す。

「本物のキェウ?」

「Mais oui! 彼女こそ、キェウをやらせたら右に出るものがないと言われたカイルォンの名女優よ。マイ・リンなんか問題にならないわ。一年以上海外公演に行っていたの。ふっと思い出して、電話してみたら、なんと今日、パリへ戻ってきたところなんですって。それなのに、もう明日、自宅であなたを待っていてくれるそうよ。あなた、なんて運のいい人なの。あんな大女優がすぐ会ってくれるなんて」

そう言われては、運が悪いとしょげてばかりいる訳にもいかない。とにかく、マダム・ビ・トゥアンという名の、その女優に会ってみよう。それが本物なら、こちらに何かが伝わるだろう。

わが娘とのランデヴーには、まだ間がある。突然、悪魔に囁かれた私は、直ちにカルティエ・ラタン界隈の煙草屋という煙草屋を駆け巡り、あるだけのカシュウ缶を買い占めた。といっても、各店に四、五個ずつしかないから、全部で五十個ぐらいにしかならなかったが、それをサンタクロースのように背中に背負って宿へ帰るところで、娘に出会った。娘は、何、それ？　と絶句。私としては、この「金魚の雲古」を嘗め続けていれば、いつか「キェウ」に会えるのではないか、というオカルト的な考えに取り憑かれていたのだが、とても分かってもらえそうもない。説明に窮して口をもぐもぐさせている親を見て、「やっぱり会えなかったのね。いいのよ、やりたいようにやれば」と娘は絶望的に呟き、はいこれ、敬老プレゼント、と何か黒いぐにゃっとした物を渡した。広げてみたら、水泳帽みたいにぴったり被る帽子。これで薄い頭を隠せという娘心だ。以来このゲリラ帽は、私の欠かせない有徴的付属物となった。

夜、再び娘に連れられ、今度はサン・スュルピス教会に近いイタリー料理店へ。先日の貧乏人用より一段階上げたそうだが、この分でいくと、フランス料理へ辿り着く前に、パリを離れることになりそうだ。仕方ない。料理店のメニューより芝居のメニュー（日程）のほうが大事、という女と付き合っているんだから。

芝居を観ての帰り、行きは停まっていたメトロが再開していたが、乗客は男ばかりで、殺伐とした雰囲気。昔はこうじゃなかった、と娘に言ったら、最近カルティエ・ラタン界隈で強姦事件が続発しているとか。パリに長い友人に、夜の一人歩きは避けるよう注意されたと言う。パリでも砂漠化が止めどなく進行しているのだろう。あまりに眠く、服のまま寝台に倒れ込んで、寝る。

第二十二夜…花の精

L'ESPRIT DE LA FLEUR

娘が付き合うというので、お気に入りのキャベツ巻きを食べ、カシュウの苦みに震えながら、タクシーでビ・トゥアンさん宅へ向かう。何しろ料理店の女主人が、希代のキェウ役者だと褒めそやした人物、ひょっとしたらお目当ての「キェウ」かもしれないという女優に会うのだ。緊張するのも無理はない。自宅の場所は二十区のサン・ブレーズ。運転手によれば、二十区は中流階級が住むところだそうで、上流は十六、十七あるいは七、八区に棲み分けていると言う。この辺は番地がよく分からないから、ここで勘弁してくれ、と言われて降りたところは、巨大なマンションが建ち並んでいる一角。再開発された地域なのか、街全体にまだ歴史の重みが加わっていない。洒落た現代彫刻と噴水のある広場の角に、ガラス張りの現代的な事務所があったが、室内は机、椅子、書類などが散乱し、窓に大きく"En Vente"（売り）と貼り紙がしてある。

冷たい風の吹き抜けるサン・ブレーズ通りを下る。一つ道を曲がったところで、マンションを探し当て、入口へ向かうと、玄関で立派な紳士が手を振っている。どうやらご主人らしい。見事なフランス語での出迎えに恐縮しながら、エレヴェイターで八階へ。狭い所でお恥ずかしいが、というご主人について一歩室内へ入ったとたん、ふんわりと春の靄に全身がつつまれた。Entrez, je vous prie. まず柔らかい声が耳朶を擽《くすぐ》り、ついで成熟した香りが鼻腔を擽り、最後に豊かな胸が眼球の水晶膜を擽った。そこに立っていたのは、花柄の衣装に蔽われた、まさしく花の精とでも呼ばれるべき、艶色極まりない女性だった。アオザイなら首までの詰め襟になる上衣が、イヴニングのような大胆な意匠に変えられ、露出した胸と肩は、透き通る布に覆われることによって、胸の谷間を通り抜ける豪華な真珠の首飾りがなくても、なまめいた存在感を発散している。彼女がキェウでなかったら、ほかにキェウはいないだろう。

花の精——キェウに扮したビ・トゥアンさん

艶姿に見惚れていて、お座りくださいという言葉を聞き漏らし、娘に突つかれた。食卓にはすでに山海の珍味が山盛りに置かれ、ボージョレ・ヌーボーの瓶がずらりと並んでいる。部屋中にビ・トゥアンさんの舞台写真が飾られ、中にはローマ法王に謁見しているものもあった。八八年、ヴァチカンで公演したときのものだと言う。私たちは、盛大に飲みかつ喰らいながら、壁やアルバムの舞台写真をたっぷり観賞した。彼女はかなりうまいフランス語を話したが、つかえるとすぐご主人が助け船を出す見事な婦唱夫随ぶり。因みに七五年頃ご主人はサイゴン・インドシナ銀行の副頭取だったというから、エリート中のエリートだった訳だ。

ビ・トゥアンさんはキェウに扮した写真を示し、これが私の一番好きな、そして一番好かれた役だと言う。世界各地からカイルォンの公演や講演を頼まれて忙しいという彼女は、親切にも色々なカイルォンの型を、じっくり私たちに披露し、解説してくれた。娘役の時は、紅帛《こうきん》を巻いて、しなを作り、英雄を演じるときは、二本の刀（持ってみたが、かなり重い）を軽々と振り回す。毎朝三十分自転車のペダルを踏み、一時間カイルォンの様々な動作を繰り返す。その上、野菜食。お蔭でこれまで病気に罹ったことがないとおっしゃる。それからのことは余り覚えていない。とにかく彼女と娘の歌合戦になり、ヴェトナム語、フランス語、日本語が入り乱れて、気が付いたら、卓上の瓶はすべて空になっていた。これでは、とてもインタヴュウする雰囲気にあらず、ということになり、恐る恐る延期を申し出た。ビ・トゥアンさんは快く承諾し、明日の会合を取り止めて待っている、と大輪の笑顔で約束してくれた。恐縮しきって、ふらつく足を踏み締めつつ辞去する。

顔色一つ変わらない娘は、相手が見送っている間はまめまめしく世話してくれたが、外へ出ると、くるっと態度が変わった。「ほら、ちゃんと一人で歩いて。こんなんじゃ、今夜、舞台観に行けないじゃない。ダメよ。歩いて。歩いて」だが、残念ながらどうにもこうにも体が動かない。宿の寝台にひっくり返った私は、呆れ顔で出て行く娘を弱々しく見送るだけだった。

この夜、私は『金雲翹』の舞台に立った。キェウとの初めての逢瀬。築地《ついじ》（屋根を葺いた土の塀）の破れ目から、キェウらしい人物が仄見えるが、顔はよく分からない。私は焦がれるシスビーを呼ぶピラマスのように叫ぼうとしたが、緊張のせいか声が出ない。やむなく築地を乗り越えようとしても、今度は体が動かない。彼女はこちらの存在に気付かず、待ちくたびれて、舞台の袖へ引っ込もうとする。私はあらん限りの声を振り絞って叫んだ。キェウ！　はっと彼女が振り向く。見覚えのない顔だが、確かにキェウだ。だが私の姿が見えない彼女は、あらぬ方向を向いて、"Je vous attendrai"（お待ちしています）と最後のraiをアリアのように長く延ばした。「どこで？　いつ？」"Dans l'éternité"（永遠の世界で）それだけ言うと、キェウはくるりと背中を向け、去って行った。待ってくれぇ。夢中になって追い縋ろうとしたとき、電話が鳴った。娘からだったが、まだ寝呆けていて、頭の中は夢の余韻で一杯だった。

第二十三夜…第三のキェウの物語

L'HISTOIRE DE LA TROISIEME KIEU

第三のキェウ——ビ・トゥアンさんの物語

（ビ・トゥアン）あれは一九七五年の十月半ば過ぎでした。サイゴン陥落のとき脱出に失敗した私と夫は、じっと機会を窺っていましたが、海の穏やかな季節が来るのを待って、大金をはたき、エンジン付きの大型ジャンク船とボートを買いました。それから船長と交信係を雇い、南の海岸へ向かったんです。

船を沖に停泊させ、釣り船に見せかけるため、船長がせっせと魚を釣りました。一面の星空になった夜を待って、岩蔭に隠れた交信係が船長と連絡を取り続けました。船から安全を確認する連絡が入り次第、ボートで船まで漕ぎ寄せ、脱出する手筈になっていました。私たちは近くの小屋に身を潜め、今か今かと連絡を待ち続けましたが、いつまで経っても、連絡が来ません。夜が明け始めた五時頃になって、交信係が蒼い顔で戻ってきました。船が拿捕されました。もうお終いです。その瞬間、眩暈を感じて私は床に崩れました。夫が私の背中を擦りながら、まだ終わった訳じゃない、まだ終わった訳じゃない、と呟いていたのを微かに覚えています。

Oh pardon. 一番思い出したくない話から始めてしまって。初めに戻りましょう。私が生まれたのはハノイ郊外の静かな美しい村です。父は口数の少ない有能な螺鈿《らでん》細工師でしたが、七歳のときぽっくり亡くなりましたから、私は完全な母っ子ですね。近くに母方の祖母の家がありましたが、そこでまさに運命的な出会いが起きました。

祖母の土地はとてつもなく広かったんで、敷地内に何軒か家を建てて、人に貸してました。あるとき、そこに旅回りのカイルォン劇団が泊まることになったんです。よく皆さん誤解するんですけど、確かにカイルォンは南生まれだけど、七五年になって初めて北に入った訳じゃないんですね。北部の田舎はもっぱらチェオ（註＝中国色の強い伝統劇）の芝居でしたが、都会では、二〇年代にはもうカイルォンの巡業があったそうです。

（ご主人「小さい頃の記憶ですが、三〇年代にフンハさんやバイナムさんが北に来て公演したとき

は、大変な評判でした」(註=第二夜のフンハさんのインタヴュウ参照)

祖母の家を借りたのは、役者が十歳から十五歳という子供ばかりの劇団で、持ち主は中国人でした。彼らのハノイ公演に招待されたので、親戚の子供たちみんなで観に行きました。驚きましたねえ。だって私と同い年ぐらいの子供がいかにも楽しそうに芝居をやってるんですもの。衣装の豪華さ、化粧の華やかさにも魅せられました。

その晩、家に帰って、役者になりたいって言ったら、母も親戚も全員猛反対しました。私の家は厳格なカトリックでしたから、芝居というのは最も遠い世界なんですね。でも私は粘りました。なれなきゃ死ぬ、と脅かしたんです。そこで母に頼まれた叔父が、祖母の貸家に、一行の生活ぶりをこっそり偵察に行きました。そうしたら、意外に真面目に演技や武術の練習に励んでいたんで、叔父の報告を聞いて、やっと母の赦しが出ました。

劇団へ入ったのは一九四二年、まだ小学生でした。もう日本軍が街に進駐していたときです。二か月半の練習で、男役も女役もかなり出来るようになりました。ただ北と南では言葉の発音が全然違うので、南のアクセントを身に付けるのは骨でしたねえ。一連の練習が終わると、すぐ南へ下り、後は殆ど南ばかり回っていました。演目は主に中国やヴェトナムの時代劇でしたが、少し経つと、現代劇もどんどんやるようになりました。だから伴奏も、初めは一弦琴、二弦琴、太鼓、カスタネットといった伝統楽器でしたが、すぐヴァイオリンやギターなどが加わるようになったんです。

日本物もやりましたよ、マダム・バタフライなどを、着物きて。日本の唄もよく唄いました。主に幕間に、踊り付きでやるんです。今でもよく覚えています(いきなりヴェトナム語で『支那の夜』を朗々と唄いだし、こちらは聞き惚れるばかり)。

そうそう、カイルォンが大好きな日本の将校さんがいました。しょっちゅう観に来ては、舞台の絵を上手に描いていました。あるとき、突然その将校が楽屋へ入ってきたんです。長い軍刀を腰に下げた、背の高い人でした。日本の軍人は怖くて、何されるか分からないので、みんな怯えて、隅に固まっていました。すると、その人、私を手招きするんです。誰かが私を押さえました。行かないほうがいいと言うんです。でも、私は振り切って、将校さんのそばへ行きました。いつも絵を描いていたことを知ってたし、悪い人ではないと確信してたんです。将校さんは一枚の彩色された絵を、そっと差し出しました。見ると、舞台の私が大きく描かれていました。私がびっくりしたのを見て、その人は「気に入りましたか?」とフランス語で尋ねました。こっくり頷くと、嬉しそうに私の頭を撫で、Bonne chance! と優しく言ってから、敬礼して出て行きました。日本の軍人にたいして、回りはみんな悪口を言ってましたけど、私はこの人のお蔭で、日本人に悪い感情を持てないんです。一人の印象って、国全体、民族全体の印象にまで広がってしまうんですね。いつもそのことを考えて行動するようにしてます。私のためにヴェトナム人が悪く思われたら困る、気を付けなくっちゃって。あのときの絵をお見せしようと思って探したんですが、見当たりません。見つかったらご連絡しますわ。

不思議ね。あの頃のことを思い出してたら、今まで忘れてた他の唄もどんどん浮かんでくるわ(と『蘇州夜曲』『何日君再来』をヴェトナム語で一気に唄う)。舞台で日本の唄を唄ってたからって、別に日本軍から強制された訳でもなければ、日本の軍人におもねった訳でもありません。その頃、これが流行ってて、お客さんが喜ぶから、唄っただけですけど、小さいとき覚えた唄って、なかなか忘れませんね。

インタヴュウの途中で、玄関のチャイムが鳴った。入ってきた子供連れの男女は、同じカイルォンの役者仲間夫妻で、偶然遊びに来たらしい。夫人のマイさんは白人としか見えなかったが、越仏の混血だと言う。お邪魔らしいから帰るという一家を引き止め、インタヴュウを続けた。

(ビ・トゥアン)一番の人気女優になるのに、そんなに時間は掛かりませんでした。はたち前には、もう自分の劇団を持っていました。色々な役をしましたけど、とりわけキェウを演じると、観客は熱狂しましたね。一九五七年に、舞台をそのまま撮って映画にする「Théâtre filmé(映画劇場)」というものが始まりましたが、その最初が、キェウを演じた私の舞台でした。これがカイルォンの役者が映画に出た初めなんです。

ヴェトナム戦争の頃から、国立の演劇学校で教え始めたので、公演は減らすようにしました。戦争が激しくなるにつれて、街は反共一色でした。カイルォンも、初めのうちは舞台で反共物をやったりしましたけど、一度、舞台に手榴弾を投げ込まれて、死傷者がたくさん出たことがありました。それでテロ防止のため、舞台ではやらなくなり、代わりにTVやラジオでじゃんじゃん反共宣伝をやりました。私も頼まれてよく反共の唄を唄ったり、詩を読んだりしたので、政府から功労メダルが授与されました。これが後で厄介の種になったんですけど。

七四年にカイルォンのカナダとパリ公演に参加しましたが、その頃から、負け戦の予測がかなり出始め、国を出る人も増えてきました。でも、私たちはまだ、すべてを捨てる決心がつかず、実行に踏み切れませんでした。ぎりぎりの瞬間まで、こんなに早くサイゴンが陥落するなんて考えてもいなかったんです。

七五年四月二十八日の夜から翌日の早朝にかけて、タンソンニャット空港方面の砲撃音が凄まじくて、これはいよいよ駄目だと思いました。アメリカ大使館の友人が、いざとなったら必ずヘリコプターで逃がす、と約束してくれてたので、二十九日早朝、手早く身の回りのものを纏め、私だと悟られないようにスカーフとサングラスで顔を隠し、夫と共に大使館へ駆け付けました。ところが、もうそのときは手遅れだったんです。大使館の正面入り口は溢れんばかりの人の波で、閉鎖された鉄門を攀《よ》じ登ろうとして制止されている人々が沢山いました。必死になって群衆を阻止している大使官員の中に、友人の顔が見えましたが、こちらの存在を知らせるどころではなく、ただ茫然と立ち尽くすだけでした。

その後が本当に悲惨でした。いつもの時間に、教えていた演劇学校へ行ったら、お前の場所はない、とっとと帰れ、と罵られ、舞台への出演も禁止されました。さらに、南政府からメダルを貰っていたという理由で、食糧の配給を拒否され、必死になって闇市回りで食べ繋ぐのがやっとでした。

貪欲の罪

そんなある日、いつもの闇市通いの帰りに、目抜き通りを歩いていて、ふと、ある大仰な看板に目が留まりました。「アメリカ人および仲間のヴェトナム人が犯した数々の残虐な犯罪陳列館」。昔からの古いお屋敷が接収され、アメリカ人たちの犯罪を告発する陳列館に改造されたんです。何気なく館内へ一歩足を踏み入れて、私は思わずのけぞりました。正面の壁一面に、アメリカ兵に抱かれてうっとりしている女の大きな写真が飾られていました。七つの大罪の一つ、「貪欲の罪」という訳なんでしょうけど、その写真の女が私なんです。出所はすぐ分かりました。戦争末期の七三年に作られた『金の力』という映画に主演したときの宣伝写真です。実際には、これはなかなか良心的な映画で、農民が貧困に喘いでいるとき、金回りのいいアメリカ兵の愛人になって、派手な生活を送っている女性たち、といった社会の退廃的な現状に警鐘を鳴らす内容のものだったんです。その映画で私がアメリカ兵の愛人に扮したときの写真でした。私に気付いた人たちが、写真と実物を見比べるようにして笑っているのが分かり、私は館内を飛び出しました。もうこんな国にはいられない。何としても出る手段を考えよう。家への道を急ぎながら、頭の中は、さまざまな想いが爆発しそうに渦巻いていました。

夫がフランスの銀行の人間だったので、私たちの境遇に同情したフランスの大使が、直接新政府に掛け合ってくれましたが、出国許可は下りませんでした。残された途は、自力での脱出しかありません。そこで船を買ったときの話はもうしましたね。その脱出計画が失敗に終わったとき、どんなに打ちのめされたか、分かってくださいますか？　隠れ家に潜んでいた私たちは、見つかって逮捕され、「好ましからざる人物」ということで、すぐ、小学校を改造した収容所へ二か月間入れられました。なぜ南に協力したのか、資本主義がそんなに恋しいか、とこちらが倒れるまで質問攻めにするのが、彼らのやり方なんです。収容所から出たとき、夫はすっかり元気をなくし、病気で倒れました。夫だけでなく、殆どの男たちがその後、虚脱状態に陥りましたが、女たちはみな元気でした。いざとなると女のほうが強いのね。

実はその後も、もう一度、七六年四月に難民ボートでの脱出を計りました。一本千弗《ドル》もする金の延べ棒が謝礼ですが、今度も見つけられ、捕まってしまいました。おそらく内部に通報者がいたんでしょう。コミュニストも、始めのうちは真面目に捕まえていましたが、そのうち幹部自身がお金を取って、出発させるようになりました。ところが、末端には金が渡らないため、末端は末端で、金欲しさに捕まえるというような、出鱈目な状況になっていました。まさに「金の力」ですね。『金雲翹』にも、「金さえあれば、黒を白にできる」っていう表現がありますでしょ。

私たちは土地も家も宝石も何もかも没収され、完全に無一文になりました。しかし何よりも辛かったのは、舞台を禁じられたことです。演じることは私の全てです。それが無かったら、死んでいることと変わりません。私は芸術と結婚したんですから、それを取り上げられたら、死んだ花嫁にすぎないんです。

他の女優はお構いなく誰とでも寝ますけど、私は別。いったん芸術と結婚したら、それをいかに創造、発展させるかということにしか興味が持てませんから、情事を愉しむゆとりなんか全然ありません。ヴェトナムであらゆる望みを絶たれた私たちは、姪の家に同居させてもらい、眠り姫のように呼吸を止めていました。そうそう、その間、新政府の宣伝映画に二本出させられました。多分嫌がらせでしょうね。大変優しく寛大な北の指揮官の妻の役なんかやらせられましたが、信じられないほど退屈な映画でしたね。謝礼ですか？ Mais non. もちろん呉れませんわ。

(黙って聴いていた友人のマイさんが突然口を挟んだ。「それ、嫌がらせじゃないのよ。北の俳優が余りにも下手なんで、南の俳優に頼まざるをえなかったの。私も死ぬほどつまらない革命劇に何本か出させられたわ。それもノーギャラで」)

そんな訳で、冬眠していたんですけど、八三年になって、あきらめていた渡航許可が突然下りました。私たちは八年ぶりに眠りから蘇り、言葉の通じるフランスへ渡ったんです。私もキェウと同じように運命に翻弄されました。それはこの狭いアパートを見てもお分かりだと思います。「女の一生は悲劇だ」とキェウは言いました。それも分かるような気がします。人生の重荷は女のほうにより強く掛かってくる、というのが私の実感ですから。だからキェウの人生には深い共感を覚えます。でも私は、どんなに絶望しても、キェウのように身を投げたりはしません。だって、死んでしまったら、悲しむことすらできなくなるんですもの。私は芝居の中でも実際の人生でも、泣いたり笑ったりしながら、精一杯生きて行きたい。

（「あなたはフランスに毒されすぎたのよ」とマイさんがまた嚙みついた。「フランス人は、自分は自分、親は親で、自分さえ良けりゃ親や家族なんかどうなってもいいって感じだけど、ヴェトナム人は違うわ。私なら、自分か家族かと言われたら、絶対に家族を取るな。これは宗教とも主義主張とも関係ない、もって生まれた考え方ね。親を敬い、夫に仕える。フランス人と結婚した私の友人が、平均的ヴェトナム人として、きちっと夫に仕えたら、お前は日本人より日本的だって褒められたそうだけど、それはヴェトナム的ってことよ。家族のためなら、自分の身がどんなに犠牲になっても構わない。ヴェトナムの女は全員そう思ってるはずだわ」。「私だってそう思ってますよ。でも、自殺することが常に家族のためになるとは限らないでしょ」ビ・トゥアンさんはやんわり釘を刺すと、私に向き直った）

「人の強い願いは、時に天の定めに勝つ」という言葉が『金雲翹』の中にあります。私の願いは、世界各地に散らばった同胞を、私の芸で力づけたり、この素晴らしい芸術を一人でも多くの人に知ってもらうため、今少しの命が欲しいということです。ヴェトナムから公演依頼が来たことがありましたが、それだけは受けられませんでした。だって北の宣伝材料に使われたら、祖国をディアスポラさせられた二百万の海外同胞を裏切ることになりますから。そのくらい、彼らの祖国への想い、北への憎しみは強いんです。そうよね、マイ？

（突然話を振られたが、彼女はすぐ乗ってきた。「C'est vrai. 私はたった一日も祖国を忘れたことはないわ。今でも飛んで帰りたい。でもコミュニストの国家だけは、死んでも嫌」

ヴェトナム料理屋のマダムは、ビ・トゥアンさんのことを、最高のキェウ役者と言っていたが、彼女の衰えない美貌と柔らかい物腰、人を惹きつける話し振りなどからも、その評価が的外れでないことは確かだ。彼女に会えたことで、もはや旅の目的は達せられたと考えていいのだろうか。

インタヴュウを終えての雑談で、女優マイ・リンに会えなかった話をした。マイさんが何か言い出そうとしたのを、ビ・トゥアンさんが目配せして止めると、そんな女優は知らない、と首を振った。それ以上は取り付く島もないという態度だった。

混血女優のマイさんと少し話した。彼女は防衛庁で働いているが、パリ在住のカイルォン役者を集めて、「ARTISTE PARIS」という劇団を作り、時々フランス国内やヨーロッパ各地を公演して回っている由。しかし若者はもはやカイルォンの音楽には興味を示しておらず、将来の見通しは暗い、という悲観的な見方で、決して滅びないと断言するビ・トゥアンさんと論争になった。マイさんの父親の海軍将校は、アルジェリア戦争勃発のため、マイさんをお腹に宿していた母親を捨てて帰仏。ほかの女性と結婚したことも分かっているし、勤務の関係で探そうと思えば簡単に探せるが、その気は全くない。母は捨てた父親を恨まず、将来役に立つから、と必死になって彼女にフランス語を教えこんだ。そんな母を腑甲斐ないと思うし、愛しくも思う。だからフランスに対する私の気持ちは複雑だ、と言う。

暇乞いをしたら、マイ夫妻も一緒に辞去することになった。宿まで送ってくれるというのを丁重に断る。別れ際、マイさんが車の窓から首を出し、マイ・リンに会おうなんて決して考えちゃダメよ、と言う。何故ですか、と聞き返したときは、既に車は動き出していた。「蚯蚓《みみず》の下呂」を口に含む。

幻のキェウが未だ何処かにいるような感じがする。

善悪の彼岸

宿へ帰ったら、娘が受け付け脇の酒場で、カラフから注いだワインをぐいぐい飲んでいた。向こうも帰ってきたところで、駆け付け三杯だと言う。

「どうだったの、ランデヴーは？　やっぱり幻のキェウだった？」

「うーん、ま、おそらくそうだと思うんだが、絶対そうだ、と言い切る自信はないんだ」

「私は違うと思うな」

「えっ、話も聴いてないのに、どうして？」

「はっきりは言えないけど、飛行機の中で聞かされた内容がもし正しいのなら、キェウには何処か危険で背徳的な匂いがあるように思うの。たとえそれが、本人の意思ではなく、運命によって齎《もたら》されたことだとしてもね。例えば、こんな感じね」娘は突然、両手を広げて朗々と喋りだした。

「年月もあの女を衰えさせることはない。あの変幻自在ぶりが惰性で腐ることもない。他の女なら、腹一杯食べさせれば、相手はうんざりもする。だがあの女に限って、食べさせれば食べさせるほど、相手はもっと欲しがるようになるのだ。どんな汚らしいことも、あの女がすれば、嫌にならない。ふしだらな真似すら、牧師が祝福を与えるほどなのだ」

「何だ、そりゃ？」

「『アントニーとクレオパトラ』の一節」

「よく覚えてるじゃないか」

「この間の発表会で取り上げたんで、丸暗記したの」娘はちょっぴり得意気に付け加えた。「傾国の女って、こういうもんなんだなあって、つくづく思ったな。それは確かに、ビ・トゥアンさんは、キェウに劣らない魅力の持ち主だとは思うけど、あまりにも明るく健康的で、そういう匂いが感じられないもん」

「小説の主人公とそれを演じる人間と一緒にしちゃ困るよ」

「そうとも言えないと思うな。キェウに完全に化身できた人なら、どこかに危険な、火傷しそうな……」

「匂いがあるはずってわけか。でも話を聴けば、それはそれなりに……」

「そちらが満足してるなら、それでいいのよ。じゃ、これで目的を達したのね？　そうなの？」

「うーん、それは一応……」

「無理してるなあ。でも、どうして、そんなに惚れっぽいの？」

「別に惚れっぽかないさ」

「惚れっぽい、惚れっぽい。私が知ってるだけでも、次々に惚れたかと思うと、あっという間に振られてるじゃない。モテ方を教えてあげたいぐらい」

「モテたことだってありますよ」

私が考えていたのは、アメリカのS嬢のことだ。大作家になったら返してね、そう言って、必死に貯めたなけなしの弗《ドル》をはたいて、フランス行きの船賃を出してくれた。当時としてはかなりの大金だ。もちろん、大作家にはなれなかったから、返してはいない。あれはモテたというより、ほとんど騙したと言ったほうが正しい。私は娘の杯を奪い、威勢よく流し込もうとして、激しく噎《む》せた。娘は背中を擦りながら、飲み方も年を考えなきゃダメよ、と優しい残酷さで忠告してくれた。「これから友人の下宿へ遊びに行くから、勘定はそっちにつけといて頂戴」

「不純異性交遊じゃないでしょうね」

「そのDNAは、そちらから頂いてないようね」娘はにやりと笑って、「そうそう、その道を左に行って、右へちょっと上がって、すぐまた左へ曲がった所に、大きなポスター屋があるから、覗いてみたら？　我が家の雪隠美術館に合いそうなポスターがたくさんあるわよ。じゃね。A bientôt!」とたちまち姿を消してしまった。私は勿体ないと呟いて、娘の残した地ワインをちびちび飲み、少し固くなったフロマージュをもそもそ食べながら、これからどうしようかと考えたが、いい知恵も浮かばない。残った杯を飲み干すと、娘の仰せに従い、ポスター屋を探しに出かけた。

道路脇にまで溢れて飲食を楽しむ人たちの間を擦り抜け、暫くうろうろしたら、見つかった。地下の広い空間に、あらゆる種類のポスターがぎっしり展示されている。ジェイムス・ディーン、ハンフリー・ボガートらフランス人好みの俳優のそれに並んで、なんとあの「金魚の雲古・蚯蚓の下呂」カシュウの宣伝ポスターがあった。燃えるような赤いイヴニング・ドレスにブルックス・ヘアーの女性が、東洋風のランタンの下で、唇をうっすらと開け、シャンパン・グラスならぬ黄色い缶を捧げ持っている。雪隠美術館にはぴったりの図柄だ。

我が陋屋《ろうおく》の手洗いは、隅から隅までずいーっとポスター類が貼り巡らされているが、一か所空きがある。以前、デュシャンの便器のポスターを貼ったら、わが家のヒエラルキーの頂点に立つ婦人に、目障りだと剝がされてしまった。便所に便器のポスターがどうして目障りなのか不可解だが、カシュウのポスターなら、まず剝がされる心配はなさそうだ。

ポスターを抱えて外へ出る。ムフタール通りまで足を伸ばして、店屋などを覗いているうちに、朝から飲み続けたワインが効いてきたせいか、帰り道が分からなくなった。道端に立ち止まり、ぼんやりしていたら、「火、お持ちかしら?」と綺麗なフランス語で声を掛けられた。路上の円卓に座った女性が、珈琲茶碗を前に、煙草を手にしている。サングラスを掛けていて、表情は分からない。「フ」(火)と発音するために、濡れた唇を心持ち突き出した感じが、カシュウの女にそっくりだ。

「煙草は吸わないんです。ごめんなさい」と言ったが、どぎまぎした私は、ポケットからカシュウ缶を出し、「代わりに、これをどうぞ」と卓上に置いて、そそくさと立ち去った。暫く歩いて振り返ると、女はサングラスを外し、猫のような眼で、不思議そうにこちらを見ていた。何時からそんなに気が小さくなったんだ? お前はナンパされたんだぞ。かつての放蕩息子がそう囁く。そんな筈があるか。商売女以外に、こんな冴えないオヤジを誰がナンパなんかするもんか、と現役のヂダイが反論する。分かってない奴だな。あれが商売女に見えるか? 旅に出ると、日常では起こらないことが起こるのさ。お前は絶好の機会を逃したんだ、と放蕩息子。うるさい! つい怒鳴ったら、回りが驚いたように振り向いた。まあ、カリカリするだけ、まだ枯れ切ってない証拠さ。お前の中の、いじけておどおどした二十歳のエロスに乾杯、と放蕩息子が結論を下した。

部屋でシャワーを浴び、一眠りしたら、真夜中に目が覚めた。TVをつけると、ちょうどオペラ・バスティーユのカルメンの幕切れ場面をやっていた。フランス語なのに、画面の下にフランス語の字幕が出たところをみると、オペラのセリフが分かりにくいのは、何処でも同じなのかもしれない。

ホセがめんめんとカルメンをかき口説く。

「愛している、カルメン。どうか去らないでくれ。あんなに愛し合っていた昔を思い出してくれ。二人でもう一度やり直そう」

「嫌よ。私たちは終わったの。どんなに愛してると言われても、その言葉はもう私を動かさない。私は自由に生き、自由に死ぬの。誰も私の心を強制することはできない」

昔、この場面で、友人の哲学青年が、うーむ、実にプラトンだ、と呟いた。カルメンとプラトンじゃ、うなぎと梅干しみたいな喰い合わせだと思ったが、訳を聞く前に友人は急死してしまった。やはり喰い合わせが悪かったのかもしれない。

闘牛場の喚声が聞こえる。カルメンの顔が喜びに輝き、ホセの顔は醜く歪む。いやあ、誰でも知ってる御馴染みの場面だが、人間の行動が、善悪の彼岸で、いかにエロスの情動に衝き動かされているかを、こんなにも鮮やかに描いているとは、改めて感心するばかり。カルメンといい、鶴屋南北の桜姫といい、エロスを武器にしているときの女の凄さ。人間を研究したかったら、まず女を研究しろ、と何処かの哲学者が言ったのは、このことだったのか。

じゃ、キェウのエロスはどうなんだ？　前二嬢に比べ、明らかに弱々しく受動的に見える。だがそれは表面的な見方にすぎない。エロスとは本来受動的なもの。その本来的な受動が、突然閃光のように能動を露わす一瞬にこそ、秘められたエロスは最も純粋な香気を放つ。だからむしろ、自らを運命に合体させている分だけ、キェウのエロスはより強くより純粋な、どの瞬間にも能動に反転しうるものだ、と言えるんじゃないか。なんぞと、愚にもつかないことをあれこれ考えてるうちに、また眠ってしまった。

第二十四夜…大いなる眠り

LE GRAND SOMMEIL

ビ・トゥアンさんからの電話で起こされた。日本の将校が描いてくれた彼女の舞台姿が見つかったと言う。明日発つつもりだったので、絶妙の時宜とて、午後の訪問を約束。紙杯に入れたリプトンの茶袋に、持参の湯沸かし器で沸かしたお湯をたっぷり注いで飲む。おいしい。これで充分だ。これ以上特に望むものはない。向かいの窓は何時も白い窓掛けで覆われ、人の気配がなかったが、今朝は窓掛けがたぐられ、しかも灯りがついている。「裏窓」的興味を唆られ、暫く眺めていたが、別に何事も起きる様子はなかった。死体運搬車も既に通ったのか、裏通りはガランとしていて、時折、ここにはまだ残っている舗道の敷石を、ナポレオン三世時と同じ足取りで、通行人が踏み締めて行く。

扉が叩かれた。フィルム・ノワールなら、迂闊《うかつ》に開けると、拳銃の弾を喰らい込むところだが、別に疚《やま》しいこともないので、すぐ開ける。立っていたのは、掃除のおばさんだった。今日は用があるので、早めに掃除したい、とマルセイユ訛りで言う。しからば、外出せむ。私は娘の買ってくれた、耳まで覆う黒いゲリラ帽をしっかと被り、外套の上から黒いリュックを背負って、外へ出た。寒い。例のごとくキャベツ巻きを食べたが、まだ早過ぎるので、噴水前の大きな本屋へ寄ってみた。ぼんやり棚を眺めていたら、鼻水が止めどなく流れ出てくる。暖房を節約しているとは偉い、と本屋を褒め称えつつ、ポケットを探ったが、あいにく鼻紙が切れていた。通りへ出ても、貰える訳ではない。ティシューを積極的に貰うようになると、年を取った証拠だ、などと何かに書いてあったが、ここ仏蘭西國では、通行人は常に与える立場にあるのであって、何かを貰うことなど、まずない。

手帛《ハンカチ》で洟《はな》をかみつつ、サン・ミッシェル駅へ急げば、また爆弾とかで動いていない。そうでなくとも、しょっちゅうストで停まるから、人々は、メトロがちゃんと動いていたり、TV番組が時間通り始まったりすると、素直に感動できる。いい国なのだ。

大回りしてトルビアックのヴェトナム料理店に寄り、女主人に礼を言う。素晴らしい女優だったでしょう？　また何でも相談してね。彼女は暖かい両手で私の掌をくるみ、撫でるような仕種をした。ディアスポラの民にとって、祖国に繋がるものは、すべて愛しいのかもしれない。

続いてビ・トゥアン宅へ回る。ここへは三日連続の訪問だが、大歓迎は常に変わらない。珍しいワインが手に入ったから、といきなりの酒盛りになり、いい加減酩酊したところへ、彼女が一枚の絵を持ってきた。画用紙に水彩で、きりっとした表情の少女が描かれている。衣装の紅い色が少しも褪せていない。中国との戦いに参加した乙女の役だという。絵の右上にSEKIGUCHIとローマ字で署名がある。その下の字は「19 fev」(二月十九日)と読めるが、最後の2604は何でしょう、と聞かれた。暫く考えて、戦争中に行なわれていた皇紀歴だろう、と見当を付けたが、説明に多少手間が掛かった。この推定が正しければ、西暦一九四〇年が皇紀二六〇〇年だから、二六〇四は一九四四年ということになり、辻褄は合う。その将校と身近に会ったのは一瞬のことだし、怖かったから、殆ど見なかったが、頭に置かれた手の感触は覚えている、とビ・トゥアンさんは言う。静かな人という印象だったとも。

日本兵が描いたビ・トゥアンさんの絵

ヴェトナムの老女優バイナムさんも、カイルォン好きだった日本兵士との交遊を鮮明に覚えていた。乱暴な軍人の振る舞いが未だに眼に焼き付いて離れない人もいれば、静かな楽しみに耽っていた兵士を懐かしく覚えている人もいる。それらの記憶は身体に沈澱し、身体と共に生きながら、語られるべき時を待っている。その時が来なければ、記憶は身体と共に朽ち果て、土に還る。

複製を取るため、絵をお借りした。ビ・トゥアンさんからは、ほかに、難民救済のため一九八八年パリで催した芝居『BOAT PEOPLE』のポスターや様々な資料を頂いた。帰り際、強く抱き締められ、フランス式接吻を交わす。また何時かお会いしましょうね、という彼女の言葉は、思ったより早く実現することになったのだが、それはまた後の話。

パリ最後の夜、たまには私にも案内させろ、と娘をセーヌ河畔に近いボザール（国立美術学校）前のフランス料理店へ、強引に連れていった。三十年前はここでも高くて、たまにしか来なかったが、いま思えば、ボザールの学生相手の格安の店だ。今夜は中華の予定だったのに、とぶつぶつ言っていた娘も、地ワインと野菜スープの旨さに納得した様子。発展途上人もたまには味なことをするわね、とお褒めの言葉を頂いた。昔、太った元気なおばさんが大声で客を捌いていたが、と店の人に聞いてみたら、五年前引退する迄は、ばりばり働いていたそうだ。

さて、芝居見物の娘と別れて、宿で一眠りした深更、これからどうしたものかと考えていたら、マダムLにまだ結果報告をしていないことに気付いた。怠慢だと怒っているかもしれない。時差六時間ということは、まだヴェトナムは早朝だが、早起きの民族だから、彼女もきっと起きているだろう。勝手にそう決め込んで、自宅を呼び出した。Allo? 六回ほどの呼び出しで出た声はいかにも眠たげだった。“Bon jour, Madame.” “Ah vous?” 驚いたような気配が伝わってきた。私は報告が遅れたことを詫び、お目当ての女優には会えなかったと告げた。

「そうだったの。運がなかったわね」出発前に話したときと違って、彼女の声は重く沈んでいるように感じた。その理由が分からないまま、私はパリでの経過を詳しく話した。マダムは、また何か情報が入るかもしれない、と言ってから、Mais……と言い淀んだ。「でも、何？」

「綺麗な人だったそうだから……知ってるでしょ、ヴェトナムの諺？」

「諺？」

「不幸は美女の宿命《さだめ》」

「ああ！」私はすぐ、木馬に跨がった老女優の言葉を思い出した。

「なんだか、あまり幸せになっていないような気がするの。これ以上探さないほうがいいかもしれない。」

「でも……」それでは、あなたに会う口実がなくなる、とは言えなかった。

「いえ、それは冗談。あなたの情熱に水を掛けるようなことはいたしません」彼女は相手についての追加情報が入り次第、すぐ連絡すると約束してくれた。

私は恐る恐る、連絡の遅れを怒っていないかどうか、尋ねてみた。"Pas du tout, Monsieur. Pas du tout" あまりきっぱり否定されても、こちらが鼻白む。

「それは残念」私の受け答えに、彼女は素早く反応した。

「怒っていないというのは、喜んでいるという意味とは違うのよ。ただ、あまりにも子供に気を取られて」

彼女が息子のことを悩んでいるのは知っていた。「息子さんが何か?」

「不良仲間ができたの。すっかり暴走族になってしまって」夜な夜な狂ったように走り回っていると言う。後発国での「近代」は、何処も同じような痛みを伴う。「この国では家族の重みがどれほど強いか、あなたが分かってくれたらねえ。私は回りから最低の母という烙印を押されたの。家族からそっぽを向かれた女は、国からも共同体からも、そっぽを向かれることになるのよ」

ひょっとしたら、泣いているのかもしれなかった。私は朝っぱらから彼女の気分を害したことを謝った。マダムは、とんでもないと打ち消し、あなたの電話で、だいぶ気分が晴れた、私が喜んでいるの、分かってくれるかしら?、と三十五デシベルの音波で、しきりにこちらの耳を擽《くすぐ》る。幻のキェウに会えなかったことは悔やまれるが、マダムが再会を望んでいることだけは確かめられた。そのことは、私の気持ちを落ち着かせ、パリ最後の夜に、再び大いなる眠りを恵んでくれた。

第二十五夜…シャトレの別れ

L'ADIEUX A CHATELET

寒気が強まり、ゲリラ帽が大いに役立つ。近くのカフェで簡単な朝食。娘は倫敦《ロンドン》へ芝居見物、私は帰郷というこの朝、何故か彼女は、しきりに母親を話題にする。家人を放ったらかし、幻ばかり追いかけている父親に対する牽制かもしれない。

「母上って素敵だなあ。憧れちゃう。私はとてもあんなにはなれない」

「そりゃ分からんよ。君の父親みたいなスグレモノに巡り会えば、たとえ君だって立派にやれないとも限らない」

娘はふんという顔をした。

「お金が無いことは罪悪だって誰かが言ってたな。そうなると、私の父親は殆ど重罪人ということになる」

「アリストテレスは、心の寛い人ほど貧乏だって言ってるよ」

「その同じお方が、こうも言ってるわ。足りなすぎるのは、一種の見栄だって。私の父親は、貧乏が知性の唯一の証明であるかのように思い込んでるお人だから、ほとんど救いがないわね」

「私の知性はこう告げているね。金だけが人生じゃない」

「例えば？」

「例えば……君の祖父の葬式のとき、君がオーボエで何か吹いたじゃないか。あれ、何だったっけ？」

「マルチェロの『ヴェニスの愛』」

「そうだ。あの演奏はずいぶん参列者に感動を与えたらしいが、まさに金では出来ないことだ。金で出来ることなんて、僅かなものさ」

「無い人に限ってそういう言い方をするんだから。若葉の輝きがどうだとか、愛することが全てだとか」

「おや、愛はお嫌いですか？」

「どういたしまして。大好きよ。でも、いい舞台に負けないぐらいの感動を与えてくれる男性なんて、この世にいるのかなあ」ちらと女の目付きになった。

私はクロック・ムッシュウにかぶりつきながら、前の円卓の男女に目を移した。もう若者とは言えない二人組は、運ばれてきた料理を見向きもせず、唇の括約筋を連結状態で躍動させる作業に、夢中になって取り組んでいる。その前は、道行く人を放心したように眺めている若い女性客。その隣は、ヘラルド・トリビューンを読み耽るビジネスマン風の男。更にそのまた隣は……。いま同じ空間を占めている人間たちが、次の瞬間には、ばらばらに散らばってしまう。毎度のことながら、大都会の砂漠が作り出す人間模様は、風紋のように果敢《はか》なく、神秘的だ。

「さて、ロンドンの演劇シーンはどんな感動を与えてくれるかな」次の風紋を作るべく、娘が立ち上がる。私も、いくばくかの金を卓上に置き、急いで後を追う。

幸いメトロは動いていた。北駅経由で懐かしのオルリー空港へ向かう娘と、ドゴール空港行きのR

ERに乗る私は、シャトレの駅で別れることになった。娘を抱き寄せてフランス式接吻をしようとしたら、やんわり拒絶された。たった一週間で、よくそんなに染まれるわねえ。そう言うと娘は、両手を合わせて深々とお辞儀をし、そのまま足早に立ち去って行った。しゃんと背筋を伸ばした後ろ姿には、不安の付け込む隙がない。と、巨大なバックパックが遠くでくるりと振り向いた。さっとそのうち、幻の人に会えるわよ、さようならあ。大きく手が振られた。

娘の紅い野球帽が、人の波に見え隠れするのを茫然と見送っていたら、ふいに、遠い感覚が蘇った。実家の前の海で、溺れそうになった幼い娘を危うく掬い上げた、あの時の感覚だ。娘は溺れそうになったことなどすぐさま忘れ、自分の手からつるりと外れて流れていった紅いビーチ・ボールの行方ばかり気にしていた。

「あれ取って、早く、パパ」

泳ぎに自信はなかった。「あれはもうダメだ。あきらめなさい」

「ダメなの?」

「ああ、ダメだ」

娘の顔がたちまち歪んだ。涙をいっぱい溜めた幼い娘と、その無力な父親とは、潮に乗って見る見る沖へ遠ざかる紅いビーチ・ボールを、何時までも何時までも目で追い続けていた。ひょっとしたら、いま私たち親子が追い続けているのも、あのとき失われた、あの紅いビーチ・ボールなのかもしれない。

LOS ANGELES

第二十六夜…疎外された町リトル・サイゴン

THE ALIENATED TOWN, LITTLE SAIGON

ロサンジェルス国際空港に着いた時から、昔と何も変わっていないことはすぐ分かった。VAN（相乗りタクシー）に乗り、サン・ディエゴ・フリーウエイを下っているとき、青空を突き刺すように並んだ棕櫚《しゅろ》の林が、次々に後ろへ流れ去って行くさまをぼんやり眺めながら、私は久方振りに旧植民地へ戻ってきたご主人様のような気分に浸っていた。六〇年代前半のアメリカは、ケネディ暗殺から、ヴェトナム戦争、黒人暴動と荒れ狂った時期にもかかわらず、若く屈託のない西海岸の街は、ドロップ・アウトした金のない若者を自由自在に泳がせ、群遊する極彩色のミニ・スカートやビキニの魚たちが、銛の代わりにドラッグを手にした漁師の胸を躍らせた。その抜けるような青空は、六〇年代後半のパリの灰色の空とは、あまりにも対照的だった。

プティ・パリからプティ・サイゴンへ

街中も郊外も熟知しているはずだったが、ヴェトナム難民たちの街、リトル・サイゴンのあるオレンジ・カウンティーだけは、馴染みのない場所だった。彼らが住み着くまでは、オレンジと葡萄畑しかない場所だった、と誰かに聞いた。空港からフリーウエイを南東におよそ小一時間、リトル・サイゴンという名前から、ロスの下町にあるリトル・トーキョーに似た、かなり東洋的な街を想像していたが、中心街と言われるウエストミンスターとブルックハーストの交差点に降り立っても、何の変哲もない郊外の町だった。西海岸のほかの場所同様、歩行者を殆ど見掛けない。この町を中心に、南カリフォルニアだけで凡そ三十万人と言われるヴェトナム難民だが、家族レストランやスーパーの前に、それらしい東洋人がちらほらいるとしても、ここが難民たちの中心地とはとても思えない。小パリから小サイゴンへ移ってきた彼らだが、同じ「小」でも、ヴェトナムとアメリカでは「小」の規模が違う。アメリカは「小」でも広すぎるのだ。到着した彼らが一番初めに戸惑ったのは、おそらくこの空間感覚の違いではなかっただろうか。

近くのガーデン・グローヴ・インに投宿。名前を言ったが、予約は入ってないと言う。ガラガラだったから、別に問題ないか。早速、案内人を引き受けてくれたジャーナリストのタンさんに電話する。案の定、留守。彼には到着時刻を教えてあるから、そのうち電話があるだろう、とそれまで一休みすることにした。部屋は、壁の回りも天井も鏡だらけで、見るからに御二人様御用達。一人で寝ていると、四六の蝦蟇《がま》になったみたいで、落ち着かない。

ロサンジェルスへ舞い戻ってきたのも、偶然だった。パリから帰って、突然雑事の波に呑み込まれた。死ぬものがいて、生まれるものがいる。別れるものがあり、出会うものがあり、泣くものも、笑うものも、怒るものもいる。疲れ果てて、マダムＬへ連絡する気力すら起きず、無気力、無感覚な日々が続いた。

そんなある日、渋谷のヴェトナム料理店で昼食を取った。最後に茉莉花《まつりか》茶を飲み、「金魚の雲古」を口に含んだとき、ふと、前の席の客が読んでいるヴェトナム語新聞の裏頁の大きな写真が目に入った。舞台俳優らしい男女が寄り添って写っていたが、女性の服装に見覚えがある。高く結い上げた髪に花飾り、細かい刺繍を施した広袖の衣装。国吉康雄の『デイリーニュースの女』のような、遠くを見つめるまなざしに、男を惹きつける憂愁が漂っている。不意に、世界が実存的に甦ってきた。

盗み見もよくないので、思い切って、新聞の持ち主に、写真の解説を頼んだ。彼は愛想よく承諾し、裏を眺めて、最近の芝居公演の紹介だ、と言った。ひょっとして『金雲翹』では？　と言ったら、男はちょっと驚いたように私を見て頷いた。

「最近コノ芝居ハ殆ド上演サレナイト聞イテタンデスガ、不思議デスネ。さいごん？　ソレトモ、はのい？」

「イヤ、にゅーよーくデスヨ」

「にゅーよーく！」

彼はにやりとして、「コレハ在米ヴェトナム人ノタメニ、ろさんじぇるすデ発行サレテル新聞デスカラネ」それから、何故そんなに興味があるんだ、と逆に聞いてきた。そこで、これまでの経緯を説明して、「幻のキェウ」役者に会いたいんだ、と打ち明けると、彼は興味を唆られた様子で、改めて詳しく記事の内容を紹介してくれた。

それによると、在米ヴェトナム人有志によるカイルォン劇の上演だが、主演女優が急病で倒れた。しかも『金雲翹』は久方振りの復活上演なので、代わってやれるものがいない。困った主催者が、急遽ヴェトナム人社会に呼び掛けたところ、キェウ役の専門だという女性が名乗り出た。半信半疑で面接試験をしたら、驚くほどうまかったので、彼女を主役に立てて、公演は成功したという。彼女の名前がマイ・リンではないかとの期待は、グエン・ランだという答えで裏切られたが、勿論本名を使うことはないだろう。やはり、あの謎めいた目付きがどうも気になる。

　しかも、彼女の経歴は謎に包まれていて明らかではない、と書かれており、有名女優の隠し子説まで出ているとなると、この女優が「幻のキェウ」である可能性は、かなり高い。一行はこれから旧正月（テト）に合わせて、西海岸を巡演する予定だと聞かされては、ますます唆られる。どうしようかと迷っている私を見て、男は、もし行く気があるなら、現地に詳しい記者を紹介すると言った。格安の飛行機も用意できる、と差し出した名刺は、「スター旅行社、チョン・ルーン」と刷られていた。

　これで、アメリカまで「追っかけ」を再開する決心がついた。「追っかけじゃありません。ウオッチャーと呼んでください」以前、某タレントの「追っかけギャル」から、そう抗議されたことがあった。その伝で行けば、私はさしずめ、キェウ・ウオッチャーということになる。おまけに、現地の案内も、インタヴュウの約束も、通訳も、全部タン記者が段取りしてくれると言うんだから、キェウ・ウオッチャーとしては、誠に有り難い。縁ハ異ナモノデス。大船ニ乗ッタ気デイテクダサイ、の一言で、すべて任せることにした。

エネミー・ナンバー・ワン

という訳で、テト正月の時期に合わせて、はるばる来てはみたものの、タン記者が捉まらなければどうにもならない。自宅ニハマズ居ナイケド、必ズ連絡クルカラ、心配イラナイ、とルーンさんは言うけれど、家にはいない、連絡は来ない、宿の予約も入れてない、じゃいささか心配にもなる。考えてみりゃあ、初対面の人間にいきなり全部任せたのは、大いに軽率だった。思わず顰《しか》めっ面をしたら、壁の男も天井の男も、同じように顰めっ面をする。ドウシテモ捉マラナイトキハ、はのい・れすとらんへ行ケバ、毎晩ノヨウニイマスカラ、必ズ会エマスヨ、とルーンさんに言われたことを思い出した。ハノイというからには、タンさんは北の出身かと聞いたら、いや南だが、屯《たむろ》する理由は他にある、とルーンさんはにやりとした。ここでぼうっとしてても仕方ないので、彼の溜まり場へ直接行ってみることにして、タクシーを呼んだ。ヴェトナムでは事故と排ガスを避けるため、アメリカでは広さと物騒さから逃れるため、人々はなるべく歩かず、車に乗る。そこが、歩くことを基本としているパリの街と違う。

ハノイ・レストランは、ヴェトナム関係の雑貨屋、薬屋、本屋などが建ち並ぶ長屋のような一角にあった。近くのレコード店から、哀愁を帯びたヴォン・コー（過ぎ去りし日への想い）の旋律が流れてくる。特にテトらしい飾り付けはされていないなかったが、そこだけは人通りがあり、ヴェトナム人たちが店の前に屯したり、活発に出入りしていた。ほぼ満席の店内を見渡す。いた！

写真で見知った口髭の痩せた塾年紳士が楽しそうに談笑している。私が自己紹介すると、ああ、お待ちしとりました、と手を握った。今まで放ったらかしておいて、お待ちしとりましたもないもんだと思ったが、ここで喧嘩しても始まらない。よろしくご協力を、と頭を下げる。DON'T WORRY。NO PROBLEM。タンさんの頼もしい言葉にすっかり安心したが、後になって、これは彼の口癖であり、実はLET IT BEの意味でしかない、ということが判明した。つまり、何が起きたって、驚かなきゃいいさ、の精神だから、こちらは絶えず驚かされることになった。

同席の紳士たちに紹介される。白髪の老人は、私が日本人だと知るやすぐ、『湖畔の宿』を唄い出した。「山の淋しい湖に……」と高峰三枝子が唄って大当たりした曲だが、彼が唄ったのはヴェトナム語だから、こちらも年寄りでなければ、これが日本の唄とは分からなかったはずだ。作曲家だというこのご老人によると、この唄は昔、ヴェトナムに駐屯していた日本の兵隊の間で大流行したので、それがヴェトナム語に直されて、現地でも流行りだしたと言う。インドネシアでもヴェトナムでも、日本軍駐屯時に流行ったという日本の唄を、しばしばお年寄りから聴かされたが、なぜか、インドネシアでは日本語のままで、ヴェトナムではヴェトナム語に直して唄われるのが常だった。

色っぽい中年の女主人がタンさんに呼ばれ、満面の笑顔で注文を受ける。この人もボート・ピープルでね。苦労しとるんだ。去って行く女主人の豊満なお尻を、タンさんがトロンとした目付きで追う。成程、これが屯する原因かと納得する。

「ところで、貴公来米の目的は何ですかな?」これが驚かされる手始めだった。そんなこと、とっくに分かってる筈なのに。やむなく初めから説明した。

「Oh yes. それは聞いとります」。それなら聞くなって。

「明日の朝、新聞社で公演の日程を調べましょ」。おいおい、まだ調べてないのか。こちらの呆れ顔を感じたのか、DON'T WORRY。NO PROBLEM。

あまりのテンポの違いにポーっとしかけたところへ、料理が運ばれてきた。これがヴェトナムでも味わえなかった、なかなかの珍品。熱々に空揚げした魚に、炒めた野菜やさまざまな具を挟み、甘辛のたれを掛けて食べる。旨いでしょう、とタンさん。料理はヴェトナムに限りますな。

「思い出しますか、故郷?」

「Of course. 思い出さん日は一日だってありませんよ。でも、帰ったら殺されますからな」

「Are you sure?」

「Sure. なにしろ私は従軍記者でしたから。共産主義者をやっつけろなんて記事を書きまくっとりましたもの。奴らは私を目の敵にしよりました。ここへ落ち着いてからも、すぐ『祖国解放の会』を結成しましてな。毎年屈辱の四月三十日に、大勢の同胞を集めて、『北を倒せ』という集まりを主催しとりますもんな」タンさんの言葉を翻訳するのに、わざと訛りをつけたのは、そのほうが彼の英語の雰囲気が伝わると思ったからで、他意はない。

「まさにエネミー・ナンバー・ワンという奴だ」と口を挟んだのは、アクション・スターと名乗った中年の紳士。なるほど、野性的な顔に口髭が似合っている。「さしずめ私はナンバー・ツーでしょう」と言うから、訳を聞いてみたら、映画で南軍の英雄の役を何度も演じ、ヴェトナムのアカデミー賞を取ったり、大統領からメダルを貰ったりしたから、北には猛烈に憎まれていたと言う。八〇年までに、ボートでの脱出を三十二回試み、ことごとく捕まった由。理由は「顔が売れすぎていた」。しかし投獄されたのは三回だけで、後は賄賂で見逃されたそうだ。七五年以前の主な役は南軍の兵士だったが、出演禁止が解けた七九年以降与えられた役も、同じ南軍の兵士。ただし、前者は正義の味方、後者は憎むべき敵役としてね、と苦笑した。八五年までに自宅から車からすべて没収。七八年命がけのボート脱出に成功した妹が呼んでくれ、九二年に渡米許可。まだ人生を捨ててはいない。いつの日かヴェトナムへ帰り、映画産業の育成に全力投球したい。そのためには、まず祖国を取り戻すこと。これに命を賭けたい。

「熱い話も結構だが、料理も熱いうちに食べんとな」と茶茶を入れたのは作曲家氏。彼はこちらがフランス語を解すると知るや、すぐさま英語から仏語に切り替えた。英語よりはるかに流暢にフランス語を話せる世代なのだ。

「Ecoutez monsieur. 私らの若いうちは、まだヴェトナムのポップスというようなものはなくて、若者が唄うのはシャンソンに決まってました。それもティノ・ロッシばっかり。彼は当時人気抜群の歌手でしたから、彼の唄をヴェトナム語に直して唄ってましたよ。その頃はどっぷりフランス文化に浸かってましたね。回りもフランス人だらけだったし。フランスの新聞社でギャルソンのアルバイトをしたり、基地でフランス将校の車を洗ったりして、どうにか食べてました。

彼らは猛烈に威張ってましたよ。正義なんて糞食らえでね。批判するとすぐ牢屋にぶち込むんですから。憧れと恐れが半々でしたね。もっとも、その後に来た日本兵も、フランス兵と同じように威張ってましたな。同じようにヴェトナム人を馬鹿にして、しょっちゅう怒鳴ってたから、みんなひたすら怖がってましたよ、こっちは憧れ抜きでね。中国人が、自分たちも威張ろうと思って、よく日本人のふりをしてました。こんな具合に支配者たちが次々に思い上がった態度をとったから、革命を誘発したんでしょうな。

日本軍がやってきたら、今度はあっという間に日本の唄が流行りました。みんなヴェトナム語に直して唄われてましたね」

(つまり、すでに自前のポップスが盛んだったインドネシアでは、日本の唄は、あくまでも外国物の一つとして、原語で唄われたが、自前の唄が乏しかったヴェトナムでは、日本の唄もシャンソンも、同じ自分たちのポップスとして唄われた。それが翻訳された理由だろう。丁度、同様にポップスの乏しかった大正時代の日本で、オペラがポップスとして大衆の間で唄われたように)

「En ce moment-là, 私は南部の鉄道の駅長でしてね。日本軍が鉄道を全部押さえたから、私は彼らと一緒に仕事をすることになったんです。鉄道は連合軍の第一の爆撃対象でしたから、とても危険な毎日で、しょっちゅう地下壕に潜ってました。De plus, 駅舎の中は、イギリス軍の捕虜で一杯でしたから、その面倒を見るだけでも大変な仕事でした。四五年にフランス軍が戻ってきたとき、私は鉄道をやめ、サイゴンへ出て、作曲家になったんです。別に軍歌を作った訳じゃないんですが、資本主義的だという理由で、七五年に作曲を禁止され、財産も全部没収されました。仕方なく喫茶店勤めで細々と暮らしていましたが、私が投獄されていた間にボートで脱出した娘のお蔭で、九〇年にやっと渡米できました。もうあんな体制の下で暮らすことは出来ない。財産は失ったが、自由がある。ここで幸せですよ」

「いまあんたが、ここで幸せだと言ったような気がしたが、それなら、私は違うな」タンさんと話していた俳優氏が、突然英語で割り込んできた。「まだ私の人生は終わっていない。ハリウッドで端役の東洋人の役で終わるなんて真っ平だ。我々ヴェトナム人は余りにも多くの語るべき歴史を持っているんだ。そのためにも、どうしても祖国で映画を撮りたい。だから、いかに祖国を共産主義体制から解放するか。しょっちゅう会合を開いて研究してるし、体も鍛えてますよ。北の奴らめ、今に見ていろ。必ず取り戻すからな」

「南カリフォルニアにおる三十万の同胞で」とタンさんが後を引き取った。「いや全世界に散らばっとる我々の仲間で、祖国解放を夢見ておらん奴はおりません。いやしくもあんたがジャーナリストなら、この事実をみんなに伝える義務がある。日夜祖国を想い、解放に熱くなっとる私たちの存在を忘れんでほしい。こういう人間たちがここにおることを、出来るだけ多くの人に伝えて下さい。頼みましたぞ」

パリでもここでも感じたことだが、ディアスポラの民は語りたいのだ。運命として異郷への移住を余儀なくされた彼らは、その喪失感の重さゆえに、自分たちの置かれた状況を何とか他者に分かってもらいたい、という熱っぽい欲望を抱えて、日々を生きている、そんな実感があった。

一見、何の変哲もない西部の町も、一歩中へ入れば、鬱積した難民たちの情念が渦巻いている。肝心の「キェウ」がどうなるのか見当もつかないまま、早くも重い心で宿へ戻り、疎外された自己に取り囲まれた部屋で、初夜の眠りについた。

第二十七夜…大海原の彼方へ

OVER THE OCEAN

カイルォン大歌謡大会

朝、タンさんの電話で起こされる。いまロビーにいると言う。ヴェトナム人はアメリカへ来ても早起きなことが分かった。あたふたと飛び出し、掃除のおばさんとぶつかりそうになる。まず新聞社へ。『ヴェトナム・デイリー・ニュース』の主筆に会い、『金雲翹』の公演予定を調べてもらう。なんと、サンノゼのテト・フェスティヴァルの演し物として来演するのが、三日も先ということだった。そりゃちょうどいい、なんてタンさんは呑気な相槌を打つ。こっちは今日にも会いたいというのに。いまさら白紙委任したことを悔やんでも始まらない。この年になれば、思い通りにならないのが人生だということぐらいは分かっている。

主筆も三年間キャンプに入れられた後、ボートで脱出したそうだ。いま法律が変わって、難民の優遇処置が削減されたから、ここの生活も厳しいですよと言う。ヴェトナムでの調査はどうでした？と聞くから、取材許可なしに行動したら脅かされたから、この次は許可を取るつもりだ、と言ったら、いったんジャーナリストの登録をしてしまったら、二度と「いいヴェトナム人」以外には会えませんよ、私が貴方の立場なら、絶対登録しませんね、と忠告された。ここオレンジ・カウンティーを中心とするカリフォルニア沿岸のヴェトナム社会の動きに、ハノイ当局は結構ピリピリしていて、しょっちゅう諜報員を送り込んで動向を探らせている、というようなことも言った。礼を言って、社を辞す。

さて、メシでも食いに行きますか。悠揚迫らぬタンさんの態度に、こっちは焦った。サンノゼに飛ぶつもりだから、前もって「キェウ」との約束を取ってくれますね、と念を押したら、なあに、直接行って捉まえるのが一番ですよ、ヴェトナム人に事前の約束なんて通じませんからね、と澄ましている。なんだか彼自身のことを言ってるんじゃないかという気もするが、DON'T WORRY、NO PROBLEMと言われると、それ以上何も言えなくなってしまう。

てっきり料理店を目指すものと思っていた車は、なにやら華やかなパーティー会場のような所で停まった。入口には、今まであまり見掛けなかった派手なアオザイ・ガールズがずらりと並んで、客を出迎えている。食事じゃないのかと聞いたら、いや、ここで旨いメシにありつけるんだ。DON'T WORRYと来た。何でも、最近オーストラリアから移ってきた牧師兼作曲家の一千曲達成記念のパーティーだと言う。

アオザイ・ガールズの零《こぼ》れんばかりの笑顔を受けて、会場へ入った。入口で待ち構えていた主役の牧師に早速紹介される。中は既に四百人の招待客でぎっしり。ピンクの卓布を掛けた各円卓から、色とりどりの風船が宙へ伸び、極彩色の花々が空間を飾る。生バンドがロック調の演奏を続ける中を、牧師が中央舞台へ登場、一場の挨拶を始めた。と、突然彼が私を手招きする。意味が分からず躊躇していたら、早く行け、とタンさんに促された。いそいそと私の手を取った牧師が、会場に向かってヴェトナム語で何か叫んだ。満場の拍手。カメラマンたちの注文で、彼と何度も握手させられ、フラッシュを浴び、サンキュウが繰り返された。

ポカンとしてたら、タンさんが説明してくれた。つまり私は、彼を取材するために、わざわざ日本からやってきたジャーナリストということになっていた。彼の補足説明によると、このカトリックの牧師は新体制に散々苛められたらしい。例えば、「神の到来を待ち望む」という曲を書いたら、この「神」とは「アメリカ軍」か「南の将軍」のことだろう、本当のことを言え、と収容所で一年半にわたって質問責めにあい、二十キロ痩せたとか。何時かこの恨みを晴らしてやろう、と執念を燃やしている由。

「恨みを晴らす」という発想は全く牧師らしくないが、こんな派手派手なパーティーを開いたり、ちゃっかりこちらを宣伝に利用したりするところは、相当の生臭坊主と見える。それならそれで、こちらも、うんと食べて元を取ってやろうと手ぐすねひいていたが、ビール一杯飲んだっきりで、料理は一向に出てこない。入れ代わり立ち代わり出てくるのは、挨拶の人間ばかり。いい加減うんざりしていたら、やっと料理が並び始めた。中華風ありヴェトナム風ありで、いかにもおいしそう。まず牧師の作曲した歌の合唱、次いで牧師のお祈りとアーメン。それからクラッカーが一斉に鳴り、Bon appetit! とフランス語で声が掛かって、ようやくお預けが解除された。やれ嬉しや。さっと手を伸ばしたところ……、「大変だ！ 遅れっちまう！」タンさんが時計を見て、アリスの白兎みたいなセリフを口走った。むんずと私の手を摑むや、そのまま有無をも言わせず、ぐいぐいと出口へ引っ張って行く。

この人の場合、とかく説明が後回しになる。引きずられながら何とか聞き出したところによると、これからテト前夜祭の呼び物として、カイルォンの大歌謡大会が開かれ、在米の有名な歌姫が総出演する。ひょっとしたらマダム・マイ・リンも出るかもしれない。とにかくこれを見逃したら損だ、と言う。朝から何も食べてないんだと訴えたら、NO　PROBLEMと近くの食品屋へ連れていかれた。そこで有り合わせのものを買い、会場へ向かう車の中で、幻と消えたご馳走を思い浮かべながら、冷たい揚げ饅頭などを齧《かじ》った。

歌謡大会の会場は、どこかの高校を借り切ったものだった。近付くと、早くもヴォン・コー（過ぎ去りし日への想い）の旋律が聞こえてくる。この催しの目玉は、パリから駆け付ける男性大物歌手兼俳優だったが、出発二日前に急死。ために急遽追悼大会に切り替えられたとか。千人ほどの会場は満員だった。舞台中央に故人の写真が大きく飾られ、その娘で、本人も有名な歌姫であるフン・ランさんを初め、次々に登場する歌手の殆どが、体を捩り、声を振り絞って、ヴォン・コーを唄いあげる。歌詞を自由に変えられるヴォン・コーは、郷愁に満ちた旋律のため、哀悼歌としては、誠に適当だ。しかも、在米ヴェトナム難民のうち、若年層を除くほぼ全員が激しく故郷を想っているため、リトル・サイゴンの街を歩くと、ヴェトナムでは滅多に聴かれないこの旋律に、絶えずぶつかることになる。

幕間にマイ・リンのことを聞いて回ったが、不思議なことに誰も知らなかった。タンさんが、それよりこの人の話を聞くべきだ、と一人の男優を紹介してくれた。彼は八四年にヴェトナム政府が組織したカイルォンのヨーロッパ公演に参加したが、西ベルリンに入ったとき、密かに難民救済組織に接触。劇場前で送迎バスを降りた直後に、彼らの用意した車に飛び乗って逃走し、西側世界に脱出した。

後で聞いたところでは、ために一行は公演中止に追い込まれ、政府の面目は丸潰れになったと言う。だから絶対祖国には帰れない。帰ったら、必ず殺されるから。この初老の男優は、今は幸せにレストランを経営していて悔いはない、と言いつつ、引き裂かれたような表情を浮かべた。

帰り際、楽屋口で、この亡命男優と親しげに話し込んでる女性の顔に見覚えがあった。暫く考えてから、『白蛇伝』で道化役を務めていた女優だったことを思い出した。彼女がどういう資格でアメリカに来られたのか、ちょっと聞いてみたいと思ったが、そちらへ一歩踏み出した私は、脇の廊下から急ぎ足で出てきた別の女性とぶつかった。こちらのほうが不注意だったので、丁寧に詫びたが、彼女も深々と頭を下げた。白いブラウスにスカートという地味な装いだったので、初めは気付かなかったが、憂いを帯びた表情は、確かに今日の舞台で見たばかりだった。そのとき、なんとなくキェウってこんな感じかもしれない、と思わせるような、つまり「運命」にひたと寄り添われているような雰囲気の女性がこの人だったのだ。

私が美女をポカンと見送っているのに気付いたタンさんが、親指を立てると、彼女を追いかけ、話しかけた。初め彼女は首を振っていたが、ちらと私に視線を走らせると、何か彼に言って、駐車場のほうへ歩み去った。タンさんが指で丸を作り、意気揚々と戻ってきた。私がどうしても話を聴きたいと言ってる、と口説いたら、今晩小一時間だけなら空ける、と承諾してくれたと言う。迷惑そうだったけど、と聞いたら、DON'T WORRY、NO PROBLEMと力強く断言したから、とにかく行ってみることにする。

とにかく、お腹が空いたということで、宿の近くにあるヴェトナム風ビーフ料理の専門店へ行く。七コース十六弗《ドル》というのを注文する。揚げたり焼いたりスープにしたり春巻きにしたり、ビーフの七変化が楽しめる。勿論やりとりの全てはヴェトナム語で進行する。このコミュニティーにいる限り、ヴェトナム語以外一言も話せなくても、何の不自由もない。問題はここから一歩出たときだろう。

「祖国を離れた人間で一番潰しが利かないのは、ジャーナリストでしょうな。私のような者こそ」

タンさんは焼き肉を大口に頬張った。「真っ先に日干しになる運命なんです」

言葉を職業としてきた者が言葉を奪われたらどうなるか。私が日本語を奪われた場合を想定すれば、すぐ分かる。かつて、ある上司の不興を買って、番組制作部門から、新聞の切り抜き作業班へ飛ばされたときの鬱屈を千倍もすれば、タンさんの鬱屈に近付くかもしれない。「いまさら英語なんて覚えられん」タンさんはぼそっと呟いた。

ガーデン・グローヴ・フリーウエイからリヴァーサイドFWYに乗り換え、かなり東へ行った辺りの高台に、キム・テュエンさんの邸宅があった。この辺は新興の中産階級が住む所だ、とタンさん。確かに新築の大邸宅だった。広いロビーで暫く待たされてから、夫妻が現れた。夫の帰りが遅くなったので、お待たせして御免なさいと言う。元空軍の情報担当官だったというハンサムなご主人は、現在コンピューター会社にお勤めの由。彼の通訳でしばらくキム・テュエンさんの話を聴いた。その間中、憂いの翳が両眉の間から去ることはなかったが、彼女はあく迄もしとやかで、おとなしく、かなり頭脳明晰であることは、言葉の端々から伺えた。

キム・テュエンさん

キム・テュエンさんの物語

（キム・テュエン）この何でも手に入る自由な国で、私が一番欲しがっているもの、でもどうしても手に入らないものが何か、お分かりですか？ それはテトの行事、テトの匂い、家族や親類縁者一同が集まって新年を祝う、あの暖かい楽しい雰囲気です。でも、それはここには全くありません。そろそろテトの季節に入りますけど、そんな雰囲気、お感じになりましたか？

みんなバラバラ。確かに子供が自立的だったり、女性も対等の地位を占めているという点は、一見優れているように見えます。でもそれは、現代という制度の中では、そのほうがより効率的だということに過ぎないんじゃないかしら。私は効率万能という考え方には反対だな。何といっても、家族が社会の中心にあって、互いに助け合って行くというヴェトナムの在り方のほうが、ずっといいと思います。

ヴェトナムでは、夫は絶対の権力者なんです。そして、夫が養える限り、妻は働くよりも、家にいて、子供の面倒を見るほうを好みます。でもここでは、夫の収入だけでは大変だから、妻も働かなくてはならないでしょ。だから私も働いてますけど、その分、子供と接触する時間がぐーんと減りますよね。私は三人の子供がいますけど、あまり面倒を見られないのがとても淋しい。子供のほうはすっかりアメリカのやり方に慣れてしまって、ちっとも淋しがらない。それもまた淋しいんです。だってそれは、家族がばらばらになってゆく第一歩ですもの。そう思いません？　やっぱり私は、まだ西洋化されてないヴェトナムの家族制度のほうがいい。だから、家族のために犠牲になったキェウの生き方は好きです。私も家族のためなら、いくらでも犠牲になる。精神的にはキェウと全く同じです。もし体制が昔に戻るなら、すぐにでも飛んで帰りたい。それはカイルォンを演じたいなんてことより、もっと根源的な欲求です。

ヴェトナムとは正反対の家族制度の中にいきなり飛び込まざるを得なかった彼らの場合、もともと働いていた男性よりも、女性の環境の変化のほうが遥かに大きいことは当然だ。ただ、私が話を聴いたのは、主に女優たちであり、彼女たちは祖国でもすでに職業婦人であった訳だから、それにしては、男女の立場が平等になったことを喜ぶよりも、家族との関係が稀薄になったことを悲しむ発言のほうが断然多かったのは、驚きだった。

勿論、若い世代なら、当然これとは違った反応があるだろうし、実際ハノイで話を聴いた若い女優たちは、かなり女性の権利意識に敏感だった。それでも、全体を通してみれば、ヴェトナム女性にとって、家族の重みが非常に大きいことは、充分感じられた。ひょっとしたら、彼女たちにとって、家族あるいは家族を通しての運命の犠牲になるという行為に、ある種のエロスの発動を促す契機が潜んでいるのかもしれない、などと言ったら、ジェンダーに無知な男の発言として、袋叩きになるだろうか。

（キム・テュエン）今一緒に住んでいる母は、もともと女優でしたが、私が生まれたときは、もう辞めていました。父は運輸業者として順調に仕事を拡大してきましたが、「北」の勢力が増してくるにつれて、次第に仕事が邪魔されるようになりました。大都市はまだ「南」の勢力圏でしたが、地方は完全に「北」が押さえていました。彼らは「南」の経済を圧迫するため、幹線道路や橋の爆破で、物や人の移動を邪魔し、地方へ来れば仕事を供給すると宣伝して、自分たちのトラックで人を都市からメコン・デルタなどの地方へどんどん運びました。これで父の仕事は上がったりになりました。

六五年、私が十五の年に父は倒産。長女の私は一家を養うため、父の命令で無理やり女優にさせられました。母の血を受け継いだ私に芸能の才能があることを、父は見抜いていたのです。私は成績が良く、教師になるつもりだったので、激しく泣きましたが、儒教社会では、父の意思は絶対で、逆らうことは許されません。このときの衝撃と悲しみは未だに忘れられないほど強いものでした。今になってみれば、こうしたことも、いま私が恋しく思っているヴェトナム社会のもう一つの面として、受け入れざるを得ないことだと納得が行くのですが、そのことが分かった時には、もうその社会に私はいないのです。これが私の宿命なのでしょうか。

舞台は少しも難しくありませんでしたが、旅から旅の連続で、学校へ行けなかったのが、とても淋しかったですね。回るのは主に南部と中部で、上演時間は一回三時間。だいたい一つの町に三日いて、三つの違う芝居を観せると、バンかバスで次の町へ移動します。サイゴンだけは例外で、一つの芝居で二週間公演がうてました。古典は中国物が多かったので、現代劇のほうが好きでした。劇の内容は、愛し合ってる二人が親の反対で結ばれない、というような悲しい恋愛物が殆どです。運命の悪戯に弄ばれて泣いてばかりいる主人公というのが私の役どころでしたから、何だか自分自身を演じてるような気分でしたね。

戦闘が激しくなると、移動中に地雷にやられはしないかと、びくびくでした。公演中に機関銃で撃たれた仲間もいます。六八年のテト攻勢の後、戒厳令がしかれて、夜の外出が禁止されたので、一般の人は、週末のマチネーしか観に来られなくなったんです。それで旅興行もお終いになって、あとは主にTVでやるしかなくなりました。軍の宣伝部に属していた劇団は、よく宣伝劇をやらされていましたが、私たちのような一般の劇団が宣伝劇を強制されることはありませんでした。もっとも私自身は、戦争末期には、VOAやTVで、軍の宣伝歌をよく唄いましたけど。

最後の最後まで、「北」が勝つとは思っていませんでしたね。その頃、政府側の人間は、「北」はひどく貧しいとか、誰彼の見境なく殺す、などとしきりに言ってましたけど、嘘だと思っていました。実際に「北」の人間が入ってきて、初めて本当のことだと分かったんです。

大海原の彼方へ

（キム・テュエン）「北」が入ってきたその瞬間から、私たちの生活はがらっと変わりました。俳優も歌手も一切活動を禁止されました。もし仕事がしたい場合は、事前に詳細な許可申請書を提出しなければなりませんでしたが、どっちみち仕事なんてありませんでした。私は数か月間田舎に隠れていました。実家に呼び出しが来て、キャンプへ行けと命令されましたが、無視して、隠れ通しました。

暫くして俳優たちは、唄うことが許されるようになりましたが、恋愛歌も「南」の唄も一切ダメ。唄っていいのは「北」が認める「人民に奉仕する唄」に限られました。恋愛歌は人間の感情の自然な表れだと思うんですけど、何故いけないんでしょう？　アメリカは敵、「南」は裏切り者、などという唄は、およそヴォン・コーには合いませんよね。

その後新政府は、新しいカイルォン劇団の結成を計画して、「南」の俳優たちを集めました。私もフンハさんやキム・クーンさんから参加を呼び掛けられましたが、断りました。何故って、もうかつての芝居は許されないことが分かっていましたし、新政府の言いなりになって芝居をするのは絶対嫌でしたから。そのとき考えていたのは、ただひたすら、ボート・ピープルとして国外へ脱出することだけでした。

そうして運命の日、一九七八年十一月十五日を迎えました。長い病がようやく癒えたばかりで、危険な旅路に不安はありましたが、選択の余地はありません。父はもう亡くなっていましたので、母と五人の兄妹の合わせて七人が、前の日、サイゴンからバスでミィトーへ出て、眠れない一夜を明かしました。日の出前の早朝、指定された岸壁へ出かけてみて、そこに集まった人数の多さと目の前の小船を見比べ、ぞっとしました。船は幅わずか三米《メートル》、長さ十四米しかないのに、三百人もの人間が岸を埋め尽くしていたんですから。みんな怯えた暗い眼をしていました。おそらく私たちも同じだったでしょう。

ヴェトナム人家族は私たちを入れて二組だけ。あとは全員中国人でした。というのも、そのとき政府は中国人追放政策を採っていましたから、中国人の自発的脱出は見て見ぬふりをしていたからです。それで私たちも中国人になりすますため、家族一人一人が偽の身分証明書を作りました。乗り込むとき、警官がやってきましたが、それを見せたら、黙って通してくれました。もちろん彼にはすでにたっぷり賄賂が払われているんです。なにしろ乗客一人につき金の延べ棒一枚がボート代でしたから。

三百人も乗り込んだのに、ナヴィゲイターは元ヴェトナム海軍兵士がたった一人でした。出来るだけ重量を軽くするため、水も食料も持ってきてはいけないと言われていたので、私たちはほとんど身一つで乗り込みました。それでも、三百人の重みで、水は船縁ぎりぎりまで来ていました。超満員の難民で今にも沈みそうな小船は、明かりを消し、エンジン音もなるべくたてないようにして、そろりそろりと暗闇の海上へ出て行きました。誰も何も言わず、黙りこくったままでした。

四日三晩、洋上にいました。船室は下段、中段、網棚の三層に分かれていましたが、ぎゅうぎゅう詰めの状態ですから、誰一人横になることはできず、座ったまま、ひたすらじっとしているしかありませんでした。やたら蒸し暑く、酸欠ぎみで、吐く人間が続出し、航海中に四人死にました。一人の男は、子供に水を汲もうと甲板に出たところを、大波に浚われ、海中に転落したんですが、あとの老女一人、子供二人は酸欠のために亡くなりました。残った人間だって、このままではいずれ死ぬ、と全員が感じていただろうと思います。そのくらい地獄の航海でした。

よほどきつい思い出なのだろう。話す間中、キム・テュエンさんは、絶えず顔を顰め、溜め息をつき、時には頭を抱えて突っ伏すこともあった。何度も立ち往生しては、夫に励まされて気を取り直し、また一語一語絞りだすように話を続けた。

（キム・テュエン）そんな状態だっただけに、四日目の朝、鳥が飛んでいるのを見たときは、陸地が近付いている、とみんな大喜びしました。これで救われたと思ったのでしょう。ところが、悲劇はそれから起きました。マレイシアに近付くにつれて、天候が荒れだし、ついに大嵐になりました。大波で岩にぶつかる可能性があるので、陸地を前にして船が進めなくなりました。船体は大きな篩《ふるい》にでもかけられたように揺れに揺れましたが、もう悲鳴を上げる気力もなく、汚物の中でぐったりしていました。そのうち、物凄い衝撃と共に船が斜めにかしいで、大勢の人間が海中に放り出されました。浅瀬で坐礁したんです。私たち一家はたまたま反対側にいたので、全員助かりましたが、後になって、引き取り手のない荷物が大量に残りましたから、遭難者はかなりの数に上ったと思います。

私たちは水がどんどん船内へ入ってくる中を、若者たちに助けられ、半死半生で陸へ上がりました。よほど無我夢中だったのか、どうして上陸できたのかはっきり思い出せないぐらいです。陸地に近付いたのは朝でしたが、上陸できたのは、午後もかなり遅い時刻でした。大量の海水を飲み、ボロ切れのように横になっていた私たちの所へ、すぐマレイシアの警官がやってきて、仮の収容所へ連れて行きました。そこに三、四日滞在してから、ビドン島の難民キャンプに九か月。最後にクアラルンプールで健康診断を受けて、漸くここオレンジ・カウンティーへやってきたのが、七九年八月のことでした。

アメリカは風土も習慣も、あまりにもヴェトナムとかけ離れていて、すべてが驚きの連続でした。社会にはなかなか溶け込めないし、難民が仕事を見つけるのも、容易なことではありませんでした。俳優仲間の誰がアメリカにいるのか、全く知りませんでしたから、もう二度とカイルォンをやることはない、と思っていましたが、私が来たことを知った同胞から頼まれて、かつての仲間を探しだし、たまに公演をやるようにもなりました。初めのうちは、平和な国にいられることが嬉しかったし、八六年に結婚して、幸せに暮らしてきましたが、年を取れば取るほど、祖国が恋しくなってくるんです。故郷へ帰りたくて、母と手を取り合って泣くこともあります。あれほど有り難かった自由も、カリフォルニアの空と同じで、そのうち、雨のある天候のほうが恋しくなるんですね。生きるというのは本当に難しいことだと分かりました。

帰り道、下り坂のFWYを飛ばす。遠く街灯りがちらつく、その先の山のあなたから、素晴らしく大きな赤い月が出ていた。見とれていたら、タンさんが突然、明治天皇は偉いなあと言った。「ロシア、中国、朝鮮をみんなやっつけた。アジアであんな英雄はめったにいるもんじゃない」

さて、なんて返事をしたものか、と考えていたら、「ここじゃね」と話が続く。「家のローンを三か月ためたら、すぐ差し押さえられちゃうんだ。大変ですよ」。どうやら彼の体験らしいが、明治天皇と家のローンがどう繋がるのか不明なうちに、宿へ着いた。

風呂に入ろうとしたら、浴槽の栓がない。受け付けはもう閉まっていて、脇に夜間受け付けの窓口がある。ブザーを押すと、雲突くような白人の大男が現れた。浴槽の栓をくれと言ったら、浴室に置いてないかと聞く。ないと答えたら、じゃ、あきらめるんだね、ここじゃ誰も風呂なんかに入らんということさ、カンラカラカラと笑いとばされた。シャワーを浴びて寝る。

第二十八夜…キュウのように

JUST LIKE KIEU

金色のクロワッサン

朝、タンさんがフランスへ行こうと言う。なんだと思ったら、「金色のクロワッサン」というカフェだった。店主がフランス好きとかで、壁にパリやフランスの写真を一杯飾り、店の前にも円卓を並べて、雰囲気を出している。ただ、座っているのが男ばかりというところは、むしろスペインの田舎町のカフェに近い。男前の店主は元「南」の高級将校で、若い頃はフランス娘の愛人がいたと言う。フランスが嫌いなヴェトナム人なんて一人もいないと断言した。金色のクロワッサンを食べる。なかなか美味であった。

次いで、寺院のような形をした巨大なショッピング・センター「PHUOC　LOC　THO」に案内される。入口に大きな福禄寿の像が置かれていたから、この名前は「福禄寿」のヴェトナム語読みらしい。外のベンチで、何人かの男たちがヴェトナム将棋をさしている。そう年寄りでもなかったから、職にあぶれた人たちかと思ったが、考えてみたら、今日は日曜だった。センター内は、看板がヴェトナム語であることと、テトの飾りを置いてあることを除けば、ありふれたものばかり。確かにこうした場所にはヴェトナム人たちが集まっているが、地域全体が広すぎるため、点とはなっても面にはならないうらみがある。焦点がないのだ。これではテトを祝いにくいのも無理はない。

「こうした大ショッピング・センターが今リトル・サイゴンのあちこちで建設されているんだ。それは勿論結構なんだが」と言って、タンさんはちょっぴり寂しそうな顔をした。「問題は、ここアメリカでは職と住が完全に離れていることなんだ。ヴェトナムでは自宅がそのまま店屋になるから、街が繁華になるが、ここではみんな自宅に帰ってしまうから、夜はガランとする。これでは街の活気は出ない」

私は渾沌という生き物が蠢《うごめ》いているようなサイゴンの街を思い浮かべた。「確かにそうかもしれないね」私の相槌は、逆に言い過ぎの自覚を彼に与えたらしく、タンさんはNO PROBLEMと大声で言った。

今日は早目に宿へ帰って、来し方行く末などをゆっくり考えようという思惑は、タンさんの一言であっさり崩れた。「最近ヴィデオでキェウの役を演じた女優が近くに住んでるけど、会ってみない？」キェウと言われては、おめおめ引き下がる訳にはいかない。頷くと、タンさんは嬉しそうに付け加えた。「実は彼女の夫というのが凄い奴でね。元陸軍大佐。絶対に罪を認めなかったんで、十四年間もキャンプに放り込まれたんだ。筋金入りさ」

海岸に近い瀟洒な住宅街の一角に、フン・リアンさんの家はあった。出迎えたマダムは、小柄で愛くるしい、むしろキェウの妹に似合いそうな人だった。すぐ出かけなければならないということで、あまり話を聴く時間はなかったが、渡米したのは九三年と比較的新しい。七五年の舞台禁止が解けてからも、政治宣伝物以外は一切出演できなかったが、八八年以降少し統制が緩んで、海外向けのヴィデオが撮れるようになった。そのうちの一本が『金雲翹』だったと言う。「日本物も作りました。サムライの妻の役です。夫と愛人の板挟みになった妻が、夫を殺せば貴方のものになると男に告げて、自分が身代わりに殺されるという筋です」（袈裟盛遠の妻？）

「七三年に結婚して、二年後にもう夫は収容所でした。その時、私は二十八、夫は四十六。八九年に出所した夫と再会したとき、私は四十二、夫は六十、もう人生が終わりかける年になっていました。でも彼も私も後悔はしていません」

「おい、まだか？」奥から仏頂面の男が出てきた。成程、頑固者であることが一目で分かるような精悍な容姿をしている。リアンさんはぴょんと立ち上がり、なにか一所懸命に説明し始めた。男は怖い顔で首を横に振る。

「彼女は、我々が彼にインタヴュウを申し込んでいるって説明してるんですよ。頭がいいでしょ」タンさんが小声で教えてくれた。「彼はもともと自分でなく女房へのインタヴュウだったたってことが気に入らないんです。それがヴェトナムの男なんです。とにかく何か質問してください」

私は彼に近付き、五分間だけ時間が欲しい、とフランス語で話しかけた。高級将校なら、フランス語に堪能ではあるまいか、と山勘で言ってみたのだ。彼はおや？　という顔をすると、本当に五分だけだな？　と嚙み付くような、しかし私より遥かにうまいフランス語で念を押した。頷くと、じゃ座れと長椅子のほうへ顎をしゃくる。

何も質問の準備をしてなかったので、焦ったが、咄嗟に、どうしてサイゴン陥落前に逃げよう(fuir)としなかったのか、と尋ねた。家族も恋人も放っぽり出して逃げ出した将校の話は、これまで散々聞かされていたからだ。

“Fuir?”元陸軍大佐のこめかみにぴくぴくと青筋が走った。マズイ、と思った瞬間、“Idiot!”（バカモン！）雷鳴のような轟きに、両隣のリアンさんとタンさんがびくっと震えた。「この私が逃げることを考えるとでも思ってるのか！」両隣が懸命に怒れる愛国者を宥める。

ロッシーニの歌劇『ウイリアム・テル』で、若き愛国者のアルノルドが戦いに赴こうとするのを、恋人の王女が必死に止める。もし私を愛しているなら、お願いだから逃げて。この言葉に主人公は驚き、叫ぶ。「I O　F U G G I R？　I O　F U G G I R！」（私が逃げる？　この私が逃げるだって！）

どうやらファルスタッフのような「逃げるのが美徳」という考え方は庶民のものであって、誇り高き愛国者に、「逃げる」は禁句のようだ。

私は言葉の選択を誤ったことを詫び、改めてそのときの覚悟を尋ねた。彼は漸く気を鎮め、運命は分かっていたが、死ぬつもりだったから、と今度は静かに答えた。私には祖国の人々を守る義務があった。それを私の使命として選択した以上、貫き通すことは、財産などには代えられない「貴い義務(Noblesse Oblige)」だ。今となっては、死ぬまで祖国の解放のために闘い続けることが私の使命だと確信している。

帰り道、品性はイデオロギーを超えるということを、またもやしみじみ感じる。自分に一番欠けている資質としての品性が、実は人間にとって一番大切な資質であることを、この年になって悟るのも辛いもんだ、などと考えていたら、お腹が空いてきた。最寄りのビーフ・バーガー屋に飛び込む。かつてアメリカ滞在中、旨いと思った食べ物は、熱々のコンビーフ・キャベツとビーフ・バーガーだけだった。

タンさんが突然、ミゾグチの『雨月物語』はなかなか良かったと言う。この人の口から映画の話が出るのは、これが初めてだから、びっくりした。私の顔もそう告げていたと見え、タンさんは弁解するように付け加えた。「実際、戦争はいろんなドラマを産むからね。あれは戦乱から戻ってみたら、女房は死んでいたという話だが、海外へ脱出した夫にやっと再会したら、もう夫には別の妻がいたという話もある」そう言って、タンさんはちらとこちらを窺った。

「それ、本当の話なの?」私の質問に、彼は安心したというように頷いた。「いま二人はこの近くに別々に住んでるんだ。今日なら二人ともいると思うよ」

追っかけ屋は追っかけ屋の天性を知る。お蔭で、町の中心と郊外に分かれて住む二人を、連続して訪ねるという忙しい一日となった。ご両人とも映画や舞台の俳優あるいは歌手として、故国では名声を恣《ほしいまま》にしていたということだが、その男優ヴィエト・フンさん（V）と女優ゴック・ヌオイさん（G）に別々に行なったインタヴュウを、あえて一つに纏めてみた。

夫と妻…それぞれの立場

（V）一九七五年といえば、私が五十四歳になる年だが、そのとき私は、子供たちが入っていたコーラス・グループ「クレイジー・ドッグス」のマネイジャーをしてたんだ。私自身の芸能生活は、七四年にきっぱり捨てた。というのも、コミュニストの攻勢が厳しくなって、舞台にまで手榴弾が投げられるようになったんで、恐ろしくて続けてられなかったのさ。勿論身を切られるほど辛かったよ。クレイジー・ドッグスというのは、アメリカン・クラブ専属の若者グループでね、アメリカの唄をアメリカ兵のために唄っていたんだな。

四月二十九日の日も、彼らはいつものように唄い、私はいつものように見守っていた。そしたら、突然窓の外で爆発音が聞こえて、電気が消えた。茫然としてたら、クラブのマネイジャーがすっ飛んできて、全員ただちにここを脱出して、アメリカへ行け、飛行機は用意してあるって言うんだ。いきなりアメリカだよ。そんな無茶な。家族にも連絡とらなきゃって言ったら、そんな暇はない、ここで仕事をしてたんだから、もたもたしてたら、あんただけでなく、子供たちも全員殺されるぞって、凄い剣幕なんだ。それでもまだ愚図愚図してたら、マネイジャーが私の頭にピストルを突き付けて、すぐ発たないならお前を殺すって言った。ほんとに殺しかねない感じだったな。それで観念して、着の身着のままで、三人の息子と共にヘリコプターに乗り込み、まず沖合の船上基地へ飛んだ。そこから船でグアムへ行き、暫くしてカリフォルニアのペンドルトン基地へ向かったんだ。

(G) その日私は、遠くの砲撃を聴きながら、残りの子供たち三人と共に、夫や息子たちの身をひたすら案じていました。アメリカン・クラブへの電話は通じません。どうなったのかまるっきり不明のまま、不安の一夜を明かしたら、知人が来て、クラブが全滅し、夫も息子も死んだと告げました。その日は一日泣き暮らしました。それから、目の眩むような変化の中で、ひっそりと野辺の送りを済ませ、勿論舞台の仕事もありませんから、行商のような真似をして、細々と暮らしていました。言いたいことも言えず、やりたいこともやれず、ただただ苦しいだけの毎日でした。

(V) アメリカへ来れば私は、有名人のヴィエト・フンではなく、その辺のおっさんと何の変わりもない、単なる中年男の一人にすぎない。私はスターだ、ヴェトナムで私を知らない者はいなかった、と幾らここで叫んでも、誰も信じてくれはしない。すっかり落ち込んだ私を友人が励ましてくれ、何でもいいから仕事を探した。初めはゴミ集めさ。暫くゴミ屋を続けてから、電気部品の組み立て工場へ移った。しかし気持ちは滅入るばかり。酒浸りの毎日だったな。

(G) 夫が死んでから一年半後のことでした。海外の友人から手紙が来て、アメリカで夫に会ったというんです。夢にも思ってなかったことなので、私は狂喜しました。その手紙によると、夫は手紙を出すと家族に危害が加えられるのではないかと恐れて、連絡できなかった、と話していたということでした。続いて夫から手紙が来ました。息子たちも無事だから、すぐアメリカへおいで、という内容でした。私はただちに渡米申請をして、渡航を待ち続けましたが、許可が降りたのは、なんと申請から十四年後でした。

(V) 一九七九年、電気部品の組み立て工場で、私は一人の女性に出会った。彼女は、気持ちの荒んだ私を癒してくれる唯一の存在だった。縋るように愛を求めた私に対して彼女は、もし本当に私の愛が欲しいなら、もう一度舞台で唄えるようになりなさい、と言った。私はその日から酒を止め、唄の練習を再開した。声は荒れに荒れていたが、少しずつ回復して、ある日とうとう、同胞の前で唄うことが出来た。その夜初めて、彼女は私に愛を許してくれた。それが今のパートナーなんだ。九〇年に妻と再会したけど、妻も分かってくれたよ。

(G) 渡航許可の降りた一九九〇年、私はヴェトナムへ残るという一人を残し、二人の子供と直ちにアメリカへ向かいました。ところが、十五年もの間再会を夢見ていた夫には、既に別の同居人がいました。そのことは全く知らされていませんでしたから、全身の力が抜けて、私はへたりこんでしまいました。夫は、私が渡米できるかどうか分からず、一人では寂しすぎたので、と説明し、許しを乞いました。まだ私のことを愛しているとも言いました。私は、あなたが他の女性との生活に満足しているなら、その愛は今の同居人にすべて上げてください、私たちは良い友達になりましょう、と答えました。哀しくても、夫を責める気にはなれませんでした。それはたぶん私がヴェトナム女性だからでしょう。とても不思議な一致だけど、キェウも、散々苦労したあげく、私と同じ十五年後に婚約者に再会したんですよね。そして今の妻である妹との結婚を祝福して、自分は名の妻として余生を送りました。このキェウの気持ちは痛いほど分かります。十五年というのは（彼女はしばらく絶句した）余りにも長い月日でした。どんなにあがいても、この過ぎ去った歳月を取り戻すことは出来ません。

(V) ヴェトナムへ帰りたいね。毎日がホーム・シックだ。私の舞台を愛し、尊敬してくれた人たち、あの人たちの前で、もう一度、舞台人として、思う存分高揚した気分を味わってみたいんだ。

(G) 舞台に未練はありません。私にとっては家族が全て、家族のためなら、どんな犠牲も厭いません。ヴェトナムにいたときのように、助け合う隣人がいないここの環境は寂しいけど、自由のない国へ帰りたいとは思いません。息子たちにも再会できたし、満足しています。あとは、キェウがそうしたように、私も、名のみの妻として、静かに人生を終えるつもりです。

リトル・サイゴンの夜は更けて

ディアスポラは男女の差も炙りだす。いつまでも過去の栄光を捨てられない男と、いち早く現在の環境に適応しようとする女と。過去を、現在から未来へと変転して止まない動的な事象として捉えず、現在から切り離された静止画像として呼び出すとき、その画像は妄執となって、現在を浸食する。タンさんが太れないのも、過去との二重生活が原因かもしれない。もっとも、一体にヴェトナム人はあまり飲食しないという印象がある。そのせいか、これ迄訪れたどの町でも、太ったヴェトナム人を見た記憶がない。タンさんなどは、痩せたソクラテスそのものという風格がある。

「年寄りばかりじゃ、あきるでしょ。若者を見に行きまっしょ」ハンドルを握っていたソクラテスが突然そう言う。全てが拡散しているアメリカでは、わざわざ見に行かないと、若者にもお目にかかれないのだ。

タンさんに連れて行かれたのは、ネオン輝く「ダンシング・リッツ」。リトル・サイゴンの近辺に三つあるダンス・ホールは、ここが最大で、週末ごとに、ヴェトナム二世の若者たちで賑わうと言う。タンさんは顔らしく、十五弗《ドル》の入場料も取られず、出てきた支配人に、丁重に席へ案内される。なるほど、ミラー・ボールの下で三三五五踊っているのは、圧倒的に若者が多い。だが、不思議なことに曲は、五〇年代、六〇年代にタイム・スリップしたようなマンボ、ルンバ、ジルバといったものばかり。全員がおとなしく輪になって踊るような光景もあり、この時代と音楽のズレは未だに分からない。ひょっとしたら彼らにとって、時は七五年で停止したのかもしれない。亡命者とその子弟たちは、わざわざ幻のトポスに蝟集《いしゅう》し、古い音楽に浸ることで、遥かな祖国へ思いを馳せているのだろうか。それとも、これこそが未来都市の光景なのだろうか。

マンボ・ナンバー・ファイヴのリズムに乗って踊る若者たちを観ながら、現代と異なる位相に迷い込んだ旅人の眩暈と陶酔に浸っていると、タンさんが突然、「あなたはフン・ランに会うべきですな」と言う。

「フン・ラン？　誰だっけ？」本来はヴェトナム語も、日本語同様視覚言語だったせいか、耳で聴いただけでは、なかなか名前が覚えられない。

「ほら、歌謡大会の二、三日前に父親が亡くなった歌手がいたでしょ？」

そう言われて、悲しみに耐えながら歌っていた丸顔の美女を思い出した。

「彼女の話は聴いておくべきでしょうな」

「どうして？」

「なんといっても、人気実力とも在米最高の歌姫ですからな。カイルォンの演技も抜群にうまいし、色々苦労も重ねてるし。きっといい話が取れるでしょうよ」

「じゃ、サンノゼから帰ってきてからね」

「ダメダメ。彼女は入れ替わりにパリへ発ちますからな。当分帰ってきません」

「だったら、明後日はサンノゼだから、明日しかないじゃないの」

「そういうことになりますな」

「明日はね、翌日いよいよ〝幻のキェウ〟らしき人物に会いに行く身でしょ。一人静かに休みたいんだけど」

「承知しました。断りましょう」

「え？　もう頼んじゃったの？　早すぎるなあ」

「あなたの短い滞在を出来るだけ有効に使うため、これでも気を遣ってるんです。でも、休みたいとおっしゃるなら、止むを得ません。体は大切ですから」

「ご迷惑をかけました」

「通訳も断りましょう。仕事を休んでもらったんですが」

「通訳まで手配したんですか？」

「私が明日忙しいので、案内役を兼ねて頼んだんです。若い女性詩人ですがね」

「若い女性詩人！」この一言は効いた。「折角そこまで手配したんなら、断るのも悪いかなあ」

「構いませんよ。彼女は別に気にしないでしょ」

「でも、仕事まで休ませたんですから。それなら、やっぱり……」

「DON'T　WORRY。NO　PROBLEM。体を大事にしてください」

「いえ、取材の方が大切ですから」

「休まなくてもよろしいんですか？」

「別に疲れてませんしね。わざわざ取材に来て休むなんて、どうかしてました。アッハッハー」

私はさりげない顔付きでタコスを頬張ろうとし、激しく噎《む》せた。最近とみに噎せることが多い。こういうときは、吐き出すのを躊躇って窒息死した某作家の例を思い出し、遠慮なく不作法を通すことにしている。「ロスの夜、タコスに死す」では、様にならない。タンさんが、世話の焼ける男だというような表情で、背中を擦ってくれた。マンボはいつ果てるともなく続いている。

第二十九夜…アメラジアの人

AN AMERASIAN

朝九時半、電話で起こされる。ブスッとした声で出ると、タンさんが紹介してくれた通訳のイェンさんからだった。もうロビーにいると言う。落ち着いたアルトだ。確か十時半の約束だった、などと言ってみても始まらない。無我夢中で支度をして飛び出す。初めに会ったとき、こう挨拶しよう、などとあれこれ考えていたことも、全部何処かにすっ飛んでしまい、中庭を全力疾走する。普段の運動不足が祟り、ロビーに辿りついたときは、息が上がって、暫く声が出なかった。

ハロー！　すらりと立ち上がって手を伸ばしたイェンさんは、カリフォルニアの青空のような爽やかな感じの人だった。白いT裇衣《シャツ》にジーンズ、スニーカーという軽装。細身と無造作に垂らした髪は、ヴェトナムのマダムLを思い出させたが、やや青みを帯びた瞳だけは完全に違っていた。

「早過ぎまして?」「いえ、とんでもない。私が寝坊したんです。お待たせして御免なさい」紳士ともなれば、この位のことは言わねばならない。じゃ、参りましょうか。車へ向かう彼女の後ろ姿を観賞する。ヴェトナム女性の容姿の優美さは定評があるが、彼女はとびきりだ。弾むような足取りに若さが溢れている。二児の母親だとタンさんは言っていたが、とても信じられない。

イェンさんは寡黙なたちのようだった。こちらの質問にはきはき答えるが、そうでなければ、小さめの唇をきゅっと引き締めて、前方を凝視している。西洋的な瞳と東洋的な唇が彼女の顔に同居していた。詩人と聞いたが、どんな詩を作るんだろう。恋愛詩?　それとも人生の詠唱?「もし私の詩に興味がおありなら、後で詩集を差し上げます」彼女はにこりともせず、そう答えた。この手伝いを迷惑がっているのかもしれない。ちらと、そんな考えが頭をよぎった。

彼女がすっとカセット・テイプを差し込んだ。透明でしかも深みのある唄声が流れてくる。それも日本語だ。

命をかけても悔いのないものがあるそれは何?
時は巡れど変わらないものがあるそれは何?
街が眠りから目を覚まして歩き始める
何処かへ

抑揚が少し日本人と違う、と聴いていたら、途中でヴェトナム語に変わった。カン・リーという歌手だと言う。時々イェンさんの詩を唄にするらしい。この曲もあなたの？　と聞いたら、微かに笑って、首を振った。どうやら、私の質問を封じるための音楽らしかった。

フン・ランさんの家は、リトル・サイゴンから北へ三十分、ディズニーランドを通り越したフラートンというかなりの高級住宅街にあった。この辺は、知人が住んでいて、昔よく来たはずだが、あまり覚えがない。大邸宅の居間で、瓢簞型の大プールを暫く眺めていたら、DIVA様がスッピンの顔にアッパッパーのような寝間着で現れた。昨日遅くまで吹き込みをやっていて疲れたとかで、おそろしく機嫌が悪い。直接フランス語で話すつもりだったけど、折角通訳を連れてきたんなら、ヴェトナム語にするわ、との仰せなので、イェンさんの助けを借り、お悔やみから始まる、恐る恐るのインタヴュウに入った。

フン・ランさんの物語

（フン・ラン）カイルォンの公演をやる機会はめっきり減ったけど、CDの吹込みは盛んにやってるわ。世界中に散らばった同胞からの注文がかなりあるから。

でも、その度に、あのメコン・デルタの観客の熱狂ぶりを思い出して、哀しくなるの。私がメコンの出だということもあって、本当に凄まじい声援だった。熱いお湯が滝となって注ぐような、あの感動振りは、とても口では表現できないわね。街の雰囲気で言うなら、やっぱりサイゴンね。あの雑踏と並木のテラス、香り高いお茶、すべてが懐かしいわ。

国籍はフランスだけど、八五年に拠点をアメリカに移したの。それで漸く食べられるようになったけど、この国では一日十六時間働かなければ、まず成功は不可能ね。

七五年の思い出？　それは強烈よ。あのとき私は丁度、メコン・デルタの町カントーで公演中だったの。四月いっぱい公演の予定だったけど、二十七日の舞台を終えた夜、カントーの軍指令部指揮官フン将軍が急ぎ足で楽屋へ入ってきて、今すぐサイゴンへ引き揚げないと、大変なことになる、と教えてくれたの。将軍の厳しい顔付きで、事態が切迫していることが分かったので、私たちは直ちに公演中止を決めて、夜中にカントーを出発したんです。フン将軍はその後、自決したけど、最後まで私の芸を愛し、命を救ってくれた、本当の恩人ね。

出発してからが大変の連続だったの。道路があちこちで封鎖されていて、ほとんど進めないのよ。途中で車を捨てて、ホンダのバイクに切り替えたり、歩いたりで、サイゴンに着いたのが三十日の夜。わずか五十キロの距離なのに、丸三日掛かってしまった。途中で何回も爆撃を受け、人がばたばた死んでいくのを見たわ。南の兵士たちは全員パニック状態だった。軍服を脱ぎ捨てたり、銃を放り投げたり、何か喚きながら、誰もいない空中に向けて銃を乱射したり、目茶苦茶だった。人が鈴なりに乗った小さな車が道路を埋め尽くしていたけど、果たして誰がいつ無事に着けるか、誰も分からない状態だったわね。

サイゴンへ着いた夜は、全市が停電で真っ暗だった。その夜は、誰もいないわが家でじっとしていて、翌朝、母や家族を探しに、街をホンダで回ったけど、そのときも、沢山の死体を見たわ。既に北の兵士たちが入っていて、めぼしい家の玄関にべたべた紙を貼って、ここは政府の財産だ、と勝手に宣言してました。みんな、小さな体に、ソヴィエト製らしいだぶだぶの軍服を着ていて、とてもおかしかった。彼らはハノイすら知らない地方出身者がほとんどで、一様に高いビルを見上げてびっくりしてましたね。後で彼らと話したら、事前にサイゴンは汚い貧しい町と聞かされていたので、実際にこの目で見て、話との余りの違いに驚いた、と言ってたわ。そうそう、一度北から、遠縁の女性が突然訪ねてきたことがあったの。その人は、ここが本当にあなたの家か、と言って、暫くもじもじしてから、粗末な雑穀の団子をおずおずと差し出したの。南はとても貧しく、みんな飢え死にしそうだと聞いたので、お腹の足しに持ってきた、と言って。とても食べられる代物ではなかったけど、その親切が嬉しくて、うんと御土産を持たせて帰したわ。

私のこれ迄の人生で一番悲しかったことは、大好きなサイゴンと別れたことね。もし自由が残っていたなら、勿論離れやしないわ。でも、七五年以降、演劇は完全に政府の管理下に置かれて、あれやこれやれと全部言いなりでしょ。とても耐えられなかった。もともと新政府は、外国籍の人間は出国するように要求してたから、すぐ申請したんだけど、私は待ったが掛かったの。人気女優だったから、彼らの宣伝に利用できると思ったのね。俳優はみんな嫌がってたわ。当たり前よね。だから、七八年一月にフランス行きの許可が降りたときの心境は本当に複雑だった。自由の代償がサイゴンを捨てることでは、あまりに代償が高すぎる。心は引き裂かれてずたずたになったわね。その私の思いは、おそらく国を離れた全てのヴェトナム人の思いと同じはずよ。

私たちにとって、故郷そして家族というのは、何よりも大切なものなの。キェウが家族の犠牲になったことに違和感を抱くヴェトナム人は、おそらく一人もいないでしょうね。それがヴェトナムの心なのよ。

『金雲翹』には、故郷と家族を思うキェウの文言が随所にちりばめられている。例えば青楼に身を置くキェウのもとに現れた第二の恋人と愛の陶酔に浸っている最中でも、「私の心は生まれ故郷を想う気持ちで一杯です。あの山々を覆う雲の彼方へ、私の魂は飛んでいるのです」と恋人に訴えている。このキェウの想いと、故郷を追われた難民の想いとが、ほとんど五十歩百歩であることを考えれば、この物語の訴える力は、難民たちにより強く作用するものと思われる。キェウの物語は、ディアスポラの民の物語と読み替えることも可能なのだ。

邸を辞する直前、自分にとって大切に思うものの順番を、フン・ランさんに聞いてみた。彼女の答えは、家族、ヴェトナム、自分の順だということだった。因みにご主人は、ヴェトナム、家族、自分、アメリカの順、アメリカ育ちの高校生の息子さんは、家族、自分、アメリカ、ヴェトナムと答えた。順番の微妙な差が興味深いが、すっかりアメリカナイズされた若者にとっても、「自分」の前に「家族」が来るという点に、日本とは違う、儒教国ヴェトナムの強固な伝統が感じられた。

アメリカに憧れるヴェトナムのヴェトナム人。祖国を恋しがるアメリカのヴェトナム人。自由な往来が禁じられているだけに、双方の幻想だけが、とめどなく肥大してゆく。

アメラジアの詩人

イェンさんの運転振りは、華奢な外見や詩人という職業に似ず、かなり大胆だった。フリーウエイの一番外側をぐんぐん飛ばし、曲がるときは、車輪が大きな音を立てて軋む。左曲がりになると、さらっとした髪が、シトロン系の香りと共に、こちらの鼻を擽った。しかし、運転を楽しんでいるというよりは、何か見えないものに挑戦しているような、ひたむきさが感じられるのは、唇を固く締め、微かに眉を顰《ひそ》めたその表情によるのだろう。

「DOMINE QUO VADIS?」突然聞かれたが、何のことだか分からず、はあ？ と間抜けな返事になった。彼女は鼻にちょっと皺を寄せると、「どちらで食事なさりたいの？」と英語で言い直した。何にも知らないからお任せする、と答えると、軽く頷き、一段と速度を上げた。

連れていかれたのは、軽食も食べられるカフェ・バーだった。親しいらしく、店の人に挨拶されながら、隅の席につく。すぐ運ばれてきたカリフォルニア・ワインを飲み、スパゲッティ・ナポリターノを食べると、何だか東京にいるような気がするのは、いとおかし。

「こんな気候のいいところで、詩心が衰えませんか？」車の中で散々迷った末に決めた最初の質問だった。イェンさんは軽く肩を竦めた。「詩的環境はヴェトナムの一〇％ぐらいでしょうね。でも私は故郷でもここでも差別され続けてきましたから、差別がバネとなって、詩が産まれるんです」仕事が終わった気楽さからか、彼女は前より饒舌になった。

「ここも差別ありますか？」我ながらアホらしい質問だ。

「もちろん。アメリカではヴェトナム人は三流四流国民ですもの。フン・ランが一日十六時間働かなければ、ここでは生きていけないと言ったのは本当です。ヴェトナム難民は、アメリカ社会の中では、ほとんどまともには扱われていません。私たちはアメリカ人の友達も持たず、孤立したコミュニティーに逼塞《ひっそく》して、みんな家族のために、つまらない仕事で狂ったように働かされているんです。ここだって空いてるでしょう？ こんな時間にこんな所にいるのは、私のような定職のないはぐれ者だけですから」自嘲ではなく、淡々とした口調だった。

「故郷で差別されたというのは？」

「Why? 私の顔を見て、そう感じませんか？」 彼女は顔を前に突き出し、ひたと私を見据えた。

そうすると、エゴン・シーレの「哀しみの女」みたいな目付きになって、ますますヴェトナム人離れしてくる。

「あなたが白人との混血だということは分かりますが……」

「That's enough. AMERASIANという言葉、ご存じですか?」

私は曖昧に頷いたが、彼女は知らないと見て取ったようだ。

「アジアに駐留するアメリカの軍人と現地女性との間の混血児のことですけど、ヴェトナム戦争中、アメラジアンが大量生産されました。私もその一人だったようです。〝ようです〟というのは、祖母からそう聞かされただけで、私は父の顔を知りませんから」

母は? と聞きたかったが、自己規制した。

「七五年以降、アメラジアンの運命は悲惨でした。お分かりでしょう? 私たちは悪魔の子、呪われた子でしたから、何処へ行っても、まともに扱ってはくれませんでした。何度も自殺を考えましたけど、詩を書きたい気持ちのほうが強かったのね。結局そういう悲惨な体験も、詩を書くことで切り抜けたんです」

「アメリカへ来たのは?」

「本当はフランスへ行きたかったの。姉と二人でフランス行きの申請を出しました。ところが不思議なことに、姉だけが許可になって、私は行き先がアメリカに切り替わったんです。Do you understand?」

多少の推測はついたが、私はかぶりを振った。

「Oh no. 子供を学校へ迎えに行かなければ」

アメラジアン、イェンさん

イェンさんは不意に立ち上がった。幼い子かと思ったら、もう高校生だと言う。家から遠いから、送り迎えが必要なのだそうだ。私はもう少し彼女の話が聴きたいと頼んだ。彼女は私の詩集を読んでくれれば、話をするよりもっと深く私のことが分かる筈だから、サンノゼから帰ってきたときに渡すと言う。私は粘った。どうしても話が聴きたい。

彼女は暫く考えていたが、カン・リーの所へ付き合うか、と聞いた。カン・リー？　私はもう忘れていた。「ほら、行きに彼女の唄をテイプで聴いたでしょ？　彼女は私の悩みを分かってくれる数少ない友達なの。近々遊びに行く約束があるから」イェンさんの口調は明らかに親しさを増していた。私は、あなたが話す機会をくれるなら、そちらにも付き合う、と答えた。

結局、サンノゼから帰った翌日の夜、カン・リー宅へ遊びに行くことになり、その前に話す時間を作ることで、折り合いがついた。彼女との話し合い如何では、帰国を延ばすつもりだった。

別れ際、知り合えてよかったと言うと、彼女もじっと見返し、少し間を置いて、「私も」と答えた。部屋へ戻っても、しばらくの間、彼女の空気が身体に纏わりつき、浮力がついたような気がした。この浮力が持続すれば、明日の「幻のキェウ」との会見はうまく行くかもしれない。「まったく男なんて単純なもんだ」私は四方八方の鏡が責め立てる老いの身をなるべく見ないようにして、ひとりごちた。

老いが怖いのは、頭が薄くなることでも、体力が衰えることでも、下半身が立たなくなることでもない。そんなヴァイアグラ関連の症状ではなく、本当に怖いのは、彼我の間に全身で感じるべきエロスの交感がなくなることだ。そうなったとき初めて、かつて楽園というものが存在したことを、男は悟るのだろう。つまるところ私の旅は、老いからの逃走、失われようとするエロスを求める旅なのだ。しかしその旅の行き着く果ては、私にも全く分からない。

第三十夜…サンノゼの幻

A PHANTASM AT SAN JOSE

サンノゼへは、オレンジ・カウンティーの空港から一時間ちょっとの空旅だった。出発からしばらく経って、タンさんが窓外を指差し、シーと言う。見ろという意味かと思い、覗いてみたが、海しか見えない。なに？　と聞いたら、またシーと言われたが、やはりほかに何も見えない。少し考えて、シーはＳＥＡの意味だと分かった。なんだか幼いヘレン・ケラーになったような気がしたが、I seeと言って頷いたら、漸く分かったのかとタンさんがにっこりした。話が通じて嬉しかったけど、疲れることは疲れる。

途中から内陸へ入り込んだのか、うっすらと雪を頂いた山稜が遠くに見えた。オレンジ・ジュースを飲んで、暫くうとうとし、また窓外を見たら、やはり、うっすらと雪を頂いた山稜が遠くに見える。その間、時間が止まっていたのか、それともアメリカが広いのか、どちらかだろう。

昨日はうまく行きよったかね、とタンさんが聞くから、イェンさんのお蔭で、と答え、その後カフェ・バーで話したと言ったら、突然怒り出したので、びっくりした。彼の説明によると、カフェ・バーというのは絶対足を踏み入れてはいけない悪場所だと言う。対立するグループ同士が、女の取り合いで、しょっちゅうガン・ファイトをやるから、巻き添えで怪我する恐れがあるばかりでなく、下手すれば警察にしょっぴかれて、長期間ブタ箱入りする危険性もある。そういう厄介事に巻き込ませたくないからこそ、あそこへは案内しなかったんだ。世の中にはいい奴と悪い奴がいる。常にいい奴の忠告を聴くようにしなければいけない、とまくしたてた。つまりイェンさんを巡る男の争いがあるという意味かと聞いたら、そうだと言う。

しかし、問題があれば、そんな店へわざわざイェンさんが私を連れていくはずもないし、ごく平凡なカフェで、どう見ても、常時ガン・ファイトがある場所とは思えない。彼が怒り出した理由は、何か他にありそうだ。そう判断して話を打ち切り、まもなく会える筈の「幻のキュウ」に意識を集中することにした。

舞台でキュウを唄い演じたら右に出る者がないという絶世の美女。しかも戦争終結期のキャバレーで、夜の蝶として客に体を任せながら、二重スパイを働いていた可能性があり、パリやニューヨークにも出没している謎の女。そんな人物が発散するエロスは、どんな匂いがするんだろう。ジャカルタで買ったドイツ製オーデコロンの噎せ返るような香り？　それともハイビスカスを混ぜたフランス製紅茶の甘く熟れた匂い？　どちらもオリエンタリズムが作り出した幻想のエロス、偽りのマタハリに過ぎない。本物のエロスの匂いとは、おそらくもっと受動的で、もっとひそやかなものだろうな。その香気につつまれれば、熊野の峰の湯を浴びて蘇った小栗判官のように、私のエロスも若返るかもしれない。

サンノゼのテト・フェスティヴァル

昼過ぎにサンノゼ到着。ここはコンピューター工場が集まっているため、工場勤めのヴェトナム人が集中的に住んでいる町だそうだ。知人が迎えに来ると言っていたが、待てど暮らせどやって来ない。もちろんタンさんは、DON'T WORRYと動じる気配もない。小一時間経って、二人の男が迎えに来た。食事に行くのかと思ったら、町外れのささやかな空き地へ連れていかれた。ここにテトの神様が祀ってあると言う。なるほど隅に新しい祠が作られていて、供え物が置いてある。共同体の拠り所として、こういう場所が必要なのだろう。海外の日本人なら、カラオケ・バーがその代わりになるのかもしれない。祠の中に老人の姿をした御神体が鎮座ましましていた。前に箱が置いてあったので、一弗《ドル》コインを入れて、両手を合わせ、今日のご対面がうまく行くよう祈った。

ヴェトナム料理店へ行く。さほど高くないから、ご馳走しても高が知れてる、という計算だったが、座ってるうちに、一人また一人と友人たちが集まり出し、最終的には三倍近い人数を招待することになった。その中の一人で、十六年投獄され、拷問で片目を失明したという書家が、色紙を取り出し、さらさらと何か書いて、私にくれると言う。「新年おめでとう」の意味だというから、ありがたく頂く。

公演は三時からということで、そろそろ出かけることにする。目の前の大通りを、風船や旗を持った家族連れ、若者などがぞろぞろ通るので、彼らの後をついてゆく。スペイン人が建てたという古いカトリック聖堂の前を過ぎたら、テト・フェスティヴァル会場のセントラル・パークに着いた。さしもの広い公園も、今日はヴェトナム一色、といっても、勿論現政権のそれではない。会場へ入る前から、付近の通りという通りは、黄色に赤い線の入った旧ヴェトナム政権の国旗が、ナポリの洗濯物よろしく張り巡らされ、辺りを蔽い尽くしている。今は消滅した国家が、文字通りの「想像の共同体」として、この地に息づいている光景は、白昼夢を観ているような、不思議な感覚に旅人を誘い込む。

通りにずらりと並んだ露店。その前でごった返す人の波。そこへ、銅鑼の音と共に、大きな縫いぐるみの獅子が暴れ込む。爆竹が弾ける。「祖国奪回に協力を」と書かれた募金箱が回される。こうした全てが、頭上に旗めく「南ヴェトナム」の国旗とともに、ディアスポラの民を、昔に戻ったような興奮に引きずり込むのは間違いない。

あっちの店、こっちの催しと腰の定まらないタンさんたちを急かせて、『金雲翹』公演の行なわれる中央会場へ向かう。正門を潜った辺りから、タンさんがしきりに首を傾げるのが気になったが、まっしぐらに会場へ到着したところで、彼があっと叫んで、慌てて中へ駆け込んだ。こちらも急いで後を追う。かなりの観客が館内を埋めていた。舞台はポップス・ショウの真っ最中。腰をくねらせて唄っているミニの子の少し下手で、誰かと話し込んでいたタンさんが、やがて悄然と戻ってきた。ぼそぼそと説明する彼の報告は、彼以上にこちらを悄然とさせるものだった。

キェウ役の女優が、一週間ほど前に突然蒸発した。ぎりぎりまで連絡を待っていたが、現れないため、遂に主催者は公演中止を決定、各メディアには連絡済みだと言う。みるみる力が抜け、がっくり腰を下ろした私の肩を、タンさんがそっと叩いた。DON'T WORRY。私が必ず見つけてみせますがな。

それにしてもエロスとは、私もとんだものにとり憑かれたものだ。マダムLだけは、私の憑依《ひょうい》ぶりを正しく見抜いていた。彼女によると、ソフォクレスの何とかという芝居の中で、「どんな神もエロスの誘惑には勝てない」とコロスが詠ってるそうだ。その合唱はこう続くと言う。「まして人間の身でエロスにとり憑かれ、狂いたたぬ者がおろうか」。つらつらおもんみるに、幻のキェウは、エロスそのものに違いない。私が焦がれていることを知って、わざとじらし、挑発し、もはや引き返せない深淵へと引きずり込むつもりではないか。

「今から帰りの便を取るのは大変だから、予定通り一泊しまっしょ」タンさんの提案に私は賛成した。全身が萎えていて、何をするのも面倒くさい。舞台では、歌手たちが引っ込み、カンフーのデモンストレイションが始まったが、宿探しのために、会場を出る。

セントラル・パークのすぐそばに、豪華ホテルが聳えたっていたが、もちろん敬遠。安宿ということで、タンさんの友人に連れていかれたのが、中心街のホテル・キャラヴァン。外壁に大きなラクダが描かれている。だが正面入り口には、頑丈な鉄のシャッターが下りていて、中に入れない。休業中？

右手の壁に呼び鈴のようなものがあったので、ポチを押すと、シャッターの真ん中がするすると開いて、一畳ほどの格子戸が現れた。太い格子越しに薄暗い内部を覗いてみると、三、四米先に、防弾ガラス（？）で仕切られた受け付けがあり、屈強な大男が腕組みしてこちらを睨みつけている。その脇には「我々は客を拒否する権利がある」と大書された看板。何か用か、と大男が怒鳴る。九日十日と答えれば、落語だが、代わりに、泊まれるかと怒鳴り返すと、前払いで一泊二十六弗、ただし風呂、シャワー、トイレなし、という返事が返ってきた。裸に革ジャンパーを羽織ったスキン・ヘッドの男が二人、階段を下りて、奥に消えた。タンさんがビビッた。「止しまっしょ、こんなとこ。夜中に殺されますよ」いくら安いからといって、命をかけるわけにはいかない。サンノゼは一見清潔で、落ち着いた雰囲気の街だが、これだけ防御を固めなければ安心できない所に、平和な衣の下に隠れたアメリカの暴力性が透けて見えるような気がした。

次の宿を探して、カトリック聖堂の近くへさしかかったとき、濃い青色の乗用車が車輪を軋ませて停まった。Monsieur! Monsieur! ソプラノと共に前扉から降り立ったのは……紛れもなくキェウだった！　白と桃色の花びらを袖や前面に刺繍した真紅の衣装、銀色の髪飾り、満面の笑顔。一瞬幻影だと思った。あまりにキェウのことを考えていたため、思わず視た幻夢。そうでなければ、アメリカのサンノゼに、突然キェウの姿をした女性が現れるはずがない。だが、続いて降りてきた紳士が、「またお会いできて光栄です」と手を差しのべてきたので、彼女がパリで話を伺った大女優のビ・トゥアンさんだと分かった。

それにしても、どうしてここへ？　そう尋ねたら、私も同じ質問をしようと思ってた、とビ・トゥアンさんが笑った。アメリカでのテト行事にはよく呼ばれるのだそうだ。ちょうど近くの町の集まりでキェウを唄っての帰りだと言う。これから家へ来ないか、と誘われた。サンノゼの郊外に別宅があるらしい。いつもなら二つ返事で乗るところだが、今日はなぜかその気力が湧いてこない。どうしようか、との迷いを看てとった彼女が、明日サン・フランシスコで開かれるテトの大集会にも出演する、それにはぜひ来てほしいと言う。結局、明日の朝、彼女の別宅に寄って、一緒に現地入りすることになった。A demain! 乗用車の窓から手を振って去って行く「キェウ」の姿を、私は見えなくなる迄、目で追っていた。

その日は住宅地の入り口にあった安モテルに宿をとった。そのわりに一泊六十六弗というのは高いような気もしたが、他を探す根気はなかった。この近くに、例のドイツ公演で亡命したという元俳優の料理屋があるらしい。そこへ食べに行こうとタンさんに誘われたが、お金だけ渡して、勘弁してもらった。とうとう「幻のキェウ」に会いはぐれた気落ちもあるし、奔流のごときヴェトナム語に疲れたということもある。夕食にも早い位の時間だが、一人になりたかった。腹が減ったら、少し歩いてハンバーガー屋にでも行けばよい。

ニュースでも見ようと、TVを付けたら、いきなり、馬のお尻が大写しになった。それも白馬が二頭。そこへ種馬がやってきて、二頭を相手に代わる代わる種付け作業に精を出し始めた。酪農の時間かと思ったが、よく見たら、馬ではなく、アダムとイヴたちの相も変わらぬ営みだった。サンノゼのTVは何て進んでるんだ、と感動したが、どうやら公共の番組ではなく、泊まり客への奉仕活動のようだった。ここで、エロスの探求とは無縁な劣情を催しても、役に立たないので、急いで消す。思い付いて、マダムLに貰った詩選集を取り出した。「キェウ」はヴェトナムで生まれたのだから、その心情は、彼の地の詩人の血の中に沈澱している筈だ。

ぱらぱら捲っていたら、こんな詩に目が留まった。

『定めなき身』　フィ・テュイエ・バ

私を捜しに　尋ねて来ないで
見つけたいなら　路上の蒼い風に聞いて

天空に馥《かお》る　幾百の香りに聞いて
絹糸を織り出す　幾百の蜘蛛に聞いて

見つけたいなら　琴の弦に聞いて
詩の誕生を夢見る　筆先に聞いて

見つけたいなら　当てのない土地を尋ねて
私だって　この私が
どこをさ迷うのか　知りはしないんだもの

なんだか、キェウが私に向かって話しかけているような気がした。ヴェトナムの心など何も知らない異邦人に追いかけられて、キェウも迷惑がっているかもしれない。幻は幻のまま、そっとしておけという、これは暗示なのだろうか。物好きの哀れな男は、老朽の身を丸めて寝台に潜り込んだが、あさきゆめみし、えひもせす、ん。

第三十一夜…霧のサンフランシスコ

FOGGY
SAN
FRANSISCO

朝九時、ビ・トゥアンさんの別邸へ向かう。目的地に近付くにつれ、道路沿いの料理店の看板に、スシ、ワサビ、ラーメンなどという表示が増え出したのは、この辺りも日本人ら東洋黄色の民が棲み分けている地域ということか。坂を上りきった高台の閑静な住宅街。すでにキェウの扮装をしたビ・トゥアンさんに迎えられる。邸内は、ヴェトナム時代の夫妻の暮らしへの郷愁をすべて注ぎ込んだような、贅を尽くした東洋風の造りだった。今は娘のいることとパリと、ほとんど半々に過ごしている由。心尽くしの朝粥とお茶を頂き、迎えに来た若者の車に同乗、小一時間ほどで、湾上が霞む「霧のサンフランシスコ」へ到着した。

テト・フェスティヴァルの会場は、ヴェトナム料理店などが集まった目抜き通りの十字路。サンノゼの会場と同様、通行止めになった車道の真ん中やビルの壁に、南ヴェトナムの小旗がずらりと飾られ、露店には観光客を含めた人々が群がっている。二つの車道が交わる所に並べられた椅子は、ディアスポラの民で埋まり、最前列に座ったビ・トゥアンさんには、サインを求めるファンが列を作った。

やがて、号令を掛けながら、赤いベレーに迷彩服の男たちが、南ヴェトナムとアメリカの国旗を先頭に入場、舞台前に陣取る。敬礼の合図と共に、国旗が高く掲げられ、「星条旗よ、永遠なれ」の演奏が始まる。次いで旧ヴェトナム共和国の国歌。胸に手を当てるサンフランシスコ市長たち。合唱する人、涙を流す人、頭を垂れる人……。サンノゼ会場のとき、旧南ヴェトナムを「想像の共同体」と表現したのは、おそらく間違いだろう。むしろ、失われて初めて、国家は「想像」ではない、「現実の共同体」となるのではないか。ちょうど、失われて初めて、楽園が楽園としての実在感を持つように。

突然、けたたましい爆竹と共に、ごった返す人波をかき分け、獅子や道化が登場。辺り構わず大暴れする姿に、人々は大喜びしながら、新年の到来を祝った。そこまでは良かったが、この後、黒人の市長を始めとして、延々と祝辞が続いたのは、異邦人の身としては閉口した。この地が、ロスはもちろん、サンノゼに比べても、かなり肌寒いのは、海に接する高台に位置しているせいだろう。街中から湾へ向かって坂を下る感じは、神戸や小樽に似ているが、T襯衣《シャツ》に薄い綿のジャンパー一枚では、それだけ浜風が身に染みる。ビ・トゥアンさんがなぜ毛皮の半コートを持ってきたのかが、やっと分かった。キェウも現実に対処する能力が要求される。

くしゃみが二つほど出たところで、漸く余興になった。民族舞踊にポップスが出たところで、ビ・トゥアンさんの出番だ。車の中で聞いたところでは、キェウが初めて恋人に会う場面を演じ歌うということだった。確かに彼女は堂々と、かつ切々と歌い演じ、やんやの喝采を浴びた。第一級の歌姫であり女優であることは、この仮設舞台からでも、充分感じられた。市の助役が恋人の役を演じたのもご愛嬌だった。しかしやはり、本物の舞台で唄い切り、演じ切るのとは、かなり勝手が違うだろう。ほかの亡命した歌姫たちと同様、彼女にもまた、単なるノスタルジーとは別に、カイルォンの歌姫としての人生を完全に燃焼し切れなかった思いが残るはずだ。それは、白人文化、普遍文化を代表するヌレエフやバリシニコフの亡命とは違う、日本も含めたローカル文化圏に属する人間の宿命と言うべきか。

出演を終えて、サンノゼへ戻る車中で、ご主人がぼそっと呟いた。「Vous voyez, Monsieur. あの熱気ですからね。ヴェトナム公演に参加などしようもんなら、連中が黙っちゃいません。たちまち総スカンを喰らいますよ」

暴力とアメリカ

ご夫妻とは再会を約して別れた。再びロサンジェルスに舞い戻り、素直に宿へ直行すればよかったのだが、ここでタンさんが欲を出した。宿の近くにヴェトナム人用の新しいショッピング・モールが明日開店する。一寸覗いていこう。という訳で、宿を目の前にして、モールへ寄ることになった。広大な駐車場に停めたとき、重いリュックを担いで店内を回るのがしんどかったので、車内に荷物を残しても大丈夫か、と尋ねたら、NO PROBLEM、鍵を掛けるから心配ないと言う。在米二十余年氏の判断だから、疑う理由は何もない。

中はどの店も明日の開店準備でバタバタしていた。ブティックを中心にいろいろな店があったが、とりたてて目新しいものはなかった。会う人ごとに、いちいち日本からのジャーナリストだ、と紹介されるのが煩わしかったが、それこそがタンさんの狙いだったのかもしれない。

二十分ほど犯罪者のように引き回されてから、車の所へ戻って、唖然。前扉の窓ガラスが粉々に砕け、助手席に置いた私のリュックが忽然と消えている。さすがのタンさんも、今度ばかりはお得意のDON'T WORRYは出てこなかった。呆然として、I'm sorry, I'm unlucky. と繰り返すばかり。私のほうはアンラッキーどころではない。真っ青だ。というのも、写真機二台にテイプ・レコーダー、

サン・フランシスコに舞うキェウ――ビ・トゥアンさん

帰りの航空券など、確かに痛いことは痛いが、それよりも何よりも衝撃だったのは、五冊の大学ノートを失ったことだ。そこには、ヴェトナム、フランス、アメリカでのこれまでの取材結果がびっしり記されていた。今迄の取材が全て無になった。そう思ったら、一瞬貧血を起こしたように目の前が冥くなり、私はしゃがみこんでしまった。

　Are you all right?　揺り動かすタンさんの手を振り払うと、ポリス！　ポリス！　と絶叫した。タンさんが慌てて知り合いの店へ電話を掛けに行く。暫くして、車のそばで蹲《うずくま》っている私を、店の者が呼びに来た。ヴェトナム語を話せる警官が捉まらないので、英語の分かる関係者を出せ、と警察で言ってると言う。タンさんの英語は全く通じなかったらしい。成程、アメリカの警察は、色んな言葉を話せる人間を用意しとかないといけないのだ。改めて移民国家の現実を実感する。

　店に入っていったら、タンさんが息巻いている。ヴェトナム地域の警察にヴェトナム語の分かる警官が常時いないなんてけしからん、という訳だ。こんな切羽詰まったときに、妙な話だが、以前観たアメリカ映画のジョークが不意に浮かんだ。一人の男が、言葉の全く通じない相手に向かって怒鳴る。

「ここはアメリカだぞ。アメリカにいるんなら、ちゃんとスペイン語で話せ!」

代わって電話に出て、警察に被害の状況を説明し、警察車の出動を要請する。分かった、すぐ行く。余りに調子のいい反応に、やや違和感を感じる。というのも、以前、生活していたとき、よほど大きな被害でもない限り、おいそれと警察は動いてくれなかった、という経験があるからだ。勘は当たって、待てど暮らせど、パトカーはやって来ない。再度電話したら、違う人間が出て、また、分かった、すぐ行く、と言ったが、そのまま延々と悠久の時が過ぎた。

警察の車を待ちながら考えていたのは、やはりアメリカの暴力性だ。ヴェトナムでの被害は、ジーンズの尻ポケットを切られたことと、バスで隣に座った女が妙に体を押しつけてくると思ったら、何時の間にかリュックから写真機を抜き取られていたことぐらいだ。いずれも技術的な習練を要するが、アメリカのは習練もへったくれもない。「力への意思」とでもいったやり方で、ガツンとやっつける。この風土の差を難民たちが乗り超えるためには、かなりのエネルギーがいるだろう。そういう事情で、この旅の報告は、すべて記憶だけで書いているため、記述に曖昧な点があるとすれば、取材ノートの盗難によるものであることをお断りしておかなければならない。

パトカーは、ゴドーと同じように、何時まで待っても来ない。この調子で待ち続けていたら、市民権が取れるぐらいの月日が経ちそうだ。暗くなってきたので、あきらめて、宿へ帰る。旅券だけはポケットに入れていたので、無事だったが、現金も旅行小切手も盗られ、帰りの航空券もない。いま考えても、名案が浮かばないので、不貞腐れて、寝る。

第三十二夜…さらば、「南ヴェトナム共和国」

ADIEU "SOUTH VIETNAMESE REPUBLIC"

一夜明けて、腹は決まっていた。取材ノートは失ったが、中古とはいえ、頭のコンピューターはまだ稼働中だ。こいつの記憶装置を全回転させて、軌跡を再現してみるしかない。ノートを失ったことによって、逆に見えてくるものがあるかもしれない。そのほか送金の問題とかいろいろややこしいこともあったが、省略する。

朝、タンさんと、ガーデン・グローヴの警察署へ被害届けに行く。車の窓ガラスがないので、速度を上げると、結構風が肌寒い。警察の窓口で、「お前が本人か」と係官に聞かれたから、「残念ながら」と答えたら、「どうして残念なんだ」とバカな質問が返ってきた。「被害者にはなりたくないからね」と言ったら、「Too late」とほざいた。「ああ、too late だ。警察の対応まで too late だ」と皮肉ったら、肩を竦めて、「ファイル代十ドルだ」と言う。「ほう、金を盗るのは強盗だけかと思ったが、アメリカでは警察まで盗るのか」と追い討ちをかけたら、「なんなら値上げしてもいいんだぞ」と凄い目付きで睨まれた。

帰り途、タンさんが言いにくそうに、例のショッピング・モール（皮肉にも「幸運のモール」という名前だそうだ）の開店に合わせて、テトの記念式典が始まるから、一寸寄ってくれ、と言う。いまいましいが、仕方がない。おまけに、昨日はガランとしていた駐車場が今日は満員だ。これなら被害に遭わなかったろうに、と思ったら、また癪に触ってきた（この被害の話を聞いた知人の反応は、一様に、それはお前がドジだからだ、というものだった。マダムLによる「あなたはドジ」という評価は、どうやら国境を超えた普遍性があるようだ）。

式典はサンフランシスコと似たようなもので、ガーデン・グローヴ市長らの祝辞、爆竹と獅子の踊り、旧海兵隊員による両国国旗を捧げての行進、両国歌演奏、拍手と涙、むんむんとする熱気。毎年、テトの季節が来る度に、アメリカや世界の各地で、旧南ヴェトナム共和国は蘇りを果たすのだろう。このエネルギーは案外馬鹿にならないかもしれない。統一を達成した側は、すでにリビドーが鎮まっているが、祖国奪回に燃えている側では、年々リビドーが高まるばかりという感じがする。もちろんアメリカ育ちが半数を超えるようになれば、また話は別かもしれないが。タンさんから借りた写真機で撮影したが、この写真機、気分次第でシャッターが下りたり下りなかったりするという、持ち主に似た不思議な代物だった。

明日この地区で、テトの大パレードがあるから、明朝の帰国を一日延ばせ、とタンさんが言う。そんなこと言ったって、帰りの航空券を盗まれたから、予定の便で帰らないと、運賃払い戻しの請求ができないのだ。正規の片道運賃千三十一弗が払い戻されないのは痛い。大行進を見たいのはやまやまだが、後ろ髪を引かれる思いで帰るんだ、と幾ら説明しても、納得しない。意思の疎通はほんとに難しい。

午後、イェンさんが迎えに来た。銀色のミニ・スカートからすんなり伸びた脚が眩しい。彼女は事故のことをもう知っていた。たぶんタンさんが連絡したんだろう。

「お気の毒でしたけど、『失えば、得る』と言いますから、きっといいことがありますわ」この言葉で、ヴェトナムのマダムLがハンドバッグを切られたとき、『不幸は何かしらいいことをもたらす』というフランスの諺を引いて、彼女を慰めたことを思い出した。慰めは難しい。逆効果になることがあるからだ。しかし今の私にとって、『失えば、得る』という言葉は一つの支えになった。

この間のカフェ・バーでいいかしら？　彼女がサングラス越しに尋ねる。私は構いませんが、タンさんからは、あそこへは二度と行くなと言われました。そう言ったら、Why? といかにも不思議そうに聞く。あそこへ行くと、あなたを巡って、男同士の血みどろの争いが起き、時には拳銃も乱射されると言うんですが。聞いたとたんに、彼女はころころと笑いだした。私を巡って男が争うんですって？　それは楽しみね。なら、是非とも行かなくっちゃ。

カフェ・バーはこの間と同じように静かで、イェンさんが入っていっても、色めき立つ気配はなかった。私たちは前回と同じ窓際に座り、同じ赤ワインとスパゲッティ・ナポリターノを注文した。彼女は例の光る眼で私をじっと見つめた。

「昔のことは思い出したくないことばかりなの」彼女は微かに眉を顰《ひそ》めた。「でもお約束したんですから、何でもお尋ねになってください」という訳で、聞き出したのが、以下の話だった。

ゴ・ティン・イェンさんの話

（イェン）まだ幼いときに、母は姉と私を捨てて、家を出て行きました。だから私は祖父母に育てられたんです。母については、ほとんど何も知りません。常時いませんでしたし、祖父母は何も話してくれませんでしたから。うっすらと感じたところでは、母は全くの自由人で、あらゆる束縛を嫌ってたようです。いわゆるプレイガールというんでしょうね。享楽だけを求めて、男と博打に明け暮れる、そんな人だったんじゃないかな。たまにふらっと家に帰ってくることがありました。そんなときは、たいてい不機嫌で、訳もなく殴られました。今思えば、帰ってきたときは、一人の男と別れ、次の男が現れるまでの間だったんでしょうね。別れた後だから、苛々も募っているでしょうし、私の父とは別れ方が良くなかったのか、私はとりわけ憎まれ、邪険に扱われました。父ですか？　全く知りません。何も話してくれないし、写真もないということでした。唯一分かったのは、姉がフランス行きを認められ、私がアメリカになったから、姉の父はフランス人、私の父はアメリカ人なんだろうということだけです。

母をどう思うか、ですか？　どんなにひどい女でも、その人が私の母だという事実に変わりはありません。母を取り替えるわけにはいきませんから。それが私の運命なんです。家族のことはあまりに辛くて、これ以上お話しできません。

ある日、私は家を出ました。そしてたまたま知り合った男と結婚しました。十六歳のときです。普通の家族に憧れてて、とにかく自分の家族が持ちたかったんです。ところがこれが、金持ちのドラ息子で、とんでもないプレイボーイでした。次から次へと女を拵《こしら》えて、私がなじると、殴るんです。耐えきれず、私のほうから離婚を申し出ました。彼は喜んだんですが、一方では、私から先に言い出されたのが、癪にも触ったんですね。で、嫌がらせのため、私から一人の子供を取り上げることを、離婚の条件にしたんです。八四年に離婚しましたが、その後、一切子供には会わせませんでした。

それからの私は全くの孤独でした。お金もなく家もなく、人の家を転々とする毎日でしたね。喜んで受け入れてくれる人も、嫌がって拒否する人もいて、人の心が様々であることを知りました。

私にとっての不幸は、私がアメラジアンだったことです。そのため、どこでも就職を断られました。

それは、敵国人種の血が入っているということだけではありません。もともと外国人を好まない体質がヴェトナムにはあるんです。その上、アメラジアン側にも問題がありました。親に見捨てられ、ひどい環境で育った彼らには、素行の悪い者がワンサといたんです。そんな状態でしたから、私は皆から拒否され、疎まれ、馬鹿にされ、まともな人間扱いされませんでした。今夜泊まる所がなく、ボロを纏って道に蹲《うずくま》り、人や車の流れをぼんやり眺めながら、もう死ぬしかないな、と何度も思いましたが、その衝動をなんとか抑えられたのは、小さいときから好きだった詩を書き続けたいという思いでした。新聞社にアルバイトの口を見つけてからも、夢中になって詩を書いていましたね。

九〇年になって、突然、別れた夫が、彼女とボートで国外へ脱出するのに邪魔になるから、子供を引き取れと言ってきたんです。それまで絶対会わせようともしなかったのに。でも私は引き取りました。それも私の運命だからです。そして九一年、子供と共にアメリカへ来ました。今迄子供に何もしてやれなかったし、ここのほうが、より良い教育、より良い環境を与えられると思ったからです（突然彼女は顔を蔽った。震える肩を茫然と眺めながら、混血のことも、ヴェトナム人のことも、アジア人のことも、そして人生の重みということについてすら、何も知らない愚かな自分を感じていた）。

全ての人に拒まれ、全ての人に蔑まれ
愛する祖国を、私は離れる
冷たく、ひもじく、震えながら
道の端にしゃがみ、涙を流す
家族に会いたい、と

存在しない、幻でしかない家族に！

これは後に貰った彼女の詩集の一節だ。ほかにも、故郷と別れ、愛と別れた哀しみを詠った詩が随所に見られる。彼女が顔を上げ、私の差し出した手帛《ハンカチ》で、アメリカ人のように音を立てて洟《はな》をかんだ。

（イェン）こちらへ来て暫く経ってから、また突然、彼から連絡がありました。マレイシアの難民収容所からでした。一刻も早くここを出てアメリカへ行きたいから、そちらで運動してくれという頼みでした。私はすぐセネターに直訴して、彼をアメリカへ来させることに成功しました。故郷の母も、しょっちゅう金を送れと言ってくるので、時々送金していますし、いずれは引き取るつもりです。（おそらく私が腑に落ちない表情をしていたのだろう。彼女は急いで付け加えた）お分かり頂けないかもしれませんが、すべてを赦す、というのが私の生き方なんです。ただ、また一緒になりたいという彼の申し出だけは断りました。あんな悪夢は二度とゴメンですから。

私の生き方の原則は三つあるんです。一つはさっき言った、すべてを赦すということ。二つ目は、私よりも家族の運命を優先させる。家族のほうが大事ですから。三つ目は、どんな未来も受け入れるということです。

どうせ私は、ヴェトナムにいたときは、何時も変な外人と言われてましたし、ここで一寸ヴェトナムの現状に理解を示すようなことを言うと、すぐ共産主義者のシンパだと言われる。どっちの側にいても、社会に溶け込めない変な奴だと思われるんです。そう悟れば、どんな未来でも平気ですね。Let it come. Come what it may. 他の人に何と言われようと、私は私の信じる生き方をするだけです。

いずれ神様がいい人に巡り会わせてくれると思うし、駄目なら駄目でも構いません。全てを運命として受け入れます。

イェンさんは何かに挑戦するようなキッとした表情をしてから、時計を見て、あらっ、と慌てた。「もうこんな時間。カン・リーの所へ遅れちゃうわ。その前に、一寸家へ寄らせてください」。今日は私が払うなどと言う彼女を抑えて、会計をしながら、念のため店内を見渡したが、二組居た客は、こちらを見向きもしなかった。

彼女の家へ向かいながら、今の話を振り返ってみて、イェンさんの生き方には、少なくとも三つの思想が入り混じっていることを感じた。自分の信じる生き方を貫くという西洋風自我、家族を最優先するという儒教(ヴェトナム)思想、そして全てを運命の手に委ねるという仏教的諦観。今までの各女性へのインタヴュウから見ても、現代ヴェトナム女性の多くに共通すると思われるこの混じり合いは、あるいは彼女たちの強さの根源なのかもしれない。

イェンさんの家は二階立てアパートの二階だった。少し遅れて居間へ入ると、いきなりチワワに手を噛みつかれた。犬に歓迎されないのは、ここだけの話ではない。とにかく私と犬とは相性が悪い。我が家へ帰る道すがら、毎度御馴染みの筈なのに、決まって家々の犬どもに吠えられる。それも私だけなのだ。多分犬の防衛本能を刺激するような悪性のフェロモンを出しているに違いない。若いうちは、いい加減にしろ、と癪に触ったが、中年を過ぎてからは、犬に嫌われなくなったら、生命力が稀薄になった証拠だと思うようになり、吠えられると、かえって安心する。

イェンさんはすぐ、パソコンの前に陣取って、猛烈な勢いでキーを叩き始めた。勿論詩では食べられないから、カン・リーらの唄の作詞や、ヴェトナム租界向けの雑誌編集などで、やっと生活しているようだ。部屋はかなり雑然としており、真ん中にでんと置かれたソファで、イェンさんに似た少女がぼんやりTVを見ている。結婚披露宴のような場面だったが、不思議にも交わされる会話が全て字幕で画面に表示される。お嬢さんの説明によると、「WEDDING LIFE」という移民対象の再現ドラマだそうで、登場する移民たちが伴侶と知り合って結婚するまでを再現することによって、彼らが早くアメリカ社会に溶け込むことを奨励する番組だと言う。

ついでにお嬢さんに結婚観を聞いてみたら、ヴェトナムの男は絶対嫌、という答えが返ってきた。何もかも奥さんにやらせて、自分は威張りくさっているだけ。そんな亭主はいらないそうだ。父親とは殆ど接触がないから、よく分からないが、勝手に自分たちを捨てていった、典型的なヴェトナム男で、とても好きにはなれない、テトを口実に、この家を尋ねてくるらしいが、ちっとも会いたくない、とのことだった。

アメリカの歌姫

イェン宅を出発、友人の作曲家夫妻を途中で乗せて、カン・リー宅へ向かう。哲人のような髭を蓄えた作曲家氏は、カン・リーの唄をよく作曲すると言う。話好きの夫人は元サイゴンのアメリカ大使館員。七五年四月二十八日、空港から聞こえる絶え間ない砲声の中を、大使館の屋上で震えながら一夜を明かし、翌二十九日早朝、ヘリコプターで沖合の米艦に乗り移った。あのときのことを思い出すと、今でもぞっとする、と肩を竦めた。

カン・リー宅は市の中心に近い住宅街の一角にあった。本人に迎えられて、居間へ通される。今送られてきたばかりだと言って、『サイゴンの歌姫』という日本語の本を持ってきた。早速作曲家夫人が、本の元になったTV番組をヴィデオで観た限りでは、番組の作り方に非常に違和感があり、カン・リーの実像とはまるで違う、と力説。あなたはもっと彼女の実像に迫るべきだ、とハッパをかけられた。かけられても、どうにもならないから、ただ、はあはあと頷くしかない。

あなた、キェウを追い掛けてるんですって？　キェウなんて大嫌いよ。ビールを運んできたカン・リーさんがいきなり挑戦してきた。キェウがヴェトナム女の典型だなんて、とんでもない。あんなの、作家が体制批判、官僚批判をしたいために、直接では批判できないから、中国の話を借りてきただけ。世を果敢《はか》なんで自殺するような女とヴェトナム女性とは何の関係もございません。ピシャリとやられたが、彼女の気持ちも分からないではない。例えば忠臣蔵で、夫のため親のために我が身を犠牲にして遊里へ売られて行くお軽を、日本の女の典型だと言ったら、少なくとも「モダンな日本女性」は反発するだろう。同様に、ヴェトナムの「古さ」を否定したい人間にとって、キェウがヴェトナム女性の象徴に祀り上げられることは、いたって迷惑至極な話に違いない。

それでは、南北の差なく、キェウをこぞって賛美した演劇の女優たちは、いずれも「古い」からだろうか。そうではないのではないか、というのが偽らざる実感だ。いまでもヴェトナム女性の中に、キェウは確実に生きている。彼女たちがキェウに共感するのは、受苦を貫き通すことによって、逆に自己を全うするようなキェウの生き方に、何処か共鳴するものがあるからだろう。それがアジア的姿勢かどうかは知らないが、自分たちの精神の中にキェウが生きていることが、ヴェトナム女性の強さに繋がっているように思えてならない。

もっとも、イェンさんも作曲家夫人も一緒になってキェウ批判を繰り広げている場で、うっかりそんなことを言うと、帰れなくなりそうなので、ただキェウとヴェトナム女性が全く無縁とは思えない、と言うに留めたが、それだけでも、あなたはヴェトナム女性のことを何も知らない、と集中砲火を浴びた。そこで、二十年以上もアメリカにいて、まだヴェトナム女だと言い切れるのか、と逆襲したら、もちろん、とカン・リーさんはきっぱり答えた。

「私の過去が私を造った以上、私は今でもヴェトナム人だし、これからも死ぬまでヴェトナム人であり続けるでしょうね。確かにアメリカには自由があるけど、人生に大切なのは自由だけではない。はっきりとは分からないが、ここには大切な何かが欠けているような気がするわ。Everything is too busy, too noisy, too fast and too technolised to bring up love. 男女を問わず、アメリカで、平日に仕事以外の用で人と会うのは、殆ど不可能でしょ。その位、みんな狂ったように働いてるのよ。そこからは本当の愛は生まれない。それなのに、この間久し振りにヴェトナムへ里帰りしたら、向こうでは、夢中になってアメリカの真似をしてるみたいだった。何でもmoney, money, money ってね。困ったもんだわ。私に必要なのは、お金ではなく、愛なの。愛を求め、愛に溺れ、愛を失う。その全てが唄になるのよ」

やがて作曲家氏のギターで、彼女が唄い出した。意味は分からないが、その声の深さが、シミオナートの歌声のように、心に沁みた。私の詩なの。ビールで目元を染めたイェンさんが嬉しそうに言う。間もなく吹き込みがあるのよ。あなたがそれ迄いられるといいんだけど。

ワッツの火祭り

作曲家夫妻がここに泊まることになったので、帰りはイェンさんと二人になった。彼女は前より饒舌だった。九六年メキシコで開かれたペンクラブ国際会議に、南ヴェトナム代表（!）として出席したことなどを楽しそうに話す。向こうでは作家はとても尊敬されているのね。何処へ行くにもオートバイの先導がついて、完全なＶＩＰなの。

私はさっきカン・リーさんが唄った唄の内容を尋ねた。彼女は、ヴェトナム女性らしい、はにかみの色を浮かべながら、意味を教えてくれた。

「忙しい、が口癖になると、永遠に機会を失う。もし私を愛しているなら、今すぐそれを言いに来て。さもないと、私の墓標にしか会えなくなるだろう。忙しさを先のばしの理由にしないで。さもないと、一生後悔することになるだろう……。こんな意味なんだけど、ヴェトナムにいたとき、毎日のように体験していたことから、生まれた詩なの。これを最近ある集まりで読んだら、みんな泣き出したり、興奮して大変だった。明日を当てにすることは出来ない。そんな実感を持ったのは、私だけじゃなかったの。これこそが、ヴェトナム戦争で、ありとあらゆる死と別れを体験した私たちが共有する人生哲学だったのね」

車が速度を上げる。ハーバー・ＦＷＹの標識が一気に後ろへ飛び去る。前方に拡がる低い家並みと街灯の連なり。私たちは真っ直ぐ南へ下っているのだ。私の中にＤＥＪＡ　ＶＵの感覚が生まれる。

運転する私の肩に凭れているのはジネットだ。つと手を伸ばし、ラジオのスイッチを入れる。

「ワシントン発。ペンタゴンが今日の午後発表したところによりますと、ヴェトナム戦争の拡大に備えて、大統領の兵力増強命令を実施するため、九月の徴兵人員数は二万七千四百人、と通常の一万人増、十月は三万三千六百人、と通常のほぼ倍に増やすことが決定されました。これは朝鮮戦争以来最大の徴兵数になります」

「同じくワシントン発。労働省が部外秘の報告書で、『大都市に住む黒人の家庭生活が崩壊を速めており、このまま放置すれば、新たな人種危機を招く恐れがある』と指摘していたことが、今日明らかになりました。都市部では、結婚した黒人女性の四分の一が離婚か別居中で、新生児の二三・六％が私生児となっています。また黒人の失業率は白人の二倍と高く、『政府が都市黒人の当面する問題と早急に取り組まない限り、危機は避けられない』と報告書は結んでいます」

「続いてローカル・ニュース。今日ロサンジェルスで、反戦デモ隊と除隊兵たちの衝突が起きました。UCLAの学生を中心とするヴェトナム反戦デモ隊およそ八百人が、サンセット大通りを行進中、フェアファックスとの交差点近くで待ち構えていたヴェトナム帰りの除隊兵たち三十人余りが、彼らに向かって一斉に生卵をぶつけりました。これが引き金となって、双方が衝突し、多数の怪我人が……」

ジネットがまた釦《ボタン》を切り替えた。ゆっくりしたバラードが流れてくると、安心したように眼を閉じ、身を寄せてくる。

変わった女だ。陽気にはしゃいだかと思うと、突然黙り込む。ラブレア通りのカサ・ェスコバールという倶楽部で、連れの女性と隣の円卓に座っていた。踊りに誘うと、すぐ立ち上がったが、「私はいい男が嫌いなの。だからあなたの誘いをOKしたのよ」などと余計なことを言う。ヨーロッパ訛りがあるので、聞いてみたら、フランス人だった。職業は諜報部員だそうだ。諜報部員が何しにLAへ？と聞いたら、それを言ったらクビよ、と笑った。Regardez. 前髪を手で掻き上げると、額の生え際に深い疵跡があった。「諜報活動中にエリコプテールが落ちたの」

「え？　何が落ちたって？」

「えーと、ほら、ヘリコプター」力を込めてHを発音した。「あちこち骨折して、大手術をしたわ。今でも激痛で、夜中に飛び起きることがあるの。大変な仕事なのよ」暫く黙りこくっていたが、突然笑い出した。

「ねえ、聞いて。このあいだティファナへ遊びにいったら、土産物屋の店員がしつこく品物を勧めるの。これもいらない、あれもいらないって断り続けていたら、最後に、じゃ、僕はどう？　ですって。It's funny. N'est-ce pas?」

前方に狼煙のような二筋の火の手が上がっている。かなり大きい。ワッツ地区だ。何だろう？　火事かな？　私の呟きに、ジネットが目を開け、さっと顔色を変えた。「そこ、下りましょう」

「だって、ワッツへ行くんじゃないの？」彼女はワッツに住む友人の前衛芸術家を私に紹介する約束だった。それには、ここで下りたら早すぎる。

「いいから、言う通りにして」彼女の緊張した様子に違和感を感じたのは、もちろんこれが、六五年八月、全米を揺るがすワッツ黒人暴動の始まりだとは、夢にも思わなかったからだ。

ハーバー・FWYを下り、言われるままに、くねくね曲がって、静まり返る住宅街のお屋敷の前で停まった。こんなボロ車を駐めるには相応しくない場所だ。私が車の扉を開けるのを待たずに、ジネットは飛び下りた。小走りに門へ向かい、鍵を開けると、私を手招きする。「ここ、誰の家なの？」「しっ、大声を出さないで。私の家よ」。若い女が一人で住むには大きすぎる。木々の間を通って玄関へ。ここは門灯がなく、真っ暗だ。彼女は手提げから小さな懐中電灯を取り出し、手元を照らしながら、玄関を開けた。

広々とした居間のようだったが、暗くてよく分からない。すぐ灯りをつけるだろうと思ったのに、ふっと彼女が消えた。ジネット！　しっ、ここよ。暗闇から伸びた手が私を把んだ。そのまま慣れた様子で私を導いて行く。把手を回す気配がして、部屋へ連れ込まれた。閉めて、と言われ、手探りで扉を閉めると同時に、灯りがついた。広い寝室だった。

寝台の背凭れに体を預けた彼女が、緑色に光る妖しい目付きで、傍らの枕を叩いた。Viens ici! 私は次の場面を予想して、手を広げながらそばへ寄ったが、彼女は手の下をするりと掻い潜り、寝台の裾へ這っていった。TVをつけるためだった。たちまち画面一杯に、火を付け、放水車に投石し、略奪する黒人の群衆が映し出された。時々画面が烈しく揺れ、撮影者も安全でないことを物語っていた。目の前の車がひっくり返される。群衆は「BURN BABY! BURN!」と口々に叫びながら火をつけ、車はたちまち燃え上がった。

「一一六番街とアバロン街の交差点よ。もし私たちがあのまま行ってたら、あの燃えているのが、私たちの車でしょうね」

ジネットがこちらの肩に顎を乗せ、画面を指差す。彼女の瞳の中で炎が燃えている。ワッツはそれまでに何度も行ったが、私の家よりよほど高級な住宅が並んでいて、ここがアメリカで最も人口密度が高い所だとは、とても思えなかった。

「あなたの友人はどうなっちゃったのかな?」

「あの中にいるでしょ。何かあったら必ず暴動に発展するって、彼から聞かされていたの。彼は既に何回か逮捕されている注意人物だから、生きてれば、またぶち込まれるでしょうね」

夜空を焦がす炎にますます興奮した群衆が叫び続ける。BURN BABY! BURN! BURN BABY! BURN!

「彼、いつも言ってたわ。スラムに黒人が住むんじゃなくて、黒人の住む所をスラムと呼ぶんだって。俺たち黒んぼが『自由を、しからずんば死を!』なんて言ってみろ、すぐ殺されっちまうって笑ってたけど。実際ヴェトナム戦争じゃ、黒人兵の死亡率が異様に高いってことは知ってるでしょ？でも、駄目ね。幾ら共感を示しても、白人に俺たちの気持ちが分かるはずないって言われちゃって。どうしても、壁を越えられなかった」

いったん沈んだ口調になったジネットが、顔を紅潮させて私に馬乗りになり、画面に合わせて叫び始めた。BURN　BABY！　BURN！　BURN　BABY！　BURN！

画面がぼやけ、カン・リーの日本語の唄が流れてきた。イェンさんの車は私のホテルの中庭に停まっている。

永遠に薫る花々

風さえも泣いている　一人は寂しいと
今日もまた膝を抱き　恋の消えた街で
私は待っています　あなた帰る日
いつか見た青空が　帰る日を

「どうしても明日、帰るの？」
「ああ、残念だけど」遠くで爆竹が続けざまに鳴った。
「あの音、嫌いよ。まるで戦争が続いてるみたい」イェンさんは眉を顰《ひそ》めてから、思い出したように付け加えた。「カン・リーが明後日テトのパーティーを開くんで、あなたに絶対来てほしいって言ってるんだけど」

「明日帰らないと、飛行機代が戻らないんだ」

我ながら情けない理由だ。たかだか十万円をケチるなんて。貧乏人はこうしてみすみす機会を逃す。イェンさんはそのまま黙り込んだ。私も黙っていた。若い時ならすんなり出たはずの次の言葉が、どうしても出せない。やおら、彼女が小冊子を私に手渡した。

「私の詩集よ。これを読めば、もう少し私のことが分かると思うわ」

「有り難う。また会えるかな?」

「日本へ行きたい。けど、多分無理ね」

「私が機会を作るよ」

「いいの。無理しないで。ただ、連絡を頂戴。明日のことは分からないけど、もし死んだら、天使になって、あなたの仕事を助けてあげる」

私はマダムL以来の癖で、イェンさんの手の甲に唇を押し当てて、車を下りた。あっ、これ。窓から手を伸ばした彼女が、平たい紙の箱を差し出した。私に? 受け取ろうと背を屈めた私の首が両手で引き寄せられ、左の頬に唇が強く押し当てられた。私はお礼を言うのも忘れ、箱と唇の感触を抱き締めたまま、茫然と車を見送った。中庭を出た車は、ひらりと手首を宙に舞わせてから、左へ、リトル・サイゴンの闇の奥へと消えた。箱を開け、明かりに翳《かざ》してみたら、カリフォルニアの空と海のように青い青いネクタイだった。

部屋へ戻って、詩集を手にした。栞《しおり》の挟まった箇所を開いてみる。有り難いことに、英語だ。

『永遠に薫る花々』

悲しい時は　私のことを考えて
私はお日様じゃない　ただのちっぽけな灯にすぎないけど
手と手を重ねて　あなたを暖めてあげる

嫌われた時は　私に凭れかかって
私は天使じゃない　ただのちっぽけな夢にすぎないけど
心と心を通わせて　あなたを癒してあげる

私は彼女の痛ましい過去を聞き、彼女の涙を見、彼女が髪を振り乱して仕事している姿を見た。それでも尚、これだけの思いやりの心を、彼女は失っていなかった。「天使となって私を助ける」と言ったのは、単なる口上ではなかったのだ。詩は未だ続く。

疲れた時は　私の所へ来て
私は大樹じゃない　ただのちっぽけな木の実にすぎないけど
目と目を合わせて　あなたを励ましてあげる

愛し合うこと

それは永遠に薫る花々

SAIGON ENCORE

第三十三夜…胡蝶の夢

LE RÊVE D'UN PAPILLON

サイゴンは相変わらず暑く、空港の事務処理は相変わらずのろかった。機内から酔っ払って騒いでいた日本の団体客が、通関を待つ間も大声で喚き散らす。「日本」というシェルターの中に入ったまま移動しているだけなので、彼らが「外国」に触れることは、おそらくない。

ヴェトナムのお役人様

以前マダムLから聞いた話を思い出す。日本に留学して帰ってきた知人のお嬢さんの話として、

(1) 日本人はヴェトナム人を好きでない。

(2) 日本人はヴェトナムを貧乏だと軽蔑している。

(3) 日本人は政治や国際問題に興味がない。

以上が彼女の総括だが、それは本当か、とマダムに問い詰められた。平均的日本人である私を見て判断してくれ、と逃げたが、あなたのようなドジが日本人の平均とはとても思えない、とマダムは真顔で応じた。

まだ少年のような面影を残した税関の役人が、喚いている酔客を指差し、黙って唇に手を当てた。「ほらほら、静かにしろってよ。そんなこっちゃ、ヴェトナム姐ちゃんにもモテないぜ」彼らはどっ

と笑った。まるで民度が違うのだ。

タンソンニャット空港には、マダムLではなく、外務省情報部のお役人が、通訳として迎えに来ている筈だった。ヴィザ取得の際、ジャーナリストとして、正式に取材登録したためだ。そのことはマダムに固く約束させられていたから、しない訳にはいかなかった。その結果、宿泊先を含め全日程が事前に決められ、その一つ一つに、政府の用意した通訳がベタに付くことになった。発給された取材許可証には、許可事項以外の取材および指定通訳抜きの取材を行なうことは許されない、という恐ろしげな注意書きも添えられている。しかも、フランス語の通訳が払底しているため、外務省のお役人自らが通辞の役を相勤める、という最悪の事態。これでは身動きが取れない。在米ヴェトナム人からは、いったん登録したら、お上ご推薦の「いい人」以外には二度と会えなくなるよ、と警告されたが、個人の取材がここまで管理されるというのは、いささか驚きだった。なんとかマダムに未登録を承知させれば良かった、と後悔したものの、勿論、後の祭り。


アメリカから帰国したとき、マダムLから何回か電話のあったらしいことを、家族から聞かされた。そのとき初めて、滞米中マダムのことを殆ど思い出さなかったことに気付いた。パリにいた時は、毎日のように考えていたのに。もしかしたらそれは、アメリカという風土が、余りにもマダムの雰囲気とかけ離れていたせいかもしれない。それほど彼女には、フランスの匂いが全身に纏わりついていた。

マダムから電話が掛かるのは無理もなかった。パリから戻って以来、何の連絡もしなかったのだから、その後どうなったか、気掛かりなのは当然のことだ。怒られるのを覚悟の上で、恐る恐る電話をした。マダムは突然のアメリカ行きに驚いた様子だったが、別に怒ってる風はなかった。ただ、向こうでは何の収穫もなかった、と告げたら、そんなにすぐ見つかったらつまらないでしょ、とあっさり片付けられたのは、どうせ暇潰し（Bricolage）なんでしょ、と言われたみたいで、いささか鼻白んだ。人間、ほんとのことを言われると、機嫌が悪くなるものだ。

「マダム、ひょっとしたら、あなたは見つからないことを望んでるんでしょう？」

「Mais non. 一刻も早く見つけてほしいからこそ、電話したんですわ。まだ私が健康なうちに、乾杯をしたいですもの」

そうだった！　マダムは健康に問題ありだった！　慌てて状態を尋ねると、少し間を置いてから、大丈夫よ、心配しないで、という言葉が返ってきた。電話したのは、「キェウ」を思わせる女優がヨーロッパから戻ってきているからだ、と言う。ただマイ・リンではないらしい。「キェウ」という言葉に散々振り回されてきた身としては、またか、という気がしないでもないが、断っては、折角のマダムの好意に水を差すことになる。それなら一度話を聴いてみたい、と答えた。

「もし来るなら、今度は必ず取材登録をしてから来てね」その言葉を聞いたとたん、暫く日本に腰を据えようという思いがすっ飛んだ。前回のヴェトナム行で受けた脅しが、彼女の生活に今なお不安を与えていることを感じたからだ。責任は私にある。「登録すれば、今度は、お役所が相手ですから、私は何にもお手伝いできないでしょうけど」とやや沈んだ口調になるから、「あなたが手伝ってくれなければ、行きませんよ」と念を押した。

マダムからは、折り返し申請用の取材先リストが送られてきたが、例のごとく雑事に追われ、なかなか出発の日取りが決まらなかった。もし彼女から、「キェウの新情報あり。すぐお出で乞う」というFAXが入らなかったら、出発はもう少し延びていただろう。急いで詳しい取材日程を作り、ヴェ

ジーンズの似合う外務省情報部ランさん

トナム領事館へ提出。取材許可を取り付けての初めての来越ということになった。

延々と入関の列に並びながら考えた。許可証に記載された通りの監視付きの取材をしても、得るものは何もない。だから公式の取材は可能な限り早めに終え、邪魔な外務省の役人とおさらばしてから、ゆっくり自由な取材に取り掛かることにしよう。まあ、やれるところまでやってみるっきゃない。万一規定以外の取材がバレて、ぶち込まれたら、それはその時のことだ。そう思ったら、気が楽になった。一時間以上並ばされて、ようやく通関。前回の失敗に懲りたので、書類の写しが全て返却されたかどうかを、慎重に確かめる。

出迎えに来るのがお役人なら、荷物検査を終えた辺りにいる筈だと思ったが、それらしい人物は見当たらない。あきらめて出口へ向かう。ホテル名は知らされてあったので、タクシーで直行するつもりで運転手と交渉しているところへ、Monsieur? と声が掛かった。ジーンズ姿がぴたりと決まった、大学生とおぼしき綺麗な女性だった。Oui, c'est moi. 戸惑いながら答えると、「外務省情報部のランです、あなたの通訳の」と手を差し出した。ヴェトナムでは、いつも通訳に驚かされる。彼女は私が交渉していた運転手に何枚かの札を握らせると、こちらへどうぞ、と先に立って歩き出した。

ランさんはマダムLに負けないぐらい背が高く、マダムLに負けないぐらい姿が良かった。それにしても、ジーンズ姿のお役人とはねえ。それだけ民主的になったということなのか。それとも、ジーンズは労働着として奨励されているのかしら。

駐車場の端に停まっていた公用車らしい黒塗りの車から、すっとアオザイの女性が降り立った。マダムだった。私は駆け寄って、両手で彼女の手を握った。マダムは眩しそうな顔で微笑んだ。

「邪魔者がいると思ったでしょ？」

「迎えには来ないって言ってたから」

「あなたのことだから、ヘマしてランさんに会えないと困ると思って」

「その通り」追い付いたランさんが保証した。「マダムがあなたを教えてくれなかったら、絶対会えなかったでしょうね」

車の中でも、マダムとランさんは親しげに話をしていた。知り合いかと思ったら、なんとランさんは、女優キム・クーンさんの息子の婚約者であることが判明した。世間は狭いとはこのこと。お蔭で私は、外務省のお役人様と、初日から冗談を言い合う仲になってしまった。ランさんのフランス語は、本人が判定しているとおり、あまりうまいとは言えなかった。うまい人は全員パリに研修に行ってるとかで、彼女にお鉢が回ってきたものの、正直な話、マダムが助けてくれなかったら、自信がない、とおっしゃる。公式の通訳に助けを求められたのだから、マダムが意気揚々としているのも、無理はない。

指定された宿は、車とバイクが押し合いへし合いする市街のど真ん中にあった。高価な宿はダメというこちらの強い要求で、日本にも貧乏人がいることを悟ったらしく、ヴェトナム外務省としては破格の安ホテルを予約したようだが、それでも、一番安い部屋が五十弗《ドル》では、予算を超えてしまう。渋っていたら、ランさんが、キム・クーンの経営しているホテルのほうが安いから、代えたらどうかと言う。お役人自らの提案だから、問題のあろうはずがない。一も二もなく賛成して、直ちに、カクマンタン通りのキャセイ・ホテルへと移動した。彼女は顔見知りらしい受け付けの女性としばらく話していたが、三十一弗五十なら許せるか、と聞くから、許すと答えた。

胡蝶の夢

ホテルの食堂で打ち合わせる。果物の盛り合わせを頼んだら、給仕が唐辛子の瓶と一緒に持ってきた。やがて、パイナップルやマンゴーやバナナの上に、唐辛子が赤い雪のように降り注いだ。

公式インタヴュウの人選はマダムに一任したから、フンハ、キム・クーン、バイ・ナムと御馴染みの名前が並ぶ。毒蝮亭主によって脅かされた問題の大女優とも、早速明日会うことになっていた。外務省御用達というところを見せておかないとね、とマダムが笑う。今日は、この後すぐフンハさんとの約束が入っており、さらにドイツ大使館招待の西洋音楽演奏会にも付き合え、ということで、初日から休む暇もない。

フンハさんはお元気そうだった。寸暇を惜しんで、舞台人のための病院建設に走り回っている、とおっしゃる。激励して早々に辞し、ランさんとも別れて、マダムと演奏会に駆け付ける。コンサート・ホールはコロニアル・スタイルのどっしりした建物だった。ケルン・フィルによる演奏で、モーツァルトの何とかという曲だったが、始まると同時に眠くなってしまった。盛大な拍手に目が覚め、さては演奏が終わったかと思ったが、まだ第一楽章が終わっただけで、拍手が収まるまで、指揮者は観客に背中を向けたまま、辛抱強く待っていた。第二楽章が始まったら、再び夢の世界へ。眠いのは多分、モーツァルトのせいではなく、演奏のせいだ。サイゴンの暑さに負けたのか、楽団全員がだらっとした音を出すから、こちらもつい、パパゲーノみたいに眠り込んでしまう。

演奏会の後、マダムにクスクス料理を御馳走になる。眠ってしまったことを詫び、年だから、と弁解したら、彼女が空はどうしたの？　と智恵子みたいなことを言う。もう蒼くなくなったの？　それが、このところ天候不順で、と答えたら、軽く睨んで、でも、幸せそうな顔で眠ってらしたから、きっと楽しい夢を御覧だったんでしょ。そう言われて、楽しくない夢の内容を思い出した。何故か私は蝶になっている。毛虫でなかっただけマシと言うべきか。マダムも蝶で、どうやら私たちは、ひらひら舞いながら、交尾したらしい。その後、私はマダムの蝶に尋ねる。「いま交尾を終えて、私の役目は終わった。これで、何時死んでもいいということなんだろうか」。マダムはにこりとしただけで、何も答えない。不意に涙が込み上げ、マダムを抱き締めようとしたが、彼女はするりと躱《かわ》し、何処かへ飛び去ってしまう。私の体が地面に沈み込んでいこうとするとき、拍手が起き、指揮者が今度はこちらを向いてお辞儀をしているところだった。

勿論夢の内容はマダムには話さなかった。フロイトにも相談するつもりはない。余りにも明らかだからだ。夢物語を話す代わりに、その後、彼女への脅しがなかったかどうかを聞いてみた。

「何もなかったわ。気が抜けたぐらい。多分、以前より当局の姿勢が柔軟になったんでしょうね。前なら、私もあなたもきっと逮捕されてたわ。でも、やっぱり心配だから、登録をお願いしたの」

「お役人立ち会いのもとじゃ、いい話は聴けそうもないけどね。例の欧州帰りの女優とは何時？」

「物凄く忙しいみたいだけど、明後日約束を取ってあるわ」そう言ってから、突然思い出したのか、キェウに関する新情報が何だか、知りたくないかと尋ねた。勿論知りたい。

「実はね、あなたの求めている『キェウ』らしき人物を見掛けた者がいるのよ」

「その人は、今度会う人じゃないの?」

「そうじゃなくて、ほら、マイ・リンと呼ばれた人よ」

「マイ・リン? 本当にマイ・リンなの?」散々探し回ったあげく、再び振り出しに戻ったような気分だった。

旅行社に勤めているマダムの友人の説明によると、マイ・リンは、サイゴン陥落前、急速に人気の出た女優だが、すぐ行方不明になっていたところ、五、六年前、突然北に現れ、再びキェウを演じて話題を攫《さら》ったまま、また忽然と姿を晦《くら》ましたという。ところが一週間ほど前、友人がサイゴン市内でマイ・リンの姿を見掛けた、それも街頭で煙草を売っていた、と彼女に報告してきたそうだ。そんなことはありえない、とマダムは否定したが、友人は、大きなサングラスで顔を隠していたが、彼女に間違いない、と断言したと言う。その煙草売りは、二、三日して姿を消したため、友人がただいま追跡調査中とのことだった。

「キェウ」が近くにいる! そう考えただけで、惑々する。煙草を売っていたというのは、よく分からないが、何かまた、秘密の使命でも帯びているのかもしれない。もし見付かったら、何とかランさん抜きで、彼女の数奇な運命をじっくり聞き出し、そのエロスを全身で浴びてみたい!

「急に元気が出たようね」マダムが冷やかす。私は慌てて渋面を作った。

「明日の超豪邸インタヴュウでは、またあの毒蝮が出てくるのかな?」

「Mais non. あの二人はとっくに別れていたの。亭主は中国女とシンガポールに住んでるのよ。あのときだけ、格好つけるために、彼を呼んだらしいのね。あの騒ぎで、完全に仲が切れたみたい。同席させたことを、彼女は後悔してるそうよ」

私たちは改めて再会を祝し、お互いの想いを杯から唇へと移した。やがて想いは体内を巡り、目の前のアオザイを茜色に染め、伏せられた瞼の赭《あか》らみを、キェウその人のそれに変えていた。

第三十四夜…ビドンヴィルの夕焼け

LE CIEL EMBRASE A BIDONVILLE

八時過ぎ、ロビーへ降りると、受け付けの女性が、お休みになれまして？　とフランス語で声を掛けた。旧宗主国の言語を多少とも操る彼女は、その後もしばしば嬉しそうに声を掛けてくる。前回の取材でも感じたことだが、この国でフランス語を話すということは、それだけで、クレジット・カードよりよほど確かな、「上等人間」の証明になる。相手の態度ががらりと変わる。かつて植民地支配を受け、あれだけ長い戦いの末打ち破った相手国の言語が、未だにかくも尊重されているということは、何なんだろう？　何が評価あるいは尊敬の基準になるのか、日本と比較して、つい考え込んでしまう。

禁断の館

九時、公式通訳のランさんが大きなホンダで、マダムが小さなホンダでそれぞれ到着。ランさんはそのままバイクで、私とマダムはタクシーで、直ちに禁断の館へ向かう。前回と同じ門番に恭《うやうや》しく案内され、お手伝いが出てきてコンニチワ、それからご本人の登場となる。初めは対応がぎこちなかった彼女も、全く気に掛けてないというこちらの態度を見て、次第に打ち解けて話すようになった。

この大女優によると、『金雲翹』はかつて彼女の最も得意な演目だった。ところが七二年、この芝居で南部を巡演中、キェウの恋人になった英雄のトゥ・ハーイをヴェトコンそっくりに描いたという理由で、南の政府が第三幕の上演を禁止した。「こんな国民的傑作を禁止されて、私は深く傷つきました。その後も度々検閲にあったので、ついに七四年劇団を解散したんです。だから検閲制度は今に始まったことでなく、フランス時代も南の時代もしっかり存在していたんですよ」

七五年四月には、すでに外国行きの旅券を持っていたから、サイゴン陥落前に簡単に出国できたが、彼女は踏みとどまることを決意する。「演劇人が次々に出て行きました。私も出れば、いい暮らしができるかもしれないと思ったけど、真の芸術家なら、幸せも不幸もヴェトナムの民衆と共に負うべきだと考えたんです。結局、本当の大俳優たちはみんな残りました。国を捨てて出て行ったのは、たいしたことのない歌手や映画の人間が主でしたね」とパリのビ・トゥアンさんが聞いたら、カッカと来そうなことを言う。

新政府になって、文化人用の覚書きが彼女のもとにも届けられる。そこには、過去のもののうち、何がそのままでも良く、何が捨てられなければならないか、そして何が新しく学習されるべきか、例えば、ホーチミンらのいかなる著作が読まれるべきか、つまり何が良くて何が悪いかがはっきり示されていた。彼女は懸命に読み、学び、新時代に適応しようとする。その成果が上がったのか、七九年、演劇活動再開。カイルォンに対する北の理解も深まり、北部へも巡業に出かけるようになる。

「今もカイルォン一筋です。演劇人に関する限り、昔の貧困と違って、今は着るものも食べるものもぐーんと良くなって、演劇の環境は整ってきました。ただ『金雲翹』だけは、七二年の禁止以来、これをこなせるだけの俳優や技術陣がどうしても揃わないんです。一度ヴィデオにしたことはありますけど、二度と舞台公演できないのが、とっても残念ですね」

彼女はまた家族のアルバムを持ってこさせ、すでに存在しない夫との結婚式の写真や、既に独立した子供たちとの幸せそうな写真を、次から次へと私たちに見せた。その熱心な話し振りを聴きながら感じたのは、前回、あの毒蝮亭主さえしゃしゃり出て来なければ、何の問題もなく、一人の平凡だが可愛い女、金と権力に憧れ、遂にそれを手にした立志伝女優とのインタヴュウを終えただろうにということだ。ところが、「幸せ家族」を演出したいと彼女が願い、俺は偉いんだぞと毒蝮がひけらかそうとしたばっかりに、こちらがいい迷惑を蒙る結果になった。残念ながら、この女優にキェウの面影はない。後日、彼女がキェウに扮した『金雲翹』のヴィデオを手に入れたが、およそ原作とは似ても似つかないチャチなもので、キェウもただの愚かで哀れな女でしかなかった。「キェウ」は限りなく遠い、のだ。

再会と出会い

今日は、公式取材を早めに終えるため、恐ろしく忙しい一日だった。女優邸を辞し、タクシーを待っていると、早速ガムや絵葉書を手にした子供たちに取り囲まれた。何枚かの紙幣を与えて、ご退散願う。今出てきた超豪邸の高い塀の中の住人と、その前の路上で旅行者にたかる子供たちとの距離は、無限に遠いようでもあり、そうでないようでもあり、よく分からなかった。

キム・クーン宅へ向かう。すでにランさんは到着していた。車より自動二輪のほうが確実に早い。会うなりキムさんに、私痩せたでしょ？　と聞かれた。

「ええ、確かに」

「七瓩《キロ》もよ。前とどっちがいい？」

「それは……もちろん今のほうが」

“Merci”と言って、彼女は強烈な流し目をくれた。「痩せたのは、あなたのせいなのよ」

ぎょっとした顔の私を見て、彼女とマダムとランさんが同時に笑い転げた。一体どうしたんです？と尋ねたら、その理由は後でマダムに聞いて頂戴、とキム・クーンさんがにやにやする。この間は自殺したいなどと言っていた女性のこの変わり様は何ごとぞ。しかも、その原因が私だなんて。

落ち着かない気持ちで小半時を過ごしたが、次なる約束へ急ぐため、その話は後回しになった。後刻のマダムの説明によると、彼女は今強烈な恋をしており、恋患いのために痩せてしまったと言う。

「Et alors, それが私とどういう関係があるんです？」

「ある夜更けに、キム・クーンさんから私の所へ電話があったの。どうしても悩みを聴いてほしいから、すぐ来て頂戴って。私は用があって手が離せなかったんだけど、自殺でもしそうなぐらい深刻な様子だったんで、知人の男性に無理矢理頼み込んで、代わりに行ってもらったんです。そうしたら……」

「そうしたら？」

「その彼とキム・クーンが、互いに一目見るなり、恋に落ちたっていう訳」

「Et alors, それが私とどういう関係があるんです?」

「だって彼は私の知り合いでしょ。そして私が彼女と知り合ったのは、あなたのせいなんだから、あなたは間接的な結びの神になるからなのよ」

種を明かせば、なーんだというようなことだった。しかし、一人の女性を不幸せから幸せに変えることに、少しでも役立ったのなら、大いに良しとしなければなるまい。

『白蛇伝』の人気女優ゴック・ユエンさん

この説明を聴く前に私たちが急いだのは、『白蛇伝』の主演女優ゴック・ユエンさんとの約束だった。TV撮影の合間を利用して話を聴くことになっていたのだ。スタジオは今にも崩れ落ちそうな建物の一階にあった。扉を潜ると、黒山の人だかり。ファンの群れ（ほとんど女性）が撮影を見学中だった。さすが当代一の人気女優だけのことはある。私も彼女たちに混じって、暫く見物する。

時代劇だった。洞窟の中で襲われた娘が、必死に暴漢と闘う。だが、実際に彼女が闘っていたのは、暴漢ではなく、暑さだった。スタジオには冷房がない。だから少し動くと、汗が吹き出し、お化粧が目茶目茶になってしまう。化粧直しをするため、撮影を止め、その間、付け人が天狗の団扇みたいなので、懸命に彼女を扇ぎ続ける。なかなかお目に掛かれない光景だと、パチパチ撮影したが、現像してみたら、全部焦点がボケていた。マダムには、相変わらずドジね、と言われたが、我が娘には尊敬された。全自動写真機でピンボケ撮影が出来るのは、特殊技能だと言うのだ。

廊下でユエンさんの話を聴いた。ここは吹き抜けになっているので、多少は風が通る。もっとも、暴漢との闘いが未だ終わっていないため、立ち話程度だったが、その僅かな時間に、ヴェトナムの男は狡い、と力説した。年長者を敬うというヴェトナムの伝統はとても大事に思っている。しかし、この国の男性は、女の地位が低いことを利用して、自分は沢山女を作るくせに、女は一人の夫に仕えなければいけないなどと説教し、他の男と外出しただけで、あれこれ非難する。こんなのは、男のエゴイズム以外の何物でもない、と言う。彼女にどんな体験があったかは知らないが、どうもヴェトナムの男性は、余り評価されていないような印象を受ける。女性側の評価の低さでは、日本の男性と双璧かもしれない。

すぐ続いて、もう一人、若手女優との約束が待っていた。ランさんが音を上げた。そこまでは付き合えない。明日に延期できないか。マダムが答える。今夜しか時間がないと言われた。それに、明日は明日で、別の約束が待っている。ランさんは肩を竦めた。それなら、私は帰るから、そちらだけでやってほしい。私が口を挟む。でも、ランさん抜きでは、許可条件に反することになりますから、まずいですよ。ランさんは少し苛ついた表情になった。私が立ち会ったと報告しておくから、大丈夫よ。Au revoir! 外務省のお役人は、ぴったりしたお尻を見せてホンダに跨がり、颯爽と黄昏の街に消えていった。A demain Mademoiselle! 後ろ姿に声を掛けてから、マダムを見ると、その眼が、してやったりと笑っていた。

マダムの説明によると、これから会いに行く若手女優は、明日からサイゴンで公演するカイルォンの主役だそうだ。年増ばかりで私が欲求不満になるといけないので、今回の取材には若手も入れておいたと言う。ランさんが居ないから、相手も話し易いでしょ、うまく行ったわ、と得意げだ。勿論、自由に話が聞けるのは有り難いが、正直なところ、キェウと関係のないインタヴュウには、もうこれ以上興味がない。そう言いたかったが、相手を傷つけることが分かっていたので、代わりに彼女の手腕を褒め称えた。どっちにせよ、マダムといることが楽しいんだから、私はそれで満足なのだ。

ビドンヴィルの夕焼け

若手女優の家はビドンヴィルに新しく建ったマンションの一室だった。ビドンヴィルという名前は、マダムからしばしば聞かされていた。というのも、サイゴン地区で商いする殆ど全ての乞食や大道芸術家たちが、この場所を根城としており、彼らは毎朝、ここの一隅から盛り場へご出勤になるという話だった。カイルォンの俳優たちの多くも、ここから巣立っているそうだから、ビドンヴィルはいわば都市芸能の故郷といった場らしい。地図で見ると、この地は市内北部で、サイゴン河支流のニュウ・ロック河流域に位置し、サイゴン鉄道駅の裏手に当たっている。いわば一等地だから、当然再開発の対象になっており、その第一弾として、最近、同地区の入り口に豪華マンションが建てられたばかりだというのが、マダムの説明だ。

訪れたマンションは沼のほとりに建っていた。沼とマンションの間の僅かな空き地で、子供たちがバドミントンとサッカーに興じている。若手女優の部屋は三階だった。部屋の前の回廊から、目の前に広がる沼を見渡したマダムが、Oh, très belle. と感嘆した。沼といっても、その中は完璧な水上スラム街になっている。つまりビドンヴィル地区とは、沼地の中に形成された街であり、その入り口部分を埋め立てて、このほどマンションが建てられたということになる。豪華マンションの外壁を照らす灯りが、風で吹っ飛びそうな水上バラックの前面をぼんやりと浮かび上がらせている。そうした水上住居群が黒翳となって連なる遥か彼方に、ビル街の赤いネオンの点滅、更にその向こうに広がる夕焼けの空。部外者の無責任な眼で見れば、それは確かに美しい光景であり、私は新宿花園神社の境内に張られた唐十郎・赤テント公演の舞台を観ているような錯覚に襲われた。ここが再開発されて、高層建築が建ち並べば、清潔にはなるだろうが、都市芸能の発生源は絶たれることになりそうだ。

入口の呼び鈴が電車の吊り革ぐらいの高い位置にあるのは、子供の悪戯を防ぐためだとはマダムの説明。男と見紛う大女が出てきて、中に通される。逞しい女優もいるもんだと思ったら、彼女は同居している脚本家で、あとから登場した小柄な美女が、目指す女優だった。ところが、お役人抜きの効果かどうかは知らないが、この美女の舌鋒がなかなか鋭い。ポンポン口を突いて出るのは、男性批判の言葉ばかり。

彼女が十六歳で長女を出産した直後に、同じ劇団の団員だった夫は、彼女を捨て、愛人のいる劇団へ移った。何度も自殺を考えたが、その度に、子供の顔が浮かんで、思い留まる。離婚以来、多くの男に言い寄られたが、全て体への興味だけだった。本当の男女関係には、お互いの理解と相手への責任が欠かせないと思うが、現実にそんな男は存在しないことが経験で分かった。「それとも、違うと言えますか」きっと見据えられては、たじろがざるをえない。

彼女は次第に男性不信が募り、今は完全に男性への興味を失ったと言う。男はもういらない。変わりに舞台でたっぷり恋をしているから、それで充分。そんな乾いた内容の話を、彼女は笑みを交えながら、淡々と話し続けた。彼女の見るところでは、今の女性が精神的にも環境的にも、キェウの時代とそんなに変わっているとは思えないそうだ。女性の置かれた環境は相変わらず貧しく、娼婦の数は増えるばかり。売春が非合法になったため、かえって娼婦の数は昔の十倍に膨らんでいる由。近代化が売春婦を産み、非合法化がその数を増やす、という図式は、どうやら普遍的なようだ。

女優だって、事情は全く同じだ、と彼女は言う。実際に娼婦として体を売るか、あるいは妾になったり実質的に娼婦と変わらない男女関係を持っている女優は、いまだに沢山いる。でも、ヴェトナムの家族関係、男女関係が変わらない限り、この図式は絶対に変わらない。そう彼女は断言する。

「私がここに住んでいる理由は二つ。一つは、私がビドンヴィルの出身であることを忘れないため、もう一つは、その環境から抜け出したことを実感するためですね。でも、もし今のように俳優としての仕事が来なくなったら、おそらく妾か娼婦になるか、それともまた沼の中の生活に舞い戻るしかないでしょう。だから今の私の立場とこの建物の位置とは、ぴったり一致するんです。分かりますか？」

彼女はニヤリとしてから、すぐ真面目な顔に戻った。「たとえ結婚していても、生活のため、愛情のない夫に仕えなければならないのなら、それは娼婦と同じことでしょ。それ以外のどんな生き方がヴェトナムの女性に許されているのか、知っていたら教えてください」

私がシュンとしているのを見て、言い過ぎたと思ったのか、「でも、最後に生き残れるのは、結局女なんです。女のほうが遥かに柔軟に、時代に合わせて呼吸できるんですから」彼女はそう付け加えて、私を見る鋭いまなざしとは違う、甘えるような眼で脚本家を見た。脚本家は静かに微笑んで、彼女の体を優しく抱き締めた。

玄関を出てから、Goodbye の声に見上げると、彼女が廊下に出て、こちらに手を振っていた。同性愛に走る女性の中に、男性不信が原因となる割合がどの位あるのか、私には分からない。一つ言えることは、いま変わることが要求されているのは、女性より男性のほうだということ。もし男性が変われば、日本を含めたアジアのエロスは、西洋とは違った、より対等で、より伸びやかな形と広がりを持つことになるだろうということだ。

帰りのタクシーが渋滞で動かない。物凄い歓声が向こうから聞こえてくる。見れば、自動二輪や自転車に跨がった無数の若者たちが、旗を振り、喇叭《らっぱ》を吹き鳴らし、声を限りに叫びながら、集団で行進しているところだった。運転手に聞いたら、蹴球の国際試合でフィリピンに勝ったからだと言う。

「闘いに勝つことが、男のエロスの発散である限りは、男女融合の道は、なかなか険しいわね。もしそれが、男の美意識の発露だというなら、また話は別でしょうけど」またマダムが難しい感想を漏らした。

今日は珍しく夫が在宅しているので、息子のことを相談するため、このまま帰る、と言うマダムをタクシーで送り届ける。彼女の額が曇ったのを感じて、それ以上尋ねることはしなかったが、余りいい方向へは動いていなさそうだ。ホテルで簡単な食事を摂る。

第三十五夜…第四のキェウの物語

L'HISTOIRE DE LA QUATRIEME KIEU

　昨日の疲れが出たのか、昼過ぎマダムの電話で起こされるまで、意識がなかった。もう「キェウ」以外には会いたくない。そう言ったら、マダムに怒られた。「キェウ」は未だ見つからない。その間、昼寝で時間を潰す気かと。日本から持参の即席粥二回分と梅干しとで、息を吹き返し、マダムの涼しげな水色のアオザイを見て、元気を取り戻す。ジーンズのお役人ランさんも、少し遅れて、ホンダで到着。ヨーロッパ帰りの実力派女優、ＴＭさんに会いに行くことになった。

　ＴＭさんのアパートは、宿から十分ほど南へ下った大通りに面していた。建物は、再開発の対象になり兼ねないほど薄汚れ、かつての大物女優の住まいがあるとは、とても思えなかった。端の欠け落ちた階段を上がり、所々タイルの剝げかかった外廊下を真っすぐ奥へ。開け放たれた入り口で案内を請うと、娘さんが出てきて、片隅の長椅子へ導いた。向かい側に、灰色のボロを纏った老婆――その瞬間、私にはそう見えた――が蹲《うずくま》っていたが、私たちを見ると、ゆっくり立ち上がり、両手を合わせてお辞儀をした。それがＴＭさんだった。彼女を知っている筈のマダムもランさんも、この姿は思いがけなかったと見え、茫然としている。この女性から何か聞き出せるとは、とても思えない。適当にお茶を濁して退散するしかあるない、というのが偽らざる第一印象だった。

先程の娘さんが氷を入れたお茶を持ってきた。ＴＭさんにどうぞと勧められ、マダムとランさんは飲んだが、私はやはりまだ汚染が怖くて飲めなかった。ぼさぼさ頭に化粧気一つないＴＭさんは、まだそれほどの年ではない筈だが、表情に全く生気がなく、どう見ても、世捨て人にしか見えない。無表情のまま、大儀そうにポツリポツリと語り出したところによると、彼女の属していたカイルォンの劇団が二年前に解散したので、今は殆ど芝居はやっていない。時々ヴィデオに出演するか、各地の慈善公演に呼ばれて唄うぐらい。あとは専らカセット・テイプ作りで、先頃の欧州公演は本当に久し振りの機会だったとのこと。

いったんＴＭさんが席を外したとき、マダムに、お茶を飲まなくてはいけない、とたしなめられた。飲まないと、相手を信用していないと取られるから、感情を害することになると言うのだ。やむなく、ＴＭさんが戻ってきたとき、目の前でゴクゴクと飲んでみせたが、相手の表情に変化はなかったので、喜んだかどうかは分からない。氷水を飲んだのは、これで二度目だが、その後下痢もしなかったので、どうやら免疫が出来たようだ。

マダムがふと思い出したように、明日観る予定のカイルォンの券を窓口で取って、ホテルに預けておいてほしい、とランさんに頼み込んだ。ランさんはちょっと考えてから、分かりました、と素直に出ていった。驚いたことに、ランさんが出ていった途端、ＴＭさんの言葉が、表情が、突然生き生きしてきた。マダムの作戦勝ちだ。私はＴＭさんの抑えた、しかし率直な語り口にすっかり魅了されながら、耳を傾けた。

第四のキェウＴＭさんの物語

（ＴＭ）フランスには一と月余り居ました。公演はパリとマルセイユです。観客は殆どヴェトナム人でしたが、フランス人も少し混じってました。勿論革命劇ですけど、拍手喝采で大受けしましたね。主催したのはパリでヴェトナムの歌謡ヴィデオやカセット・テイプを作っている会社ですが、今度の公演には大変神経を遣ったみたいですよ。というのも、フランスには「北」嫌いのヴェトナム人がワンサといますから、関係者に危害が加えられる恐れもありますし、逆に亡命者が出ることへの恐れもあったんでしょうね。

主催者とヴェトナム政府が何回も会議を開いたそうです。危険人物の一覧表を作り、これらの人物は絶対入場させないよう知らせたり、出演者に対する警備を厳重にしたり。

朝、宿舎から劇場へは、警官の完全護衛付きでした。十時に劇場入りすると、門を閉ざして、夕方まで誰も入れない。入場のときは、客の身体検査を徹底する。芝居がハネての帰りは、希望者は見学行動してもいいが、引率者のもとに集団で行動し、絶対に一人歩きはしない、といったふうでした。

留学したまま帰れなくなった人たちと話をする機会がありました。みんな、いま故国がどんな状態にあるのかを大変知りたがり、帰りたいと口々に言ってましたね。ヴェトナム各地の少しでも多くの場所をヴィデオに撮ってほしい、と頼まれました。あるお金持ちから、是非このまま残ってほしいと言われたときは、正直、心が動きましたが、母が高齢になったので、もう亡命は考えていない、と答えました。

恐怖の楽園

（TM）亡命ですか？　二度ボートでの脱出を試みましたが、二度とも失敗しました。七五年のことです。そのとき私は、南の警察署長の二番目の妻になっていました。正妻も了解の上です。勿論彼はすぐ収容所にぶち込まれ、九年間出てこられませんでした。独りぼっちになった私は、ある大女優から、お前は南の人間と一緒だったんだから、もう二度と舞台に出てはいけない、と言い渡され、悲しくなって髪を剃りました。もう唄うことも演技することも出来ない。それでも食べていかなければなりませんから、ミシンを担いで行商を始めましたが、北の兵隊に追い払われ、殆ど商売になりませんでした。それで脱出を決意したんです。

初めに目指したのはヴンタウの海岸です（案内書によれば、ヴンタウはホーチミン市から南へ車で三時間程、南シナ海に突き出した半島の常夏の海水浴場。フランス人が開発した風光明媚な別天地とある。フランス時代は、キャプテン・ジャックと呼ばれていたようだ。首都圏人の憩いの場という点では、湘南海岸に近いか）。そのときは人から子供を預かっていたので、その子と二人分で、金の延べ棒四本、計二千弗《ドル》払いました。用意されたバスに乗って、海岸に近い運河に架かる橋まで行き、そこで小船に乗り換えて、ヴンタウの沖合に停泊している大船まで辿り着く、という筋書きでした。ところが、いざ橋に到着して、降り立ったところ、目の前の運河に、折り重なった血だらけの屍体を乗せた小船が上げ潮で流れ付いていたんです。遠くのほうにも、屍体が散らばり、小銃を抱えた警官たちの姿が見えました。恐怖で体中が凍り付きました。後はもう無我夢中です。子供の手を摑むなり狂ったように駆け出して、近くの百姓家に助けを求め、その日一日、じっと身を潜めていました。

この恐怖は暫く収まりませんでしたが、数か月経つと、どうしてもここには居られないという気持ちが強まって、再度脱出を試みました。前より緩やかになったという噂が流れていたからです。今度は路線を変え、メコン平原から最南端の海岸へ出る道程を試みました。しかしやはり駄目でした。乗り換えの橋まで行ったところ、男が出てきて、険しい表情で、とても無理だと言うんです。がっちり見張られてて、このまま行ったら、すぐ捉まってしまう。そう言われては、あきらめるしかありません。この二回で、私は全てのお金を失い、二度と脱出を考えることは出来なくなりました。

革命劇になったカイルォン

（TM）もはや収入もなく、生きる望みもなく、人からの施し物に縋って、細々と暮らしていた七五年の末のこと。北側の兵士がやってきたので、捕まえに来たと思い、私は家の中に隠れました。するとその兵士が外から叫んだんです、隠れなくていい、私はあなたが舞台に出られると伝えに来たのだって。戸の隙間からよく覗いてみると、その人は、「南」の時代に、ヴェトコンとして捕虜になっていた仲間の劇作家でした。そのとき私は警察署長の「妻」でしたから、職権を利用して、収容所の彼に食料を差し入れたことがあったんです。そのことに恩義を感じた彼は、舞台関係者に掛け合って、私の復帰を取り付けたことを伝えに来たという訳でした。

こうして舞台には復帰できたんですが、やらされるのは革命劇ばかりで、本当にうんざりしました。どんな芝居かって？　じゃ、典型的なのを一つご紹介しましょう。

「南」の時代。サイゴンの郊外に住んでいる百姓夫婦が、負傷して助けを求めに来たヴェトコンの兵士を匿い、傷の手当てをしたり、食事を出したりして、親身に世話を焼く。ある日、南の兵士がヴェトコンを捕まえに来る。彼は逃げたが、代わりに百姓が捕まる。百姓はヴェトコンとは知らなかったと言い張るが、嘘と見抜いた兵士は、見せしめとして彼の目を抉《えぐ》り、牢屋にぶちこむ。やがて出獄した夫に対して、妻は、私があなたの目になりますと誓いを立て、夫に代わり、命懸けでヴェトコンに協力する。

ね？　つまらない話でしょう？　私の知る限りの俳優たちは、みんな嫌がってましたが、生活のため、しぶしぶ演じてました。あなた、『白蛇伝』御覧になりました？　本来のカイルォンというのは、ああいう大活劇や史劇であろうと現代物であろうと、あくまでも男女の愛が中心なんです。革命なんて全然関係ないんですから。

カイルォンの戯曲集というのは、私の調べた時点では存在していなかった。もともと口立て芝居が源流だったせいだと思われるが、マダムに採集してもらった代表的な芝居の筋書きを見ると、例えば、『不実』という芝居は、恩人の座主を捨てて恋人の元へ走った女優が主人公になっている。彼女に去られ、興行的にも苦しくなった座主は、裏切りへの怒りと嫉妬から恋敵を襲おうとするが、本当に愛し合っている二人の姿に打たれ、逆に祝福するという話。また、明らかに『金雲翹』に影響されたと思われる『ルーの人生』という芝居には、余りにも魅力的なため、運命に翻弄されるキェウ的な人妻が登場する。『不幸は美女の宿命』という諺通りの薄幸の人生を送るが、芝居の全編を貫いているのは、愛と憎悪の葛藤という主題だ。

（TM）私がカイルォンに惹かれたのも、こういう世界が描かれているからなの。あんな革命劇だったら、絶対この道には入ってませんよ。

（TM）七つの年に、家が没落して、一家でチョロンへ出ましたが、すぐ父に捨てられ、母と二人、ビンタイ市場の路上で寝てました。初めは露店商たちの雑用を手伝ってましたが、そこで盲目の老人が唄ってるのを見たんです。これは儲かると思いましたね。それで組む相手を探したら、同じように市場で寝泊まりしていた年上の盲目の少年で、六弦琴のうまい子がいたので、彼を誘って、両方の母親と私の三人が唄、彼が伴奏という四人組で、門付けを始めました。朝から夜遅くまで街角で唄い、またチョロンの市場で寝るという生活が二年ほど続きましたね。

街角から劇場へ

その頃はもう日本兵が沢山進駐していましたが、とにかく怖がられてました。気に入らないと、すぐ手足を切ってしまうという噂で、日本兵を見掛けると、みんな逃げてました。もっとも、私たちの最大の敵は、日本兵より警官でした。見つかると追い払われるので、しょっちゅう場所を移動して、唄ってました。

この状況は今でも変わっていない。街角の音楽家はまだ存在するが、写真を撮ろうとしても、昨日居た所にもう居ない。聞けば、警官に追われたので、場所を変えたということで、次に見つけるまで散々苦労をした。日本の大道芸術家も同じ運命にあり、すぐ道路交通法違反とやらで追われるため、街角の大アーティスト雪竹太郎氏も、警官対策が一番しんどいとこぼしていた。大道アーティストの扱いに関する限り、日本国とヴェトナム国の文化水準は横並びのようだ。

（TM）暫くして、親切な人がビドンヴィルの一劃に藁葺き小屋を建ててくれたので、久し振りに家の中で寝ることが出来ました。それから、路上の商売を止めて、家で音楽教室を開いたら、結構繁盛しましたね。で、小屋の中に太い竹を一本立てて、穴を四つ開け、めいめいが自分のお金をそこに入れて貯金しました

当時はチョロンでもサイゴンでも盛んにカイルォンをやってましたので、いつもただで潜り込んでは、華やかな舞台に憧れてましたが、とうとう我慢できなくなって、ある劇団に頼み込み、無給の雑用係に雇ってもらいました。十三歳の春です。家を出ると言ったとき、母も少年も泣いて止めましたが、決心は変わりませんでした。

人数は八十人ほどですから、中規模の劇団だったと思いますが、なかなか人気があって、サイゴンやチョロンの劇場を転々と公演して回りました。私は雑用係ですから、掃除や食事の支度から、大道具、小道具、衣装の手伝いまで、何でもやらされました。その合間に、袖から舞台を見て、懸命に唄や仕種を覚えました。これが後で役に立ったんです。

確か翌年、主演女優が急病になって、大騒ぎになりました。止むなく休演にするかという相談をしているところへ行って、私にやらせてください、と頼みました。誰も本気にしなかったので、その場で唄って演技してみせたら、みんなびっくりしましてね。急遽私で行こうということになって、幕を開けたら、大評判になったんです。それで雑用係から一気に主演女優へと格上げされることになりました。そんな具合で、学校へ行ってませんから、読み書きも一切習ったことがありません。

演目は日替わりで、千夜一夜ものや中国・ヴェトナム史劇が中心でした。ヨーロッパものは衣装代がかかるので、やりませんでしたね。悲しい場面と滑稽な場面を代わる代わる見せるようにして、一

日九〜十二時間ぶっ通しでやるんです。幕間も休憩もなし。最後の幕が閉まってから、翌日の芝居の説明を一、二分するだけでした。舞台の前には、ピアノ、コントラパス、ギター、ヴァイオリンなどの西洋楽器を並べて、伝統楽器は何故か下手の幕の蔭に押し込められてました。

されど我が人生

(TM)その後、色々な劇団を渡り歩いて、十七歳で仕立屋と結婚しましたが、大変な母親っ子だったので、六年で別れました。それから俳優と結婚しましたが、今度は大変な女好きで、次から次へと女を拵《こしら》えました。あるとき突然、何処かの百姓女が赤ん坊を連れてやってきて、あんたの夫の子だから引き取れ、と言いました。私は黙って引き取り、夫が私を捨てて他の女に走った後も、その子を育て続けました。百姓女はその後、南の兵士とアメリカへ逃げましたが、最近になって突然、既に成人している子供を引き取りたいと言ってきました。私はそれも承諾し、その女性が母親であることを証明するため、法廷に立ちました。私は全てを運命として受け入れます。それが私の生き方なんです。

私を捨てた俳優は、十数年前、カイルォン・ヨーロッパ公演の一座に加わって西ドイツに行ったとき、ベルリンで逃げ出して亡命しました。今はアメリカで料理店をやってるそうです。

何処かで聞いた話だ、と思ったとき、ロサンジェルスで会った俳優を思い出した。彼も確かヨーロッパ公演の途中、西ベルリンで逃げ出したと言っていた。料理店の経営という点も符合する。彼女を捨てた俳優というのは、あの男に違いない。まさに女の敵のような存在だが、アメリカでは勝手が違うのか、泣きそうな顔で、故郷を恋うる唄ヴォン・コーを切々と唄い上げていた。

（TM）俳優に捨てられた後、警察署長の二人目の妻になった話はもうしました。彼は九年後に収容所から釈放され、真っすぐ私の出演している劇場へ来ました。そうしたら、南の兵士を散々にやっつける芝居だったので、カンカンになって、こんな夫を侮辱する芝居に出るような女とは一緒に暮らす訳にはいかない、と荷物を纏めて出ていってしまいました。私はただ泣くだけでした。彼も二年前、前妻と子供を連れて、アメリカへ去ってしまいました。おそらく私は前世で何か良くないことをしたので、現世でこんな辛い目に会うんでしょう。

現世の様々な辛い境遇は、全て前世の業、因縁に因る、というのは、『金雲翹』の全編を通じる基調音だ。それまで骨肉の情をより重んじていたキェウに、前世の縁をはっきりと知らしめたのは、彼女が青楼に売られ、自殺を図ったとき、その夢枕に現れた歌姫の霊だった。この歌姫とは、小説の冒頭、春の野遊びに出かけたキェウが偶然出会った墓の主。今は墓も荒れ果て、誰も顧みることのない、かつての歌姫の果敢《はか》ない運命に涙した彼女は、傍らの木の幹に、墓の主に捧げる詩を書き記した。その歌姫が、自殺を図ったキェウの夢枕で語りかける。「前世の宿縁は誰も避けることが出来ません。あなたは美貌ゆえに、その業もまた重いのです」

「前世の因縁」と「不幸は美女の宿命」という二つの主題が、ここで語られ、以来キェウの念頭には、この二つが絶えず去来することになる。後者の主題はどうだか知らないが、「前世の因縁」という考え方は、現在のヴェトナム女性にとっても、決して無縁ではないことは、これ迄の数々のインタヴュウから感じられた。「前世」という一見迷信めいた発想も、もしこれを「ＤＮＡ」という言葉に置き換えると、俄然科学的真実味を帯びてくるから妙。

（TM）だから私は来世での良縁を願って、いつもパゴダへ祈りに行きます。母が死ねば、今にでもすぐ尼になるつもりですから。でもキェウとは比較しないでください。憐れみもいりません。これはあくまでも前世の因縁なんですから。私の名前をそのまま出してくださって構いません。もうどうなろうと、それは運命ですし、今更過去を隠す気もありません。

TMさんの頬に幾筋もの涙が伝わった。しかし、その表情にはむしろ清々しさが感じられた。何時の間にか、外は暮れかかっている。通訳のランさんは、入場券を取るのに時間が掛かったのか、あれから姿を見せない。彼女がそのまま立ち会っていたら、間違いなくこんな率直な話は聴けなかっただろう。しかし、それにしても何故、自由な言論が許されていないように思われるこの国で、TMさんがここまであけすけに話してくれたのか、やはりよく分からない。

かつてインドネシアの大衆劇団を取材していたとき、昔の関係者に、劇団内に共産党員はいたかと質問したら、通訳を務めてくれた知人が色をなして注意した。ここでは共産党という言葉はタブーだから、二度と口にしてくれるな、と。その怯えきった表情は、この言葉にインドネシア近代史の深い闇が潜んでいることを感じさせた。ヴェトナム国内でのボート・ピープルに纏《まつわ》る話題や体制批判には、それに似たタブー性があるように思えるが、彼女は海外にいるヴェトナム人と同じような感じで、この国の過去と現在に関する事柄を自由に語った。再三尼になりたいと表明していた彼女のこの自由な語り口は、精神が既に殆ど超俗的な領野に入り込んでいることの表れではないか、とは後でマダムと話し合っての感想。

ねえ、TMさんのヴンタウまでの脱出行を、もう一度再現してもらいましょうよ。突然マダムがそう言う。「いや、そこ迄やらなくたって」「やる価値あると思うな。そうすれば、忘れてた貴重なことも、色々思い出すかもしれないし。第一、『キェウ』が見つかるまで、ぼんやりしててもしょうがないし」マダムが馬鹿に熱心に勧めるので、彼女に任せると答えた。早速彼女が頼み込んだが、TMさんの答えは、「ダメ」だった。忙しいから無理だ、と言う。マダムは尚も粘った。

このときの粘りについて、マダムが後で説明した所によると、彼女はTMさんという存在に、何処かキェウに通ずる運命性、つまり運命線が回りの覆いを剥がされ、そのまま裸身を露出しているような生々しさを感じた。だから、その辺をもう少し探ってみたいと思ったのだ、と言う。私より余程ジャーナリストの素質があるね、と言ったら、以前新聞記者をしていたことがあるとの返事だった。

マダムの再三の頼みに根負けしたのか、彼女はこれから音楽テイプ用の収録に行くから、答えは明日まで待ってくれと言った。明日の朝、郊外に新しく出来たパゴダの落成式に呼ばれているので、その待ち合わせ場所に来てくれれば、返事をすると言う。マダムがこれで決まりよというように目配せした。

外出のため着替えてきたTMさんを見て、呆然とした。きちっと髪を纏め、化粧をし、濃い紫のパンタロン・スーツに身を包んだ彼女は、老婆どころか、貫禄と官能性と華やかさを兼ね備えた、まさにキェウと見紛う誠に魅惑的な女性だった。こうした鮮やかな変身は、何も女性の専売特許ではない。何時何処かは忘れたが、腰の曲がった指揮者のカール・ベームが、今にも倒れそうな覚束ない足取りで、舞台の中央を目指し、よろよろと悠久の歩みを続けている光景にぶつかったことがある。観客の拍手に支えられ、漸く指揮台に這い上がった彼は、突然腰と背筋をしゃんと伸ばし、若者のように颯爽と指揮棒を振り始めて、聴衆を驚かせ、圧倒した。

人が何かある使命感に燃えているときには、年齢を超越することが出来るのかもしれない。ではTMさんにとって、その使命感とは何なのか。それとも、ぎりぎりまで追い詰められ、これ以上失うものは何もないと悟ったとき、また何時でも人生を捨てる覚悟が出来たとき、人はかえって、屍衣を脱ぎ捨てて歩き出したラザロのように、新たな生命の蘇りを感じるものなのだろうか。

録音スタジオのある建物は古ぼけていて、エレヴェイターもなかった。見てってくれと言われたが、目指すのは六階だから、東京文化会館の天井桟敷よりきつい。汗だくで辿り着いた部屋には、勿論冷房はなく、韓国製の扇風機が一台、目一杯稼働していたが、歌手も伴奏者も録音係も火傷しそうに火照っていた。その中で、TMさんは生き生きと唄った。そこには、蹲っていた老婆の面影や、我が身の不幸を涙していた哀れな女の残滓は微塵もなかった。

途中でスタジオを辞し、マダムにメコン・デルタ料理の店へ案内される。炒飯を注文すると、素焼きの鍋を床でパーンと叩き割り、中から熱々の料理を取り出すのが珍しかった。マダムに元気がない。疲れたのかと聞くと、ウイ、と小さく頷いた。私に付き合うのが？　ノン。じゃ家庭の問題？　何気なく尋ねたら、真っすぐ顔を上げて、私、死が近いような気がするの、と言った。TMさんの話に何か触発されるものがあったらしい。

「私は彼女のように、全てを運命として受け入れるほど東洋的じゃないの。でも、もう闘うのに疲れたわ、夫とも息子とも、周囲とも」

「雌虎じゃなかったの？」

「雌虎だって、疲れるのよ。この間、軽い発作があったの」

「やっぱり！　それを心配してたんだ」

「息子がいけないのよ」

「何かあったの？」

「あの子は私を憎んでいるの。父親と連帯して、私を偽善者と罵るのよ。エディプスの反対だわ…。もしかしたら、私が西洋に毒されすぎたのが、いけないのかもしれない。ヴェトナムの母親じゃなかったのかも」マダムは重い溜め息を漏らした。「私の中でヴェトナムとフランスが鬩《せめ》ぎ合ってて、ことある毎に私のアイデンティティーを引き裂くの。例えば主人が何かするでしょ。それをヴェトナム的な私は承諾しても、フランス的な私は承服できないなんてことがよくあって、とっても辛いの。分かります？」

勿論分からない。そもそもアイデンティティー・クライシスなどという上等な感覚を持ち合わせたことのない、脳天気な日本人の一人に、私もまた属しているのだ。

「でも、今日はよしましょ。そのうちお話しするわ、何もかも」

マイ・リン追跡の結果を友人に聞いてみるという彼女を、いつものように自宅へ送り届け、手の甲に口づけをし、Bonne nuit と別れた。宿へ戻ったら、ランさんから明日の芝居の切符が届けられていた。

第三十六夜…パゴダ——芸能の原点

LA PAGODE: L'ORIGINE DE L'ART POPULAIRE

待ち合わせは、さる古参俳優の家に九時だった。通訳兼監視役のランさんには、昨日で取材を終え、今日から観光旅行に切り替えると通知したので、いわばこれは隠密旅行ということになる。TMさんの来るのを待つ間、古参俳優と話をした。たまたま、TMさんの参加したヨーロッパ公演の話になったが、八四年に行なわれたカイルォンの第一回欧州公演のとき、私が団長で行く筈だったが、突然風邪を引いたので、急遽TMさんの元亭主に代わってもらったら、彼がそのままドイツで亡命しちゃったので、私も責任を感じている、などと話していた。あの男は次から次へと片端から女に手を出すので有名だった、と批判的な口振りだった。

TMさんがやってきて、明日のヴンタウ行きを受けると言って、マダムを喜ばせた。ただ午後に仕事が入っているので、朝六時出発になると言う。勿論OKです。マダムはさっさとそう答えると、何か言おうとした私の口を封じ、これからパゴダまで付き合います、と言った。何だか私が彼女の助手をしてるような気がしてきた。

十時前、漸く出発。マイクロバスの一行を、ハイヤーで追いかける形になった。目的地は東へ七十粁《キロ》行った新築のパゴダ。こちらの車には、マダムの家でお手伝いをしている少女が、緊張しきった表情で同乗している。少女は家出して、路上の子供たちの一人になっていたが、たまたまマダムの家に物乞いに来て、そのまま引き取られたらしい。いい子で一所懸命勤めてくれるけど、時々ふらっと蒸発する癖があって困る、とマダムがこぼしていた。今日は、歌謡ショウを是非観たいと言うので、特別に連れてきた由。

市街地の混雑を縫うように走っていた車が、突然急停車した。お手伝いの少女が口を押さえて飛び下りる。吐きそうになったらしい。今迄一度も車に乗ったことがなかったため、調子が狂ったのだろう、とマダム。目的地まではとても無理ということで、気の毒だが、少女はシクロで自宅へ帰ることになった。

“Enfin”とマダムの声が私の耳を愛撫した。「友人がマイ・リンさんの自宅を突き止めたみたい」

「ブラヴォー！　じゃ、いよいよ会えるんだ」

「ところが、そう簡単でもないらしいの」

「どうして？」

「詳しいことは知らない。後で友人によく聞いておきますわ」

とうとう、「キェウ」にあと一歩という所まで来た。もうすぐ、もうすぐ「幻のエロス」が全貌を現すだろう。高揚した気分を隠すように、私は窓外に目をやった。ココナッツやマンゴー、ドリアンがたわわに実る林を突っ切ると、行けども行けどもゴム林が続く。全部フランス人がやらせたものよ、とマダム。でも、この国の人間と同じで、ゴム林も、それから目まぐるしい変遷を経ている筈だわ。

途中、見事なまでに肌着の透けて見える白いアオザイで自転車に乗った女学生の一群を追い越し、「試運転」と日本語で書かれたバスと擦れ違う。「見て、あれ」とマダムが道路脇の大きな看板を指差した。やけに文字がでかい。政府広報の立て札で、「子供は二人まで」と記されているそうだ。

　パゴダはゴム林を切り開いたような場所に建てられていた。入り口は、既に一杯の人だったが、TMさんが降り立つと、わっと取り囲んだ。TVででも知られているのか、とにかく大変な人気なのだ。触る人、握手を求める人、窓から叫びながら手を振る人……。彼女が動くに連れて、巨大な人の塊が、本堂前に設けられた仮設舞台のほうへと移動した。到着が遅れに遅れたため、真新しい本堂内でのお祈りは手短に済まされ、早速唄が始まった。パゴダの経営は、基本的にお布施で成り立っているから、こうした客寄せショウは、大衆への大切な宣伝材料であり、めっきり舞台の減った歌手や俳優にとっても、大切な収入源なのだ。舞台前は詰め掛けた人の群れで動きが取れない。マイクの調子が悪く、よく聴き取れないが、聴衆は熱心に聴き、熱心に拍手する。もともと、パゴダ前の空間で神事として行なわれた唄や踊りが、芸能の原点だから、その発生時の原型を、ヴェトナムは未だに保っていることになる。

　TMさんの他にも、唄や踊りが延々と続けられたが、私たちは今夜の観劇があるので、明朝のヴンタウ行きを再度TMさんに確認してから、一足先に失礼した。帰りは別の道を通ったのか、サイゴン河に差しかかった辺りで、巨大な市場にぶつかった。マダムが首を伸ばして、市場の中をキョロキョロ見回し、「彼女、居ないようだわ」と呟いた。

「誰です、彼女って？」

「私の姉。この市場に寝泊まりしてるの」

「まさか……！」

マダムLの祖父は南部の州知事、父は電電会社の重役という家柄であり、彼女自身も豪邸に住まいする身分だ。姉が市場で寝泊まりしている筈がない。

「明日、時間があれば、呪われた我が家の歴史について、ゆっくりお話ししてあげるわ」マダムはそう言うと、疲れたように、目を閉じた。

簡単に夕食を済ませ、カイルォンの劇場へ向かう。『キャバレーの踊り子』という現代劇らしい。入場料は二万ドンだから、『白蛇伝』の半分以下。劇場の規模もほぼ半分の八百席が六割ほど埋まっている。開幕前、いきなり男女の若者が左右から幕前に飛び出し、ブレイク・ダンスなどを踊りまくる。この踊りは幕間毎に繰り返された。別の機会に観たカイルォンでは、幕間に漫談や唄をやっていた。インドネシアのサンディワラでも、幕間に唄、踊り、寸劇などを入れていたようだから、東南アジアのかつてのモダン・シアターに共通する幕間の在り方が、ヴェトナムには未だ辛うじて残っていると言えるかもしれない。

踊り手が去り、幕が開くと、赤い衣装の子がよろよろと出てきた。これが主役の踊り子だ。よく見たら、ビドンヴィルのマンションで男に愛想尽かしをしていた女優だ。恋は舞台だけで沢山、と言っていたが、なるほど、相手役の青年に散々純情を尽くしている。踊り子だから、一寸タップを踏んだり、ジルバを踊ってみせたりもする。筋は分からないが、全体に喜劇のようで、カイルォンの唄がなければ、雰囲気は松竹新喜劇そっくりだ。ドイモイのお蔭で、革命劇でないものもやれるようになったということか。

後でマダムに筋を聞いたところによると、踊り子のような低い身分の娘との結婚を、相手側の全員が反対したが、二人はとうとう恋を実らせることに成功するというお話。感情が最も高揚したところで、ギターやヴァイオリン、ヴェトナム琴の音色が高まり、主役の唄になるというカイルォンの大原則は貫かれているが、それでも、大々的な仕掛けや立ち回りを売りにしている『白蛇伝』を別格とすれば、従来型のカイルォンとは、幾つかの点で違いが感じられた。

例えば、唄を中心に観客を泣かせることに主眼を置いている従来型に対し、この芝居は、唄の嫋々たる雰囲気は変わらないものの、セリフの部分では、あくまでも客を笑わせることに徹している。そこで当然生じる、唄とセリフとの雰囲気的ズレを克服するため、唄の場面では、突然舞台を暗くして、唄う人物だけに照明を当てるといったような劇的手法で、異化効果による補正を狙っている。つまり、「泣き」に対して距離を置いているのだ。インド映画通の人なら、こうした手法に、インド映画との類似点を見出だすだろう。つまり、これまで専ら中国を祖と仰いできたカイルォンが、何歩かインド寄りになったのではないか。とすれば、とかく悲劇好きの国民性にも、漸く変化の兆しが表れたということなのだろうが、こうなると、キックとの違いは唄の有無だけということにもなりそうだ。

私からすれば、あくまでも『白蛇伝』の見世物性を推し進めて、金子光晴の言葉を借りるなら、「しろうとの僕らには、とてもおもしろかった」ような芝居に徹してほしいところだが、これも時の流れを無視した余所者の戯言かもしれない。

三幕三時間。芸能の原点たるパゴダ・ショウと現在のコメディーと。カイルォン史の初めと今を一遍に消化したような一日だったが、早朝の出発を控えた身としては、いささか辛い観劇ではあった。大急ぎでマダムを送り、帰宿。

第三十七夜…呪われた海

LA MER MAUDITE

朝六時、下へ降りたら、ロビーの灯りは消え、まだ夜中の風情。辺りはガランとして、誰も居ない。玄関の硝子扉は閉まっている。はて、どうして出たものか？　暫く悩んでいたら、受け付けの向こうから、猿股一枚の男がのっそりと顔を出した。受け付けの下で寝ていたらしい。裸の彼に玄関の錠を外してもらい、外へ出たら、丁度マダムがハイヤーで来るところだった。そのままＴＭ宅へ向かう。

Bonne nouvelle があるわ。いよいよ明日、マイ・リンに会えます。マダムがいきなりそう言った。明日！　遂に！　私は殆ど呆然として、ＴＭさんが車に乗り込んできたときも、まるで上の空だったから、今日は今日の取材に徹底せよ、とマダムから注意されるのも無理はなかった。

未だ薄暗い街を、既にかなりの数のバイクが走っている。これから、マダムの発案で、ホーチミン市から南西へヴンタウの海岸まで、一九七五年七月にＴＭさんが失敗した脱出行の道程を、再度辿ってみようというのだ。ＴＭさんは車窓の風景をじっと眺めながら、ポツリポツリ話し始めた。

TMさんは語る

（TM）母は戦死した弟の子を育てるからヴェトナムに残ると言いました。お前はまだやり直せるから、行きなさいって。きちっと盛装した母に見送られ、泣き腫らした眼を眼鏡で隠して——色眼鏡はかえって怪しまれるからダメなの——最初の夫から押しつけられた他人の子の手を引いて、ここから出ました。永遠の別れのつもりでね。朝の五時だから、未だ真っ暗でした。

家の近くから乗ったのかって？　とんでもない。私はかなり顔が売れてたし、二番目の夫は南の公務員で収容所に入ってますから、誰が見張ってるか、誰に見破られるか、全然分かりませんもの。追跡されないように、初めは徒歩、暫くしてシクロに乗って、また歩いて、更にシクロに乗って、漸く郊外のマイクロ・バス乗り場へ辿り着きました。

大荷物はすぐ疑われるから、絶対ダメと言われてました。服装も絶対目立たないようにと。だから荷物は小さな肩掛け鞄一つ。中には、ほんの少しの衣料とタオル、替えズボン、アスピリン、酔い止めの薬、メンソレ、精々その位でしたね。

（早くも混雑してきた道路を見ながら）道は今より全然狭かったですね。あの頃、街を歩いてるのは北の軍人ばかり。走ってるのは、北の軍用自動車ばかり。南の人間はみんな、緊張しきった、引き攣《つ》ったような顔してましたね。もし北側がもう少し南の人間に寛大で、生きられるような状況を用意してくれてたら、あんなにボート・ピープルは出なかったでしょうね。爪を伸ばしたり、赤く染めてるだけで、怒られました。お前はこんな爪に生まれついたのか。早く元の爪に戻せって。愚図愚図してると、爪を抜かれるという噂が流れて、みんな怯えてましたね。

幹線から右折。突然道が凸凹になる。まだ未舗装の所が多く、ほぼ全線に亘って拡幅工事中とあって、土埃が物凄く、喉がひりひりする。工事の両側は、椰子林を崩すように、家が建ち並んでいる。この光景を撮ろうと、いったん車を降り、何枚かシャッターを切って戻ったら、外で煙草を吸っていた運転手に、"Ça y est?"（旨く行きましたか）とフランス語で聞かれた。それ迄は、話の内容が運転手に分からないように、ヴェトナム語は小声、フランス語は大声、と使い分けていたのだが、何のことはない、彼には全部筒抜けだったのだ。

がっしりした体にレーバンのサングラスがぴたっと決まる男だった。ピンと来たので、南軍か？と聞いてみたら、空軍だったと言う。タクシーの運転手には、元南軍の兵士が多い。彼らがフランス語を解するのは、おそらく上官がフランスの軍事顧問に訓練を受けていた関係だろう。彼の話では、逃げようと思えば幾らでも逃げられたが、どうしても親を捨てられなかった。おかげで九年も収容所にぶち込まれた、ということだった。

（TM）あの頃は椰子林と田んぼだけ、こんなに家が並んでませんでしたね。バスの中からその景色を見ながら、私は涙が止まりませんでした。別れた母のこと、危険な航海、新しい環境への不安、全てが涙の種でした。（所々で舗装が途切れ、車体が激しく揺れる）これでもずいぶん短縮されました。今は三時間の道程ですけど、あのときは、朝の五時に出て、橋に到着したのが、午後の一時か二時だったんですから。勿論浜から外洋へ乗り出すのは、真夜中です。あ、丁度道筋に私のパゴダがありますので、寄らせて下さい。

灌木の林の中にパゴダは建っていた。TMさんはお布施と線香を供え、長い間、敬虔に祈りを捧げていた。勿論来世での良縁を祈っていたのだろう。丁度講義の時間だったのか、本堂前の集会場で、黄衣の男女僧を前に、黒衣の僧がマイクで何か喋っていた。私たちは荷車に食料を積んで売りに来ていた少女から、大きなチマキと美しい笑顔を手に入れて、裏手に回った。

引退したら、ここに住みます。TMさんは小さな掘っ建て小屋を指差した。中から品のいい老女が現れ、丁寧にお辞儀をすると、木々の間にハンモックを渡してくれた。私たちがいい気分でハンモックに揺られていると、今度は冷たいお茶を持ってきてくれる。ココナッツと大豆を練り合わせたチマキをがつがつと頬張り、香ばしいお茶を飲む。そよ風。揺れる花々。鳥の声。近くの仏像に花を供え、額《ぬか》ずいて祈りを捧げる子供たち。その前にのんびり寝そべる犬たち。ここには、私たちが失った自然で敬虔な生き方がある。戦い終わって取り戻した完全なる平和と静寂の世界。

ここを極楽浄土から隔てるものは、顔のそばを飛び回るうるさい小蠅どもだけだ、と思っていたら、突然拡声器から大音響で演歌調の唄が流れ出し、静寂と、私の中のオリエンタリズムがあっさりと消し飛んだ。こと「音」に関する限り、アジアには共通する「嗜好」があるような気がする。それを好きになれるかどうかは、アジアに接近する場合の一つの鍵になるかもしれない。

この場の雰囲気に心が和んだのか、TMさんは自分の愛情生活を、澱みなく話し始めた。

(TM) あの俳優とは、熱烈な恋愛の末、結ばれました。そのとき、私は既に有名でしたが、彼は全くの無名で、唄や演技は私や私の頼みでフンハさんが仕込みました。七年一緒に暮らしましたが、幸せだったのは、初めの一年だけ。残りの六年は、涙また涙の連続でした。勿論全ては彼の女癖のせいです。そんなときでも、舞台ではぴったり息の合った演技ができたんですから、不思議なものですね。彼は次から次へと新しい女を追いかけました。あるとき、新しい女優と一緒に居る彼を見つけ、自殺しようと大量の睡眠薬を飲みました。たまたま尋ねてきた客が、倒れている私を発見して、すぐ病院へ担ぎ込みました。三日間人事不省でした。回りの人たちが怒って、夫と愛人の二人を散々殴ったので、このままでは殺される、と警察が彼らを留置所に保護したほどでした。

ここまで話したところで、尼僧がやってきて、私たちを本堂の脇の少し出張った石床の木卓へ案内した。ここで昼食を共にしようというのだ。大皿の煮野菜を小皿に取り分け、茶碗に白い御飯がよそられる。尼僧の祈りで、つつましい昼食が始まった。こうして、何の違和感もなく箸を使いながら食事をしていると、私たちが同じアジア人であることが、ひしひしと感じられる。

マダムが、さっきTMさんが話した愛人というのは、『白蛇伝』で道化役をやった女優だ、とそっと教えてくれた。私はすぐ、アメリカの歌謡ショウの会場で、前夫とその女優が親しげに話していた光景を思い出したが、TMさんには何も言わなかった。食事が終わって、私たちはまたハンモックへ戻った。

(TM) 私が睡眠薬を飲み、彼らが留置所に入れられたことはお話ししましたね。その騒ぎで、彼はもう二度と会わないと約束しました。ところが、また暫くして、夫がヴンタウへ行くと言うんです。ヴンタウなら水着を持ってく筈なのに、彼が持っていったのは、上着と襟巻きでした。すぐ嘘だと分かったので、現場を押さえるため、保養地ダラットのいつものホテルへ行ってみると、やはり彼の車が停めてありました。部屋へ踏み込んだら、夫は慌てて服を着ようとしていました。女のほうはシーツを頭からすっぽり被っていたので、私が剥いだら、例の愛人が丸裸で寝ていました。

私は、絶対別れると言ったのに別れられないなら、いっそ妾になりなさい、と言いました。そうしたら夫は、それなら自宅へ連れてきて、同じ寝台に寝てもいいか、と聞くんです。私には夫とどうしても別れられない、という弱みがありました。その位、心身共に愛していたし、舞台の相手役としても絶対必要だったんです。だから別れるよりマシだと思い、不承不承、承諾しました。

それからは、地獄の日々です。一つの寝台に、彼を真ん中にして、私と愛人と三人で寝ました。彼は平気で愛人と性行為を始めるんです。その度に、私は居たたまれなくなって、露台に逃れました。夫には、悪いことをしているという意識があったのか、とおっしゃるんですか？　おそらく全然なかったでしょうね。そういう観念の欠落している人なんです。こんな日にあうのも、多分前世で、私が人の夫を取るようなことをしたから、その報いでなんでしょう。

その後も、夫の女遊びは止まず、また別の女優の元へ走りました。そのとき、私は夫に詰め寄り、人気も美しさも愛人に負けないのに、何故愛人の元へ走るのか、となじりました。すると夫は私に鏡を投げ付け、こう言ったんです。自分の顔をよく見てみろ、皺だらけじゃないか、もう婆さんであることを自覚しろって。さすがに私の忍耐もそこまでした。出て行けと怒鳴ると、彼は出て行き、二度と戻りませんでした。

長い長い話をマダムＬが通訳してくれている間、ＴＭさんはじっと目を閉じていた。涙が頬を伝わっていなかったら、眠ったのかと思うところだ。マダムがこっそり打ち明けたところによると、今まで誰にも話したことのない、こんなどろどろした体験を何故喋る気になったのか、自分でもよく分からない、と言っていたという。彼女は、キェウがそうだったように、深く来世を頼む人だから、おそらく過去の嘆かわしい行為を洗い浚い話すことで、この世の罪障を少しでも軽くしたいと思ったのではないか、とは後でのマダムの分析だが、彼女に解説されると、何だかそんな気がしてくるから、不思議だ。

その後暫く、私もマダムもＴＭさんも、黙ってハンモックに揺られながら、木洩れ陽の中で、それぞれの思いに耽っていた。男と女の、この果てしない確執……。

先程の老女が顔を出し、お茶のお代わりがいるか、と尋ねた。それを潮に、私たちは地上へ降り立った。陽がだいぶ斜めになったので、橋まで急ぐ必要がある。老女のもてなしに心から礼を言い、出発した。

裏切られた記憶

目的地はうっかり見過ごしそうな小さな橋だった。運河は水が見えないほど浚渫船に埋め尽くされ、ここから小船に乗り換えるような余地は全くない。まるで風景が違ってしまった、とＴＭさんが呟く。屍体を載せた船は？　と聞くと、強張った表情で、あの辺り、と前方を指差した。その時の様子を、もう少し詳しく教えてほしい。そう頼んだら、ＴＭさんは、もう思い出したくないという表情で、首を振っていたが、訴えるように私を見て、何か早口で話し始めた。

驚いた表情のマダムに訳してもらうと、今までの話は全部嘘だと言っている、と言う。私は何も見てない、本当に何も見てない、とひたすら繰り返しているらしい。脱出のため、ここへ来たことは来たが、いざとなると怖くなって、そのまま引き返した、だから何も知らない。そう彼女は言い張った。一昨日のインタヴュウでは、話したことは全部本当で、実名のまま出してくれていい、と約束していたが？　と聞いたら、そのときはそう思ったが、後で記憶違いに気が付いた、見てないものは見てないんだから、「橋」の件は全部取り消してくれと言う。そう言われれば、それ以上追及する訳にはいかない。

彼女の二つの話のうち、どちらが本当かは分からない。この二日間のうちに、何か心境の変化があったのかもしれない。ボート・ピープルに対して、当局は初めのうちは厳重に取り締まったが、そのうちお金を取ることのほうに重点を置き始め、申し訳のため、十回のうち一回捕まえ、残りは見逃すようになったという話は、複数の人間から聞いた。ＴＭさんの七五年七月という時期は一体どちらに当たるのだろうか。真相は謎のままだ。

浜へ

ここからヴンタウの浜は近いというので、ＴＭさんに浜まで付き合ってもらうことにした。暫く走ってから、道なりに大きく曲がると、突然椰子林が切れ、目の前に海岸が広がっていた。緑の丘が海岸に迫っていて、フランス時代を偲ばせるような洒落た山荘が中腹に点在している。遠くの入江に、派手派手の色をした小艇が沢山浮かんでいる。そこは豪華ホテル専用の浜辺で、小艇は観光客を載せて魚介を捕り、船中で料理するためのものだそうだ。

海岸のココ椰子林の中に、四角い卓と木の椅子が置かれ、休憩できるようになっている。座ると、女たちがどっと集まってきたので、物売りかと思ったら、ＴＭさんを見るためだった。あそこに船が待機している筈でした。彼女が指差した沖合を、大型船がゆっくり横切っていった。

仕事ですぐ戻らねば、とTMさんは珈琲一杯で引き上げた。マダムが休憩所の人を呼んで、何か言った。私はぼんやり海辺を眺めていた。水中眼鏡を付けた子供たちが四、五人、夕日を浴び、波と戯れている、と見たのは間違いで、銛を片手に、せっせと潜っては、貝か何かを採っている。

やがて、香ばしい匂いと共に、殻付きの帆立て貝や海老などを山盛りにした皿が運ばれてきた。ただ茹でただけという獲れたての魚介類に、レモンを搾りかけ、唐辛子を細かく刻んで混ぜた塩かヌオックマムを付けて食べる。誠に単純だが、これが無性に旨い。続いて出た家鴨の茹で卵まで、綺麗に体内に収めてしまうと、私はぐったり椅子に凭れた。

木々に挟まれた馬鹿でかい太陽が、少しずつ海中に沈もうとしている。この木蔭に身を潜めて、夜の来るのを今か今かと待ち受けていたボート・ピープルの、身が潰れそうな思いなど、いぎたない観光客の一人にすぎないこの私に、勿論分かろう筈もない。私に分かるのは、時折、潮風に乗って、マダムのほうからいい香りが漂ってくることぐらいだ。

マダムが私を見ているような気がしたが、薄暗がりで顔がよく分からない。蛇が砂の上を這い回っている音がする。それも一匹ではない。波打ち際を目指して這い進んで行く無数の蛇の吐息が、私を蔽い尽くし、全身を窒息させる……。

ふと、葉擦れの音に目が覚めた。辺りはすっかり暗くなり、向かいの椅子に、マダムのアオザイが仄白く沈んでいる。小さな寝息が聞こえた。卓上は既に片付けられ、人影もなかった。声を掛けようとして、暫く彼女の寝息を聴いてみた。胸が緩やかな上下動を繰り返している。月光を吸い込むように唇がうっすらと開かれ、微かな薫りが洩れている。キェウの二人目の恋人トゥックは、嫉妬に燃える妻の陰謀で、キェウが死んだと思い込まされ、「新月を見ては、キェウの蛾眉《がび》に想いを馳せ、漂う残り香を感じては、心も千々に引き裂かれる思いだった」とフランス語版にある。私はかぐわしい薫りの元に触れたくなり、そうっと唇を近付けていった。びくっと彼女が動き、私は慌てて顔を上げた。

「Tiens. 何時の間にか眠ってしまったんだわ」

「ちょ、ちょうど起こそうと思って。もう行かないと」

「Ah oui. 終バスに乗り遅れちゃう」

「お勘定は？　誰も居ないようだけど」

「済ませたわ。でも、あなたがあんまり気持ち良さそうに寝ていたから、もう少し待とうと思ったら、こっちが眠っちゃって」マダムが恥ずかしそうに言う。

私たちは微かな月明かりを頼りに、そろそろと林の中を進んだ。道路に出たところで、たまたま通り掛かったタクシーを捉まえ、バス停へ急いだ。しかし、終バスは三十分前に出た後だった。すぐ、タクシー乗り場へ行ってみたが、ホーチミンと言ったら、とんでもない、とすぐ断られた。チップは弾むからと言ってもダメ。あんな暗い汚い埃だらけのガタガタ道なんて、幾ら貰ってもお断りだね。事故を起こすか病気になるか、どっちにせよ体がイカレちまう。

さて、弱った。マイ・リンとの約束は明日の午前中だから、今夜中に帰らなければ、絶対に間に合わない。そんなことになったら、今迄の執念が水の泡になってしまう。マダムは、近くに親しい友人の医師がいるから、帰る手立てがないかどうか、相談してみると言う。

まだ観光客で賑わっている土産物屋通りを一つ奥へ入ると、もう静かな住宅街だった。南国の果樹がアーチを形作る玄関で、マダムが案内を乞うている間、私は向かいの公園の柵に腰を掛けていた。人影はないと思ったが、何処で見ていたのか、絵葉書の箱を肩から下げた少年が早速寄ってきたので、ポケットの小銭が綺麗になくなった。この国では、誰も居ない場所を見つけるには、かなりの熟練を要するようだ。マダムはガウンを羽織った中年紳士と話していたが、戻ってきて、首を振った。どうやら帰る手立てはなさそうだ。

ヴンタウの夜

腹は決まった。今夜はヴンタウ泊まりだ。マイ・リンとの約束は何とか延ばしてもらうしかない。私たちは、先程の医師が推薦してくれたオテル・リエゾンを求めて、公園を突っ切った。一つ角を曲がった所に、その宿はあった。広い前庭があり、いかにもフランス人の別荘だったことを思わせる落ち着いた雰囲気は悪くなかった。

マダムがいささか緊張した顔で、お先へと言うから、開き扉を押して中へ入る。受け付けの向こうに、白襯衣《シャツ》姿の顔色の悪い男が眠そうな顔でTVを眺めていた。Good evening. ヴェトナム語で何か言いかけた男はすぐ英語に切り替えた。二部屋頼むと、Two, sir? と相手は聞き間違えでもしたかのような顔をする。Yes, two. きっぱりと答えたが、マダムは私の後ろにいたので、反応は窺えなかった。

鍵を渡され、赤い絨毯の擦り切れた階段を上がる。部屋は廊下を挟んで向かい合っていた。一時間後に酒場で会いましょうと言ったら、こくりと頷いた。受け付けの左手に、一段下がって酒場があり、腕捲りした蝶ネクタイの男が、所在無げにトランプ占いをしているのを、確かめていた。

部屋はやたら広かった。寝台が二つ。勿体ない気がしないでもない。奇跡的にシャワーからお湯が出た。念入りに体を洗って、襯衣《シャツ》を着替え、一階へ降りる。中年のバーテンダーは軽く会釈しただけで、占いに余念がなかった。私は真上の扇風機で薄い髪が乱れるのを避け、カウンターの隅に腰を下ろし、ダイキリーを注文した。客は誰も居ない。男は器用にシェイカーを振った。やがて、レモンの輪切りを添えて出されたダイキリーは酸味が利いて、サイゴンのそれより格段に旨かった。男にそう言うと、米軍の将校倶楽部で鍛えられましたから、とアメリカ訛りの英語で答えた。

「でも、本職は舞踊手なんです」

「舞踊手？」

「ええ。初めは急病の踊り手の代わりに、将校倶楽部で踊ったんですが、次第に評判になりましてね。あちこちのキャバレーに引っ張り凧で、面白いように稼げました。たった十五分で三百五十から四百弗《ドル》ですからねえ。今考えれば、夢みたいな荒稼ぎですよ」彼は、今はこんなに落ちぶれてしまってというように肩を竦めた。

「女には不自由しませんでしたね。フランス女、スウェーデン、ホンコン、フィリピン、どれでも選り取り見取り。そうそう、おたくと同じコリアの踊り子も居ました。一時期には、女房が九人もいて、整理するのが一苦労でした」彼はカードを九枚並べて、ごちゃごちゃに掻き混ぜてみせた。

「それが七五年で全てポシャリ。私は三年間再教育キャンプに入れられました。再教育？　笑わせますね。相手は何にも知らない田舎の小僧ですよ。こっちが教えたいぐらいでね。学習なんて嘘っぱちで、ただ強制労働でこき使われただけですよ」

私はお替わりを注文し、外国へ飛び出す気がなかったのかどうか尋ねた。

「外国行き？　これがあればね」バーテンはダイアモンドのエイスを私に突き出した。「金さえあれば、とっくに逃げてますよ。今でもそう思ってる奴は、回りにうじゃうじゃ居ます。だいたい北の連中は踊りが好きじゃないんですね。踊りってものがてんで分かってない。頭が古くて固いんですよ。

南の時代が懐かしいですねえ」

「どんな踊りを踊ってたの？」

「全身に金粉を塗って、女を抱え上げたり、抱きとめたり、結構力がいるんですよ。そう長い時間は踊れないんです。ほら、見て下さい。倶楽部時代です」

彼は数葉の写真を取り出した。確かに金粉を塗った男女が、何人かの踊り子を従えて踊っている。男のほうは、ニジンスキー気取りで、頭に何か巻き付け、褌を締めているが、女は全員全裸だった。それも美女揃い。そうか、解放戦線が蜥蜴や木の根を食べて頑張ってたとき、アメリカの将校はこんなショウを見て楽しんでたのか。それじゃ負ける訳だ。

「Tiens. 何を見てるの？」

マダムの登場に、バーテンは慌てて写真をしまった。彼女はアオザイから、肩を露わにした白いドレスに着替えていた。

「彼の家族の写真さ」

「私も見たいわ」彼女が何かヴェトナム語で言ったが、彼はへどもどして手を振るばかり。助け船が要りそうだ。

「それより、何を飲む？」

「同じもの。ねえ、あっちの椅子のほうが楽じゃない？」

私たちは棕櫚の葉蔭に席を移した。マダムは友人に連絡、マイ・リンとの約束を何とかもう一日延ばすよう頼み込んだと言う。今日話を聞いた女優ＴＭの話が暫く続いた。再び舞台活動を活発にするようになったので、彼女の人気がどんどん復活しているそうだ。そこには彼女の苦難の人生への同情が加味されているとのこと。「おしん」がアジアで受けたのも、それだった。他人の不幸は第三者の活力になる。

新しいカクテルが運ばれてきたので、ドリアンがあるかどうか尋ねたら、すぐお持ちしますという返事だった。

「もうすぐね」

「突然食べたくなっちゃって。暫くお目に掛かってないもんだから」

「ドリアンじゃなくて、あなたの尋ね人のことよ。それが終われば、あなたの旅も終わる」

彼女が何を言いたいのかは、痛いほど感じられた。何か言わなければ。

「昨夜あなたは、あなたの家の歴史について、今日話すって言ったんだけど」

「我が家の呪われた歴史ね」マダムはぐいと杯を飲み干した。「いいわ。何でも話してあげる」

マダムLの話

（マダムL）私の祖父が南部の州の知事だったっていうのは、もうお話ししたわね。非常に厳格で、頑として伝統を曲げない保守主義者だったようです。そこに悲劇の芽があったのね。母も私と同じマリー・キューリー女学校の出でした。徹底的なフランス式教育の学校なの。勿論言葉はフランス語だけ。うっかりヴェトナム語を喋ろうもんなら、こっぴどく叱られたわ。歴史の時間に習うのはフランスの歴史だけ。ヴェトナムの歴史なんて、ただの一行だって教わらなかった。しかも根底にあるのは個人主義教育でしょ。女だって自分の意見を持たなくてはいけない。そういう教育を受けているのに、家庭ではヴェトナム式に、親への、そして夫への絶対服従が要求される訳ね。だからフランス式の学校へ行った娘たちは、学校教育と家庭教育の間で、みんな二つに引き裂かれるような状態だったの。Garçon, un autre verre, s'il vous plaît.
私の母は、未だに人の口の端に上るほど、美貌で鳴り響いていました。この写真を見れば、納得が行くと思うわ。

彼女が取り出したセピア色の写真には、中国服のようなぴったりした衣装を身に纏い、小さな耳環と首飾りを付けた素晴らしい美女が写っていた。一見マダムその人かと思えるほど似ているが、マダムの表情には何処か翳りが感じられるのに対し、写真の美女は、対照的にひたすら華やかに輝いていた。

（マダムL）母が女学校を出ると、すぐ祖父が結婚相手に選んだのは、電電公社で将来を嘱望された青年でした。ところが、不幸なことに、母はこの人を嫌い抜いていたのね。孔雀みたいに美しくて驕慢で誇り高い母にとって、お婿さんの実家が貧乏な田舎のお百姓さんだってことだけで、赦せなかったんでしょうね。何しろフランス式教育を受けた母のことだから、祖父に、この結婚は嫌だと告げました。もう祖父はカンカン。自分の考えに反抗する奴は只じゃ済ませないという訳で、結婚式の当日まで、殆ど軟禁状態に置かれていたらしいの。当日になっても、母は未だ頑張ったのよ。玄関の手摺りにしがみついてあくまで抵抗する母の手を無理やりもぎ取ったから、母の掌が赤く剝けていたって祖母から聞いたわ。美々しく飾られた婚礼用の馬車に放り込まれた母は、そのまま泣き叫びながら式場へ連行されたそうよ。祖母は逐一事情を知っていて、母が不憫でたまらなかったらしいけど、やはり祖父には反抗できなかった。そういう時代だったのよ。

母は父を蔑み、父はそういう母を憎んだから、夫婦の閨房はまるで強姦の場だったって、これも祖母から聞いた話ね。つまり私たち姉妹は強姦の結果生まれた子供だったの。出生からして、既に呪われていたのよ。

ドリアンが運ばれてきた。棘々の堅い殻が二つに割られ、内証の実が樹液をたっぷり吸い込んで、黄金色に膨れ上がっている。「よく見ると、フォルマリン漬けの胎児みたいね」マダムが不気味なことを言う。私たちは、フォルマリン漬けの胎児を、匙で掬い取って食べ、口中のねばねばをダイキリーに溶かして飲み込んだ。食べては飲み、飲んでは食べ……

マダムLの母

（マダムL）母は私が五つのとき、私たち姉妹を捨てて、フランスへ渡ったの。母に抱き締められたり、頬ずりされた記憶が全くないから、多分愛されてなかったんでしょうね。でも私にとって、母は憧れの対象でした。みんなからちやほやされている母を見て、あんなになりたいと思ったわ。姉と別々の養父母に引き取られて成人した後も、捨てた母を恨む気は起きませんでした。

それから、五十をかなり過ぎた母が、心身ともにボロボロになって帰ってくるまで、母は一度も連絡を寄越さなかった。私たちがフランスに居たときも、母の居所が分からないから、会えなかったの。ヴェトナムで再会したときは、容色もめっきり衰えていて、昔とは比べようもなかったけど、我がままだけは相変わらず。私たちを捨てたことは、死ぬまで謝らなかったわね。でも私は最後まで面倒を見ました。健康を損ねていたから、そう長くは生きられなかったけど。

母がフランスに渡ってから何をしていたのかは、本人や知人から断片的に聞くしかなかったけど、ソルボンヌで言語学と心理学を修めたのは確かなようね。それからはヨーロッパ中を放浪して、男から男へと渡り歩いていたらしい。おそらく母の体には、数え切れないほどの男の体臭が染み付いていたはずよ。そうした母の体質は、私の姉にそっくり受け継がれたようね。ちょっと失礼。


マダムが化粧室に中座したとき、バーテンがお替わりを持ってきた。「お綺麗な方ですねえ」と感に堪えないように言う。「妹さ。年はぐっと離れてるけど」「道理で。お笑いになると、口元がそっくりだと思いましたよ。失礼ですが、お客さんは外国にお長かったので?」「小さいときにヴェトナムを離れたもんで、言葉を忘れちゃってね」「さいですか。それはようこそお帰りくださいました」。この時の私の心境を一言でいえば、正に「第九」だ。初めは朝鮮人と思われていたらしいのに、今はヴェトナム人だと認識されている。旅先で国籍を失うほど心地よいものはないが、まして同国人と間違えられたら最高だ。一人で嬉しがっていたら、戻ってきたマダムに、何をそんなに恍惚としてるの?と聞かれた。

（マダムL）母の血が姉に受け継がれたって言ったわね。姉も私と同じようにグルノーブルで結婚したんだけど、私と違って帰国しなかったの。でも家事を一切しなかったら、亭主が呆れてパリへ逃げ出したの。そうしたら、姉が怒って、腹いせに、生まれたばかりの子供を孤児院に預けて、家を売り払い、スイスへ行っちゃったんですって。暫く経ってご亭主が戻ってきたら、家はない、女房はいない、子供は孤児院という始末で、しばし呆然としたらしいけど、当たり前よね。それから散々探し回って、イギリスに居た姉を突き止めたんだけど、夜な夜な飲んだくれていた姉は、そのときたまたま酒場で引っ掛けたイギリス人を連れてきて、この人と結婚するんだから、もうあんたには用がないって言ったらしいの。この話は全部そのご亭主から聞いたんですけどね。で遂に彼も腹を決めて、もう二度とお前の顔は見ないとそこを飛び出したって訳ね。その直後に姉は発狂したらしいんです。

それから消息不明になって、どうしているのか、全然分からなかったら、あるとき突然、姉が素っ裸で私の職場を訪れたんです。私が貿易省の役人だったことはお話ししたわよね。今の亭主は元の上司なの。そのお固い職場へ素っ裸の女性が現れたから、勿論職場は大騒ぎよ。姉は一遍に貿易省の有名人になったわ。それがヨーロッパで別れて以来、初めての姉との再会場面だったの。今は、この間話したように、郊外の市場で寝泊まりしながら乞食をしてます。時々尋ねて行くと、必ず煙草銭をせがまれるの。渡してやると、取り返されないように、一目散に逃げて行くわ。

胎児の復讐?

余りにも凄い話がぽんぽん出てくるので、私はどう対処してよいのかも分からず、ぽかんとしていた。マダムが唇の端を曲げて笑った。

「どうしてこんな打ち明け話をあなたにするのか、不思議がってるんでしょ?」核心を突いている。「それはあなたが、私と何の関係もない異邦人だからよ。取材が済めば、それでお終い。後腐れの心配はいらない。だから、どんな話でも平気で出来るのよ」

もう何杯飲んだか分からない。胎児はとっくに胃の腑に収まり、空になった子宮に小蝿がわんわんたかっている。話が微妙な方向へずれてきた。

「でも、呪われた家系とやらも、あなたの代で打ち止めじゃないの？　あなたは大変まともな人だし」

「私がまとも？」ほとんど叫び声になった。「それなら、どうしてあんな息子が出来るの。あの子も家族の呪われた血を継いでいるのよ」

御子息が暴走族まがいになったことは、前に聞いていたが、さらに衝撃的な行動を起こしたことを、今回知らされた。

「どっと入ってきたアメリカ型の生活文化に、とことん息子は蝕まれたの。でもそれを止めることは、私には出来なかった」マダムが卓に突っ伏した。細い肩が揺れている。泣いているのか？　そろそろ引き上げる潮時と私は判断した。

彼女がぱっと顔を上げた。「泣いてると思ってるんでしょ？　なら外れよ」不意に顔を寄せてきた。「あなたにヴェトナム式の接吻《キス》を教えてあげる」。私は思わずバーテンに視線を走らせた。彼はあきもせずトランプ占いを続けている。もう成り行きに任せるしかない。私は目を閉じて、受け入れ態勢に入った。雌の匂いが迫り、熱い息が頬を擽《くすぐ》る。と、右頬に当たったのは、唇ではなく、鼻の先端だった。フンと鼻を鳴らす音が続く。次いで左の頬に鼻が押し当てられ、またフン。額でフン、頭の天辺でフン、といった具合。マダムの説明によると、鼻を押し当ててフンとするのが、ヴェトナム式親愛表現術で、露出しているどの箇所にしても自由だが、やはり頬が一番多いとか。だから、フランス人がやってきて、接吻《キス》し合う姿を見ても、ヴェトナム人には何の違和感もなかったらしい。

「ヴェトナムに平和を!」マダムがゆらりと立ち上がったので、私は助けの手を差し延べた。だが、足元の縺《もつ》れたのは私のほうだった。彼女がしゃんと私を支えてくれた。「Attention! 階段よ」。私たちは老夫婦のように支え合って、一段一段階段を上がった。いつもとは違う、少し汗ばんだ素肌の匂いがする。「あなたは私がまともなおとなしい女だと思ってるでしょうけど、私にも母の血が流れているのよ、狂気の血がね。時々それを感じて、恐ろしくなるの。私の中の休火山が何時目覚めて爆発するのか、私にも分からない」私を摑んでいる手に力が加わり、こちらの皮膚を緊張させた。皮膚には魂が宿っているそうだから、つまりは魂が緊張したことになる。

部屋の前へ来た。マダムが首を伸ばすようにして、私を見た。「シャワーを浴びて休みますわ。まだ休火山ですから」

長いうなじが目の前で口づけを待っている。そう思って半歩前に出たら、彼女はひょいと半歩退いた。「何かあったら、扉を叩いてね。Bonne nuit」するりと全身が扉の蔭に消えた。

ここまで来たら、もう後へは引けない。空は未だ蒼し。空は未だ蒼し。白いドレスから解放された女の肉体を頭に描きながら、私もシャワーを浴びるつもりで服を脱いだ。後は扉を叩くだけだ。叩けよ、さらば……

シャワーを浴びているときから、遠い海鳴りのようなものは感じていた。服を着た途端、それは突然の大波となって押し寄せてきた。いまいましいピザの記憶が甦る。私は再び洗面所へ駆け込んだ。

水の表面がドリアンの油膜で蔽われている。あの脂だもの。部屋へ戻る。また洗面所へ駆け込む。胎児の復讐ではないか。妙な考えが浮かんだ。安らかな眠りから表に引きずり出された復讐として、私の内証を空っぽにしようとしているのでは？　遂に、マダムの扉を叩く筈の指は、彼女の部屋番号をダイアル上で叩いていた。SOS, Madame!

Encore!　受話器の向こうで、呆れたようなマダムの声がした。さっきの医者に往診を頼むわ。友人だから、すぐ来てくれるわよ。我慢して待ってて。

医者は本当にすぐ来てくれた。食中毒じゃなく、単なる疲れですよ。心配はいりません。ただ、お酒を飲むときは、ドリアンは食べないように。この二つは相性が悪いから、往々にしてお腹をこわすんです。注射を打てば、朝までには癒りますよ。

友人の医者が帰った後、マダムが首を振った。「空ももう蒼くないのかしら」

私としては、ドリアン未経験者に心から注意を喚起したい。ドリアンを食べるときは、絶対にお酒を飲まないこと。さもないと、私のように悔いを末代まで残すことになるであろう。かくて、月の輝く南国の夜は、空しく更けたのだった。

第三十八夜…毟られた雲雀

L'ALOUETTE PLUMEE

医者の予言通り、朝にはもう胃腸の具合は治っていた。お腹も空いた。マダムの部屋に電話して、朝食に誘う。もう治ったのか、と眠そうな声だった。夕べはよく寝付かれなかったと言う。私がドジだったから、と謝ったら、兵隊なら真っ先に殺される夕イプね、という返事が返ってきた。ドリアンに当たるぐらいだから、弾丸にもすぐ当たるだろうということらしい。

ドジ王子と鳥黐《とりもち》

小さな食堂の壁に、中型の蜥蜴がびっしり張り付いている。足指を目一杯広げて、じっとしていたが、私が音を立てて座ったら、驚いたのか、そのうちの数匹が、ラグビーのハーフのような敏捷さで密集を擦り抜け、何処かへ消えていった。

メニューを眺めていると、ボンジュール、ご気分はいかが?と声が掛かった。マダムが眩しそうな朝の顔で立っている。紺の袖無しブラウスの上に白いカーディガン。ひょいとメニューを覗いて、あら、蜥蜴の唐揚げがあるわ、これ、おいしいのよ、お腹が悪くなければ食べられたのに残念ね、と言った。私が壁を指差し、あれを食べるのかと聞いたら、多分そうでしょ、とケロリとしている。途端に食欲がなくなったが、お粥にハーブをたっぷり入れて食べたら、すぐ恢復した。

私が熱々のお粥をふうふう冷ましながら、がつがつ食べているのを、じっと見ていたマダムが、お粥といえば、こんな話を聞いたことがある、と言い出した。ヴェトナム戦争のとき、北部でヴェトコンが村人を大量に捕まえた。ヴェトコンとしては、貧乏人なら、そのまま釈放、金持ちは処刑と相場が決まっていた。そこでこの両者を見分けなければならない。そのとき使われた小道具が、熱々のお粥だった。即ち、すぐお粥の上澄みを掬って食べれば、貧乏人の証拠だから、釈放。もしお椀の下のほうから先に掬えば、金持ちだから、銃殺。理由は、貧乏人なら、いつも薄いお粥を食べつけてるし、お腹がすいてるから、冷めるのを待ち切れず、すぐ上澄みからがつがつ食べ出す。それに対して金持ちは、美味しいものを食べつけてるから、慌てずに冷めるのを待って、ゆっくりと美味しい下の方から食べ出す。そこで後者は銃殺になったと言う。じゃ、猫舌の貧乏人はどうなるんだ、と思ったが、黙っていた。マダムが皮肉っぽく言う。

「あなたなら、きっと銃殺は免れるわね」

「その通り。むしろお代わりを呉れるんじゃないの」

大笑いした彼女が、私はあなたと話すときしか笑顔にならないの、と真顔に戻って言った。それなら、これから海水浴場へ行って、笑い話の続きをしようという私の提案は、初めあっさり退けられた。夕べの騒ぎはどうしたの？　という訳だ。そこで、お腹が問題だというなら、今から蜥蜴の唐揚げを食べてみせると言ったら、意外にあっさりと折れて、行くことになった。

タクシーで、最も海水浴に適しているというバイ・サウ（バック・ビーチ）へ行く。入り口でいくばくかの金を払い、門を抜けると、目の前に拡がる海岸にパラソルとデッキ・チェアーが林立している風景は、我が家の前の海岸とまるで変わらないので、少しがっかりする。

　さすがに泳ぐのは遠慮すると言ったら、私は泳ぐと言って、マダムはさっさと脱衣室へ消えた。水着を借りてる様子もないのに、ハテ？　と思ったら、まもなく、ワンピース型の濃紺の水着で、軽やかに現れ、私の前でくるっと一回りしてみせた。胸は大きくない。ということは、私とガンズブールのエロスを共に刺激する姿態ということになる。色黒の私と並ぶと、肌の白さが目立つ。

「ガリガリだと思ってるのね」

「どうしたの、その水着？」

「ひょっとして、こういうこともあるかもしれないと思って」用意しておいた、と彼女がにんまり笑った。泳ぐのが大好きで、泳いでれば、嫌なことは何もかも忘れると言う。

「あなたはどうするの？」

「どうするのって、椅子に座って、ビールでも飲みながら、人魚の戯れを眺めてますよ」

「いい考えがあるわ。マッサージへ行ってらっしゃい」

「マッサージ！」

　ほら、とマダムが脱衣所の隣を指差した。なるほど、派手な色の看板が出ている。

「し、しかし」

「あなたは間違いなく疲れてるのよ。ヴェトナムのマッサージは、疲れをGLUのようにくるみ込んで、取り除いてくれるって評判よ」

　GRUE？　と聞き返したら、マダムが笑いだした。

「GRUE（鶴）じゃ、突っつくだけだから、かえって悪化するんじゃなくって？　GRUEじゃなくて、GLU。あなた、よくLとRを取り違えるから、ときどき意味が分からなくなるの。＊＊＊

王女の反対ね」

そう言われても、何のことだか全然分からない。聞いたみたら、『失われた時』の登場人物で、Ｒを必ずＬと発音する王女がいるのだそうだ。じゃ、私は王子なんだ、と言ったら、そうね、ドジ王子ね、と応じられ、その後、ドジ王子（ＰＲＩＮＣＥ　ＧＡＦＦＥＵＲ）という尊称が定着することになった。

「ところでＧＬＵって何？」

「ほら、ドリアンみたいにねばねばしてて、鳥を捉まえるためのものがあるでしょ。それがＧＬＵなの」と言われて、鳥黐《とりもち》のことだと気付いた。ここのマッサージは、疲れをＧＬＵみたいに、くっつけて抜き取ってくれるのだと言う。

不徳の致すところで、これまで私はマッサージの経験がほとんどない。「ほとんど」というのは、一度試みてみたことがあるが、あまりに擽ったくて、すぐ止めてもらったからだ。どうも体質的に合わないらしい。ぐずっていたら、マダムにポンと背中を押された。

「迷わず行ってらっしゃい、ドジ王子。ドジが治るかもしれなくってよ。椅子は私が借りておきます」すたすたと浜のほうへ歩き出す。私も漸く決心がついて、マッサージの扉を押した。

入るとすぐ受け付けがあり、痩せた中年男が疑わしげな目付きでこちらを見た。一時間十四弗《ドル》と言う声に精気がないから、マッサージの効果も怪しいものだ。黙って頷いたら、男は奥に声を掛け、どうぞ、と小部屋に案内した。殺風景な部屋で、真ん中に手術台のような剝き出しの寝台がポツンと置いてあるだけ。これでミシンと蝙蝠傘があれば、ロートレアモンの世界だ。

隠しカメラでもあるかと見回していたら、ＨＥＬＬＯと声が掛かり、若い女がいきなり握手を求めてきた。むくつけき男でも入ってくるかと思ってたが、これなら手荒な目にも遭わずにすみそうだ、とまずは一安心。年は二十を過ぎているだろうか。太ってはいないのに、マダムとは正反対に、要所要所がぼーんと突き出している。目のくりっとした美女だが、それよりも何よりも珍しかったのは、彼女が半ズボンを穿いていたことだ。半ズボンを穿いているヴェトナム女性に出会ったのは、これが初めてだった。いや、男性でも、お目に掛かったことはなかったのではないか。観光客のほとんどが、男女とも半ズボン姿で歩き回っているこの暑い国で、ヴェトナム人たちが肌を見せない伝統を守っているのは素晴らしいことだ。では、この女性はなぜ半ズボンを穿いているのかという疑問は、まもなく解けることになった。

例によって、何処から来たのかと聞かれたから、少し趣を変えて、カナダからだと言ったが、相手はフーンと言ったきり。お返しに、あなたは何処からだ、と聞いてみたが、返事がない。重ねて、メコン・デルタの出身か、と言ったが、彼女は肩を竦めただけだった。どうやら英語は質問するためだけのもので、答えることは用途に入っていないようだ。

さて、どうしたらいいか分からないので、ぼんやり突っ立っていたら、美女は私の体に手を掛け、服を脱がせようとする。服ぐらい自分で脱げる、と相手を制して、T裯衣《シャツ》を脱ぎ、ジーンズを脱ぎ、猿股一枚になった。そのまま寝台に上がろうとしたら、相手はさらに猿股を摑んで引き下げようとする。そうはさせじと、最後の防衛線を巡る無言の攻防が暫く続いたが、相手はヴェトナム戦争を闘い抜いた英雄の子供だ。勝てる訳がない。あっさり剝ぎ取られ、哄笑する彼女にお尻を叩かれた私は、捕虜になったアメリカ兵の気分で、すごすごと手術台に這い上がった。そこで腕立て伏せ百回なんぞと言われはしまいかと、怯える心で次の指示を待っていたら、手真似で俯せになれと言う。観念して言う通りにしたら、今度は頭の部分に空けられていた穴に顔を突っ込めとの指令。これも従うしかない。すると美女は、べたべたのローションを私の体中に塗ったくったかと思うと、いきなりむんずと馬乗りになって、両手で首を締めにきた。平家物語によると、私の祖先は平家の武将に馬乗りにされ、あわや首を切られるところだった。以来血筋として馬乗りに弱い。穴に首を突っ込んだまま、ひゃっと叫んだら、呵々と平家の武将に嘲《あざけ》られた。

美女は全重量で私のお尻に圧力を掛けながら、熱心に上半身を揉み始めた。初めの経験と違って、これが一向に擽ったくない。それだけ肉体が劣化したんだろう。腕に力が込もる度に、うっうっと吐く息が首筋に掛かる。皮膚はやわやわと揉まれ、ぎゅっぎゅっと擦られ、時に平手でバンバン叩かれる。さすがプロフェッショナルと言うべきか、なかなか力強い。感心していたら、ぐいと腕が捉まれ、肩の付け根から揉み揉みが始まった。ぶらぶらする腕を固定させるためだろう。美女はひょいと私の手首を両腿で挟んだ。半ズボンだから、彼女の裸の腿に手首が締め付けられることになる。

「東洋人」(という分類が仮に可能だとして)の肌が滑らかかどうかは、他と比較しない限り、当の「東洋人」には分からない。そのせいか、『金雲翹』にキェウの美しさを称える描写は腐るほどあるが、肌の滑らかさに触れた箇所はない。だが「西洋人」にとって、そのことは極めて印象的なようだ。以前パリで、「日本娘のような滑らかな肌になる」という石鹸のTV広告を見たことがある。マルグリット・デュラス原作・脚本の映画『HIROSHIMA MON AMOUR』(邦題『二十四時間の情事』)で、エマニュエル・リヴァは岡田英次の体を撫でながら、なんて綺麗な肌、と感嘆する。同じデュラスの『ラマン』では、主人公が相手の中国人の肌を〝豪奢な滑らかさ〟と形容している。この種の表現は、まだ探せば幾らでもあるだろう。西洋と東洋の接触には、両者の接点としての皮膚感覚が重要な位置を占めていそうだ。オリエンタリズムには、触覚、即ち陶磁器と重ね合わせられた「東洋の滑らかな肌」への憧れがかなり含まれていたのかもしれない。

「東洋人」らしからぬ、がさがさの肌を持つ私は、まずヴェトナム美女の肌の滑らかさに、「西洋人」のように感動した。しかもその肌は、蕪村が抱いた琵琶のように湿り気を帯び、私の手を吸い付けて放さない。マダムが鳥黐のように粘ると言ったのは、このことだったのか。私の手は、ねばねばする、あるいは江戸川乱歩風に言うなら、「ぬめぬめする」美女の腿に捉えられ、自分の意思か彼女の意思かも判然としないまま、食虫花に捕まったテントウ虫のように、奥へ奥へと吸い込まれていった。事態をしっかり把握するため、私は穴から頭を擡《もた》げ、薄目を開けてみた。その時になって初めて、美女の半ズボンの裾が緩やかに開いていること、及び、ズボンの下に何も付けていないことを発見した。何と私の手は、その無防備な極点へ今にも到達しそうだったではないか。

驚いて手を引っ込めたら、笑い声がして、仰向けになれと指示された。今度は美女と御対面だ。彼女は素知らぬ顔でせっせと揉み続けているから、今の接触が偶然なのかどうかは分からない。下着を付けていないのも、暑いからだろう。この社会主義の国で、まさかね。美女の手が胸から腹、そして腿へと降りてくる。タオルの中に手を入れて内腿の辺りを熱心に揉みほぐすとき、ちらっと中心に手が触れた。ほんの一瞬だったので、明らかに偶然とは思ったが、我が枯れ果てたエロスに、微かなヴァイアグラ症状が起きた。まずい。一心に地球温暖化防止対策などに思いを馳せようとしたが、相手はますます熱を入れて業務に励むから、ちらっの頻度が増してくる。これ以上続いたら、ロゴスが非ロゴス的状態へ移行するというぎりぎりの臨界点で、彼女の動きを抑えようとするより一瞬早く、相手の手が私の中心を捉えていた。同時に、マッサージがメッセージに切り替わり、耳許に寄せられた唇が囁く。FIFTY DOLLARS。OK? 既に私のはっきりした肉体的反応を確かめていた彼女は、勝利は疑いなしというように、にっと微笑んだ。

この時、私が誘いに応じなかった理由は何か。五十弗が惜しかったのか、それとも、人魚夫人が戯れているこの浜辺で、そんな行為に及びたくなかったのか。よくは分からない。とにかく一方的に交渉の打ち切りを宣言した。美女はなおも執拗に私を握り締め、戸口を気にした小声で、FIFTY DOLLARS OK? と食い下がってきたが、粘着テイプのように貼り付いている彼女の指を、無理矢理一本一本剝がし、手術台から降りた。相手はまだ二十分もあるのに、と不服そうだったが、その二十分はチップとしてあなたに上げるよ、と額に口づけしたら、やっとあきらめ、またねと美少女の笑顔に戻った。

毟られた雲雀

少々座り心地の悪い下半身を感じながら、靴をぶら下げ、踉《よろ》めく足を踏み締めて、浜へ出る。暑いといっても、裸足で砂浜を歩けるから、日本の真夏よりはましということか。椅子は満杯だったが、暫くうろついて、何か書き物をしているマダムを見つけた。タオルからすんなり喰《は》み出た、まだ濡れている素足が、今の私にはやけに眩しい。

「どう? 疲れ取れたでしょ?」「ええ、とっても」"N'est-ce pas?" 彼女は満足そうにそう言うと、また書き物に戻った。聞けば、私のために、代表的なカイルォンの筋を翻訳中だと言う。久し振りに泳げて嬉しかったと言いながら、せっせとペンを動かしているから、遠慮して、隣の椅子に腰を掛ける。

大体が家族連れだが、カップルもちらほら。日本の浜辺のように、がなりたてる音楽もなければ、騒ぎまくる若者もいない。かつてボート・ピープルが次々に船出したはずの海には、貸し水上スクーターのみが、かまびすしく走り回っている。遥か右手の岬上に、両手を広げた大キリスト像がちらっと見える。一九七一年にアメリカ人が建立したと案内書に書いてある。「北」が壊さなかったのは、後で観光に役立つと思ったのかもしれない。

どうしてマダムはマッサージを勧めたのかな？　私は彼女の素足に目を走らせながら、考え込んだ。マッサージが売春を兼ねていることを知っていたのか？　それとも、あれは特殊な例で、本当に私の疲れを癒すために勧めたのか？　そのとき不意に、私がGLUをGRUEと間違えたとき、彼女が大声で笑ったことを思い出した。GRUEには確か売春婦という意味がある。だから、偶然に符合した間違いを笑ったのでは？　だとすれば、何故？

心地好いそよ風に吹かれながら、ああだこうだ考えているうちに、眠ってしまったらしい。ふと、騒がしい話し声に目が覚めた。赤い野球帽に半ズボンの少女たちが二十人ほど勢揃いしている。ダンヒル煙草の宣伝隊らしい。やがて少女たちは、各パラソルを回って、見本の煙草を配り始めた。自国で制限されているものを、後発国に売り付けようとする先進国の姿勢は、阿片戦争以来、全然変わってない。

それにしても、今まで一度も見なかった半ズボン姿に、今日は一遍にお目にかかる日のようだ。一方は接客婦として、一方は外国製品の宣伝隊として。つまりここでは、非日常性を演出したいときのみ、半ズボンは着用されるということなのかもしれない。

目覚めを待っていたかのように、マダムが話しかけてきた。

「ヴェトナムのGRUEにかかった気分は如何、ドジ王子様？」

「GRUEじゃなく、GLUですよね？」

「Oh là là. 私まで間違えて」彼女はおかしそうに笑ったが、少しわざとらしかった。

「気分は最高でしたよ。私は殆ど、毟《むし》られた雲雀でしたから」

私が『Alouette』（雲雀）という童謡に引っ掛けて言ったことは、すぐ分かったようだ。

「Quoi? そんなに残酷な体験だったんですの？」

「Mais non. 最高にエロティックな体験でした」

「でもあれは、自分の愛している小鳥の体中の毛を毟り取っちゃうっていう唄でしょ」

「エロティシズムって、もともと残酷なものなんですよ」私は俄か仕込みの知識を得々と開陳した。「愛してるから、かえって残酷に扱うんです。愛するものの苦痛は、そのまま自分の苦痛になる。その苦痛において、両者は一体化できるんです」

「死に至るまでって言うんでしょ？ そんな青臭い理論、いまどき学生だって言いませんわ。ご自分だって信じてらっしゃらないくせに」おそらく私の顔は赤くなっていただろう。「バタイユがいけないのよ。エロティシズムとは死に至るまでの生の称揚だ、なんて言ったりするんですもの。あれ以来、エロティシズムを死や暴力に簡単に結び付ける風潮ができたんだわ。私は全く逆だと思うな」

"C'est-à-dire?"

「エロティシズムを産み出す元はエロスでしょ。エロスって持続なのよ。受動の中で、他者との関係をあくまでも持続していこうとする姿勢、それがエロスなんだわ。エロスを死や暴力に結び付けるなんて、何でも破壊したがる西洋人が産み出した自己弁護で、いい迷惑だわ」

「でもキェウは自殺を試みましたよ」

マダムは一瞬詰まったが、すぐ切り返してきた。

「自殺は暴力ではありませんわ。あれは自分を滅することで、他を生かそうとする積極的な意思です。キェウの素晴らしさは、あくまでも運命に逆らわず、人を傷つけず、かつ人を生かそうとする。そのことで、永遠の生を自ら獲得しているところじゃないかしら」

マダムの話を聴いていて、私が何故キェウに惹かれたかが、前より分かるような気がした。自分を無にしてでも他を生かす愛。所有しようとする愛ではなく、非所有による愛。他を傷つけない愛。そういうものが東洋のエロスなのかもしれない。

「私は落第なの。人を傷つけてばかり」マダムの視線の先で、波が穏やかに崩れた。

帰りはサイゴンまで船で戻ることにした。船着き場へ行ったら、ちょうど快速船が到着して、乗客が降りたつところだった。船員が、客の食べ残しや空き缶、ペット・ボトルなどを、気持ち良さそうに、ぼんぼんと海へ投げ込んでいる。暫くして私たちが乗り込んだ。早速船内にヴェトナム演歌が流れるところは、芦ノ湖の遊覧船にそっくりだ。何だかひどく疲れていて、ホテル・マジェスティック前に到着する一時間余りの間、私たちはただ黙って、西陽の光る海面を眺めていた。

ラ・ビブリオテーク

船を降り、山下公園（に似た場所）を少し歩く。物乞い、物売りが次々に纏わり付いてくるから、自然に早足になる。ここは引ったくりが多いから、一人で歩くと危ないと言う。屋台の揚げ物の匂いが食欲を刺激した。考えてみれば、昨夜のドリアン騒動以来、碌なものを食べてない。ふと思い付いて、どこかにおいしいワインとフランス料理の店はないかと尋ねてみた。それもホテルじゃなくて。ヴェトナムでそれは極めて難しい注文であることは分かっていた。マダムは暫く考え込んでから、有名な店なら知っている、と言い、おいしいかどうかは分からないけど、と付け加えた。母の友人だった、ヴェトナムの女性弁護士第一号という人が、だいぶ前に法曹界を引退して、料理店を開業した。有名な人のため、いつも顧客で賑わっている。ミッテランやシラクが食べに来て、ますます評判になった。ただ息子は、おいしくないから止めたほうがいいと言うのよ。

いったんホテルに戻ってから出直した料理店「LA BIBLIOTHEQUE」(書斎)は、文字通り、経営者の女性弁護士が、自分の書斎を料理店に改装したものだった。マダムの家からさほど遠くない住宅街の真ん中にある。私たちが入ったときは、フランス人らしい客が一組居るだけだった。ワインがメニューに載ってないので、聞いてみると、今あるのはボルドーの赤で、一本単位二十弗だが構わないかと言う。暫くこの国で過ごすと、二十弗というのは天文学的な値段に感じるが、マダムが、ああおいしいと言ってくれたので、私もおいしかった。

そのうち、フランスの団体客がどやどやと入ってきて、小さな「書斎」はたちまち満杯になった。元弁護士というかなり年配の経営者が盛装でお出ましになり、満遍なく客に愛想を振りまき始める。私たちの卓にもやってきて、おや、××さんのお嬢さん、お久し振りと言った。それから物凄い早口のフランス語でまくしたてられ、いささか聞き取るのに苦労した。その様子を看て取ったか、彼女はさっと日本語に切り替えた。これがなかなかうまい。原節子主演の日独合作映画『新しき土』を東京で観ましたけど、あれはなかなかよござんした。あなたはお若いからご存じないでしょうが、などと言う。後でマダムに聞いてみたら、彼女の二番目のご主人が日本人だったので、戦前の日本に暫く住んでいたことがあるらしい。

あなたたちは大変幸運だ。今夜は後で伝統音楽の特別演奏会があるから、お二人とも招待する、と経営者が言う。今日は疲れたから、早く帰りたいと思ったが、マダムの知り合いとあっては、無下にも断れない。マダムも残りましょうと言うので、案内されるままに二階へ上がった。ここは書斎そのままになっていて、壁中を法律書が取り巻き、ミッテラン、シラク、カナダのトリュドーなどが彼女に握手している写真が飾ってある。やがてフランス人たちも食事を終えて上がってきたので、直ちに演奏会が始まった。この頃になると、ワインの酔いがかなり回ってきて、珍しい楽器の演奏を聴きたい気持ちと眠気とが烈しく争い始めた。そのとき、一人の女性が小形の琴を抱えて入ってきた。黒髪を腰の近くまで垂らし、伏し目勝ちに深々と頭を下げた彼女は、腰を下ろすなり、変幻自在に琴を掻き鳴らし始め、私の眠気はあっさりすっ飛んでしまった。

十六弦琴の名手——ハイ・フォンさん

天空を飛び交うとも思える軽やかな琴の音と、マダムの若い頃を偲ばせる演奏者の楚々とした容姿が、直ちに私の「幻の女」キェウのことを思い出させた。キェウは琵琶の名手だった。彼女の奏でる琵琶の音色は、恋人の魂を奪い、愛人に断腸の想いをさせ、第一夫人の嫉妬を和らげ、捕らわれの身で敵の大将を感動させ、十五年振りに再会した恋人を新たな愛情で燃え立たせた。そのキェウが目の前で琴を弾じている。マダムが耳元に口を寄せた。あの子は経営者の姪で、ハイ・フォンていうの。十六弦琴の名手で、世界的に有名なのよ。と、女弁護士が立ち上がる。今夜は日本からたった一人お客様がお見えですので、特別に日本の名曲サクラサクラをお聞かせします。たちまち桜の花吹雪だ。サイゴンの夜半に散り舞うサクラ。外は雨。五感を聴覚に委ねようと目を閉じた私に、嗅覚まで勢い付き、隣の香りが強く漂ってきた。

外へ出たら、もう星空だった。雨上がりの蒸れた匂いがする。戸口の階段を降りるとき、マダムが私の腕に手を掛けながら、小さな欠伸をした。Pardon. 久し振りに泳いだもんだから。ドジ王子様はお眠くないの？　あの琴で目が覚めました。まるでキェウみたいで。いよいよ明日、キェウに会えるじゃない。でも、今の私はただ眠たいだけ。送ってちょうだい。

マダムの家の灯りは消えていた。遅いときはいつも裏口から入るの。来て。私たちは庭から裏に回った。戸口の釦《ボタン》を押したが、誰も出てこない。AMAH（阿媽）が眠りこけてるのよ。まだ若いから。ご主人は？　あの人はもうずうっと帰ってこないの。だいぶ経って物音が聞こえ、灯りが点き、やがて扉が開いた。慌てて羽織ったらしく、褪衣《シャツ》の釦が外れ、豊かな裸の胸が覗いている。なかなかの美女だが、以前会った子とは違う。ストリート・チルドレンの一人だった前の子は、突然居なくなったきり、音沙汰がないと言う。今の子はみんなああよ。恩義なんてなくなったもの。

台所を抜け、裏階段を上がる。いきなりだだっ広い空間が開け、窓際の、部屋とも廊下ともつかない一角に、蚊帳が吊るされていた。中の簡易寝台に、別の阿媽《アマ》と思しき若い女性が、私たちが脇を通ったのも気付かず、上掛けを剝いだ裸に近い格好でぐっすり眠り惚けている。マダムは唇に手を当てると、更に奥へと導いた。フランス人が建てたという家はやけに広く、間仕切りを取り払った部屋を幾つも通り過ぎる。ここが息子の部屋、こっちが主人、そしてここが私の、と彼女が立ち止まった部屋は、灯りが点いていなかった。マダムが振り返ったので、窓の桟を通り抜けた月光が、彼女の顔と銀のアオザイを斑《まだら》に染めた。

「主人がね、あなたのことを愛してるのかって聞くのよ。だから……」

「だから？」

「私が愛してるのは、息子だけだって答えたわ」

私たちは暫く黙って向かい合っていた。体が金縛りにあったように動かない。彼女がふっと息を抜いた。「もう遅いわ。Bonne nuit, le Prince Gaffeur」。金縛りが解けた私は、マダムの手に接吻《キス》をし、先程の阿媽に戸口まで送られた。もう裾衣の釦はきっちり嵌められていた。

ホテルの前まで来ると、ロビーの騒ぎが通りまで聞こえてきた。結婚の披露宴がたけなわで、新郎新婦の間にキム・クーンさんがにこやかに立ち、記念写真を撮っている。会釈をしたら、飛んできて、一緒に写真へ入れと言う。後日、関係者は、出自不明の爺さんが一人、写真に混じっているのを、不審の眼で見ることになるだろう。

ロビーの騒ぎが収まっても、私は寝付けず、半ズボンの下の素肌や、タオルから伸びた濡れたふくらはぎ、裾衣から覗いた膨らみ、斑に染まったアオザイ、まだ見ぬキュウの面影などが、うろ覚えの旋律のように、切れ切れに浮かんだり消えたりした。

第三十九夜…幻のキェウ

KIEU ILLUSOIRE

朝、ほとんど眠ってない脳味噌に電話の鈴《ベル》が突き刺さった。マダムからだった。マイ・リンにどうしても連絡が取れないから、直接自宅に行くしかないと言う。大急ぎで支度をして、下へ降りたら、マダムとその友人は、もうロビーで待っていた。マダムはいつものようにうっとりするアオザイ姿だが、お河童頭の友人は、ミニから綺麗な脚を見せている。勤めが旅行会社というだけあって、達者な英語で挨拶された。

すぐタクシーに飛び乗り、友人の指示で北へ向かった。途中の市場で、花束とチョコレイトを買う。求めていた「キェウ」にもうじき会えると思うと、眠気も覚め、ティ・ゲ河を渡る辺りから、胸が高鳴り始める。かつてはキェウの再来と謳われ、実はヴェトコンのスパイ、戦後はハノイ、フエから、パリ、ニューヨークなど世界を股に掛けて出没した謎の女とはいったい誰だ。果たしてマイ・リンがその人なのか。

そわそわと落ち着かない様子の私を見て、マダムがにやりと何か差し出した。黄色い丸い函《はこ》。正しく「眼には金魚の雲古、舌には蚯蚓《みみず》の下呂」のカシュウ様ではないか。最近友人が御土産に呉れたんだけど、昔から、これを噛めば、願いが叶うって言われてるわよ、と何の根拠もない気休めを言う。

有り難く戴いて、早速大量に放り込む。たちまち口中に拡がる苦みは、むしろ遠い失恋を思い出したときのような味だ。

と、友人が意外なことを言い出した。数日前、マイ・リンの自宅を突き止めて、暫く様子を伺っていたら、門前にタクシーが停まり、大きな色眼鏡を掛けた彼女が、若い女性に手を引かれて降り立ち、庭内に消えた。あの様子では、目が見えないのではないか、とのこと。この間見掛けたときは、そんな感じはなかったんだけど、と友人は不審げにお河童頭を振った。大邸宅に住んでいる様子なのに、煙草売りをしていたというのも、解せない。大きな娘がいるという話も聞かなかったが、顔がそっくりだから、あの若い女性は娘に違いないと言う。何が何だかさっぱり分からないのだ。

住宅が疎らになり、農地が増えてきた。熱帯の果樹林の間に、低い灌木がびっしり植わっているが、心ここにあらずで、何の木だか聞きはぐった。There, あそこよ。友人が指差した一角に、果樹や花々に囲まれたコンクリートの門柱が見えた。簡素だが大きな屋敷が葉越しに見える。私たちは緊張して門に近付いた。小さな茶色の犬がちょろちょろしているが、吠える様子はない。いったいに日本の犬ほどよく吠える犬は他に居ないような気がするのは、ひたすら犬に敵視されてきた男のひがみであろうか。

門柱の蔭に、小さな呼び鈴があった。友人に押してもらい、暫く待つ。やがて玄関から、もんぺに上っ張りといった質素な身なりの若い女性が出てきた。遠くからでも、その女性が驚くほどの美貌であることは分かった。不審そうな彼女に、友人とマダムが一所懸命、訪問の趣旨を説明している。贈り物を受け取った美女は、いったん頷いて引っ込んだきり、なかなか現れない。

いい加減痺れを切らした頃、彼女がやっと現れた。厳しい表情だから、早くも心が萎える。それからまた、延々とやりとりが続いたが、突然、美女はきっと私を見据え、"I feel sorry but just keep her quiet"と英語で言い、くるりと踵を返して去った。その言葉だけで既に言い尽くされていたが、マダムとその友人の報告によると、美女の口を通してマイ・リンが言うことには、彼女は過去の全てを忘れるため、引退してここに引っ込んでいる。あと彼女に残されたことは、いかに静かに死を迎えるかということのみ。それ以外のいかなることにも関心がない。彼女はただ跡形もなく消えたいので、過去を話すという行為に如何なる価値も見いだせない。全てを忘れることこそ必要なときに、それと正反対の行為をするなどとんでもない。ざっとまあ、こんな話だった。誠に理路整然として、間然するところがない。これが彼女の人生観である以上、まず気が変わることはあるまい。

「やっぱり幻だったか」

「幻に終わったからこそ」とマダムが落胆した私を慰めるように声を掛けた。「あなたとキェウとのエロティックな関係は完成したのよ」

キェウとのエロティックな関係が完成？　挫折の間違いではないのか？　いつもながら、マダムの話はよく分からない。

帰りの車中で考えた。如何に何かを残すかという価値観に対して、如何に何も残さないかという価値観がある。何かを残したいという価値観は、必ずある犠牲を必要とするが、何も残したくないという価値観は、自らを滅することで、他を救う力を産み出す。果たしてマイ・リンが「幻のキェウ」であったかどうかは分からないが、彼女の今の心境は、非所有による愛を貫いたキェウのそれと完全に一致する。もし私が強引にインタヴュウを強行すれば、それは彼女の生き方を破壊するだけでなく、我が内なるエロスをも壊し兼ねないだろう。西洋以上に「西洋的なるもの」が充満しているかに見える今のアジアで、「アジア的なるもの」が何であるかは、いまだに分からないが、マイ・リンの今の言葉は、一つの示唆を与えているような気がする。

ふと、美女が最後に私に言った「どうかそっとしておいてほしい」という英語が非常に達者だったことに気付いた。そこから突飛な連想が沸く。もしかしてパリやニューヨークに現れたのは、マイ・リンではなく、あの娘だったのではあるまいか。顔がそっくりだというし、密かに親がカイルォンの技術を仕込んでいたかもしれない。おそらくあの美女は「北」か「南」の政府高官との娘で、秘密の指令を帯びて、各地に出没していた……？

あれこれ妄想に耽っていたら、マダムから声が掛かった。友人が空からサイゴンの街を観に行こうと言ってるけど、どうします？　それも悪くない。旅の目的が終わりを告げた今、私がこれまでこの街とどう係わってきたのかが、もう少し明瞭になるかもしれない。

連れて行かれたのは、高層化が進んでいるサイゴンの中心街で、今のところ一番高いという三十五階建ての建物。一階には銀行が入っていたが、この不況で外国企業の借り手が減り、オフィス空間の半分近くがまだ埋まってないそうだ。高速エレヴェイターで三十三階の展望レストランへ上がる。なるほど、サイゴンの街が一望できる。高層建築が増えてはいるが、まだまだ主流は赤い瓦屋根の低い家並みで、それらとコロニアル風の壮麗な建物群が混在する間を、緑の熱帯樹並木が縦横に縫い、その先にサイゴン河とその支流が大きく蛇行している風景は、かつて「森の都」と呼ばれた面影を今に留めて、なかなか美しい。

ねっ、綺麗でしょ。こんな風景、今までは飛行機の上からしか見られなかったのよ。友人が興奮気味に叫ぶ。でもね、とマダムはいつも冷静だ。この美しい景色を破壊することで、初めてこれが観賞出来るようになったのよ。矛盾してると思わない？　以上は彼女自身の通訳による再現だが、ついでに、そう思いません？　とこちらに相槌を求められた。私は一介の旅人にすぎないし、ドジだから、批評はしないと言ったら、いつもそうやって逃げるんだから、と睨まれた。

でも、その街の美観はその街の人間が決めるしかない。東京が日本橋の上に高速道路を通そうと、京都が町家をどんどん潰してマンションにしようと、東京人、京都人がそれを容認したのなら、仕方がない。ただ、明らかに日本の高度成長期に当たると思われる今のサイゴンの街で、どんどん高層化が進む一方、例えば、市民劇場のファッサードが昔に近い形に復元されていることに、今回気付いた。同じ高度成長期に、掘割りを潰して高速道路を通し、帝国ホテルを明治村に持って行ってしまった東京より、歴史的建造物に対する意識は高いと言わざるをえない。

メニューは初めから弗建てだった。私は九弗五十のサンドイッチに四弗四十の紅茶を飲み、他の二人も似たような注文（マダムは食欲がないとかで、ケイキ・セット）で、合計四十弗ほど払った。中にちゃんと客がいたから、この値段で納得しているんだろう。外へ出て暫く歩いた街頭で、おばあさんから可愛い鈴蘭の花飾りを買ったら、品のいい笑顔でお礼を言われた。値段は一千ドンだから、八セントぐらいだろうか。四十弗の軽食と八セントの花飾り。建物が上に伸びるにつれて、値段の格差は天と地に別れるものらしい。

友人と別れ、マダムと街をぶらつく。私に蓮茶を贈物したいというので、レ・ロイ通りとグエン・フエ通りの角に新しく出来た市場へ行く。マダムによると、蓮茶を作るには、蓮池に入って、腰まで水に浸かりながら、一つ一つ蓮の蕾をこじ開け、中にお茶の葉を入れて、二、三日おいておく。やがて開花した蓮から再び採集すると、花の香りが染み込んだ絶妙の味わいの蓮茶が出来るのだと言う。

有り難く頂く。

そこから少し歩いた角のアイスクリーム屋へ入り、好物のドリアン・アイスクリームを注文する。今日はまだお酒を飲んでいないから大丈夫。ドリアンの濃密さをアイスの冷たさが消し、アイスの厳しさをドリアンの甘さが救う。私にとってこの風味は、どこかマダムの魅力と重なる。崩れそうで崩れない。爆発しそうで爆発しない休火山の魅力。彼女はさっきから匙を薄めの唇に運ぶだけで、一言も発しない。とうとう「キェウ」には会えずじまいだったが、今回の一連の旅は、あなたの協力なしには全く不可能だった。そう感謝を伝えても、彼女は眉をぴくりとさせただけで、何も言わなかった。

この次はいつ会えるかな。探りを入れてみた。分からないわ、というのが答えだった。どうして？驚いて聞き返した。Parce que（なぜなら）。この言葉に力を込めれば、それ以上の質問は許さないという意味になる。マダムの「Parce que」には、それだけの強さがあった。じゃ最後の晩餐でもとりますか。冗談めかして、そう言ったが、食欲がないからときっぱり断られた。大声ではしゃぐ半ズボンの白人客に挟まれ、東洋の男と女は、黙々とアイスの冷たさを味わっている。

即自的EROS

宵闇迫る頃、ドンコイ通りの料理店ブロダールへ出かけた。食べたくないというマダムを説得し、飲むだけの約束で再度会うことにしたのだ。いったんホテルへ戻って、帰りの荷物を纏め、シャワーも浴びて、身体はさっぱりしていたが、気分は今一つ晴れない。中を見渡したが、マダムはまだ来ていなかった。前回同様、カウンターの前に腰掛け、ミィトーのBGIビールを注文する。以前ここで出会い、ジャズクラブへ案内してもらったお河童頭のザオさんの姿が見えなかったので、カウンターの男に聞いてみたら、今日はお休みだと言う。まだ勤めているところを見ると、自前の店を持てるほどは貯まっていないんだろう。

マダムがやってきた。顔に笑みが浮かんでいたので、ほっとする。初めて見る緑色のアオザイに、後ろの円卓の白人男がQu'elle est belle! と感に堪えないように呟いたから、フランス人なんだろう。彼女は讃辞にも知らん顔で隣に座ると、Excusez-moi といきなり謝った。

"De quoi?"

「さっき不機嫌にしてたから」

"Et maintenant?"

「今は……深い湖の底に横たわっているような気分ね。上のほうで幾ら騒いでいても、全然気にならない」

「さっき、もう会えないって言ったのは、何故?」

「ああ、あれ」彼女はちょっと言い淀んだが、「前にも言ったと思うけど、私の人生、もうあまり長くないような気がするの。心臓のこともあるし、生きたいという気もさほどないし。だいたいヴェトナム人の平均寿命は六十歳ですもの。自然にしてたって、たいして残りはないのよ」彼女がぐっとビールを呷《あお》った。

「平均寿命にだって、まだ十年以上あるじゃない。それに、その数値が低いのは、おそらく戦争のせいだと思うけど」

「それはあまり意味のあることじゃない。要するに私がもう活火山になることはないということなの」

「もしあなたが休火山（volcan en sommeil 眠っている火山）だというなら、いつか目覚める筈だけどね」

「死は眠りに過ぎぬって言うでしょ？　翌朝目覚めなければ、それでお終い。キェウは一日生きのびても、その一日分だけが余分な生になると感じて、河に身を投げたの。私も余分な生を捨てれば、息子が立ち直るかもしれない」

マダムはいかにも湖の底に沈んでいるような表情で、時に微笑みを浮かべ、淡々と話した。

「死を語る人間は死ぬ気がないって聞いたけどな」

「ＭＥＭＥＮＴＯ　ＭＯＲＩ、死を忘れるなって文句は、十歳のときから、私の頭にこびりついてるの。死は私の親しい友達みたいなものよ」

「エロスは持続だって、あなたは言いましたね。だったら安易に死に結び付けてほしくないなあ」

「エロスに深い興味をお持ちなのは、ドジ王子、あなたでしょ。あれだけ『キェウ』に執念を燃やせるのは、それ以外にありませんもの。でも私は違う。私はエロスには関心がございません」

「嘘だっ！」はからずも、周囲の客が驚いて振り返るほどの大声になってしまった。もうどうにも止まらない。

「あなただってエロスに関心があるんだ。そうじゃなければ、この私の気紛れにこんなに熱心に付き合ってくれる筈がないじゃないか」

「出ましょう。恥ずかしいわ、そんな大声出して」マダムに続いて私も表に飛び出した。前に屯していたシクロが、声を掛けようとして、こちらの顔色を見て、口を噤んだ。ドン・コイ通りを港の方へ足早に向かうマダムに漸く追い付いたとき、賑やかな音楽が向かい角から聞こえてきた。

ずらりと並んだバイク・タクシーの上の明るいネオンが、リバティー・ダンシングという符牒を送り込んでくる。リバティー？　この名前には聞き覚えがあった。ドン・コイ通りは、「南」時代、トゥー・ヨー即ちリバティー通りと呼ばれていた。そこにあった淫楽の館の名がキャバレー・トゥー・ヨー。ふと、建物を見上げると、トゥー・ヨーと書かれた大きな文字が目に飛び込んできた。

ここだ！　思わず叫ぶと、マダムが先程の狂気の続きかというような不審の目で私を見たので、由来を詳しく説明することになった。パリで出会った元カイルォンの女優が、「南」時代、ここの経営者だったこと。彼女の話によると、ここの女性はタクシー・ガールと呼ばれていて、マイ・リンもその一人だった可能性があること。今でも以前と少しも変わらず、大勢のタクシー・ガールが客の性的要望に応じていること云々。

と、マダムがいきなり私の手を掴んで、道路を横切り始めた。殺到するバイクや自動車が、彼女の剣幕に驚いたかのように、道を譲る。「ど、どうするの？」「あなたにエロスの現場を教えてあげる」彼女は私の手を引いたまま、ずんずん入口へ入って行った。

淫楽の館

一階の受け付けで、一人十弗払って、階段を上がると、ダンシングの入口に銀色のアオザイの子が立っていて、Good evening とにっこり声を掛けてくる。そこから場内へ入る分厚い緞帳を捲って驚いた。一面の闇の世界で、何も見えない。昔、長野の善光寺で経験した仏の胎内潜りを思い出したほどの暗さだ。すぐ蝶ネクタイの係が寄ってきて、豆電灯で足元を照らしながら、そろそろと席へ案内する。そういえば、学生の頃流行ったアルサロと呼ばれたキャバレーで、こういう光景（非光景というべきか）に何回かぶつかったことがある。「戦後の風景」という雰囲気が懐かしい。

係が去ったら、すぐまた胎内の闇が戻った。これなら隣の客が何をしてたって分からない。ロサンジェルスのヴェトナム租界のキャバレーは、客席も煌々と明るかった。こんなに暗くしたら非合法にならないか、とマダムのいる辺りに向かって尋ねたら、電力の節約になるから、政府は喜んでるでしょうという返事が、香りと共に返ってきた。

天井の照明が踊り場の真下だけを照らすようになっているので、客がその下へ来れば、テイプから流れるロックやラップに合わせて踊る姿が眺められる。やがて歌手が登場。生演奏が始まった途端、曲がスロウ・バラードに切り替わった。突然、暗闇から男たちが現れ、入口のほうへ向かう。そちらを見ると、漸く慣れてきた眼に、十数名のホステスの姿が映った。いずれも黒か白のイヴニング風ドレスを着ていて、いずれも容姿抜群。改めてヴェトナムは美女の産地であることを実感する。黒の一群の中には、乳首のはっきり見える透けたドレスを纏った者もいる。客席からもホステスが客を従えて出てきた。照明が翳り、随所で客とホステスの濃厚なチーク・ダンスが始まった。目を閉じる女、密着した身体の動き。耳元で交わされる囁き。

ひょっとして、あれがタクシー・ガールなの？　そう聞いたら、マダムが言うことには、知人の娘さんで以前ここのタクシー・ガールをしていた人の話では、踊りながらの交渉が成立すると、近くのホテルへ連れていくのが日課で、とてもいい稼ぎになったけど、体調を崩して止めたとのこと。マダムの表情は分からないが、そんなの常識とでも言いたげな口調だった。それから、くすくす笑う声がした。二年前の話を思い出したんだと言う。彼女の知人の教授連がベルギーから夫婦連れで遊びに来たので、ここへ案内した。一宵楽しく過ごして別れたが、翌早朝、ホテルのフロントから電話が掛かってきた。その夫婦連れの一組が大揉めに揉めて手が付けられないので、至急来て下さいとのこと。

勿論断ったが、後で事情を聞いてみたところ、亭主のほうがちゃっかりタクシー・ガールと約束していて、女房が寝付いたのを見澄まして、ホテルを抜け出し、その子と密会。明け方帰ってきたところ、いきなり女房に花瓶を投げ付けられ、それからホテル中が目を覚ますような大立ち回りになったという。

「男はいつも男ね」

「女もいつも女さ。結局社会主義革命も、男女のエロスの働きを変えることはできないことが証明された訳だ」

「でも、電力事情が好転すれば、少しは変わるかもしれないわ」

そう言われて、客席を見渡せば、電力不足をいいことに、暗闇の中で、あっちでもこっちでも男女が蠢《うごめ》いている。くぐもった話し声、くすくす笑い、呻き声、吐息、小さな叫び。

「あなたも男なんでしょ。だったら誘ってらっしゃい。いい機会じゃない」

悪くない考えだ。果たして革命前と変わっているのかいないのか、自分で試してみる必要がある。私はホステスの中でも一番魅力的な断髪の女性が男と離れたのを見て、豆電球と共に運ばれてきたカクテルと入れ違いに、そちらへ向かった。やり方も知らないが、Hello と言って、女の前に立ち、十弗札を豊かな胸の間に差し込んだ。その上で踊りに誘うと、相手は一瞬躊躇ってから、それでもにこりと応じた。私と同じぐらいの背丈だから、ヴェトナム女性としては、かなり大きい。腰に手を回すと、吸い付くように身体を寄せてくる。さすがプロフェッショナルだけあって、私が自分の下手糞さを忘れるぐらい巧みに腰を密着させながら、全身でこちらを揺すり立てる。恍惚としかけたが、マダムが凝視していることは分かっているから、取材は早めにしなければならない。「あなたを連れ出したい」頬を擦り寄せながら囁いた。黙っているので、もう一度ゆっくり言ってみた。彼女は顔を放し、私をまじまじと見つめた。“No, not tonight” とジョセフィーヌのようなことを言う。“Why?”「あんな素敵なお連れがいるのに。殺されるかもしれないわよ。今度は一人でいらっしゃい。そうしたら、ねっ?」

何だか母親に宥《なだ》められてるような気がして、私はしおしおと席に戻った。確かに現状は確かめられたが、不完全燃焼のきらいがある。そういえば、相場も聞き忘れた。

「どうだったの?」

「今日は駄目だが、もう一度来いって」

「変ね。体調でも悪いのかしら」

「いいから踊ろう」

手探りでマダムの手を取ったが、さっと引っ込められた。

「私はマッサージ女の代わりも、タクシー・ガールの代わりもできませんの」

構わず、もう一度彼女の手を捉まえて、踊り場へ引っ張っていった。彼女は緊張でこちこちになっていた。いや、緊張していたのは私のほうかもしれない。ぎこちなく組み合い、ぎこちなくステップを踏んでいたら、先程の女性が踊りながら片目を瞑ってよこした。

「奥様とはよく踊るの?」

さりげないマダムの問いに、私はいいやと首を横に振った。考えてみれば、ごく初期を除けば、踊りに行くことなどついぞなかった。第一、ダンス教習所以外に中高年の踊る場所なんてあるんだろうか。ヴェトナムのように、古いアメリカン・ポップスからカントリー、シャンソン、ロック、ラップに至る迄を一遍にやるような場があれば、若者と非若者が同じ場を共有することも可能だろうが。

「奥様の背は？　私より高い？」私は同じぐらいだと答えた。

「きっと聡明な方だわ」

"Pourquoi?"

「ドジな男性には、必ず器用で聡明な相手が居るものなのよ。綺麗で知的で料理が旨い人。当たってる？」私は当たってると答えた。二番手の歌手が登場し、『ALL OF ME』を唄い始めた。

All of me
なぜ私のすべてを取らないの
あなたなしではうまくいかないってこと
どうして分かってくれないの

「私だと遠慮深いのね」

「Mais non. ただ踊りが下手なんだ」

下手なのは事実だが、それだけではない。なぜかマダムに対すると、心身が強張ってしまうのだ。こういうのを心身症というのだろうか。思い切ってもう一歩踏み込もうとしたら、マダムがすっと身体を離した。

「もう遅いわ。帰りましょう」

昨夜と同じような科白を吐くと、彼女はさっさと戸口へ歩き出した。銀色のアオザイ娘がまだ同じ場所にいて、Good night と愛らしく微笑んだが、マダムは構わず、緑の裾を翻して足早に階段を降りて行く。私は必死に追い駆け、タクシーに合図をしている彼女を歩道の端で捉まえた。振り向いた顔は、紅灯の下でも蒼白かったが、表情は冷静だった。

「この間の食事のとき気付いたんですけど」彼女はいったん言葉を切った。「あなたと私では箸の持ち方がまるで違うのね」

「箸!? そ、それがどうかしたの?」

彼女は応えず、タクシーに乗り込むとき、ちょっと胸許を抑えるような仕種をした。私は窓に顔を近付けた。

「ま、また会えますか?」

冷房が壊れているのか、半分開いたままの窓から緑の袖が伸び、上を指差した。つられて見上げた空は冥く、星一つ見えない。"Bonne chance" の声に慌てて顔を戻したときは、もう車は動き出していた。思わず車道に二、三歩踏み出した私を、後続車の警笛が鋭く制止した。後ろ姿が見る見る遠ざかって行く。これまでにないほどの強い感情が胸を揺さぶる。私とキェウとのエロティックな関係は、幻に終わることで完成した、そう彼女は言わなかったか。では私とマダムの関係は……?

茫然と見送っている私に、向かいのシクロから声が掛かった。

「オンナ・タクサン。シンパイナイ」

猪俣良樹（いのまた　よしき）

元・NHKヨーロッパ総局（パリ）運転手。現・異文化交感塾主宰。

前作『日本占領下・インドネシア旅芸人の記録』（めこん、一九九六年）

次作『生死は霧の中』（仮題）

［ご感想は左記へ］

〒二五一－〇〇三八

神奈川県藤沢市鵠沼松が岡一－一六－二

FAX　〇四六六－二三－〇〇八九

パリ ヴェトナム 漂流のエロス

初版印刷　2000年５月25日
第１刷発行　2000年６月10日

定価2000円＋税

著者：猪俣良樹©

装幀者：渡辺恭子

発行者：桑原晨

発行所：株式会社めこん
〒113-0033　東京都文京区本郷３−７−１
電話03-3815-1688　FAX03-3815-1810
E mail　mokong@mcn.com

印刷・製本：平河工業社・ローヤル企画

ISBN 4-8396-0138-0　C0030　¥2000E
0030-0005136-8347

日本占領下・インドネシア旅芸人の記録
猪俣良樹
定価二〇〇〇円＋税

日本占領下のインドネシアでつかの間の脚光を浴びた大衆演劇サンディワラ。綿密な取材でその全容と日本軍の宣伝戦の実態を明らかにした異色のルポルタージュ。

ジャワの音風景
風間純子
定価一九〇〇円＋税

西洋音楽を学ぶ若き研究者が、なぜインドネシアのガムランにのめりこんでいったのか。そして、ジャワの大衆芸能クトプラの劇団と起居を共にするうちに見えてきたのは何か？

ベトナムのこころ——しなやかさとしたたかさの秘密
皆川一夫
定価一九〇〇円＋税

鳥のように、柳のように、自然体でしなやかに生きていくベトナム人。ベトナム人の妻を持つ外交官が彼らの価値観、行動様式をユーモアたっぷりに分析する。

タイの花鳥風月
レヌカー・ムシカシントーン
定価二〇〇〇円＋税

タイの三つの季節をいろどる花、鳥、小動物にまつわるエッセイ集。タイ人外交官と結婚した日本女性が社会人類学者、園芸家、主婦の視点から綴るタイの魅力。